Klarant Verlag

Bärbel Muschiol wurde 1986 in Weilheim, Oberbayern, geboren. Glücklich verheiratet lebt und arbeitet sie mit ihrem Mann und ihren zwei Kindern heute noch immer im tiefsten Bayern. Im Genre Erotik und in der Belletristik hat sich die Autorin mittlerweile einen festen Platz in den Bestsellerlisten geschaffen.

Bärbel Muschiol

Gefährliche Rocker haben eine Schwäche für chaotische Mädchen

Klarant Verlag

Klarant Verlag, www.klarant.de
ISBN: 978-3-96586-574-7
1. Auflage, 2022
Umschlagabbildung: Klarant Verlag unter Verwendung von shutterstock-Bildern.

Printed in the EU.

Besuchen Sie uns im Internet: www.klarant.de

Der Rocker und die süße Primaballerina

Prolog

Die Primaballerina

Es ist eng und dunkel, große starke Hände streichen über meine Brüste, kneten sie sanft und zupfen an den empfindlichen Spitzen. Mit wird heiß und kalt, durch den Türschlitz dringt nur wenig Licht zu uns herein. Ich stoße mit dem Ellenbogen gegen ein Regalbrett, etwas fällt zu Boden, ich muss kichern.

„Leise, Baby."

Die raue Stimme des Rockerpräsidenten, dem ich vor wenigen Minuten zum ersten Mal begegnet bin, klingt angespannt. Kein Wunder, mit seinen breiten Schultern hat er in dem winzigen Raum, in dem wir uns vor dem Rest der Welt versteckt haben, noch weniger Bewegungsfreiheit als ich.

Ich bewege mich, steige ihm auf den Fuß. Er flucht. Einer der ordentlich und sauber aufgereihten Wischmopps kippt um und knallt dem Biker gegen den Hinterkopf, erneut muss ich kichern.

„Na warte, dir wird das Lachen noch vergehen."

Eigentlich sollte ich Angst vor dieser Drohung haben, ich meine, verdammt!

Ich kenne diesen kuttentragenden Rocker nicht, ich weiß nichts von ihm, außer dass er der Präsident des *Death Scorpions Motorcycle Clubs* aus New York ist und somit einer der gefährlichsten Männer dieses Landes, wenn nicht sogar der gefährlichste ...

Meine Fingerspitzen berühren den kalten Stahl der Waffe in seinem Schulterholster und ich spüre den Griff des Dolches, den er an seinem rechten Oberschenkel befestigt hat, an meinem Bein.

Trotzdem empfinde ich keine Angst, sondern nichts als Lust. Ich will diesen Outlaw und ich will ihn jetzt. Wider alle Vernunft und besseren Wissens.

Das, was ich hier tue, ist falsch. So falsch wie nur irgend möglich. Immerhin hat mir mein Freund erst vor wenigen Stunden einen Heiratsantrag gemacht.

Überrascht und auch irgendwie panisch bin ich vor der Antwort davongelaufen und ausgerechnet hier gelandet. In einer Putzkammer, mit einem Typen, dessen Körpergeruch so lecker ist, dass mir das Wasser im Mund zusammenläuft.

Jonas, mein Vielleicht-Verlobter ist nett und brav und langweilig. Er ist nicht meine große Liebe, sondern eher ein Freund, ein guter Kumpel sozusagen. Stürmische Leidenschaft war noch nie unsere

Sache. Wir sind nie so wild und ungezügelt übereinander hergefallen, wie der Rocker und ich es gerade tun.

Himmel! Das hier ist falsch und trotzdem fühlt es sich unfassbar richtig an.

Wenn ich Jonas wirklich lieben würde, wenn wir wirklich füreinander bestimmt wären und eine Chance auf eine glückliche Zukunft haben sollten, wäre ich dann jetzt hier? Würde ich dann das jetzt tun?

Wohl kaum.

Scheiße! Scheiße! Scheiße!

Ich wispere ein „Es tut mir leid, Jonas." in die Dunkelheit und lasse zu, dass dieser Rocker mich so hart und wild küsst, dass es mir den Atem verschlägt.

Ich brauche das jetzt. Ich brauche jemanden, der mir zeigt, dass ich am Leben bin und dass es richtig ist, hin und wieder aus der Norm auszubrechen und ein Abenteuer zu erleben.

„Holy Fuck! Du schmeckst so süß wie reife Erdbeeren."

Das letzte bisschen Schuldgefühl verpufft und löst sich in Luft auf.

„Fick mich."

Er knurrt wie ein Wolf, schiebt meinen Rock nach oben und beißt sich zeitgleich an meiner Unterlippe fest. Ich seufze, presse mich ihm entgegen und genieße die unglaubliche Kraft, die dieser Biker ausstrahlt.

Halleluja!

Ich will das. Ich brauche das. Jetzt!

In einer Stunde muss ich als Primaballerina auf der Bühne stehen und das Publikum, das viel Geld dafür bezahlt hat, unser Ensemble tanzen zu sehen, begeistern.

Aber bis ich mich verkleide und in die Rolle schlüpfe, die ich so liebe, habe ich noch etwas Zeit. Zeit, um das hier zu Ende zu bringen.

„Wie willst du es, Kleines?"

Der Präsident zerfetzt mühelos meinen Slip, öffnet seine Jeans und holt seine beeindruckende Erektion hervor.

Ohne zu warten, greife ich danach, massiere die enorme Härte und kann nicht glauben, wie lang sein Penis ist.

Dick und heiß zuckt er zwischen meinen Fingern. Ich festige meinen Griff und rubble ihn, was dem Rocker ein Zischen entlockt.

„Verdammt, Baby. Verdammt!"

Immer mutiger werdend, bin nun ich diejenige, die ihn küsst. Seine Hände streifen über meine Rundungen, er packt mich an den Haaren, zerrt meinen Kopf nach hinten und leckt über meine Kehle, knabbert an genau der Stelle, an der sich mein Puls regelrecht überschlägt. Mit dem Daumen über den kleinen Schlitz an der Spitze streichend, spüre ich, wie die ersten Lusttropfen aus ihm herausperlen. Ich verreibe sie, stöhne, als sich unsere Lippen erneut treffen.

Ich schwitze und bin so erregt, dass es beinahe schmerzt.

„Du zwingst mich in die Knie."

Seine Stimme ist leise und es würde mir verdammt gut gefallen, diesen mächtigen Mann vor mir auf dem Boden zu sehen. Seine Zunge an meiner Muschi und seinen Finger tief in mir drinnen. Aber dafür fehlt mir die Zeit.

„Fick mich endlich."

Er flucht, sein gezischtes „Bullshit!" lässt meine Mundwinkel zucken.

„Ich hoffe, du magst es hart und tief."

Das war keine wirkliche Frage.

Noch immer seinen Schwanz in der Hand, knabbere ich an seinem Ohrläppchen und genieße es, wie die die kratzigen Stoppeln seines Bartes über meine Wange schaben.

Der Rocker packt mich an der Hüfte, hebt mich mühelos hoch und befiehlt mir, die Beine um seine Mitte zu schlingen. Ich tue es, stütze mich an seiner Schulter ab und betrachte die kantigen Konturen seines Gesichts.

Seine silbernen Augen glühen regelrecht, wirken irgendwie dämonisch.

Alles an diesem Mann ist hart, wild und gnadenlos und genau das turnt mich unheimlich an. Ich spüre seine Eichel gegen meinen Eingang stupsen, kralle mich instinktiv an dem Leder fest und schiebe mein Becken vor.

„Jetzt!"

Noch bevor seine Stimme verhallt ist, rammt er sich bis zum Anschlag in mich hinein, sein großer Schwanz dehnt mich und ich beiße mir auf die Unterlippe, um meinen Schrei zu ersticken. Ich muss leise sein, damit wir nicht erwischt werden und das hier zum Ende bringen können. Aber bei dem, was dieser *Death Scorpion* in mir auslöst, fällt mir das verdammt schwer.

„Shit, bist du eng!"

„Shit, bist du groß!"

Das bringt ihn zum Lachen. Er hält eine Sekunde lang still, gibt meinem Körper so die Möglichkeit, sich an seinen Umfang zu gewöhnen, ehe er in einen schnellen und gnadenlosen Rhythmus fällt, der mir den Atem raubt und meine Sinne schwinden lässt.

„Oh mein Gott!"

„Der kann dir jetzt auch nicht mehr helfen, Mädchen."

Das glaube ich sofort.

„Ich will nicht, dass mir geholfen wird. Ich will, dass du mir zeigst, wie es ist, von einem Präsidenten gebumst zu werden.“

Er versteht sofort und bohrt sich noch ein köstliches Stückchen tiefer in mich hinein. Ich erschaudere, japse nach Luft und spüre, wie mein Blut zu kochen beginnt. Die runde Wulst seiner Eichel stupst gegen meine Gebärmutter und löst einen angenehmen Schmerz aus, nach dem ich nur zu schnell süchtig werden könnte.

Immer schneller und wilder treffen unsere Leiber aufeinander, die stickige Luft der Besenkammer ist mit unseren Gerüchen durchzogen und es fühlt sich so an, als würden um uns herum eintausend Grad herrschen.

Wahrscheinlich bin ich längst in der Hölle, aber bei Gott. Ich will nichts daran ändern.

„Mehr, gib mir mehr, Scorpion.“

Er tut es, meine Brüste wackeln dank der Kraft, mit der er sich wieder und wieder in mich schiebt, auf und ab. Ich drücke mich von der harten Wand hinter mir ab und komme seinen tiefen Stößen willig entgegen. Meine Zehenspitzen krümmen sich, die Muskeln in meinen Beinen spannen sich an und in meinem Unterleib scheint eine Kernschmelze stattzufinden. Ich zerspringe, explodiere innerlich, koche und brenne und werde von einem so intensiven Orgasmus hinfortgerissen, dass es vor meinen Augen schwarz wird. Mein Hirn erleidet einen Blackout!

Etwas fällt auf uns herab und landet mit einem lauten Scheppern auf dem Boden. Doch die Angst, erwischt zu werden, ist längst in den Hintergrund getreten. Es interessiert mich nicht, wer uns sieht und ob wir gestört werden, alles, was in diesem Moment noch zählt, ist der Biker, der mich so gekonnt zum Stöhnen bringt.

Die Kontraktionen in meinem Inneren sind so stark, dass sie wehtun, sie reißen den Rocker mit sich und ich spüre, wie er sich heiß in mir ergießt.

In meinem Kopf geht ein Alarmlämpchen an, ich ignoriere es und sinke erschöpft und kraftlos gegen den muskelbepackten Outlaw, der noch immer bis zum Anschlag in mir steckt.

Er brummt, packt mein Gesicht und pinnt seinen Mund auf den meinen. Der Kuss ist brutal und grenzwertig und doch soooooo gut.

„Fuck, Mädchen. Das war der Hammer!“

In dem Fall kann ich ihm nur zustimmen.

„Dann bleib in mir.“

Keine Ahnung wieso, aber die Vorstellung, dass er sich gleich aus mir herausziehen wird, macht mich traurig. Ich will nicht, dass das hier endet. Ich bin noch nicht bereit für die grausame Realität, die außerhalb dieser Kammer auf mich wartet. Jetzt in diesem Augenblick fühle ich mich wie auf einem anderen Planeten, dem Putzkammerplaneten, auf dem es keine Sorgen und Probleme gibt, sondern nur Bartstoppeln, Muskeln, Lust und unglaubliche Orgasmen.

Und ganz ehrlich, das gefällt mir gut ...

„Das geht nicht."

Noch während er spricht, gleitet er aus mir heraus. Sofort ist da wieder dieses unangenehme Gefühl der Leere, das sich nicht nur auf mein Inneres, sondern auf mein komplettes Leben bezieht.

„Kannst du stehen?"

Der Rockerpräsident stellt mich probehalber auf meine Füße, als meine Beine einknicken, hält er mich lachend fest.

„Das war wohl zu hart für dich, was, Kleines?"

„Es war genau richtig."

Sein „Mhhmmmm ..." bringt mich zum Schmunzeln.

Für einen kurzen Moment hält er mich einfach nur fest, presst mich besitzergreifend an sich und vergräbt seine Nase in meinen Haaren. Er schnuppert an mir wie ein Wolf, der eine Fährte aufnimmt, und mir wird auf einen Schlag klar, dass dieser Quickie, mein Leben für immer verändern wird.

Keine Ahnung wie und warum, aber ich persönlich werde nach diesem Sex nie wieder so sein wie vorher.

Ich fühle mich anders – ich bin anders.

Das Handy in der Tasche des Rockers beginnt zu vibrieren und zerstört den intimen Moment.

„Sorry. Aber da muss ich rangehen."

Ja, das habe ich befürchtet.

Vorsichtig lässt er mich los und grinst mich an. In dem schummrigen Licht, das uns umgibt, sehe ich seine weißen Zähne aufblitzen.

Er bückt sich, zieht seine Hose an und das Telefon aus der Tasche.

Das Display erhellt die Umgebung und macht mir schmerzlich bewusst, dass ich mich zwar wie auf Wolke sieben fühle, aber in Wirklichkeit von Putzmitteln, Lumpen, Besen und Mülltüten umgeben bin.

Das hier ist kein Märchen und der Biker ist auch nicht der strahlende Prinz, was mir das Gefühl, eine gut gefickte Prinzessin zu sein, sofort nimmt. Noch immer zittrig zupfe ich meinen Rock zurecht, richte meinen BH und schließe die kleinen Perlmuttknöpfe meiner Bluse.

„Was los, Hunter?“

Der Biker vor mir klingt plötzlich hart und abweisend und überhaupt nicht mehr wie der Mann, der mich gerade gevögelt hat.

„Was? Das ist nicht akzeptabel. Kümmere dich um die Angelegenheit. Sag dem Prospect, er muss gründlich sauber machen. Keine DNA, verstanden!“

Besagter Hunter antwortet, ich kann leider nicht verstehen was.

„Nein. Ich habe kein Interesse einzufahren. Sing Sing und ich sind miteinander fertig.“

Täusche ich mich oder meint er tatsächlich das staatliche Gefängnis in Ossining, das etwa 40 Meilen von New York entfernt ist?

Halleluja!

Dieser Rocker ist gefährlich, und es ist wahrscheinlich gut, dass ich ihn nie wiedersehen werde. Seltsam, denn es fühlt sich trotz dieser Gewissheit ganz und gar nicht gut an.

1. Kapitel

Der Präsident

„He Präs, schon gesehen? Da steht eine Primaballerina vor dem Tor."

Genervt blende ich Hunter, meinen Vizepräsidenten, aus, und konzentriere mich weiter auf die warmen Lippen, die so gekonnt meinen Schwanz umschließen.

Lola ist eine erfahrene Clubbitch, sie weiß, wie's läuft – trotzdem bleibt mein Schwanz schlapp, tot – wie ein erschossener Hase.

Lola gibt nicht auf, leckt über meine Eichel, zieht sanft die Vorhaut zurück und saugt mich tief in ihren weichen, heißen und feuchten Mund.

Spätestens jetzt sollte mein Schwanz zum Leben erwachen, sich mit Blut vollsaugen und das Angebot, sich in die enge Kehle zu rammen, annehmen. Aber nichts. Fucking nichts!

Der verdammte Hase bleibt tot, was mich frustriert die Fäuste ballen lässt.

Erektionsprobleme hatte ich noch nie. Im Gegenteil. Bis jetzt konnte ich ficken, so oft und so lang ich wollte, mein Penis hat immer mitgemacht. Doch jetzt, genau genommen seit etwas mehr als drei Monaten, habe ich gewisse Schwierigkeiten, die mir echt zu schaffen machen.

Was soll diese Scheiße?

Was denkst sich mein Penis nur dabei, mich im wahrsten Sinne des Wortes so hängen zu lassen?

Fuck! Doppelt Fuck!

Ich weiß nicht, was mein Problem ist, aber ich weiß, wer an dieser Katastrophe schuld ist: Die kleine Blondine, die ich in Las Vegas, genauer gesagt im *Mirage* in der verdammten Besenkammer gebumst habe.

Dreifach Fuck!

Das Mädchen war der Hammer, der totale Oberwahnsinn – der absolute Jackpot.

Ich war geschäftlich in Vegas. Es ging um einen Deal mit den Mexikanern: Drogen, Waffen, eben das ganze Programm.

Der Geschäftsabschluss kam reibungslos zustande und hat dem *Death Scorpions Motorcycle Club* eine ordentliche Stange Geld eingebracht.

Ich wollte den Erfolg mit etwas Whisky, einer Runde Glücksspiel und einer netten Bitch feiern, aber dann bin ich dem Mädchen begegnet und mein Plan wurde auf einen Schlag bedeutungslos. Ich hab es mir gepackt, wir sind zur Bar gegangen und haben geredet. Es war von Anfang an klar, wo die Reise mit uns hingeht. Die zehn Minuten Smalltalk waren das Vorspiel, noch vor dem zweiten Whisky hat mich die Kleine gepackt, durch das Casino geführt und in eine Besenkammer gezogen.

Und dann ... *Holy Shit!* …hat sie mir zwischen Putzeimern, Wischmopps und anderem Kram die verfluchte Seele aus dem Leib gesaugt. Sie war so eng und heiß, dass sie mich sprichwörtlich fast verbrannt hätte.

Wir haben uns einander nicht vorgestellt, unsere Namen waren nicht von Bedeutung. Sie hat meine Kutte gesehen, das *Präsidenten-Patch* entdeckt und wollte ein Abenteuer. Das war okay für mich, immerhin war sie die schärfste Braut, die mir seit langem begegnet ist. Klein und biegsam, tabulos mit dicken, roten Lippen und schönen Titten.

Zuerst hatte sie nur meine Eier in der Hand und jetzt mich. So was ist mir in meinen vierzig Jahren noch nie passiert. Fucking noch nie. Und das will was heißen.

Das Mädchen hat mich benutzt. Nicht dass ich mich beschweren will, denn das war der Fick meines Lebens. Mit Abstand. Nichts war jemals besser, als mich von dieser Frau reiten zu lassen.

Ihre Pussy war perfekt, himmlisch und zugleich teuflisch. Das verdammte Paradies.

Die Nummer war gut und kurz und so intensiv, dass mein Schwanz süchtig nach dieser Fremden geworden ist.

Ihre Muschi hat mich süchtig gemacht, sie hat mich verhext oder verflucht, was auch immer. Auf jeden Fall hat sie meinen Schwanz umprogrammiert.

Wenn ich nur an sie denke, wenn ich mich an den Sex erinnere, wird mein Schwanz so hart, dass es schmerzt. Aber dann, wenn ich mir eine Nutte packen und meine Lust abarbeiten will, *bämm* beziehungsweise *puff*, fällt meine Erektion in sich zusammen. Fast so, als ob jemand die Luft rauslassen würde – wie bei einer beschissenen Luftmatratze.

Sobald mein Penis merkt, dass es nicht das Mädchen aus Vegas, sondern eine andere Frau ist, lässt er mich beziehungsweise sich einfach hängen.

So auch jetzt. Ich könnte kotzen!

„Präs, hast du gehört, was ich gesagt habe?“

Der Vize steht noch immer da.

„Kann man sich in diesem verdammten Clubhaus nicht mal in Ruhe einen blasen lassen?“

Er murmelt etwas und verschwindet dann. Endlich.

Entschlossen kneife ich die Augen zusammen und befehle meinem Körper, mir endlich wieder zu gehorchen. Lola ist sexy und talentiert, es gibt keinen Grund für meinen Schwanz, sie so zu missachten.

Fuck!

Seit wann haben Schwänze ihren eigenen Kopf? Seit wann dürfen sie bestimmen, wo es langgeht?

Vierzehn Wochen ohne einen Fick, mehr als drei Monate ohne einen Orgasmus!

Das nagt an mir. Meine Stimmung ist explosiv und meine Nerven liegen blank. Mittlerweile gehen mir fast alle aus dem Weg. Der Einzige, der sich noch in meine Nähe traut, ist Hunter.

Lola verliert die Geduld, lässt mein schlaffes Glied aus ihrem Mund gleiten und sieht mit kaum verhohlener Enttäuschung zu mir nach oben.

„Was los, Mason? Gefalle ich dir nicht mehr?"

Gefallen? *Bullshit!* Als ob es um so etwas Lächerliches wie die Optik geht. Es geht hier darum Druck abzubauen und endlich mal wieder abzuspritzen.

Teufel noch eins! Ich war schon kurz davor, mir professionelle Hilfe zu holen. Im Internet habe ich einen Psychodoc ausfindig gemacht, der auf seiner Homepage darüber informiert, dass Erektionsprobleme meist mit psychischem Druck zusammenhängen.

Vielleicht hat er recht?

Aber was für ein Druck?

Es geht mir gut, ich bin mit mir im Reinen. Es mag Männer geben, die mit ihrer Existenz nicht klarkommen – das Problem kenne ich nicht.

Als Präsident der *Death Scorpions* ist es meine Aufgabe, für gut laufende Geschäfte zu sorgen und die Sicherheit des Clubs zu garantieren.

Aber auch ich habe meine Fehler gemacht, war jung und dumm und schlampig.

In den zwei Jahren Knast habe ich meine Lektion gelernt: Die Gräber, die ich aushebe, sind tief, die Typen, die ich hinrichte, gehen grundsätzlich in Flammen auf, ehe ich sie auf Nimmerwiedersehen verschwinden lasse.

Ich bin zufrieden. Ehrlich. Also, was soll ich bei einem Psychologen?

Lola versucht weiterhin mit der Mund-auf-Schwanz-Methode den erschossenen Hasen zu reanimieren. Vergeblich.

Ich kenne den Grund, warum es nicht funktioniert: Sie ist die falsche Frau. Obwohl sie sich auf meinen Befehl hin die Haare extra blond gefärbt hat. in dem gleichen Farbton wie die des Mädchens aus fucking Vegas.

Ich wollte mein Hirn austricksen, ihm vorgaukeln, dass die Tussi, die vor mir kniet, das Mädchen ist, das ich so dringend brauche, um wieder einen hochzukriegen.

Es hat nicht funktioniert. Wie sollte es auch? Nichts funktioniert! Mein Schwanz lässt sich nicht so leicht verarschen.

Frustriert schubse ich Lola von mir, stehe auf und stopfe, wütend auf mich selbst, mein schlaffes Glied zurück in die Jeans.

Wie sollen mich meine Brüder ernst nehmen, wenn bekannt wird, dass ich meinen Mann nicht mehr stehen kann?

Fuuucckkk!

Dreieinhalb Monate. Das ist für einen Mann wie mich eine unfassbar lange Zeit.

Meine Hoden fühlen sich schwer an, so als würden sie gleich platzen. Sie sind dick und voll und warten nur darauf, endlich einen Teil ihres Inhalts loszuwerden. Doch mein Glied spielt nicht mit.

Mit ruckartigen Bewegungen schließe ich den Gürtel, sehe auf die Bitch herab, die nackt vor mir auf dem Boden kniet und stoße einen lauten Fluch aus.

„Ein Wort – ein einziges Wort und ich schwöre dir, ich schneide dir die Zunge raus."

Sie nickt, und ich weiß, dass sie das Maul halten wird, immerhin hat sie seit zwölf Wochen niemandem von meinem Problem erzählt.

Wenn mein schlaffer Schwanz publik werden sollte, werde ich zum Gespött des gesamten Clubs. Für immer. *Fuck!*

Zorn kocht in mir hoch, ich balle die Fäuste.

„Verschwinde. Sofort!"

Lola kennt mich gut genug, um zu wissen, wann es besser ist, mir aus dem Weg zu gehen, und stolpert panisch aus meinem Büro.

Ich schnappe mir das Whiskyglas, trinke es leer und schleudere es durch die Luft.

Es knallt gegen die Wand und zerspringt in tausend Teile. Die Scherben fliegen durch die Luft und verteilen sich auf meinem Schreibtisch.

Es ist mir egal. Alles ist mir egal.

Zum tausendsten Mal an diesem Tag denke ich an das *Mirage*, die kleine Blonde und die verfluchte Besenkammer. Mein Schwanz zuckt, schwillt an und erwacht wie durch Zauberhand zum Leben.

Bullshit!

Soll das ein Witz sein?

Genervt sehe ich an mir herab auf die Erektion, sie sich gut sichtbar in meinem Schritt abzeichnet und weiß nicht, ob ich lachen oder weinen soll.

Was läuft hier, verdammt?

Ist das irgend so ein seltsamer Voodoozauber?

Was muss ich tun, damit der Fluch, den mir diese Hexe in Las Vegas verpasst hat, endlich von mir weicht?

Wenn ich irgendetwas über diese Frau wüsste, ihren Namen oder zumindest die Stadt, in der sie wohnt, würde ich mich auf die Suche nach ihr machen, ich würde sie packen und sie solange ficken, bis mein Schwanz endlich geheilt ist.

Doch sie kam nicht aus Vegas, genauso wenig wie ich.

Dieses Mädchen ist wie ein großes Fragezeichen. Und genau deswegen stehe ich alleine mit meiner Erektion zwischen all den Scherben und bin kurz davor zu verzweifeln.

Vielleicht sollte ich doch zu dem Psychodoc gehen, mich auf die klischeebehaftete Couch legen und mir all den Frust von der Seele reden. Vielleicht hilft's?

Wenn nicht, kann ich mir immerhin noch eine Kugel ins Hirn jagen.

Allein bei der Vorstellung, nie wieder ficken zu können, nie wieder das heiße Fleisch einer Pussy an meinem Schwanz zu spüren, bin ich kurz davor Amok zu laufen.

Ich werde verrückt, ich drehe durch – endgültig.

„He Mason, die Ballerina steht noch immer vor den Toren des Clubs. Sie will dich sehen und lässt sich einfach nicht abwimmeln."

Echt jetzt?

Wütend drehe ich mich zu meinem Stellvertreter um.

„Willst du mich verarschen? Du mein Vize und bist nicht in der Lage, eine Frau wegzuschicken? Ist das dein Ernst?"

Er nickt und grinst.

Im Gegensatz zu mir scheint er blendende Laune zu haben.

„Sie ist anders."

Ich habe keinen Bock auf Rätsel.

„Was meinst du damit?"

„Die Primaballerina trägt ein rosa Tutu."

Ein Tutu?

„Du meinst so ein Ballettkostüm?"

Er zuckt mit den Schultern.

„Wie auch immer, es ist mega knapp, ich kann ihren Arsch sehen. Der ist geil. In dem Ding erinnert sie mich an einen Schwan oder so ein anderes exotisches Tier mit Federn.“

Seit wann ist ein Schwan exotisch?

Ungläubig starre ich ihn an und frage mich instinktiv, ob es so schlau war, ihn zu meiner rechten Hand zu ernennen.

„Tutu – Schwan oder Paradiesvogel, schick sie weg!“

„Geht nicht. Sie will dich sehen. Sofort. Und sie hat Taschen dabei, sieht fast so aus, als würde sie für einige Zeit bleiben wollen.“

Der Tag wird immer beschissener.

Ich zünde mir eine Kippe an, inhaliere den warmen Rauch und starre gen Zimmerdecke.

„Was um alles in der Welt will eine Ballerina in einem Motorcycle Club?“

Hunter schnaubt.

„Keine Ahnung. Ist mir auch drecksegal. Sie fragt nach dir und nicht nach mir.“

Mit dieser Antwort lässt er mich stehen.

Meine Lunge mit dem Nikotin füllend setze ich mich an den Schreibtisch und suche die Nummer des Schwanzpsychologen raus. Es wird Zeit, meinen Stolz zu überwinden und das Problem in die Hand zu nehmen.

Und das nicht nur sprichwörtlich.

2. Kapitel

Die Primaballerina

Ein unangenehmer Wind streift über meine nackten Beine und ich bereue nicht zum ersten Mal, dass ich mir nicht die Zeit genommen habe, mich umzuziehen. Aber die Umstände, denen ich es zu verdanken habe, dass ich vor den verschlossenen Toren des *Death Scorpions Motorcycle Clubs* stehe, haben mich irgendwie aus der Bahn geworfen.

Mein Verstand war mit dem, was ich gestern erfahren habe, so überfordert, dass er einfach nicht mehr funktionieren wollte.

Ich bin schwanger und zwar, wie sich herausgestellt hat, nicht von meinem Verlobten, den ich im nächsten Herbst heiraten wollte, sondern von dem Präsidenten des gefährlichen Motorradclubs, vor dem ich jetzt stehe.

Scheiße! Ich meine, echt verfluchte Scheiße!

Damals vor einem viertel Jahr in Las Vegas war ich durcheinander, mich hat eine Art Panik überfallen. Die berühmte Torschlusspanik.

Jonas, mein Freund, hatte mir einen Heiratsantrag gemacht und ich bin davongerannt. Nach Vegas, wo ich praktischerweise einen Auftritt hatte. Es war nicht geplant, dass ich mit einem anderen Mann schlafe, ich wollte das auch gar nicht. Ehrlich! Ihr müsst mir glauben!

Ich wollte einfach nur andere Luft atmen und mir klar darüber werden, was ich wirklich will und wie ich mir den Rest meines Lebens vorstelle. Und dann, na ja, dann stand da dieser Rocker und mein Verstand hatte eine Art Blackout.

Einen Systemabsturz sozusagen. Meine Hormone haben die Kontrolle übernommen und meine niederen Instinkte sind für eine kurze Zeit an die Macht gekommen.

Himmel! Eine Putzkammer. Ich darf gar nicht daran denken. Wobei ich das leider viel zu oft tue. Täglich, um genau zu sein.

Der Sex mit diesem Biker war der Hammer, der absolute Oberwahnsinn und ist kaum mit Worten zu beschreiben. Aber damit ihr lieben Leser euch leichter in mich reinversetzen könnt, versuche ich es trotzdem.

Stellt euch mal vor, ihr seid emotional völlig durcheinander und alleine in einer überwältigenden Stadt wie Vegas, euer Freund hat euch völlig unerwartet einen Heiratsantrag gemacht und will somit den Rest eures Lebens besiegeln. Mir kam es damals so vor, als wollte Jonas mir seinen Stempel aufdrücken. Mitten auf die Stirn. Fast wie bei einem

Schwein, dem eine Identifikationsnummer verpasst wird. Ich bin ein sehr freiheitsliebender Mensch, und die Vorstellung, mich bis zu meinem letzten Atemzug an ein und denselben Mann zu binden, hat mir einfach Angst gemacht.

Wirklich schreckliche, fürchterliche Angst.

Na ja, wie auch immer, zurück zum Thema ...

Da war ich also mitten in Vegas, der Stadt der tausend Möglichkeiten, und vor mir stand dieser Rocker. Groß, muskulös, selbstsicher und mit dieser herrlich gefährlichen Ausstrahlung. Er war wie die letzte Wasserflasche inmitten der heißen und endlosen Wüste meines Lebens. Er war wie die Eiswürfel in einem perfekt gemixten Caipirinha oder wie die köstlichen Oliven in diesen leckeren Martinis ...

Mit würden noch tausend Beispiele einfallen, aber ich bin mir sicher, ihr habt mittlerweile kapiert, worauf ich hinauswill.

Dieser Outlaw stand da, massiv und unerschütterlich und hat mich angesehen, als wäre ich die verdammte Kirsche auf der Torte. Der Ausdruck in seinen stahlgrauen Augen und der dunkle Bartschatten an seiner eckigen Kinnlinie ...

Purer Sex auf zwei Beinen.

Ein Orgasmus to go und na ja, ich konnte der Versuchung einfach nicht widerstehen. Diese Begegnung war wie ein Wink des Schicksals. Wie heißt es immer so schön? Was in Las Vegas passiert, bleibt in Las Vegas.

Alles Scheiße! Glaubt mir. Wenn ihr jemals in Vegas seid, dann fallt nicht auf diesen vielversprechenden Spruch rein, denn er stimmt nicht.

Absolut nicht.

Ich bin das beste Beispiel, immerhin stehe ich jetzt hier in New York, mit einem Baby im Bauch und mit einem sündhaft teuren Diamantring am Finger, vor den Toren des gefürchtetsten Motorcycle Clubs des Landes und muss dem Präsidenten der *Death Scorpions* gestehen, dass ich von ihm schwanger bin.

Heftig, oder?

Das Schicksal ist ein mieser Verräter und der einzige Grund, aus dem mir Jonas nicht sofort den Verlobungsring wieder abgenommen hat, ist der, dass ich ihn nicht mehr vom Finger kriege.

Lustigerweise weiß ich nicht, was der größere Fehler war: Mit dem Rocker zu bumsen, dabei kein Kondom zu verwenden oder den Heiratsantrag nach dem, was im *Mirage* passiert ist, anzunehmen?

Irgendwie war jede Entscheidung, die ich in den letzten dreieinhalb Monaten getroffen habe, ein dummer, dummer Fehler.

Aber egal, es spielt keine Rolle, ich bin in der vierzehnten Woche und mein Verlobter hat mich rausgeschmissen.

Die Art, wie ich von dem Baby erfahren habe, ist genauso abstrus, wie die bisherige Geschichte. Wie man an meinem Outfit unschwer erkennen kann, bin ich eine Primaballerina. Auf mein Gewicht zu achten ist sehr wichtig und obwohl ich echt kaum etwas gegessen habe, weil mir *Überraschung* immer übel war, ist mein Bauch immer runder geworden. Man sieht es noch nicht wirklich, aber ich merke es. Und nach meinem Auftritt in der letzten Nacht habe ich mich mitten in der Umkleide übergeben. Mir war so hundeelend, dass ich dachte sterben zu müssen.

Meine Freundin, ebenfalls Ballerina, hat mich zum Arzt geschleppt und tadaaaaa, da kam der ganze Schlamassel ans Tageslicht.

Verwirrt und durcheinander wie ich war, habe ich es Jonas erzählt. Ich dachte wirklich, dass er der Vater ist, doch Jonas ist völlig ausgeflippt. Ich meine, klar, dieses Kind war nicht geplant, aber der Wutanfall, den er gekriegt hat, war einfach zu krass. Jonas hat sofort gewusst, dass dieses Kind nicht von ihm ist. Und woher? Das hat er mir erst später verraten, als er meine Sachen schon gepackt und mich samt den Taschen aus seinem Apartment, in das ich erst vor wenigen Wochen eingezogen bin, geworfen hat. Und das im hohen Bogen.

Netterweise hat er mir noch zugebrüllt, dass er keine Kinder zeugen kann, ehe er die Türe so fest ins Schloss warf, dass das Holz gesprungen ist.

In dem Moment wusste ich ehrlich nicht, was mich mehr geschockt hat.

Die Schwangerschaft, der Rauswurf oder dass mein angeblich so ehrlicher Verlobter mir bis nach dem Jawort verheimlichen wollte, dass wir nie eine Familie gründen können?

Während des Fluges von Boston nach New York habe ich viel nachgedacht und bin zu der Erkenntnis gekommen, dass diese Ehe sowieso niemals funktioniert hätte.

Unsere Beziehung war auf Lügen und Geheimnissen aufgebaut und das ist ein denkbar schlechtes Fundament für eine gemeinsame Zukunft.

Wie auch immer, jetzt stehe ich hier – seit über einer Stunde – mit zwei Taschen, einem knappen Tutu, das kaum meinen Po bedeckt und meinen Satin-Ballettschuhen, die längst durchgeweicht und verdreckt sind.

Ich will die Hoffnung nicht aufgeben, dass sich doch noch alles zum Guten wenden wird und dass ich bald zum Präsidenten vorgelassen werde ...

Aber das ist schwerer als gedacht.

Diese kuttentragenden Höhlenmenschen sind sturer als Esel und hören mir einfach nicht zu. *Verdammt!*

Der junge Typ der – nicht zu fassen – mit einem Maschinengewehr auf der anderen Seite des Tores steht, behauptet ständig, dass der Präsident nicht da ist. Aber das stimmt nicht. Woher ich das weiß? Ganz einfach, ich bin eine gute Lügnerin und ich erkenne einen Lügner, wenn er vor mir steht. Unseresgleichen kennt sich nun mal.

Ich weiß, dass ihr euch wahrscheinlich denkt, dass ich diesen Schlamassel, in dem ich feststecke, verdient habe, und wahrscheinlich habt ihr sogar recht, aber was soll ich denn jetzt tun?

Jeder von uns macht mal Fehler, jeder von uns hat schon mal etwas getan oder gesagt, worauf er im Nachhinein nicht stolz war.

So ist das Leben nun mal. Es ist gemein, kompliziert, gefährlich, unvorhersehbar und, wie in meinem Fall, mit muskulösen Versuchungen gespickt. Genauer gesagt mit einer sehr muskulösen und nach Mann und Leder riechenden Versuchung, bei der ich schwach geworden bin.

Bitte verurteilt mich nicht, seid nicht zu hart mit mir, denn ich wollte niemandem etwas Böses. Das schlechte Gewissen wegen dem, was in Vegas passiert ist, hat mich beinahe fertiggemacht. Wahrscheinlich wäre Jonas' und meine Ehe auch ohne diesen einen, winzig kleinen Seitensprung gescheitert, denn manchmal ist es eben so. Manchmal glauben Leute, dass sie füreinander bestimmt sind, und bemerken erst viel später, dass sie sich getäuscht haben.

Die Liebe ist eine trügerische, wankelmütige Angelegenheit.

Ich finde, man kann sie am besten mit diesen Spiegelkabinetten vom Jahrmarkt vergleichen. Alles ist Täuschung, nichts ist echt und schlussendlich verliert man sich, ganz egal wie sehr man sich angestrengt hat, doch aus den Augen und geht alleine durchs Ziel.

Der kühle Wind frischt auf, mir ist schlecht und hinter meinen Schläfen pocht es unangenehm. Kein Wunder. Ich habe vor nicht mal vierundzwanzig Stunden erfahren, dass ich vom Präsidenten des *Death Scorpions Motorcycle Clubs* schwanger bin und danach haben sich die Ereignisse regelrecht überschlagen.

Ich komme mir vor wie durchgeschleudert, wie ein Flummi, der wieder und wieder durch die Luft geworfen wird, ehe er auf den harten

Boden knallt und automatisch wieder zurückprallt, um erneut geworfen zu werden.

Erschöpft und nicht bereit mich abwimmeln zu lassen, setze ich mich auf den Randstein vor dem Club, schlinge die Arme um die Knie und beobachte den Wachmann, wie er mich fassungslos anstarrt.

„Was soll das werden?“

„Ich warte.“

„Worauf?“

Himmel Herrgott!

Er muss echt schwer unterbelichtet sein, wenn er noch immer die Antwort auf seine Frage nicht kennt.

„Darauf, dass der Präsident herkommt. Ich habe dir schon ein Dutzend Mal gesagt, dass ich dringend, wirklich sehr dringend mit ihm reden muss.“

Die Wache flucht, ich halte seinem drohenden Blick trotzig stand.

„Wenn du die Wahrheit gesagt hast und er nicht da ist, kommt er sich bald hier vorbeigefahren.“

Ungeduld und Schuldbewusstsein blitzen in seinen Augen auf.

Erwischt.

„Wusste ich es doch, dass du mich angelogen hast!“

Er murmelt etwas, zündet sich eine Zigarette an und kommt zu mir raus.

Entsetzt starre ich auf das riesige Maschinengewehr und frage mich instinktiv, ob er so weit gehen würde, mich jetzt und hier auf offener Straße zu erschießen? Wenn die Gerüchte, die ich über diese Rocker gehört habe, stimmen, dann schrecken sie vor so gut wie gar nichts zurück.

Mir wird mulmig, dennoch bleibe ich sitzen. Erstens, weil aufgeben keine Option ist und zweitens, weil ich gar nicht weiß, wo ich sonst hinsoll.

Ich habe mir vorgestellt, dass ich aus dem Flieger steige, hierherkomme, dem Präsidenten sage, dass ich schwanger bin und er mich mit offenen Armen empfängt. Mir wird erst jetzt klar, wie schrecklich naiv das doch gewesen ist.

Ein böser Rocker ist nun mal kein netter Prinz und kein Mann, absolut keiner, flippt vor Freude aus, wenn er erfährt, dass er bei einem schnellen Quickie mit einer Unbekannten ein Kind gezeugt hat.

„Keine Sorge, Ballerina, ich werde dich nicht abknallen.“

Er hat also meine Furcht bemerkt. Klasse! Ich kann mir nicht mal ansatzweise vorstellen, was für einen Anblick ich biete.

Wahrscheinlich sehe ich aus wie eine halb ertrunkene Katze, die in letzter Sekunde aus dem Fluss gezogen wurde.

Zu meiner Überraschung zieht er eine zerknautschte Lucky-Strike-Schachtel aus der Hosentasche und bietet mir eine an.

Ich lehne dankend ab, obwohl sich mein ganzer Körper nach dem Nikotin verzehrt.

„Hör zu, ich muss wirklich dringend mit ihm reden. *Wirklich dringend.*"

Die Wache zögert, zieht sich den Riemen des Gewehrs über die Schulter und legt die Waffe vor sich auf den Asphalt.

„Glaube mir, Mädchen, das willst du nicht. Mason hat seit ein paar Monaten echt beschissene Laune. Richtig beschissene, um genau zu sein. Am besten stehst du auf und verschwindest."

Arschloch!

Da es nicht den Anschein hat, als ob er nachgeben würde, brauche ich einen Plan. Unsicher sehe ich auf das Maschinengewehr – mir kommt da eine Idee. Was, wenn ich einfach einen auf Rambo mache, mir das Gewehr schnappe und mir den Weg freischieße?

Wie weit würde ich kommen?

Und könnte ich glaubhaft vorspielen, dass ich mit so einem Ding umgehen kann?

Ich meine, ernsthaft, ich habe noch nie eine Pistole in der Hand gehalten, schon gar keine so große. Ich bin Ballerina und keine Auftragskillerin.

Aber verzweifelte Situationen erfordern nun mal verzweifelte Maßnahmen.

Mein Puls rast, ich sehe durch die Eisenstangen des Tors zu dem Clubhaus und versuche, mir meine Chancen auszurechnen. Das sind ungefähr fünfhundert Meter. Na ja, vielleicht auch mehr, aber ich bin schnell. Besonders wenn es sein muss.

Wenn ich mir die Waffe schnappe, und die Wache damit auf Abstand halte, könnte ich es schaffen. Gut, es ist ein großes, dick unterstrichenes KÖNNTE, aber immerhin.

Der Rocker neben mir raucht entspannt und schätzt mich ganz offensichtlich nicht als Bedrohung ein. Sein Fehler.

Meine Entscheidung ist gefallen und mein Puls schnellt in die Höhe.

Heilige Scheiße!

Stumm bis drei zählend, beuge ich mich vor, schnappe mir das unheimlich aussehende Ding und springe flink auf die Füße.

Meine jahrelange Erfahrung als Balletttänzerin kommt mir hier zugute.

Noch bevor der Biker überhaupt weiß, was los ist, blickt er auch schon in den Lauf des Maschinengewehrs. Vor Schreck fallen ihm fast die Augen aus dem Kopf, was mich unweigerlich zum Lachen bringt.

Okay, jetzt ist es passiert. Ich habe endgültig und für alle Zeit den Verstand verloren!

„Fuck, Mädchen! Was soll das werden?“

Gute Frage!

„Du wolltest ja nicht auf mich hören.“

Das *selber schuld* spreche ich nicht laut aus, es liegt dennoch in der Luft.

Er steht langsam auf, jetzt überragt er mich um einen Kopf und streckt wie in Zeitlupe die Hand nach mir aus. Ich weiche zurück und entferne mich so immer mehr von meinem eigentlichen Ziel, dem Clubhaus der *Death Scorpions*.

„Solange du die Knarre nicht entsicherst, bringt sie dir gar nichts, außer du willst mich damit erschlagen.“

Mist! Daran habe ich nicht gedacht.

Dank meiner Vorliebe für Schießfilme, wie ich sie immer nenne, weiß ich sofort, wovon er spricht. Aber wie machen das Rambo und Co? Ich versuche mich an meinen Lieblingsfilm ‚The Expendables‘ zu erinnern, und wie Silvester Stallone, Jason Statham und Konsorten das alles machen. Es funktioniert. Auch weil ich jetzt die Waffe in meiner Hand als Kalaschnikow identifiziere. Mit einem Klick löse ich die Sicherung, der Mund des Rockers klappt auf.

Sein gezischtes „Bullshit! Die Ballerina hat’s echt drauf.“ lässt einen Teil meiner Unsicherheit verschwinden.

„So hatte ich mir das nicht vorgestellt, ehrlich nicht. Aber du hast mir leider keine Wahl gelassen!“

Er brummt etwas.

Ich befehle ihm, zur Seite zu gehen.

Nach kurzem Zögern kommt er meiner Aufforderung nach.

Logischerweise muss ich meine Taschen zurücklassen, aber das ist okay. Ich glaube kaum, dass sie mir jemand stehlen wird. Immerhin sind sie pink und mit vielen kleinen Flamingos bestickt.

Für mich ist das Wichtigste jetzt erst mal, den Präsidenten zu finden, der Rest ist nebensächlich.

Mit dem Finger am Abzug gehe ich auf das Tor zu und betrete endlich das Gelände der Rocker. Zumindest wäre das schon mal geschafft. Dummerweise hat sich die Verschnürung meiner korallenfarbigen Satinschuhe gelöst, ich stolpere über eines der Bänder, gerate ins Straucheln und dabei löst sich ungewollt ein Schuss.

Der Knall ist ohrenbetäubend und der Rückstoß heftiger als gedacht.

Ich kriege nicht mit, wo die Kugel hin ist und wo sie einschlägt, ich bin viel zu sehr damit beschäftigt, nicht auf den Arsch zu fallen.

Rambo zu sein ist viel anstrengender als gedacht ...

3. Kapitel

Der Präsident

„Hör zu, Präs, mittlerweile hockt der Prospect schon neben der Ballerina. Es sieht nicht so aus, als ob sie einfach aufgeben würde. Also klär die Scheiße endlich!“

Hunter klingt nicht mehr nur genervt, sondern auch irgendwie belustigt.

„Die Tussi interessiert mich nicht. Schick sie weg.“

Mein Vize flucht, verpasst dem Türrahmen einen Schlag und geht.

Keine Ahnung warum ihn diese Frau so stört, mir kann sie gestohlen bleiben. Das Theater mit der Nutte gerade reicht mir für heute, ich habe die Schnauze voll von Pussys.

Frustriert beschließe ich, mich um die Buchhaltung zu kümmern, und schalte den PC ein. Ich drücke auf den roten Knopf, der die Bildschirme, auf denen die Aufzeichnungen der Sicherheitskameras live abgespielt werden, aktiviert. Dann versuche ich auszumachen, was vor dem Tor abgeht, aber wegen der dicken Stahlstangen kann man wenig erkennen.

Dennoch sehe ich, dass Hunter recht hat. Die Wache sitzt rauchend auf dem Boden, neben ihm eine Frau mit langen blonden Haaren und einem seltsamen Kleid.

So viel zu der Schwanentheorie ...

Ich meine, fuck! Sie ist fast nackt und das trotz des beschissenen Wetters, was mir klarmacht, dass es sich dabei garantiert um irgendeine weitere Bitch handelt, die bei den Scorpions ihr Glück versuchen will. Und da mein Schwanz out of order ist, kann ich darauf gut verzichten.

Mein Notebook fährt hoch, ich tippe das Passwort ein und checke meine Mails.

Noch bevor ich die erste ganz durchgelesen habe, ertönt der unverkennbare Knall eines Schusses. *Fuck! Was soll das?*

Irritiert sehe ich wieder auf die Monitore und beobachte fassungslos, wie die Ballerina mit der AK des Prospects bewaffnet mitten auf dem Hof steht und vom Rückstoß beinahe umgehauen wird.

Echt jetzt?

Das sowjetische Sturmgewehr passt nicht wirklich zu dem Tutu, das ihre schmale Taille umschließt. Mein Interesse ist geweckt. Die Knarre ist fast so groß wie die Tänzerin, die meinen Schwanz zum Zucken bringt.

Einen Fluch ausstoßend stehe ich auf und mache mich daran, diese Scheiße zu klären. Dieser Tag wird immer verrückter.

Mit großen Schritten eile ich nach draußen, Hunter schließt sich mir an, genau wie Wyatt, unser Sergeant at Arms, und Rhett, der Vollstrecker unseres New Yorker Chapters.

Im Hof schlägt mir eine angespannte Atmosphäre entgegen. Ich sehe die Primaballerina nur von hinten, mein Blick fällt kurz auf ihren Arsch und verdammt, mein Schwanz wird so hart wie seit Monaten nicht mehr. Seit fucking dreieinhalb Monaten, um genau zu sein!

Doch mir bleibt keine Zeit, das pralle Fleisch angemessen zu bewundern, denn Rhett, Hunter und Wyatt haben längst ihre Knarren gezogen und zielen auf den Kopf der durchgeknallten Tussi mit den rosanen Stoffschuhen und der AK in den winzigen Fingern. Wenn ich nicht schnell einschreite, liegt das Mädchen in wenigen Sekunden tot im Dreck.

„Waffen runter!" Keiner reagiert. „Sofort!"

Wyatt sieht mich fragend an.

„Bist du bescheuert, Boss? Die Schlampe hat eine Kalaschnikow."

Besagte Schlampe ist maximal 1,60 Meter groß und wiegt garantiert nicht mehr als fünfzig Kilo.

Ich reibe mir über die Stirn und versuche ruhig zu bleiben. Sind heute alle am Durchdrehen?

„Wo zur Hölle siehst du bitte eine Bedrohung, Sergeant? Wo? Fuck!"

Endlich befolgt er meinen Befehl, die anderen tun es ihm nach und die Ballerina dreht sich zu uns um.

In der Sekunde, in der ich in ihr Gesicht blicke, stockt mein Atem.

Fuck! Nein! Never! Nie!

Oder doch? Ist es möglich?

Bullshit!

Kann das wirklich sein?

Die durchgeknallte Ballerina ist keine andere als die Frau aus Vegas, die Frau aus der Besenkammer, die meinen Schwanz mit irgendeinem Voodoo-Zauber verflucht hat.

Was zur Hölle will sie hier? Und was noch wichtiger ist: War sie damals schon so verdammt schön wie jetzt? Ja, war sie, der Härtegrad meines Gliedes ist der beste Beweis dafür, dass es sie schon lange vor mir erkannt hat.

Keine Ahnung, ob ich fluchen oder lachen soll, aber als ich sehe, wie Caleb, ein weiterer Member, seine Schusshand wieder hochnimmt und auf ihren Rücken zielt, drehe ich durch, stürme auf ihn zu und strecke ihn mit einem Faustschlag nieder.

Getroffen fällt er um, landet vor meinen Stiefeln auf dem Boden und stöhnt, als ich ihm mehrfach in die Rippen trete. Ich spüre, wie sie brechen, eine gewisse Genugtuung erfüllt mich.

Der entsetzte Schrei einer Frau hallt über den Hof und ich weiß, dass er von der Ballerina kommt. So ähnlich hat sie auch geklungen, als ich sie so hart gefickt habe, wie noch kein Mädchen jemals zuvor.

Erst als klar ist, dass Caleb keine Bedrohung mehr für sie darstellt, lasse ich von ihm ab und drehe mich wieder zu ihr um. Mir ist durchaus bewusst, dass sämtliche Blicke auf mir ruhen und dass keiner meiner Brüder verstehen kann, warum ich so gehandelt habe. Aber das interessiert mich nicht. Nichts von all dem, was um mich herum passiert, ist von Wichtigkeit. Mein Fokus liegt voll und ganz auf dem wunderschönen Mädchen mit dem Tutu an der Taille und der Kalaschnikow in den Händen. Unsere Blicke treffen sich und die vergangenen Wochen haben nichts an der Anziehung, die diese Frau auf mich hat, geändert. Es ist genau wie damals in Vegas, ich kann kaum die Augen von ihr abwenden, und der Drang, sie zu berühren, wird beinahe übermächtig.

Täusche ich mich oder sieht sie gestresst, traurig und erschöpft aus?

Sorge breitet sich in mir aus. Der Wunsch sie zu beschützen, lässt mich erneut die Fäuste ballen. In meinem Brustkorb prickelt es warm und mein Schwanz?

Fuck! Fuck! Fuck!

Der verhöhnt mich und erinnert mich daran, dass ich seit Wochen nicht ficken konnte.

„Was zur Hölle machst du hier?“

Sie senkt schüchtern den Blick. Ihr Verhalten steht im starken Kontrast zu ihrem noch immer auf dem Abzug liegenden Zeigefinger.

Hunter und Rhett sehen ungläubig zwischen der Frau und mir hin und her, während Wyatt auf dem Sprung ist. Ich weiß, dass er nicht zögern und sich dazwischenwerfen würde, wenn die Frau beschließt, auf mich zu schießen.

Aber das wird nicht passieren. Nie.

Woher ich das weiß? Intuition!

Keine Ahnung was sie mit dieser Killerballerinanummer bezwecken wollte, aber das Mädchen ist nicht hier, um mich zu töten. Das kann ich bis in meine Hoden spüren. Ernsthaft.

„Ich muss mit dir reden.“

Ach, echt?

„Und deswegen der Aufriss?“

Sie zuckt mit den schmalen Schultern.

„Der Idiot da vorne wollte mich ja nicht reinlassen. Er hat behauptet, du bist nicht da. Also, was sollte ich tun?“

Benjamin, der besagte Idiot, der unser neuester Prospect ist, sieht mich schuldbewusst an. Er weiß genau, dass diese Scheiße hier auf ihn geht und dass ich ihn dafür bestrafen werde, dass er sich von einem kleinen Mädchen, von einer fucking Ballerina die Waffe hat abnehmen lassen.

So läuft das nicht. Er war für die Sicherheit verantwortlich und hat versagt! Das ist unentschuldbar.

„Und darum musstest du dir mit Waffengewalt Zutritt verschaffen?“

Kämpferisch das Kinn in die Höhe reckend, hängt sie sich den Gurt der AK über die schmale Schulter.

Bei allen Höllen!

Ich habe nie etwas Geileres gesehen.

„Na ja, es hat geklappt, oder? Du bist hier, bereit mir zuzuhören.“

Und zuhören ist nur eine Sache, die ich tun werde. Sobald ich sie in meinem Büro habe, werde ich sie packen, sie an die Wand drücken und mich bis zum Anschlag in sie rammen.

Doch zuerst gehe ich auf sie zu, nehme ihr das Sturmgewehr ab, lege die Sicherung ein und werfe es Wyatt zu, der es lässig auffängt.

Die Anspannung meiner Männer nimmt merklich ab. Wer hätte gedacht, dass es ausgerechnet eine Ballerina schafft, sie so in Alarmbereitschaft zu versetzen?

Ich sehe wieder zu dem Mädchen und schlucke schwer.

So verdammt wunderschön.

„Hör zu, Püppchen, du kannst mir nicht sagen, weswegen du gekommen bist, wenn du uns vorher alle aus Versehen umbringst.“

Sie murmelt ein „Sorry!“, das Hunter ein ungläubiges Schnauben entlockt.

Ich ignoriere ihn, schnappe mir ihre Hand und ziehe die Ballerina hinter mir her ins Clubhaus und auf direktem Weg in mein Büro.

Dort angekommen schlage ich die Türe zu, gehe auf das Mädchen zu und vergrabe meine Faust in ihren weichen, goldenen Strähnen. Dann tackere ich meinen Mund auf die weichen Lippen und beiße mich an der unteren fest.

Weich und samtig mit dem Geschmack von Erdbeeren.

Genau wie in fucking Vegas!

Kaum dass ich die Frau koste und berühre, legen sich meine Sicherungen um und ich verliere die Kontrolle.

Bämmmmmmm!

Sie reagiert genauso wie vor all den Wochen mit unverhohlener Leidenschaft.

Ohne zu zögern, schlingen sich ihre Arme um meinen Nacken, sie stellt sich auf die Zehenspitzen und kommt mir nur allzu willig entgegen.

Gierig platziere ich meine Hände auf ihrem Arsch, hebe sie mühelos hoch und trage sie ein paar Schritte nach hinten, bis ihr Rücken die Mauer berührt.

Sie keucht und wimmert, ich fauche und schiebe meine Zunge tief in ihren Hals.

Meine Erektion schmerzt, so hart ist sie.

Ich weiß noch immer nicht ihren Namen oder wieso sie hier ist, ich habe keine Ahnung, wo das mit uns hinführen wird oder was sie dazu gebracht hat, sich Benjamins Waffe zu schnappen und sich damit selbst in so große Gefahr zu bringen.

Aber Fuck!

Jetzt ist sie hier und jetzt nehme ich mir, was ich so dringend brauche.

Ich kann es nicht stoppen, kann mich nicht zurückhalten oder meine Finger von ihr lösen. *Bullshit!*

Ich könnte es nicht mal dann, wenn mein Leben davon abhängen würde.

Sie löst sich von mir, beendet den Kuss und sieht mich unter dem dunklen Kranz ihrer Wimpern heraus an.

„Wir müssen reden, Rocker."

Ich will jetzt nicht reden, sondern ficken.

„Später."

„Nein, sofort. Es ist wichtig."

Mir will ums Verrecken kein Grund einfallen, der so wichtig ist, dass es nicht warten kann.

Doch für sie scheint es eine gewisse Dringlichkeit zu geben, denn anstatt sich wieder von mir küssen zu lassen, drückt sie mit ihren kleinen Händen gegen meine Brust und versucht, mich wegzuschieben.

Süß. Ich lasse sie kämpfen, erst als sie verstanden hat, dass sie keine Chance gegen mich hat, weiche ich widerwillig zurück und lasse sie endgültig los.

Mit einem Schnauben gehe ich um meinen Schreibtisch herum, schaffe so den nötigen Sicherheitsabstand zwischen uns, der dafür sorgt, dass ich sie nicht erneut einfach schnappen kann. Dann fasse ich mir in den Schritt und richte meine Erektion anders aus, sodass ich mich einigermaßen schmerzfrei setzen kann.

„Du willst reden? Rede.“

Sie zögert. Ich beiße die Zähne zusammen und gebe ihr Zeit, sich wieder zu sammeln.

„Darf ich mich setzen?“

„Lustig. Du fragst, obwohl du beinahe die Hölle losgetreten hast mit deiner Killerballerinanummer?“

Zumindest hat sie genug Anstand, ein wenig schuldbewusst zu wirken.

Sie nimmt Platz, überschlägt anmutig die Beine und zupft ihr Tutu zurecht, ehe sie den Rücken durchdrückt und mich direkt ansieht.

Ob sie sich ihrer Grazie bewusst ist?

Bullshit!

Sie ist genauso schön wie in meiner Erinnerung, vielleicht sogar noch schöner.

Der Glanz in ihren himmelblauen Augen, die cremefarbene Haut und das Rot ihrer Lippen ... Meine Erektion pocht, gaukelt mir vor, dass ich mir die Potenzprobleme in den letzten Wochen nur eingebildet habe.

Fuck! Das ist heftig. Immerhin war ich kurz davor, einen Termin bei einem Seelenklempner zu vereinbaren. Und das alles nur wegen des Mädchens, das nicht davor zurückscheut, einem meiner Männer seine AK abzunehmen, um sich Zutritt zu verschaffen. Ich weiß noch immer nicht ihren Namen und dennoch bin ich der festen Überzeugung, dass sie etwas Besonderes ist.

Ich gehe jede Wette ein: Wenn die süße Ballerina jetzt aufstehen, den Schreibtisch umrunden und sich auf meinen Schoß setzen würde, könnte ich sie ficken. Ich könnte es und ich würde es und mein Schwanz hätte kein Problem damit. Bei ihr würde er mich nicht hängen lassen. Niemals! Voodoo ... verdammter Voodoozauber.

„Was willst du, Mädchen?“

Sie überlegt und leckt sich mit ihrer rosanen Zungenspitze nervös über die Unterlippe.

„Wenn ich mich recht erinnere, haben wir uns damals in Vegas nicht richtig vorgestellt. Ich würde das gerne ändern.“ Sie streckt ihre schmale Hand in meine Richtung. „Mein Name ist Jennifer.“

Das passt. Das passt perfekt.

Ich beuge mich vor, ergreife ihre zarten Finger und lasse sie kurz meine Kraft spüren. Als ich sie anfasse, verpasst mir die Berührung eine Art elektrischen Schlag. Jennifer scheint ihn auch zu spüren, ihre Pupillen weiten sich und ihre Atmung kommt schneller.

„Mason.“

Mehr sage ich nicht. *Verdammt!* Ich bin ja schon froh, dass ich wenigstens meinen Namen rausbringe, meine Kehle ist wie zugeschnürt. Schon witzig. In dieser Putzkammer habe ich sie gefickt, ich hatte meinen Finger in ihrem Arsch und ihre Zunge in meinem Ohr, und dennoch kommen wir erst jetzt dazu uns vorzustellen.

Ihr Blick gleitet zu meiner Kutte, sie betrachtet das *Präsidenten-Patch* und einige andere meiner Aufnäher, erschaudert und zieht ihre Hand zurück.

Widerwillig lasse ich sie los und lehne mich in meinem Sessel zurück. Gespannt, was jetzt gleich kommt, zünde ich mir eine Zigarette an, was mir einen missbilligenden Blick einbringt.

Teufel noch eins!

Was denkt sich dieses Weib eigentlich? Anstatt die Marlboro wieder auszumachen, blase ich ihr den nur kurz inhalierten Rauch mitten ins Gesicht.

Jennifer steht auf, kommt zu mir rum, aber nicht um sich wie erhofft auf meinen Schoß zu setzen und mich wie ein Rodeogirl zu reiten, sondern um mir die Kippe abzunehmen und sie mitten auf meinen Unterlagen auszudrücken.

Frech. Fucking frech! Dummerweise gefällt mir das ...

Hölle! Mir gefällt einfach alles an dieser Frau.

„Bist du bescheuert? Oder einfach nur lebensmüde?“

Mit gespieltem Zorn sehe ich sie an.

Anstatt sich vor Angst in die Hose zu machen, oder besser gesagt ins Tutu, verschränkt die Ballerina die Arme vor der Brust und bedenkt mich mit einem wütenden Blick. Sie scheint kurz zu zögern, aber dann spricht sie aus, was ihr auf der Zunge liegt, auf genau der Zunge, die ich ganz dringend an meinen Eiern spüren will ...

„Ich bin weder bescheuert noch lebensmüde, sondern einfach nur schwanger, und zwar von dir!“

Rums ... *Fuck!* Was? *Bääämmmm!*

Habe ich das gerade richtig verstanden? Hat sie gerade *schwanger* gesagt?

Mein Blick zuckt instinktiv zu ihrem Bauch. Mir wird auf einen Schlag schlecht. Es fühlt sich so an, als wäre meine Körpertemperatur in den letzten sechs Sekunden um zwanzig Grad gestiegen, nur um dann auf sechzehn Grad zu sinken. Oh nein. Das kann nicht sein.

„Sag das noch mal!“

„Ich bin von dir schwanger.“

Oh Mist!

Die Bedeutung ihrer Aussage hat sich nicht verändert.

„Du meinst schwanger schwanger?“

Ich klinge wie ein Idiot. Aber ich muss das wissen.

„Einfach schwanger, Präsident.“

Gut, das ist – ähm – das lässt wenig Platz für Spielraum.

„Aber wie?“

Sie zuckt mit den Schultern und verdreht die Augen.

„Muss ich dir das mit den Bienchen und den Blümchen echt erklären, Rocker?“

Nein, muss sie nicht.

Ich denke zurück an Vegas, die enge Kammer und die geilsten zwanzig Minuten meines Lebens. Ich erinnere mich an alles – absolut alles. Und darum weiß ich auch zweifelsfrei, dass wir kein Kondom verwendet haben. *Shit! Bullshit!*

Die Vergangenheit holt mich ein und verpasst mir einen heftigen Tritt in die Eier. Mein Schwanz fällt in sich zusammen, der Gedanke Vater zu werden hat auf mich die gleiche Wirkung wie ein Bad in einem zugefrorenen See: schmerzhaft, betäubend und abstumpfend.

Ich sehe die Ballerina an, die gespannt auf meine Reaktion wartet.

„Bist du dir sicher, dass es von mir ist?“

In der einen Sekunde steht sie noch vor mir, in der nächsten verpasst sie mir eine schallende Ohrfeige.

Respekt! Keine Ahnung, wann es das letzte Mal jemandem gelungen ist, mich so zu treffen.

Meine Reflexe sind die eines Mörders, jahrelang trainiert, blitzschnell und ich bin jederzeit bereit zu töten. Die Tatsache, dass ich diese Ohrfeige nicht habe kommen sehen, ist der beste Beweis dafür, dass ich unter Schock stehe.

„Glaube mir, Mason. Ich hätte mir das alles auch ganz anders gewünscht. Es ist nicht gerade meine Traum-Zukunftsfantasie, von einem kriminellen unverschämten Biker ein Kind zu kriegen. Aber es ist so und da müssen wir jetzt durch!“

Um ihr klarzumachen, dass ich nicht zu den Männern gehöre, die sich von einer Frau herumkommandieren lassen, stehe ich auf und komme ihr so nahe, dass sie den Kopf in den Nacken legen muss, um mir ins Gesicht zu sehen. Mein Schwanz erwacht wieder zum Leben und ist – ganz nach dem Motto ‚*was kann jetzt schon noch passieren*‘ - bereit loszulegen.

Verräter!

Gottverdammter Verräter!

Jennifer fürchtet sich vor mir, das kann ich in ihren kristallklaren Augen ablesen, dennoch weicht sie nicht zurück, sondern hält mir mutig stand.

„Ganz egal wie ungeplant dieses Baby auch ist, ich werde es nicht wegmachen lassen.“

Ihre Stimme ist nicht lauter als ein Flüstern, dennoch trifft sie mich bis ins Mark. Mag sein, dass ich nicht bereit bin Vater zu werden. Um ehrlich zu sein, habe ich mir über so was wie eine Familie noch nie Gedanken gemacht. Aber jetzt, wo es passiert ist ... *Fuck*! Jetzt ziehe ich das durch. Ich beschütze meinen Club, ich beschütze, was mir gehört und ich beschütze auch mein Kind, auch wenn es noch nicht mal geboren ist.

Allein die Vorstellung, dass Jennifer eine Abtreibung auch nur in Betracht ziehen könnte, macht mich wütend. Extrem wütend, um genau zu sein!

„Das Baby bleibt und wenn es wirklich von mir ist, werde ich für das Kind da sein.“

Jennifer sackt in sich zusammen, fast so, als hätte ich mit dieser Aussage eine tonnenschwere Last von ihren Schultern genommen.

Um sie zu stützen, schlinge ich einen Arm um ihre Taille und presse sie an mich.

„Geht es dir gut?“

Sie nickt, ich bin erleichtert. Mit schwangeren Frauen und ihren Befindlichkeiten kenne ich mich absolut nicht aus.

Mühelos hebe ich sie in meine Arme, setze mich auf meinen Sessel und platziere das Mädchen auf meinem Schoß.

Die Mutter meines ungeborenen Kindes ...

Ein kalter Schauer rieselt an meinem Rückgrat entlang.

Wir sitzen schweigend da, Jennifer erlaubt es mir, sie festzuhalten, und gibt mir einen Moment, meine Gedanken zu sortieren.

Holy Shit!

Mir wird erst nach und nach bewusst, dass die letzten Minuten mein Leben, meine gesamte Existenz für immer verändern werden. Noch heute Morgen gab es nur mich und den *Death Scorpions Motorcycle Club,* aber jetzt sind da noch eine Frau und ein Baby, für die ich die Verantwortung übernehmen werde und für die ich sorgen muss.

Keine Ahnung, wie lange wir einfach so dasitzen, ihre Arme um meinen Nacken geschlungen und meine Hand auf ihrem Bauch, es fühlt sich an wie eine Ewigkeit. Irgendwann sieht Jennifer dann zu mir nach oben und es fühlt sich wie das Natürlichste der Welt an, sie zu küssen.

Warm, weich und samten pressen sich ihre Lippen an die meinen, unsere Zungen lernen sich erneut kennen und ihr köstlicher Geruch steigt mir in die Nase.

Die Ballerina riecht nach reifen Erdbeeren mit einer leichten Vanillenote. Mein Hunger ist geweckt. Und wenn ich an die vergangenen vierzehn Wochen denke, dann weiß ich genau, dass er nicht so leicht zu stillen sein wird.

„Warum das Tutu?"

Sie schmunzelt.

„Obwohl wir es geschafft haben, ein Kind zu machen, wissen wir ziemlich wenig voneinander, was?"

„Wir haben in Vegas nicht viel geredet."

Eine leichte Röte überzieht ihre Wangen, mein Schwanz wird noch härter. Ich beuge mich zu ihr, umfasse mit einer Hand ihr Gesicht und küsse sie erneut. Dieses Mal noch tiefer, hungriger und gieriger als zuvor.

Anstatt auf Abstand zu gehen, positioniert Jennifer sich um. Jetzt sitzt sie rittlings auf mir, die Hände auf meinen Schultern abgestützt, den Mund leicht geöffnet.

Das Angebot, das in ihren Augen funkelt, nehme ich nur allzu gerne an. Meine Faust in ihren goldenen Locken vergrabend, tackere ich meinen Mund erneut auf den ihren. Meine andere Hand wandert an ihrem Rücken nach unten, hinab zu ihrem Po, unter den weißen Schwanenrock, der so klassisch für Ballerinas ist.

Ich weiß, ich sollte es stoppen. Fuck!

Ich kenne diese Frau nicht, alles, was ich von ihr weiß ist, dass ihre Pussy dem verdammten Paradies gleichkommt, ihre Titten meine Hände ausfüllen und dass sie von mir schwanger ist. Aber ich weiß auch, dass ich seit mehr als drei Monaten keinen Sex mehr hatte – seit der Nacht in Vegas – und dass mich das kontinuierlich in den Wahnsinn treibt!

Hier geht es darum, das letzte bisschen Verstand, das mir geblieben ist, zu retten. Meine Erektion zuckt zustimmend und meine Hoden ziehen sich puckernd zusammen.

Mein gezischtes „Scheiß drauf!" geht in Jennifers Wimmern unter und ich hoffe, dass sie mich nicht davon abhalten wird, mich bis zum letzten Zentimeter in ihr zu vergraben.

Ungeduldig schiebe ich sie ein bisschen nach hinten, öffne meinen Gürtel und anschließend die Hose und ziehe beides nach unten. Sie kapiert, was ich tue, sieht mich aus weit aufgerissenen Augen an und zögert.

Mir egal. Ich zerreiße den dünnen Body und die Strumpfhose, die ihre Pussy verdecken, lasse meine Finger durch ihren heißen Spalt gleiten und werde mit einem leidenschaftlichen Seufzen belohnt.

Sie zuckt kurz zusammen, als ich mit zwei meiner Finger in sie gleite, doch dann presst sie sich meiner Hand entgegen und wird noch etwas feuchter.

Fucking bloody Hell ...

Da ist es wieder, dieses Ziehen in meiner Brust, diese Magie in der Luft – dieses gewisse Knistern, das meinen Schwanz schon in der ersten Sekunde abhängig gemacht hat. *Voodoo* ... mehr sage ich nicht.

„Sag, dass du es auch willst."

Sie wimmert und nickt.

„Fick mich, Scorpion!"

Äußerlich mag Jennifer wie ein Engel aussehen, aber tief in ihrem Inneren ist sie ein versautes Luder. Diese Mischung aus Unschuld und Hure hat mir schon in Vegas das letzte bisschen Verstand geraubt. Und genau dieser Mischung verdanke ich es, dass ich das verfluchte Kondom vergessen habe. Was mir sonst nie passiert.

Nie!

Mein ganzes Leben habe ich aufgepasst, dass mir keine Bitch irgendeine Krankheit oder ein Kind anhängt, und dann ...

Ich kann noch immer nicht verstehen, was diese Primaballerina an sich hat, aber es macht mich fertig – zwingt mich beinahe in die Knie.

„Halt dich an mir fest."

Sie tut es, ich umfasse ihre schmalen Hüften, hebe sie leicht an und positioniere meinen Schwanz direkt vor ihrer Muschi. Ein letztes Mal tief einatmend, stoße ich nach oben, während ich sie zeitgleich bestimmend nach unten ziehe.

Jennifer wird regelrecht von mir gepfählt. Sie kreischt und stöhnt, drückt mir ihre prallen Titten ins Gesicht und fällt in einen schnellen Rhythmus.

Hoppe, hoppe Reiter ...

Ihre Pussy landet wieder und wieder mit Schwung auf meinem Schwanz, ich komme ihr entgegen und beiße mich an ihrem samtenen Hals fest. Verpasse ihr ein dunkles Mal, das sie als mein Eigentum kennzeichnet und meinen Brüdern eine Warnung sein wird.

Keine Ahnung, wo der Drang herkommt, ihr meinen Namen auf die Stirn zu tätowieren, aber er ist da und er wird mit jeder Sekunde, die ich länger von ihrer göttlichen Pussy umschlossen bin, stärker.

Die Zähne fest aufeinanderbeißend genieße ich das Gefühl, endlich wieder ein ganzer Mann zu sein, und merke, wie sich eine tiefe

Erleichterung in mir ausbreitet. Ich brauche keinen Psychologen, keine blauen Pillen und auch sonst keine Hilfe. Alles, was nötig war, um meinen Schwanz wieder zum Laufen zu bringen, war das richtige Mädchen ...

Der Drang abzuspritzen wird immer stärker, mein Becken zuckt und die Muskeln in meinen Oberschenkeln arbeiten. Aber es geht noch nicht. Noch darf es nicht zu Ende sein. Diese wenigen Minuten können mich nicht für fucking vierzehn Wochen entschädigen. Ich brauche mehr. Ich brauche alles. Sofort!

„Mehr. Mason! Mehr."

Ich war mir nicht sicher, ob es noch geiler geht, aber es geht. Meinen Namen aus ihrem Mund zu hören, raubt mir den letzten Rest Selbstbeherrschung.

Fluchend nagle ich mich noch tiefer in sie hinein, fülle sie bis zum letzten Millimeter aus und presse mein Gesicht in die Mulde zwischen ihren Brüsten.

Der Stoff stört mich, also zerfetze ich ihn und belohne mich selbst für diese grandiose Idee, indem ich an ihren Nippeln lutsche.

Mein Glied saugt sich mit einer weiteren Ladung Blut voll, Jennifer spürt es und stöhnt zufrieden. Sie sieht mich an, küsst mich und lässt zu, dass ich mich an ihrer Unterlippe festbeiße. Hitze flutet mein Denken, das Blut in meinen Adern kocht und all meine Sinne sind auf die Ballerina ausgerichtet, die mich bumst, als gäbe es kein Morgen mehr.

Mein Hirn geht dank des eklatanten Mangels an Blut offline, das Einzige, was ich noch wahrnehme, ist der moschusartige Geruch von Muschi, der mir in die Nase steigt, und das erste leichte Zucken ihrer inneren Scheidenwände, die sich immer fester und fester um meine Erektion herum zusammenziehen.

Sie kreischt meinen Namen, rammt sich noch fester auf meine Härte und gibt ein lang gezogenes Stöhnen von sich ...

Ihr Orgasmus ist heftig, es fühlt sich fast so an, als würde ihre Pussy um meinen Schwanz herum explodieren.

Ich lasse zu, dass mich ebenfalls die Erlösung packt, bohre mich ein letztes Mal tief in sie hinein und fülle sie dann mit meinem Samen. Ich tue das ganz bewusst, spüre, wie er ihre Muschi flutet und sich in ihrem Unterleib verteilt. Welch ungewohntes, jedoch göttliches Gefühl. Bis jetzt habe ich mir diesen Luxus verwehrt. Sicher ist sicher. Aber bei Jennifer ist es für ein Kondom längst zu spät, sie trägt schon mein Kind in sich, also was soll's?

Mit diesem Mädchen war von Anfang an alles anders, und ich habe die starke Befürchtung, dass es dabei bleiben wird.

Hölle! Eine Schwangerschaft dauert neun Monate. Sobald das Baby da ist, werde ich einen Vaterschaftstest verlangen, und bis dahin werde ich die Ballerina so oft und so hart ficken, bis der Voodoozauber bricht und mein Schwanz endlich wieder frei ist.

Noch mal stehe ich so eine Scheiße nicht durch. Nicht ohne Amok zu laufen und ein verfluchtes Blutbad anzurichten.

Obwohl der Fick vorbei ist, bleibe ich in ihr, genieße die feuchte Wärme, die mich umschließt und das Gewicht der Frau, die erschöpft gegen mich gesunken ist.

„Das war gut."

Sie klingt heiser, jedoch zufrieden.

„War es."

Jennifer hebt den Kopf und sieht mich an.

„Zumindest kannte ich dieses Mal deinen Namen."

Das bringt mich zum Lachen.

Sie steht auf und meine erschlaffende Erektion gleitet aus ihr heraus. Bevor sie jedoch ganz aus meiner Reichweite verschwinden kann, packe ich sie am Handgelenk, fahre mit zwei Fingern über ihre geschwollene Mitte und spüre, wie mein Sperma aus ihr herausläuft.

Fuck. Das ist gut. Das ist geil. Ernsthaft.

Entschlossen, diese Frau auf die primitivste aller Arten als die meine zu markieren, reibe ich ihr Geschlecht mit meinem Saft ein, schiebe die tropfende Flüssigkeit zurück in ihren Körper und sehe ihr dabei tief in die Augen.

„Du bist zu mir gekommen. Es war deine freie Entscheidung, mich über deinen Zustand zu informieren. Jetzt bist du in meiner Welt und hier gelten meine Regeln. Du gehörst mir, du wirst auf mich hören und meine Befehle befolgen! Bis das Baby auf der Welt ist, bleibst du bei mir. Du ernährst dich gesund, trinkst keinen Alkohol und meidest gefährliche Situationen. Keine Waffen, keine Maschinengewehre. Nichts von dieser Scheiße! Kapiert?"

Ich erkenne an dem Blick, mit dem sie mich ansieht, dass sie mir widersprechen will, aber ich erkenne eben auch, dass sie völlig erschöpft ist und dass ihr für die Auseinandersetzung, die auf ein Widerwort von ihr folgen würde, die Kraft fehlt.

Also nickt sie nur, streicht ihr Tutu glatt und umrundet den Schreibtisch.

„Gibt es eine Möglichkeit zu duschen? Ich brauche Wasser auf der Haut und ein Bett. Die vergangenen Stunden hatten es echt in sich."

Ich nicke, stehe auf und gehe auf sie zu.

„Du wirst bei mir wohnen."

Der Blick, mit dem sie mich mustert, kann nur als tödlich beschrieben werden.

Aber was hat sie gedacht?

Dass ich sie im *Four Seasons* einquartiere?

Lachhaft.

„Hast du keine Sachen dabei?"

„Doch, die stehen noch immer draußen auf der Straße."

Aha!

„Jaja ... sowjetisches Sturmgewehr und Reisegepäck – beides wäre wohl zu schwer geworden, was?"

Gut. Wenn ich dachte, der vorherige Blick sei tödlich gewesen, bei diesem jetzt, müsste mein Herz eigentlich sofort aufhören zu schlagen.

„Halt die Klappe, Mason."

„Du verstehst wohl keinen Spaß, was?"

Dazu sagt sie nichts.

Ich befehle Bratt, einem weiteren unserer Anwärter, der sein Probejahr fast hinter sich gebracht hat, dass er Jennifers Gepäck holen und in meine Wohnung bringen soll. Den verdatterten Ausdruck, der dabei über sein Gesicht huscht, ignoriere ich.

Dann bringe ich das Mädchen hoch in den dritten Stock und führe es in mein Badezimmer.

„Fühl dich wie zuhause, deine Sachen werden dir gleich gebracht."

„Du gehst wieder?"

Ich brauche Whisky. Viel Whisky, um den Schock, dass ich Vater werde, zu verarbeiten und gleichzeitig zu feiern, dass mein Schwanz wieder funktioniert.

Keine Ahnung, ob Jennifers unerwartetes Auftauchen ein Fluch oder ein Segen ist, die nächsten Wochen werden mir aber sicher eine Antwort auf diese Frage liefern.

Unten an der Bar drehe ich die Musik lauter, schütte Unmengen von Jack Daniels in mich rein und zünde mir endlich eine Kippe an.

In der Sekunde, in der das Nikotin meine Lungenflügel füllt, fühle ich mich schlagartig besser.

„Willst du mir sagen, was dieser Bullshit sollte?"

Hunter setzt sich neben mich, nimmt mir die eckige Flasche ab und gönnt sich ein paar große Schlucke.

„Was meinst du?"

„Echt jetzt? Willst du mich verarschen?"

Um dieses Gespräch werde ich wohl kaum herumkommen. Der gesamte Club stirbt sicherlich bereits vor Neugierde. Kein Wunder, eine mit einer Kalaschnikow bewaffnete Primaballerina stürmt schließlich nicht alle Tage auf unser Gelände.

„Gib's zu, Präs, du hast sie gefickt."

Ich halte meine Mimik neutral.

„Wie kommst du darauf?"

Hunters Mundwinkel ziehen sich nach oben.

„So beschissen zufrieden hast du seit einer Ewigkeit nicht mehr ausgesehen."

Fuck!

„Ich habe sie schon in Las Vegas gefickt."

Mein Vize reißt ungläubig die Augen auf.

„Sie ist die Tussi aus der Putzkammer?"

„Richtig."

„Was macht sie hier?"

Gute Frage. Keine Ahnung, ob ich schon bereit bin, die Antwort darauf publik werden zu lassen. Aber was bleibt mir übrig? Eine Schwangerschaft ist nichts, was man lange verheimlichen kann.

„In Vegas habe ich keinen Gummi benutzt."

Es dauert, bis er die Tragweite des eben Gehörten begreift.

„Ach Fuck, Boss. Du hast ins Schwarze getroffen?"

„So könnte man es nennen."

„Idiot."

Dem werde ich nicht widersprechen.

Während ich die Zigarette fertig rauche, schweigen wir.

„Was jetzt?"

„Jennifer bleibt."

„Aye, das dachte ich mir schon."

Jetzt zündet er sich ebenfalls eine an.

„Die Scheiße mit Caleb war heftig."

Aber nötig.

„Er hat eine Waffe auf sie gerichtet."

„Jep, aber sie hatte eine AK in der Hand."

Das ist mir wohl bewusst. Allein wenn ich daran denke, wird mein Schwanz hart.

Genervt reibe ich mir über die Stirn.

„Sie ist eine verdammte Ballerina. Okay. Eine Ballerina in einem verdammten Tutu. Sie hat nie eine echte Gefahr für einen von uns dargestellt."

Hunter scheint da anderer Meinung zu sein.

„Sie hat geschossen.“

„Garantiert nicht mit Absicht. Vor Schreck und dank des Rückstoßes ist sie fast auf den Arsch gefallen.“

Das bringt Hunter zum Lachen.

„Zugegeben, sowas habe ich auch noch nie erlebt. Und das will was heißen.“

Darauf erwidere ich nichts, sondern konzentriere mich ganz auf den Whisky.

„Dann muss ich dir wohl gratulieren, Bro.“

Irritiert sehe ich ihn an.

„Wozu?“

„Zu deiner baldigen Vaterschaft.“

Fuck!

„Noch ist nicht geklärt, ob das Kind wirklich von mir ist.“

Warum ich das sage, weiß ich nicht, denn mein Instinkt verrät mir, dass ich Jennifer glauben kann.

„Du zweifelst an der Tatsache?“

„Eigentlich nicht.“

„Na dann, Gratulation!“

Mit einem Fluch stehe ich auf, lasse Hunter sitzen und gehe raus auf den Hof. Es gibt da noch eine Sache, die ich erledigen muss.

Rhett kommt mir entgegen.

„Wo ist Benjamin?“

„Gegenfrage: Wo ist die Killerbarbie?“

Es gefällt mir nicht, dass er Jennifer so nennt. Es gefällt mir ganz und gar nicht.

„Sie ist eine Ballerina und keine Barbie, sogar ein Wichser wie du sollte den Unterschied kennen. Und sie ist in meiner Bude. Sie bleibt und sie steht unter meinem Schutz! Verhältst du dich ihr gegenüber respektlos, schieße ich dir ins Knie. Kapiert?“

In einer abwehrenden Geste hebt er beide Hände, die Handflächen zeigen in meine Richtung.

„Schon okay. Hab verstanden. Die Frau ist tabu.“

Schön, dass die Quintessenz so deutlich rauszuhören war.

„Wo ist der Prospect?“

„Am Tor. Wo sonst? Er hat Wachdienst.“

Richtig, hat er. Beziehungsweise hatte er. Wenn ich mit ihm fertig bin, wird er nicht mehr in der Lage sein, die Schicht zu Ende zu bringen.

„Besorg einen Ersatz.“

Rhett will etwas sagen, verkneift es sich dann jedoch und verschwindet im Clubhaus.

Entschlossen kremple ich meine Ärmel hoch, marschiere auf Benjamin zu und verpasse ihm ohne Vorwarnung einen rechten Haken, der ihn auf den Boden befördert. Ich stelle mich über ihn, sehe wütend auf ihn herab und lasse all den Frust der vergangenen Wochen an ihm aus.

Das mag unfair sein, bringt aber den gewünschten Erfolg.

Wenige Minuten und einige Hiebe später brennen meine aufgeplatzten Fingerknöchel, als hätte ich sie erst mit einer Schleifmaschine bearbeitet und anschließend in Alkohol gebadet, doch der Druck in meinem Inneren ist verschwunden und einer ungewohnten Zufriedenheit gewichen.

Eine Familie stand nie auf meinem Plan. Nie. Fuck! Vielleicht irgendwann mal eine Old Lady, aber Babys, volle Windeln, Geschrei und Kotze garantiert nicht.

Doch jetzt hat mir das Schicksal diese Entscheidung abgenommen, und der Gedanke ist nur halb so erschreckend wie befürchtet.

Es gibt Schlimmeres, als einen Sohn zu haben, einen Thronfolger, der irgendwann in vielen Jahren meinen Platz am Tischende übernimmt und das weiterführt, was ich vor sechs Jahren begonnen habe.

Der *Death Scorpions Motorcycle Club* ist mein Leben, es kann nicht schaden, für sein Fortbestehen zu sorgen.

4. Kapitel

Die Primaballerina

Ich bin seit drei Tagen in New York und Jonas hat kein einziges Mal versucht, mich zu erreichen, was mich nicht sonderlich überrascht. Er ist bei meinem Rauswurf sehr deutlich geworden. Dennoch tut diese Trennung irgendwie weh. Es ist ein irrationaler Schmerz, den ich nicht genau beschreiben kann.

Es geht gar nicht so sehr darum, was ich verloren habe, sondern eher darum, was hätte sein können.

Wir wollten uns ein gemeinsames Leben aufbauen, wir hatten rosige Zukunftspläne, dir mir sehr gefallen haben. Aber unsere Ehe wäre wohl von vornherein zum Scheitern verurteilt gewesen. Wahrscheinlich ist das, was jetzt passiert ist, das Beste, was passieren konnte. Aber trotzdem ... Scheiße, verdammt noch mal, trotzdem tut es weh, all das, was hätte sein können, aufzugeben.

Dieses Baby kommt zu einem denkbar schlechten Zeitpunkt. Ich liebe das Tanzen, schon seit ich ein kleines Mädchen war, wollte ich immer eine Primaballerina sein, und jetzt?

Der letzte Auftritt hat mir gezeigt, dass die Übelkeit, die mich zumeist ohne Vorwarnung heimsucht, in den unpassendsten Augenblicken kommt. Und eine kotzende Ballerina ist nicht gerade ein schöner Anblick, schon gar nicht während einer voll ausgebuchten Vorstellung. Dazu kommt mein stetig runder werdender Bauch. Anmut und Grazie sind nicht gerade zwei Adjektive, die man mit einer Schwangeren in Verbindung bringen würde.

Und wie geht es dann weiter, wenn das Baby da ist?

Wie soll ich tanzen, meinen Verpflichtungen nachkommen und mich gleichzeitig um ein Kind kümmern. Fragen über Fragen und ich habe keine Antworten, zumindest keine, die gut in mein Leben passen.

Eine Stimme tief in mir wispert wieder und wieder, dass mein Leben, so wie ich es bisher gekannt habe, vorbei ist. Endgültig. Aber das will ich irgendwie noch nicht so ganz wahrhaben. Also blende ich sie aus und versuche, die Welt dieses Rockerclubs zu verstehen.

Und das ist gar nicht so leicht. Die *Scorpions* leben nach ihren ganz eigenen Gesetzen und Regeln, für sie scheint nur ihr Club wichtig zu sein und der Rest der Menschheit kann sie am Arsch lecken. Hinter dem bewachten Tor, das zu durchqueren mir nur dank des Sturmgewehrs gelungen ist, ist Mason der unangefochtene König. Sein Wort gilt, seine Befehle werden ausgeführt. Immer. Natürlich versucht er das auch bei mir, die Betonung liegt dabei auf *versucht*, denn im Gegensatz zu seinen Männern trage ich keine Kutte, ich habe niemandem Treue oder Loyalität geschworen, was den ach so mächtigen Rockerpräsidenten schon das ein oder andere Mal fast in den Wahnsinn getrieben hat.

Mason wird schnell laut, was ihn extrem angsteinflößend macht. Ernsthaft! Wenn 180 Pfund testosterongeladene, muskelbepackte Männlichkeit wütend werden, kann das ziemlich bedrohlich wirken. Doch getan hat der Rocker mir nie etwas, ganz egal wie oft er auch aus Zorn die Fäuste geballt hat.

Das gibt mir ein trügerisches Gefühl der Sicherheit.

Die anderen *Scorpions*, allen voran Rhett, der mich immer an Rhett Butler aus ‚*Vom Winde verweht*' erinnert und Wyatt, bei dem ich immer an Wyatt Earp aus dem gleichnamigen Western denken muss, betrachten mich skeptisch. Ich denke, sie wissen nicht genau, wie sie mit mir umgehen soll. Keine Ahnung, ob das an dem ersten Eindruck liegt, den ich dank der Kalaschnikow hinterlassen habe, oder daran, dass Mason keinen Zweifel daran lässt, dass ich ihm gehöre und somit unantastbar bin.

So oder so – die meisten der Outlaws gehen mir aus dem Weg. Besonders Benjamin, der Prospect, dessen Gesicht wegen mir in unzähligen Blautönen schimmert. Wobei er nicht der Einzige ist, der seit meinem Auftauchen Masons Fäuste zu spüren bekommen hat. Calebs Nase ist gebrochen, genau wie ein paar seiner Rippen. Die Art, wie er mich ansieht, lässt mir die Haare zu Berge stehen und ich bin mir ziemlich sicher, dass er sich dafür an mir rächen will. Es gilt also vorsichtig zu sein.

Ansonsten geht es mir erstaunlich gut.

Zu gut, wenn man bedenkt, für was für ein Chaos und für was für einen Trubel ich gesorgt habe.

Meine Chefin habe ich längst über meinen Zustand unterrichtet, sie ist nicht gerade begeistert, dass ich ausfalle, aber sie wird schnell einen Ersatz für mich finden.

In jeden Ballett-Ensemble kann es nur eine Primaballerina geben und dieser Posten ist immer heiß begehrt. Ich weiß das aus Erfahrung, immerhin habe ich mein ganzes Leben geprobt, gelitten und gekämpft, nur um endlich dahin zu kommen, wo ich war, bis mir die Nacht in Vegas zum Verhängnis geworden ist.

Schon verrückt, das Ergebnis von jahrelanger Arbeit kann in nur wenigen Sekunden zerstört werden. Einmal schwach geworden, einmal einem Rocker begegnet und kein Kondom verwendet, und *zack* ist alles Scheiße.

Wobei, das stimmt nicht ganz ... Ein Baby ist immer ein Wunder, ganz egal unter welchem Umständen es gezeugt wurde.

Gedankenverloren bedecke ich meinen Bauch mit beiden Händen, sehe aus dem Fenster runter in den Hof und beobachte, wie Mason sich mit Rhett unterhält. Der Präsident spricht, der Vollstrecker nickt und macht sich dann daran, den Befehl, den er gerade erhalten hat, auszuführen. Hier bei den *Scorpions* herrscht eine strenge Hierarchie, an der niemals gerüttelt wird.

Mason verschwindet im Haus, ich bleibe stehen und beobachte weiter das Geschehen.

Wenige Minuten später höre ich, wie die Türe geöffnet wird und sich dann Schritte nähern. Starke Arme schlingen sich um meine Taille und ich werde an eine harte Brust gezogen.

Wie immer, wenn Mason mich sieht, vergräbt er kurz seine Nase in meinen Haaren und inhaliert meinen Duft. Fast so, als würde er ihn tief in seinem Gedächtnis einbrennen wollen. Das und viele andere Kleinigkeiten ergeben diese raue Rockerromantik, der ich immer mehr verfalle. Ja, wir streiten oft, aber es gibt auch schöne Momente. Momente der Zweisamkeit, in denen es mir gelingt, Masons harte Schale zu knacken und zum weichen Kern vorzudringen.

Hinter all der Brutalität, den Waffen und Tattoos steckt ein guter Mann, das kann ich spüren. Seit meiner Ankunft hat Mason nie auch nur den geringsten Zweifel daran gelassen, dass er für mich und das Kind da sein wird. Und ganz ehrlich, das ist mehr, als ich mir erhofft hatte.

Er hätte mich genauso gut fortschicken oder zu einer Abtreibung zwingen können.

Ja, er will nach der Geburt einen Vaterschaftstest machen, aber das ist okay für mich. Ich an seiner Stelle würde genauso handeln.

„Wie geht es euch beiden?"

Mein Herz schmilzt, ich liebe es, wenn er das Baby mit einbezieht.

„Gut."

Sein dunkles Brummen erweckt einen Schwarm Schmetterlinge in meinem Bauch zum Leben.

„Bist du bereit?"

Himmel, keine Ahnung ... Bin ich es? Bin ich bereit, mein Baby zu sehen?

Erst gestern habe ich nach einer Gynäkologin gesucht und überraschenderweise gleich für heute einen Termin bekommen. Wobei, so überraschend ist das nicht, immerhin hat Mason mir das Telefon abgenommen und der Frau unmissverständlich klargemacht, wer er ist und was er verlangt.

Hier in New York scheint es eine Art Zauberwort zu geben: *Death Scorpions*. Sobald man den Namen des Clubs erwähnt, öffnen sich einem Tür und Tor.

Nachdem Mason sich versichert hat, dass ich garantiert von einer Frau untersucht werde, war er mehr als zufrieden mit sich und ist pfeifend davongeschlendert, um sich wieder seinen kriminellen Outlaw-Machenschaften zu widmen.

Die Vorstellung, dass es ein Mann ist, der den Ultraschall durchführt, hat ihn beinahe rasend gemacht. Was ich echt witzig finde. Ich meine ernsthaft ... Wir kennen uns gefühlt drei Sekunden, wie kann er da schon so besitzergreifend und eifersüchtig sein?

Als er keine Antwort von mir bekommt, dreht er mich zu sich um und sieht mir prüfend in die Augen.

„Alles klar?"

Ich lecke mir über die plötzlich trockenen Lippen. Obwohl wir seit meiner Ankunft mindestens ein Dutzend Mal Sex hatten, ist Mason unersättlich. Die Dinge, die er mit mir anstellt, und das, was er mich dabei fühlen lässt, sind unbeschreiblich. Und obwohl mir durchaus bewusst ist, dass es viel zu schnell geht und dass ich es lieber nicht tun sollte, bin ich auf dem besten Weg, mich in diesen Biker zu verlieben.

Schön blöd, ich weiß.

Aber so ist das seit unserer ersten Begegnung in Vegas.

Sobald ich in Masons Nähe bin, seinen Geruch nach Leder einatme und in seine grauen Augen sehe, geht mein Hirn offline und meine Hormone übernehmen die Kontrolle.

Dieser Tatsache habe ich die Schwangerschaft ja erst zu verdanken. One-Night-Stands sind eigentlich nichts für mich, schon gar nicht in einer Besenkammer und erst recht nicht, wenn ich eigentlich in einer Beziehung bin. Bis zu dem Zeitpunkt habe ich immer auf die Verhütung geachtet, aber dann ... *Bumm!* Dann stehe ich dem landesweit gefürchteten Präsidenten des *Death Scorpions Motorcycle Clubs* gegenüber und verwandle mich in ein naives Blödchen.

Scheiße! Scheiße! Scheiße!

„Fuck, Mädchen. Rede mit mir!"

„Ja, es ist alles okay. Ich bin nur extrem aufgeregt, weil wir gleich zum Doc fahren."

Das scheint ihn zu beruhigen.

„Was meinst du? Ob sie uns schon sagen kann, ob es ein Junge oder ein Mädchen wird?"

Sehr witzig.

„Ich bin gerade mal in der vierzehnten Woche, der Embryo ist wahrscheinlich nicht mal erdnussgroß, was bedeutet, dass man noch kein Geschlecht erkennen kann. Wahrscheinlich hat das Baby noch gar kein Geschlecht."

Mason grunzt und schüttelt den Kopf.

„Vergiss es. Kein Geschlecht? Du spinnst. Ich sage dir, es wird ein Junge und er wird einen riesigen Schwanz haben genau wie sein Vater."

Immer dieses Machogehabe ... Trotzdem muss ich lachen.

„Riesigen Schwanz?"

Mason nickt.

„Logo. Oder willst du es bestreiten?"

Niemals. Immerhin bringt er mich Nacht für Nacht damit zum Schreien. Und im Vergleich zu Jonas ist Mason tatsächlich wie ein Pferd ausgestattet. Aber das werde ich ihm garantiert nicht sagen, dieser Biker ist auch so schon viel zu sehr von sich eingenommen.

„Ich will es einfach nur nicht bestätigen."

An seinen Mundwinkeln zupft ein verwegenes Lächeln. Sanft umfasst er mein Gesicht, rahmt es mit den Händen, die so schrecklich brutal sein können, ein und tupft einen Kuss auf meinen Mund.

Mein Hunger erwacht, ich stelle mich auf die Zehenspitzen und fordere mehr, mehr von seinen Lippen, mehr von seiner Zunge, einfach mehr von allem.

Er gibt es mir, hebt mich mühelos hoch und platziert mich auf der Fensterbank. Ich schlinge die Beine um seine Mitte, vergrabe meine Hände in seinen kurzen, pechschwarzen Haaren und verliere mich immer mehr in dem Gefühl, das seine Nähe in mir auslöst.

So war es mit Jonas nie.

Ich weiß, es ist unfair, zu vergleichen, aber es ist die Wahrheit.

Diese alles verzehrende Leidenschaft, dieses Feuer, das mich zu verbrennen droht, und der nie zu stillende Hunger, der an mir nagt, werden immer stärker.

Wenn ich klug wäre, würde ich Mason von mir schubsen und mich in Sicherheit bringen. Aber wenn es um diesen Rocker geht, bin ich nicht klug, sondern dumm, sehr dumm und darum mache ich mich auch mit zitternden Fingern an seinem Gürtel zu schaffen, ziehe ihn durch die Schnalle und öffne anschließend seine Jeans.

Er flucht, reißt mir mein Top vom Leib und löst die Spange aus meinen Haaren. Er hat es am liebsten, wenn ich sie offen trage, dann kann er seine Faust in ihnen vergraben, meinen Kopf nach hinten reißen und sich an mir festbeißen. Der Knutschfleck alias Bissabdruck an meiner Kehle beweist das.

Süchtig nach mehr ziehe ich meinen Rock nach oben, schiebe meinen Slip nach unten und führe Masons Erektion in mich ein. Für einen kurzen Moment reicht es ihm, nur wenige Zentimeter in mir zu stecken, dann knurrt er laut und stößt sich bis zur Wurzel in mich hinein. Ich schreie, wispere seinen Namen und gebe mich dem Rocker, der von Anfang an eine zerstörerische Wirkung auf mich hatte, hin. Er ist das Streichholz und ich bin der Benzinkanister und zusammen ergeben wir eine explosive Kombination.

5. Kapitel

Der Präsident

Ich versuche vergeblich, mich auf die Besprechung zu konzentrieren und Cashs Kosten-Nutzen-Analyse zu folgen. Es funktioniert nicht.

Alles, woran ich denken kann, ist der Arztbesuch von heute Mittag und diese kleine Blase, die in Jennifers Bauch heranwächst und aus der schlussendlich mein Sohn entstehen wird.

Fuck!

Für einen Mann wie mich, der hauptsächlich mit dem Tod zu tun hat, ist die Entstehung von neuem Leben eine unglaublich faszinierende Sache. Jetzt, wo ich es gesehen habe, begreife ich erst richtig, dass ich tatsächlich Vater werde.

Was mir Angst macht, eine echte Scheißangst.

Was kann ich einem Kind schon beibringen?

Ich bin mit mir im Reinen, dennoch weiß ich nicht, ob ich als Vorbild für einen kleinen Menschen dienen sollte.

Ich bin abgefuckt. In fünfzig verschiedenen Facetten und im Grunde genommen nicht mal gut genug für die süße Primaballerina, die draußen im Hof sitzt und die Maisonne genießt.

Cash kommt zum Ende, klappt den schwarzen Ordner zu und übergibt das Wort an Wyatt.

„Die Lieferung ist da, sie ist vollständig und die Qualität passt. Wir brauchen mehr Munition, aber die habe ich bereits bestellt. Sie sollte also Mitte nächster Woche eintreffen."

Er klatscht in die Hände und verschränkt dann die Arme hinter dem Kopf.

„Mehr gibt es von meiner Seite aus nicht zu sagen." Sein Blick zuckt zu mir. „Außer natürlich, dass ihr alle eure Knarren verstecken solltet, falls Masons Ballerina mal wieder Bock hat, eine Einfrauarmee aufzustellen."

Gelächter erklingt, meine Belustigung hält sich hingegen in Grenzen. Vielleicht ist jetzt der geeignete Zeitpunkt gekommen, um die Sache offiziell zu machen.

„Jennifer ist schwanger. Behandelt sie mit Respekt oder ihr bekommt es mit mir zu tun."

Bis jetzt wusste nur Hunter Bescheid und der hat das Maul gehalten. Die eintretende Stille verrät viel. Cash räuspert sich und starrt mich entsetzt an.

„Schwanger von dir?"

„Ich denke ja. Sobald das Kind da ist, machen wir einen Vaterschaftstest.“

Wyatt gibt ein Zischen von sich und Rhett reibt sich die Stirn.

„Ein Baby bei den *Death Scorpions*. Wenn man das laut ausspricht, klingt das sehr seltsam.“

Da muss ich Jacob, einem weiteren Member, der den Posten als Tätowierer innehat, recht geben.

Er steht auf, kommt auf mich zu, ich erhebe mich ebenfalls.

„Gratuliere, Präs.“

Wir klopfen uns auf die Schulter, auch die anderen beglückwünschen mich.

Damit wären jegliche Zweifel Jennifers Status betreffend ausgeräumt. Die Frau gehört mir. Für immer und daran kann nichts und niemand jemals wieder etwas ändern. Nur wenn das Kind doch nicht von mir ist, lasse ich sie wieder frei. Wenn es aber tatsächlich meins ist, und davon gehe ich aus, ist ihr Schicksal besiegelt.

Die Besprechung kommt zum Ende, bis auf Hunter verlassen alle den abhörsicheren Raum.

„Was los, VP?“

„Wir müssen reden.“

„Haben wir das nicht gerade?“

Er lehnt sich neben mir an die Tischkante.

„Was ich sage, ist nicht für den gesamten Club bestimmt, sondern nur für deine Ohren.“

Mein Interesse ist geweckt.

„Rede!“

Bevor er das Wort ergreift, zündet er sich eine Kippe an, ich tue es ihm nach.

„Du erinnerst dich noch an Bastard?“

Fuck.

„Logo. Wie sollte ich den vergessen?“

Bastard ist ein ehemaliger Member, er hat uns verraten und wir haben ihm die Kutte abgenommen und das Leder verbrannt. Seine Tattoos wurden geschwärzt und er wurde aus New York verbannt. Die Geschichte ist erledigt. Dass der Bastard überhaupt lebend aus der Sache rausgekommen ist, verdankt er dem Umstand, dass er Max' Sohn ist. Max war der erste Präsident des New Yorker Chapters und ist vor sechs Jahren an Lungenkrebs gestorben.

„Er ist zurück und macht mit den *Devils* gemeinsame Sache.“

Die *Devils* sind eine Gruppierung von Wichsern, die ihre Drogen in verschiedenen Giftküchen selber mischen und mit ihrem Stoff in unserem Revier dealen. Wir haben sie schon ein paarmal vertrieben, aber sie sind wie Unkraut und kommen immer wieder zurück.

„Du weißt, was wir ihm angedroht haben, sollte er jemals wieder einen Fuß in unser Territorium setzen."

Hunter nickt, er wirkt genauso wenig begeistert wie ich.

„Es ist nie gut, einen Bruder zu töten, egal ob ehemalig oder nicht."

Das ist eine dreckige Angelegenheit.

„Manchmal kommt man nicht drum herum, Scorpionblut zu vergießen."

Den warmen Rauch inhalierend, kneife ich mir in den Nasenrücken.

„Spür den Bastard auf. Verpass ihm einen Warnschuss und sag ihm, dass er sich verpissen soll."

„Und wenn er nicht auf mich hört?"

Einfache Sache.

„Dann knall ihn ab."

Der Befehl fällt mir nicht leicht. Aber es muss sein.

Hunter nickt, raucht seine Zigarette fertig und verschwindet aus dem Raum. Ich bleibe allein zurück, sortiere meine Gedanken und mache mich an die Arbeit.

Was für eine verrückte Woche.

6. Kapitel

Die Primaballerina

Es vergehen drei weitere Tage, mittlerweile fühle ich mich zwischen all den *Scorpions* sehr wohl. Hunter, Wyatt, Rhett und Cash behandeln mich, als würde ich tatsächlich zu ihnen gehören, und nicht mehr wie eine Außenseiterin, die sich mit Waffengewalt Zutritt verschafft hat.

Selbst Benjamin, der Prospect, scheint seine Wut überwunden zu haben, was durchaus mit meiner Entschuldigung zu tun haben könnte.

Und auch Masons Wohnung fühlt sich nach ein paar Umräumaktionen etwas gemütlicher an.

Gemütliche Kissen, ein paar Duftkerzen und Zimmerpflanzen haben schon immer Wunder bewirkt. Wenn erst mal der flauschige Teppich und die nächsten der Amazon-Lieferungen eintreffen, wird es noch besser.

Inzwischen habe ich auch unzählige Elternratgeber gelesen, die mit praktischen Erstausstattungslisten gespickt sind, sodass ich mich daran machen kann, die ersten Dinge zu besorgen.

Mason hat mir eine dicke Rolle Dollarscheine, die mit einem schwarzen Gummiband zusammengehalten wurde, auf den Tisch gestellt und mir gesagt, ich solle alles kaufen, was das Baby braucht. Geldsorgen scheint der Präsident schon mal keine zu haben. Das beruhigt mich. Es reicht schon, dass ich meinen Job verloren habe.

Vor den Fenstern wird es langsam dunkel, von Mason fehlt jede Spur. Er ist bereits vor Stunden mit drei seiner Männer vom Hof gefahren, um irgend so ein Rockerding zu erledigen.

Was genau die Biker den ganzen Tag treiben, habe ich noch nicht so ganz durchschaut. Es geht um Waffen, das ist klar, und um das Verteidigen der Reviergrenzen.

So weit ich das mitbekommen habe, gehört New York den Rockern, aber das scheinen viele andere Parteien nicht so zu sehen. Alle wollen ein Stückchen des Kuchens, ein Stückchen der Weltmetropole, die Mason und seine Clubbrüder für sich beanspruchen.

Ich habe auch schon ein paar Bruchstücke über Sprengstoff, Granaten und Drogen aufgeschnappt, aber in welchem Zusammenhang die Scorpions damit stehen, weiß ich nicht.

Mason ist darauf bedacht, dass ich nicht zu viele Clubangelegenheiten, wie er es nennt, mitbekomme. Keine Ahnung, ob er mir misstraut oder mich einfach nur vor seiner düsteren Welt schützen will. Das wird sich wohl erst in den nächsten Monaten herausstellen. So oder so, ich bin ein schrecklich neugieriger Mensch und diese Unwissenheit nagt extrem an mir.

Am liebsten würde ich alles erfahren und dem Präsidenten eintausend Fragen stellen, aber so funktioniert das leider nicht. Also übe ich mich in Geduld und versuche so, mir ein eigenes Bild über diesen Motorcycle Club zu verschaffen.

Unruhig verlasse ich die Wohnung, gehe runter in den Hof und setze mich auf meine Lieblingsbank, die etwas weiter abseits steht und von der aus man einen guten Überblick über das Geschehen im Clubs hat.

Hier bei den Bikern ist immer was los, egal zu welcher Tages- und Nachtzeit, egal ob am Wochenende oder werktags. Diese *One Percenter,* wie sie sich nennen, schlafen scheinbar nie.

Vor dem Clubtor hält ein silberner Tesla. Heute hat Bratt, ebenfalls ein Prospect, Wachdienst. Neugierig beobachte ich, wie er seine Waffe zückt und auf den Wagen zugeht.

Was wohl jetzt passiert?

Dieser Tesla passt so gar nicht zu den dicken Harleys, die mit dem Hinterreifen Richtung Clubhaus geparkt dastehen. Irgendwie wirkt dieses Auto hier genauso fehl am Platz wie ein Einhorn mitten in einem Kuhstall.

Ein Mann steigt aus und ich brauche einige Sekunden um zu erkennen, um wen genau es sich dabei handelt. Als es mir dann gelingt, falle ich vor Schreck beinahe von der Bank.

Was um alles in der Welt macht Jonas denn hier? Woher weiß er überhaupt, wo ich bin? Vielleicht von meiner Freundin aus dem Ballett, ihr hatte ich eine kurze Nachricht geschickt, damit sie sich keine Sorgen macht.

Mir rutscht das Herz in die Hose und mein Puls galoppiert durch meinen Brustkorb.

Hilfe! Gott hilf mir ...

Mit wackeligen Knien gehe ich auf das Tor zu und höre, wie Bratt Jonas mit tonloser Stimme erklärt, dass er ihn auf keinen Fall auf das Gelände der *Scorpions* fahren lassen wird und dass er sich am besten verpissen soll. Mein Name fällt, Bratt zieht verwundert eine Augenbraue in die Höhe.

„Was ist mit der Lady des Präsidenten?“

Jetzt ist es Jonas, der nicht glauben kann, was er da gerade gehört hat.

„Jennifer ist meine Verlobte.“

Und nun bin ich diejenige, die verblüfft ist. Verlobte? Das war ich mal. Ich dachte eigentlich, dass sich dieses Bündnis in der Sekunde, in der er mich mit den Worten: „Ich will dich nie wiedersehen!“ aus seiner Wohnung warf, in Luft aufgelöst hat.

Aber anscheinend habe ich da was falsch verstanden.

Ziemlich verwirrt gehe ich auf die beiden zu. Bratt sieht mich und schüttelt wütend den Kopf.

„Verschwinde, Mädchen, der Typ hier ist verrückt.“

Jonas entdeckt mich ebenfalls, unsere Blicke begegnen sich, in meinem Magen bildet sich ein schmerzhafter Klumpen.

„Er sagt die Wahrheit.“

Bratts Kiefer klappt auf.

„Was?“

Ich zucke ratlos mit den Schultern.

„Wir waren verlobt, bevor ich nach New York gekommen bin.“

Jonas murmelt „sind verlobt“, was meiner Ansicht nach definitiv nicht stimmt.

Das einzig Gute an dieser Scheiße ist, dass Mason gerade nicht da ist. So wie ich den Präsidenten kenne, würde er ausflippen, Jonas zu einem handlichen Würfel zusammenfalten und ihn in den Kofferraum seines E-Autos stopfen. Keine Ahnung, wann er zurückkommt, es könnte jede Sekunde sein. Es muss mir unbedingt gelingen, ein Aufeinandertreffen zu verhindern.

Also blende ich Bratt aus, gehe weiter auf Jonas zu und knete nervös meine Hände.

„Es tut gut, dich zu sehen, Süße.“

Ein fieses Ziehen zuckt durch meine Brust.

„Du solltest gehen.“

Meine abweisende Art scheint ihn zu überraschen.

„Aber ich bin extra gekommen, um dich zurückzuholen.“

Bratt flucht und baut sich bedrohlich neben mir auf, was Jonas sichtbar Furcht einflößt.

Benjamin ist ein netter Prospect, er wirkt harmlos und eher wie der freundliche Typ von nebenan. Aber Bratt ist das genaue Gegenteil. Er ist hart und finster, genau wie die anderen Biker. Was vielleicht daran liegt, dass er schon etwas länger dabei und auch ein paar Jahre älter ist.

„Kannst du dem Wachhund sagen, dass er verschwinden soll?“

„Er hat Ohren, Jonas. Er kann dich hören.“

Bratt knurrt.

„Kann er und ihm gefällt nicht, was er hört.“

Es irritiert mich etwas, das er plötzlich in der dritten Person von sich spricht.

„Okay. Wie auch immer. Steig einfach ein und komm mit nachhause."

Nachhause? *Hmm...* wo ist mein Zuhause? In Boston?

Ich denke nicht, ich fühle mich hier im MC mehr als wohl. Zwischen Mason und mir läuft es gut und na ja, wir bekommen ein Kind.

„Ich denke, es ist besser, wenn ich hierbleibe."

„Das ist eine falsche Entscheidung."

„Nein, denke ich nicht. Ich bin schwanger. Schon vergessen?"

„Ich werde das Kind als das meine akzeptieren."

Wow! Von seinem Meinungswechsel bekomme ich fast ein Schleudertrauma.

„Wieso?"

„Das erkläre ich dir in Boston."

So weit wird es nicht kommen.

Bratt ist sichtlich angespannt, irgendwie rechne ich damit, dass er Jonas jede Sekunde über den Haufen schießen wird. Immer nervöser werdend, werfe ich ihm immer wieder einen prüfenden Seitenblick zu und hoffe, dass dieses Aufeinandertreffen ein gutes Ende nehmen wird.

Je schneller mein Ex in seinen Tesla steigt und davonfährt, umso besser.

Bevor er hier aufgetaucht ist, war ich mir meiner Gefühle für ihn nicht ganz sicher. Ich konnte nicht beurteilen, ob ich ihn noch liebe oder nicht mehr. Aber jetzt, wo ich so vor ihm stehe, wird mir klar, dass das, was auch immer ich mal für ihn empfunden habe, längst vorbei ist.

Jonas macht einen Schritt nach vorn, umfasst mein Handgelenk und will mich zu seinem Auto ziehen, was Bratt ein Zischen entlockt.

„Hände weg, Arschloch, oder du wirst es bereuen."

Jonas ignoriert ihn einfach.

„Komm schon, Jennifer! Du bist verwirrt, du kannst gerade nicht beurteilen, was du willst."

Ach nein? Kann ich das nicht?

Ich versuche mich loszureißen, es funktioniert nicht.

Bratt schreitet ein, verpasst meinem Ex-Verlobten einen Hieb mit dem Griff der Waffe, was Jonas ins Straucheln bringt. Das Geboller von sich nähernden Motorrädern ertönt, Mason, Rhett und Wyatt sind zurück.

Liebes Schicksal, du hast ein echt beschissenes Timing ...

Die Bikes kommen in Sichtweite, mir wird schlecht und Jonas nimmt endlich seine Finger von mir. Und Bratt wirkt sichtlich erleichtert.

Der Präsident fährt voran, er kapiert, dass etwas nicht stimmt und beschleunigt.

Nach wenigen Atemzügen kommt er bei uns an, stoppt seine Harley und sieht zu mir. Dann gleitet sein Blick zu Jonas und seine Mimik verhärtet sich.

Rhett und Wyatt rahmen ihren Präsidenten ein, die drei mächtigen, kuttentragenden Rocker bieten einen beeindruckenden Anblick. Mason klappt den Ständer aus, steigt ab und kommt mit großen Schritten auf mich zu.

Scheiße! Scheiße! Scheiße!

Was soll ich tun? Mir fällt nichts ein und die Katastrophe nimmt ihren Lauf ...

Jonas scheint endlich zu kapieren, dass er es hier mit niemand geringerem als dem Präsidenten des *Death Scorpions Motorcycle Clubs* zu tun hat und weicht ein Stück zurück, sodass er dem Tesla ein wenig näherkommt.

Das wird kein gutes Ende nehmen.

„Was willst du hier?“

Bratt lässt es sich nicht nehmen, Mason mitzuteilen, dass der Wichser gekommen ist, um mich einzukassieren. Ich muss wohl nicht extra erwähnen, dass Mason etwas gereizt auf diese Information reagiert. Er ballt die Fäuste, lässt seine Nackenmuskulatur knacksen und stellt sich direkt vor mich, sodass sein breites Kreuz mich vor Jonas’ Blicken abschirmt. Ich stelle mich auf die Zehenspitzen und versuche über seine Schulter hinwegzusehen, was mir natürlich nicht gelingt.

Mason ist einfach zu groß und zu muskelbepackt.

„Stimmt das? Du willst dich an meiner Lady vergreifen?“

Mein Ex gerät ins Stottern. Ziemlich unsexy ...

„Ich will nur meine Verlobte abholen.“

Bei dem Wort Verlobte muss ich die Augen verdrehen. Jonas hatte Schluss gemacht, wie kann er das so einfach vergessen?

Instinktiv muss ich auf den Ring an meinem Finger sehen. Ob ich ihn jetzt abkriege?

Ich versuche es, befeuchte meine Haut mit etwas Spucke und ziehe so fest ich kann. Das Gold bewegt sich etwas. Der Ring rutscht vor, es tut weh und ich schaffe es mit aller Kraft, ihn endlich von meinem Finger zu ziehen. Jetzt liegt der kostspielige Ring in meiner Hand. Ich betrachte ihn mit etwas Wehmut, fühle mich aber sofort besser, fast so, als ob eine Tonne Ballast von mir abgefallen wäre.

Ich drängle mich an Mason vorbei, er will mich aufhalten. Ich sehe ihn an und flüstere ein leises „Bitte“. Er flucht und tritt einen Schritt beiseite.

„Hör zu, Jonas. Es tut mir leid, wie das mit uns gelaufen ist. Ehrlich. Ich wollte dich nie verletzen. Aber unsere Zeit ist vorbei. Ich habe dich betrogen und dafür entschuldige ich mich aufrichtig. Und du hast mich rausgeworfen, schon vergessen? Du hast mich angeschrien und mir gesagt, dass du mich nie wiedersehen willst. Für mich war klar, dass Schluss ist.“

Ich nehme seine Hand, Mason hinter mir knurrt warnend. Ich ignoriere ihn und gebe meinem Ex seinen Verlobungsring zurück.

„Es tut mir leid.“

In seinen Augen kann ich ablesen, wie sehr ich ihn verletzt habe.

Es muss Jonas eine ganze Menge Überwindung gekostet haben, von Boston hierherzukommen, obwohl ich von einem anderen Mann schwanger bin. Das rechne ich ihm hoch an. Aber es ändert nichts an den Tatsachen. Unsere Zeit ist vorbei und meine Zukunft liegt hier, bei Mason, dem Präsidenten des *Death Scorpions Motorcycle Clubs*.

Masons Geduldsfaden reißt, er packt mich an den Schultern, schiebt mich wieder hinter sich und befiehlt Jonas mit drohender Stimme, in seine Blechdose zu steigen und für immer zu verschwinden.

Jonas zögert, Mason sagt nun ganz leise:

„Lass meine Lady in Ruhe oder ich schneide dir mit Freuden die Kehle auf!“

Das bringt Bratt zum Grinsen und meinen Ex dazu, sich in seinen Tesla zu retten.

Mit einem leisen Summen schießt das E-Auto die Straße entlang, was die Rocker angewidert fluchen lässt. Kein Wunder, mit dem Dröhnen der Harleys kann dieser Wagen natürlich nicht mithalten.

Mason und Jonas sind genauso verschieden wie ihre Fortbewegungsmittel, sie stammen aus unterschiedlichen Welten, leben nach unterschiedlichen Gesetzen und wären sich unter normalen Umständen sicherlich niemals begegnet.

Mein Rocker dreht sich zu mir um.

„Geht es dir gut, Zuckerpuppe?“

Ich nicke und versuche den Schock über Jonas’ plötzliches Auftauchen abzuschütteln.

„Ja, alles bestens.“

Das scheint ihn zu beruhigen. Er redet mit Bratt, ich gehe zurück auf das Clubgelände und beobachte, wie Rhett und Wyatt, die sich aus der Konfrontation komplett rausgehalten haben, auf den Hof fahren.

Diese Begegnung hätte ein übles Ende nehmen können. Ein wirklich ganz schreckliches, schlimmes Ende. Ich kenne Mason und ich weiß, dass das mit der Kehle und dem Aufschlitzen keine leere Drohung gewesen ist. Er hat das absolut ernst gemeint und ich hoffe, dass Jonas das ebenfalls verstanden hat.

Ich kann nicht nachvollziehen, warum mein Ex nicht einfach angerufen oder mir eine Nachricht geschrieben hat? Ich meine, er hat sich nie bei mir gemeldet, sondern ist einfach hier aufgetaucht.

Das ist verrückt, total verrückt. Besonders, weil Boston und New York nicht gerade um die Ecke liegen.

Prüfend betrachte ich meinen nun nackten Ringfinger und verspüre nichts als Erleichterung. Dieses Kapitel meines Lebens ist nun endgültig abgehakt – die Zukunft kann kommen ...

7. Kapitel

Der Präsident

Was ein Bullshit!

Der Tag war mit Scheiße gespickt. Mit brutaler, blutiger und nervenaufreibender Scheiße! Hunter hat Bastard aufgespürt, und auch wenn ich die Sache eigentlich ihm überlassen wollte, ist sein Tod mein Job.

Ich bin der Präsident, also habe ich das übernommen.

Hunter war das gerade recht, er war verständlicherweise nicht sonderlich scharf darauf, einen ehemaligen Bruder zu töten. Mir hat das nichts ausgemacht. Gesetz ist Gesetz. Als Anführer der *Scorpions* ist es meine Aufgabe, mich um die Einhaltung der Regeln zu kümmern. Das habe ich getan und nun kann ich hinter diese Angelegenheit einen Haken setzen.

An einem Bier nippend beobachte ich Jennifer. Sie sitzt auf der Bank, tippt auf ihrem Handy herum und scheint von dem Trubel um sie herum nichts mitzubekommen.

Ob sie ihm gerade schreibt?

Ob sie mit diesem Wichser, den sie ursprünglich heiraten wollte, noch Kontakt hat? Eifersucht kocht in mir hoch, ich kneife mir in den Nasenrücken und versuche, mich zu beruhigen.

Jennifer ist hier, in meinem Club und bei mir. Laut Bratt hat sie keine Anstalten gemacht, mit diesem Jonas mitfahren zu wollen, was auch der Grund dafür ist, dass dieser Hurensohn noch lebt.

Wenn ich das Gefühl hätte, dass er eine Gefahr für mich darstellt, dass er ein echter Konkurrent ist, wäre ich ihm gefolgt und hätte ihn kurzerhand getötet.

Dass er hier aufgetaucht ist, hat mir nicht gefallen. Gar nicht gefallen. Ich kann aber verstehen, warum er das Mädchen nicht kampflos aufgeben wollte. Jennifer ist etwas Besonderes, sie ist so voller Leben und sprüht regelrecht vor Energie. Diese Frau ist wunderschön, intelligent und einfach fucking perfekt. Ihr Körper ist mein Garten Eden und ihre Küsse schenken mir Absolution.

Ich werde nicht zulassen, dass sie mir jemand wegnimmt, und bin mehr als bereit, durch die Hölle zu gehen, nur um sie für immer an mich zu binden.

Den Blick von ihr losreißend, gehe ich in mein Büro und hole das kleine, in braunes Papier gewickelte Päckchen. Ich klemme es mir unter den Arm, dann gehe ich zurück zu Jennifer, schnappe mir wortlos ihre Hand und führe sie zu meinem Bike. Es wird Zeit, einen Schritt weiter zu gehen!

„Was soll das werden, Mason?“

Anstatt ihr zu antworten, hebe ich sie wortlos hoch und setze sie auf meine Maschine. Dann stülpe ich ihr ihren neuen Helm auf den Kopf und lasse den Verschluss einrasten.

„Mason, verdammt?“

Sie boxt mir mit ihrer winzigen Hand gegen den Arm, was mich zum Lachen bringt.

So klein und so wehrlos ...

„Antworte mir oder ich komme nicht mit dir mit.“

Süß! Als ob sie eine Wahl hätte ...

Aber gut, da ich nicht mit ihr streiten will: „Wir machen einen kleinen Ausflug.“

„Wohin?“

„Das ist eine Überraschung.“

Sie zieht die Nase kraus. Der Drang, meinen Mund auf den ihren zu pressen, überwältigt mich. Doch ich widerstehe ihm, dafür ist später auch noch Zeit.

„Warum?“

Neugieriges kleines Ding.

„Das siehst du noch früh genug.“

Ich steige vor ihr auf, instinktiv schlingt sie ihre Arme um meine Taille und krallt sich an mir fest. Was sich einfach fantastisch anfühlt!

„Bereit?“

Stur wie sie ist, murmelt sie „Nein“, doch ich weiß, dass das gelogen ist. Also starte ich mit einem kraftvollen Tritt den Motor, gebe Gas und rolle in Schrittgeschwindigkeit auf das Tor zu. Wann immer ich es passiere, muss ich an Jennifer und die AK denken, was mir jedes Mal einen verdammten Harten beschert. Seit sie als Killerprimaballerina hier aufgetaucht ist, haben sich meine Erektionsschwierigkeiten in Luft aufgelöst.

Mein Schwanz kann gar nicht genug von Jennifer bekommen, genau wie mein Herz, und darum fühlt sich das, was ich jetzt vorhabe, auch so richtig an. Aus genau diesem Grund kann ich diese Sache keinen weiteren Tag aufschieben. Diese Frau muss mir gehören, offiziell und für immer!

Bratt öffnet das Tor. Auf der Straße werde ich schneller und folge meinem Plan. Jennifer lehnt sich an mich, sucht an mir Halt und presst ihre Schenkel an die meinen, was mein Blut zum Kochen bringt. Da ist sie wieder, diese Macht des Voodoozaubers, mit dem sie mich damals in Vegas verhext hat.

Ich genieße die Fahrt und bringe uns nach ein paar Umwegen zu der alten Disco, die wir *Scorpions* schon vor Jahren wegen ihrer strategisch günstigen Lage gekauft haben.

Ohne eine Erklärung abzugeben, steige ich ab. Jennifer sieht sich neugierig um und kann sich wohl keinen Reim darauf machen, weswegen ich sie hierhergebracht habe.

Nur verständlich.

Bis jetzt war sie noch nie hier und mein Plan war mehr als spontan.

Ich kann für Benjamin nur hoffen, dass er meine Befehle 1:1 umgesetzt hat, ansonsten kann er sein *Back Patch* vergessen.

„Du willst jetzt Tanzen gehen?"

„Nein. Und das wäre auch gar nicht möglich. Der Laden wurde schon vor einer Ewigkeit geschlossen."

„Was machen wir dann hier?"

„Sei nicht so neugierig."

Ich ziehe ihr den Helm ab und küsse sie auf die Nase.

„Aber ich bin eine Frau und wir Frauen sind nun mal neugierig, das liegt in unserer Natur."

Ich muss lachen und hebe sie von der Maschine. Dabei achte ich darauf, dass mir das Päckchen, das ich noch immer unter der Kutte versteckt halte, nicht runterfällt, und nehme ihre Hand.

Jennifer ist die erste Frau, bei der ich jemals das Bedürfnis hatte, so etwas Kitschiges zu tun wie Händchen zu halten, aber Fuck! Das löst diese wunderschöne Primaballerina eben in mir aus ...

Ich ziehe den Schlüssel aus der Tasche, sperre auf und führe Jennifer durch die Diskothek zur großen Terrasse im Innenhof. Sie sieht sich mit großen Augen um. Kein Wunder, die Location hat etwas Seltsames an sich. Wir haben alles so gelassen, wie es war, sogar die alte Discokugel hängt noch immer von der Decke. Alles sieht aus, als wäre die Zeit plötzlich still gestanden, als wäre sie einfach an der Disco aus den Siebzigern vorbeigezogen. Ich erkenne, dass es mir bis zu dem Tag, an dem ich Jennifer begegnet bin, genauso ging.

Alles war gleich, jeder Tag. Der Club, die Arbeit – meine ganze Existenz.

Erst als Jennifer plötzlich im MC stand, hat sich die Dauerschleife aufgelöst und mein Leben hat einen tieferen Sinn bekommen.

Ich werde Vater, verdammt!

Das ist echt der Hammer!

Vor lauter Staunen stolpert sie über ihre eigenen Füße, ich hebe sie kurzerhand hoch, presse sie wie ein Bräutigam seine Braut an meine Brust und trage sie das letzte Stück nach draußen. Sie kichert, schlingt mir die Arme um den Hals und haucht mit ein Dutzend Küsse auf das Kinn.

„Das gefällt mir."

Fragend sehe ich auf sie herab.

„Was?"

„Von dem großen, bösen Outlaw auf Händen getragen zu werden."

Dieses Mädchen bringt einfach das Beste in mir zum Vorschein.

„Und mir gefällt es, dich so nah bei mir zu spüren."

Ich bleibe stehen und nehme mir eine Sekunde Zeit, um den Moment zu genießen. Sie küsst mich erneut, dieses Mal auf den Mund. Ich stehle mir ihre Zunge, winde die meine darum und trinke ihren Atem.

Fuck! Ich bin für immer verloren!

Als sie sich von mir löst, bin ich atemlos und meine Knie sind weich.

Bullshit!

Diese Frau zwingt mich in die Knie.

Schwer atmend bringe ich den Weg hinter uns, stoße die Türe auf und nicke zufrieden, als ich sehe, dass Benjamin seinen Job erfüllt hat.

„Wir sind da."

Ich stelle meine zukünftige Lady auf ihre eigenen Füße und küsse sie erneut, ehe ich ihr die Chance gebe, sich genauer umzusehen.

8. Kapitel

Die Primaballerina

Ein angenehmer Wind weht über mein Gesicht, Masons herber Geschmack liegt noch immer auf meinen Lippen. In meinem Bauch tanzen hunderte Schmetterlinge und mein Herz pocht schnell.

Ich bin verliebt, ohne Zweifel.

Dem Präsidenten ist es mit seiner rauen, düsteren Art mühelos gelungen, sich in meine Seele zu schleichen. Ich bin verliebt – bis über beide Ohren und will nichts daran ändern.

Neugierig sehe ich mich um und kann zuerst nicht verstehen, warum er mich hierhergebracht hat? Was für ein merkwürdiger Ort ... Die verspiegelten Wände im Inneren des Gebäudes, die verstaubte Tanzfläche und das uralte und überdimensionale Mischpult des DJs. Ich fühle mich wie in einer schrägen Version von Alice im Wunderland.

Doch hier draußen, in dem von einer Mauer eingerahmten Innenhof, komme ich mir vor wie im Dschungel. Efeu, Palmen und blühende Sträucher.

Wir stehen in einer grünen Oase mitten in New York. Einfach märchenhaft. Fehlt nur noch ein farbenfroher Papagei, der krächzend über unsere Köpfe hinwegfliegt.

„Was tun wir hier?“

Mason bringt meine Ratlosigkeit zum Schmunzeln. Er dreht mich um und dann sehe ich es. Das Lager aus dicken Matratzen, bunten Kissen und weichen Decken. Darüber befindet sich eine Art Baldachin, dessen weiße Vorhänge sich sachte im Wind wiegen. Und in der Mitte, wie sollte es auch anders sein, hängt eine große, silberne Discokugel, in der sich die goldenen Sonnenstrahlen brechen und bunte Lichtreflexe an die Mauern zaubern.

Wow. Wie romantisch.

„Hast du das hergerichtet?“

Er nickt.

„Ich habe es organisiert.“

Wieder verflicht er unsere Finger miteinander, wieder gerät mein Herz aus dem Takt. Ich bin einfach hoffnungslos verloren ...

Mason führt mich zu dem Kissenberg, wir setzen uns und ich spüre instinktiv, dass da noch etwas kommt. Etwas Bedeutendes, etwas, das meine Zukunft extrem verändern wird.

Schweigend fasst er sich in die Kutte und zieht ein unscheinbares, in Packpapier gewickeltes Päckchen raus.

Er reicht es mir, ein Schauer erfasst mich. Mit rasendem Puls packe ich es aus, und spüre plötzlich glattes Leder an meinen Fingerspitzen. Nachdem ich das Papier entfernt habe, breite ich die Kutte vor mir aus und es verschlägt mir die Sprache. Der große Schriftzug *Property of Mason* sticht mir als Erstes ins Auge.

Eigentum von Mason ...

Mir wird sofort klar, dass diese Kutte für mich sein soll und dass sie dieselbe Bedeutung hat wie der Verlobungsring, den ich mir erst vor wenigen Stunden vom Finger gezogen habe.

Halleluja!

Ich sehe den Rocker an.

„Echt jetzt?"

Etwas Besseres will mir einfach nicht über die Lippen kommen.

„Absolut echt! Du bist mein Leben, Zuckerpuppe. Wahrscheinlich habe ich es schon in Vegas gewusst, aber als du dann plötzlich mit einer AK bewaffnet in meinem Club gestanden hast, wurde es mir erst so richtig klar. Ich konnte dich in all den Wochen nicht vergessen, du hast ja keine Ahnung, was die Erinnerung an dich mit mir angestellt hat! Du bist es, du warst es von Anfang an. Dich will ich an meiner Seite. Für immer!

Werde zu meiner Lady, werde meine Frau, lass uns eine Familie gründen – lass uns für immer zusammenbleiben! Ich schwöre dir, dass ich dich glücklich machen werde."

Himmel. Gott. Wow ... Doppel wow.

Was jetzt?

Mir ist klar, dass das eigentlich alles zu schnell geht und das wir uns mehr Zeit lassen sollten.

Aber ich will das, was er mir anbietet, ich will diesen Präsidenten und das Leben an seiner Seite – ich will es so sehr, dass es schmerzt.

„Das ist für immer. Oder?"

Er nickt.

„Bis zu meinem letzten Atemzug."

„Gut, dann will ich es. Ich will dich."

Er brüllt ein lautes „Fuck!", das pure Erleichterung ausdrückt, dann wirft er sich auf mich, bedeckt mich mit seinem harten Körper und nagelt mich mit seinem Gewicht tief in die weichen Kissen. Unsere Lippen finden sich, der Kuss ist so stürmisch, dass es mir den Atem verschlägt.

Ich komme ihm willig entgegen und weiß, dass ich die richtige Entscheidung getroffen habe. Er und ich – der Rocker und die Primaballerina – das passt einfach perfekt.

Epilog

Die Primaballerina

Erschöpft, aber glücklich nehme ich der Krankenschwester das vollkommene kleine Wesen ab, das in ein weiches, hellgrünes Handtuch gewickelt wurde. Eine kleine Hand schaut heraus, sie ist zur Faust geballt und wird an rosane Lippen geführt. Große azurblaue Augen sehen mich an – mein Sohn.

Die Liebe, die ich für dieses Baby empfinde, ist stärker als alles, was ich mir je hätte vorstellen können. Sie ist so tief und intensiv, dass sie mir den Atem raubt.

Die Schmerzen der Geburt sind sofort vergessen. Mason steht neben mir, und ich erkenne auf den ersten Blick, dass er genauso empfindet wie ich.

„Jetzt sind wir eine Familie."

„Ihr beide gehört mir."

Seine besitzergreifende Antwort entlockt mir ein Schmunzeln und ich spüre instinktiv, dass wir glücklich sein werden.

Glücklich für immer.

Der Rocker und die verrückte Chaotin

Prolog

Die Chaotin

„Meine Schlüssel sind weg!“

Pures Entsetzen braust durch meine Venen, während ich mich hektisch im Kreis drehe und den Boden nach meinem Schlüsselbund absuche.

„Scheiße! Oh, verdammte Scheiße! Was mache ich denn jetzt?“

Wütend auf mich selbst streiche ich meine völlig durcheinandergeratenen Haare zurück und versuche cool zu bleiben.

Das mit den Haaren funktioniert, das mit dem Coolbleiben nicht.

„Fuck!“

Ja, ich weiß, dieses Wort sollte man nicht sagen, schon gar nicht in der Lautstärke, wie ich es gerade getan habe, und wahrscheinlich sollte man es sich nicht mal denken, denn es ist ein böses Wort, ein wirklich böses Wort. Aber ich meine, Fuck!

Fuck ist international und hat die Macht, einfach alles zu beschreiben, was absolut nicht gut ist, oder erstaunlich oder einfach unglaublich oder eben so richtig beschissen.

Vier lächerliche Buchstaben schaffen es mühelos, mein komplettes Gefühlsleben zusammenzufassen, und zwar so, dass es auch der Rest der Menschheit versteht. Das schafft sonst nicht mal ein ganzer Satz oder ein Kapitel oder ein ganzes Buch.

Ich bin nicht gut im Umgang mit Menschen, gar nicht. Am besten komme ich mit mir selbst aus, mit meiner Katze, einem schnulzigen Liebesroman, der als dürftiger Ersatz für mein mangelndes Sexual- und Sozialleben dient, und mit Leichen.

Ja, ich weiß, ihr denkt, ihr habt euch verlesen, aber so ist es nicht. Am liebsten verbringe ich meinen Tag mit toten Menschen.

Klar, für euch mag das irgendwie widerlich und psychopathisch klingen, aber als Inhaberin eines Krematoriums weiß ich die Geduld und die Schweigsamkeit von verstorbenen Personen durchaus zu schätzen. Sie stören sich nicht daran, wenn ich zu spät bin oder wenn ich Dinge verliere oder verlege. Sie regen sich nicht auf, wenn mir mal was runterfällt oder wenn ich einen beschissenen Tag habe und eine Schnute ziehe.

Sie liegen einfach nur da und warten darauf, dass ich sie bei rund 1000 Grad verbrenne. Nach gut einer Stunde, manchmal auch eineinhalb, bleibt nichts außer Asche, Knochenteilen, Zähnen und gegebenenfalls Implantaten übrig.

Der Tod ist mein Geschäft und das, obwohl ich das Leben so sehr liebe. Es war nie wirklich mein Traum, ein Krematorium zu betreiben, aber na ja, da es sich dabei um einen Familienbetrieb handelt, ging es nach dem Tod meines Dads darum, die Tradition aufrechtzuerhalten. Mittlerweile habe ich mich daran gewöhnt und die Vorteile dieses Geschäfts zu schätzen gelernt. Meine Kunden meckern nicht mit mir, nicht mal dann, wenn ich einen ganz besonders chaotischen Tag habe wie heute ...

Frustriert renne ich den Weg, den ich gerade eben zurückgelegt habe, zurück: wieder in den Supermarkt, durch die Obst- und Gemüseabteilung, an den Taschentüchern vorbei zu dem Regal, in dem sich die in Plastik verschweißten Dildos befinden.

Hier habe ich etwas länger gestanden, aber nur, weil es echt schwer für mich ist, Männer kennenzulernen. Die, mit denen ich es beruflich zu tun habe, haben ihre besten Zeiten schon hinter sich. Für ein Date ist so etwas wie Puls und Körpertemperatur echt von Vorteil.

Aber ich will nicht jammern, der Typ in meinem Buch, Ace, der Rocker Dämon, ist heiß, mega super heiß, dem könnte kein realer Typ dieser Welt das Wasser reichen. Und wenn, dann würde ich ihn sofort ablecken und laut „meins“ schreien, was ihn sicherlich abschrecken würde. *Leider.*

Hier in New York gibt es sogar tatsächlich einen Rockerclub, doch mit dem habe ich leider schlechte Erfahrungen gemacht. Die *Death Scorpions* sind genau wie die Biker aus meinem Buch landesweit gefürchtet, besonders Mason, der Präsident, ist eine wirklich einschüchternde Persönlichkeit. Woher ich das weiß?

Ganz einfach. Mein Dad hat kurz vor seinem Schlaganfall eine Vorliebe für Wetten entwickelt. Pferde-, Hunderennen und Hahnenkämpfe waren seine Spezialität. Er hat bedeutend mehr verloren als gewonnen, der daraus entstandene Schuldenberg ist beachtlich und ich muss ihn nun zurückzahlen. Scheiße! Echt scheiße! Besonders, da er diese Schulden ausgerechnet bei den *Death Scorpions* angehäuft hat und für diese Biker so etwas Lächerliches wie der Tod noch lange kein Grund ist, auf das Geld zu verzichten.

Erst letzte Woche haben mir zwei dieser kuttentragenden Arschgesichter einen *Höflichkeitsbesuch* abgestattet, in dem sie mir unmissverständlich klargemacht haben, was sie nun von mir erwarten.

Doch ich habe kein Geld. Gar keins, was auch der Grund dafür ist, warum der wunderschöne, glitzernde Plastikschwanz noch immer im Regal hängt, anstatt in meiner Einkaufstasche zu liegen. Für so unnützes Zeug wie Sextoys reicht mein Budget leider nicht aus. Das haben auch die Rocker erkannt und darum hat Mason mir, nett wie er ist, angeboten, dass ich meine frisch geerbten Schulden bei dem Club abarbeiten kann.

Aber nicht so, wie ihr denkt, also nicht als Stripperin, Nutte oder Köchin, sondern indem ich ihnen helfe, ihre Spuren zu verwischen und ihre Opfer verbrenne.

Gruselig oder?

Das ist der Stoff, mit dem Krimis geschrieben werden. Und damit kenne ich mich aus, denn bevor ich auf sexy, wilde, spannende und erotische Biker Romances umgestiegen bin, war ich eine absolute Krimileserin. Aber das ist vorbei. Ace und seine Brüder haben es mir angetan. Rocker haben etwas, also nicht im wahren Leben, aber als Bad Boys auf Papier sind sie einfach unwiderstehlich.

Natürlich wollte ich dem Präsidenten der *Scorpions* sagen, dass er mich gefälligst am Arsch lecken kann, aber dafür hat mir der Mut gefehlt. Mit der Waffe im Hosenbund, dem Dolch am Bein und dem fiesen Gesichtsausdruck ist Mason kein Mann, dem Frau leichtfertig irgendwelche Dinge abschlägt.

Aber egal! Vollkommen egal!

Nach einem letzten sehnsüchtigen Blick auf den Dildo setze ich die Suche nach meinem Schlüssel fort.

Dabei fällt mir erst auf, wie dreckig der Supermarktboden ist und ich stelle fest, dass ich das ziemlich unhygienisch finde. Selbst in meinem Krematorium ist es sauberer als hier zwischen all dem Naschkram, der meinen Weg säumt.

„Verdammt! Wo ist das Scheißteil?“

Ich erhalte natürlich keine Antwort, wie auch? Immerhin rede ich mit mir selbst ...

Das tue ich öfters, was meinen Vater schon damals fast in den Wahnsinn getrieben hat.

Aber Selbstgespräche beruhigen mich irgendwie, sie helfen mir dabei, mich auf das Wesentliche zu konzentrieren. Und jetzt mal ehrlich, viele Menschen reden mit sich selbst, ihren Haustieren und manche sogar mit ihren Elektrogeräten ...

Die Welt wird immer verrückter. Ich schwöre!

Verzweifelt stelle ich meinen Korb ab, gehe auf die Knie und krabble an dem Regal, unter dem ich meinen Schlüssel vermute, entlang.

Zumindest tue ich das so lange, bis ich mit dem Kopf irgendwo dagegenstoße.

Upppss ...

Ich schlucke und frage mich instinktiv, was für einen bescheuerten Anblick ich demjenigen, dem diese Beine gehören, bieten muss.

So auf allen vieren, fluchend auf der Suche nach meinem Schlüssel ...

Klasse. Ganz klasse. Das ist mal wieder so typisch für mich.

Anstatt nach oben sehe ich nach unten, auf zwei schwere, abgewetzte schwarze Stiefel, die irgendwie verdammt gut in das Buch passen würden, das ich gerade lese.

Meine aufkeimende Angst herunterschluckend, zwinge ich mich, den Blick an den mit Jeans bekleideten Beinen nach oben gleiten zu lassen. Weit nach oben. Verflucht weit. Irgendwann komme ich bei zwei lässig in den Hosentaschen eingehängten Händen an. Sie sind groß und behaart und braungebrannt und sehen so aus, als ob sie harte Arbeit gewöhnt sind. Verschiedene Ringe stecken an langgliedrigen Fingern. Einer davon ist ein Totenkopf, ein anderer ein silberner Skorpion. Nicht gut. Gar nicht gut.

Eine böse Vorahnung macht sich in mir breit ...

Direkt über den beiden Händen entdecke ich eine silberne Gürtelschnalle in Form eines Bullenschädels. Auch nicht gut.

Tief einatmend mache ich weiter. Ein schwarzes Shirt spannt sich über einen muskulösen Oberkörper, der ebenfalls gut in eine Biker Romance passen würde und der meiner Fantasie ordentlich einheizt. *Öhm jaaa ...* Die schwarze Lederweste räumt dann auch meine letzten Zweifel aus und bestätigt mir mal wieder aufs Neue, dass das Schicksal eine blöde Schlampe ist, die es auf mich abgesehen hat.

Der Rocker vor mir stößt eine Art Knurren aus, das meinen Puls in ungesunde Höhen schnellen lässt.

Ich bin am Arsch. Ehrlich.

Wäre ich einer meiner Kunden und würde in einer Holzkiste liegen, wäre der markante Kiefer, den ich einen Ticken zu lange betrachte, mein letzter Sargnagel.

Können Kiefer sexy sein?

Die Antwort lautet klar: Ja, können sie. Ganz besonders, wenn sie mit so dicken, dunklen Bartstoppeln überzogen sind, die meine Finger zum Zucken bringen und die in mir das Bedürfnis auslösen, sachte darüberzustreichen, um das kratzige Gefühl zu genießen.

Körperwärme, charmante Grübchen, zuckende Muskeln und dieser maskuline Geruch von Mann fehlen den Männern, mit denen ich Tag für Tag zu tun habe. Aber das ist ja nur natürlich, immerhin sind sie tot. Aber der Biker vor mir, der, der mich aus unfassbar schokobraunen Augen anstarrt, ist lebendig – mehr als lebendig.

Er strotzt nur so vor Vitalität und Kraft.

„Interessante Aussicht."
„Arschloch."
Entsetzt, dass ich das tatsächlich laut ausgesprochen habe, beiße ich mir auf die Zunge.
Anstatt mir aus dem Weg zu gehen, zieht er seine Daumen aus den Taschen, verschränkt die Arme vor der Brust und bringt so ungewollt seine beeindruckenden Bizepse zur Geltung, die auf ein untervögeltes Mädchen wie mich eine verheerende Wirkung haben.
„Du stehst mir im Weg."
„Wieso? Hast du etwa vor da unten zu bleiben?"
Ich nicke.
„Habe ich. Also kusch, kusch."
„Soll ich dir aufhelfen?"
Was, so ritterlich?
„Tu nicht so, als ob du zu den Guten gehörst, und verschwinde."
Mir ist bewusst, dass ich mich gerade wie eine Riesenzicke benehme, und dass ich dem Rocker unrecht tue, immerhin kann er nichts dafür, dass ich eine solche Wut auf seinen Präsidenten habe, aber er ist ein *Scorpion* und die sind bekanntermaßen alle gleich. Man sollte sie in einen Sack stopfen, ihn zuknoten und dann draufschlagen. Man würde immer, garantiert immer den Richtigen treffen.
Er runzelt überrascht die Stirn.
„Kennen wir uns?"
Garantiert nicht. Denn wenn, hätte ich das nicht vergessen – meine Hormone hätten das nie zugelassen.
„Nein, und das ist auch gut so."
Da er noch immer keine Anstalten macht zu gehen, nutze ich die Gelegenheit und mustere die vielen Aufnäher, die seine Kutte zieren. Als Erstes sticht mir das *Enforcer-Patch* ins Auge, das mir und dem Rest der Welt verrät, dass er der Vollstrecker des Clubs ist. Dann entdecke ich noch viele andere, die allesamt nichts Gutes bedeuten, schon gar nicht in der Kombination, in der sie auf das Leder genäht wurden. Dank meiner Liebe für Biker Romances weiß ich wohl etwas mehr über diese *One Percenter* als der Durchschnitt, und darum kann ich auch ablesen, dass er ein Killer, ein Exknacki und einer der neun wichtigsten Member des New Yorker Chapters ist.
Dieser Kerl ist gefährlich und an dem bedrohlichen Funkeln in seinen Augen kann ich ablesen, dass er stolz darauf ist.
Heilige Scheiße! Bei Gott! Heilige Scheiße!

Mein Verstand fängt sofort damit an, einen auf Regisseur zu machen und winzige Superpornos in meinem Großhirn abzuspielen. In jedem spielt der Rocker vor mir die Hauptrolle ... Nicht gut. Und wieder gibt es nur ein Wort, das meiner derzeitigen Gemütsverfassung gerecht wird.

„Fuck!"

Der Biker lacht und entblößt dabei schneeweiße Zähne.

„Hast du vor, hier für immer stehen zu bleiben, oder kannst du mir jetzt endlich aus dem Weg gehen?"

Amüsiert tritt er einen Schritt beiseite, die Arme noch immer vor der massiven Brust verschränkt.

Wenn ich ihm jetzt das Shirt ausziehen und ein Foto machen würde, würde er perfekt auf eines der Cover meiner geliebten Bumsbücher passen ...

Ich murmle ein unhöflich klingendes „Sehr nett!", und mache mich wieder daran, meinen Schlüssel zu suchen.

„Brauchst du Hilfe, Mädchen?"

Verwundert stoppe ich, drehe mich zu dem Rocker um und stelle fest, dass er mir ungeniert auf den Arsch starrt.

„Bei was?"

Er zuckt mit den breiten Schultern, seine Augen kleben noch immer auf meiner Rückseite.

„Bei dem, was auch immer du da unten treibst."

„Ich treibe gar nichts, schon gar nicht mit Typen wie dir. Und jetzt verpiss dich. Mein Tag ist schon beschissen genug."

Der Enforcer zieht verwundert eine Augenbraue in die Höhe.

„Mutig bist du ja."

„Falsch, nur genervt."

Stille. Ich höre meinen eigenen Puls und stelle fest, dass er viel zu schnell schlägt.

Rocker. Verdammt. Egal, ob in echt oder in meinen Romanen, sie haben immer eine verstörende Wirkung auf mich.

„Wärest du ein Mann ...", er führt seinen Satz nicht zu Ende, aber das ist auch gar nicht nötig. Ich weiß auch so, was er sagen wollte. Wäre ich ein Mann, würde er mir für die Art, wie ich mit ihm spreche, eine aufs Maul hauen.

Ich stelle mich dumm und führe ihn weiter. „Wäre ich ein Mann, würdest du mir nicht so auf den Arsch starren, außer natürlich du bist schwul. Bist du schwul, Enforcer?"

Sein markanter Kiefer mahlt, auf seiner Stirn tritt eine Ader hervor.

Schweigend geht er vor mir in die Hocke, packt mich grob an der Kehle und bohrt seine Augen tief in die meinen. *Hilfe. Hilllffeeeeee!*

„Soll ich dir beweisen, wie hetero ich bin?“

Öhm. Soll das ein Angebot sein? Klingt mehr nach einer Drohung. Meiner vernachlässigten Libido ist das egal, sie schreit begeistert ja. Ich ignoriere sie und bemühe mich um eine nichtssagende Mimik.

„Männer, die das beweisen müssen, haben meistens schwerwiegende Probleme.“

Der Rocker bläht die Nasenlöcher und schüttelt ungläubig den Kopf.

Bevor wir unser Gespräch fortsetzen können, beginnt es in seiner Hosentasche zu blinken und zu piepen.

Für einen Moment ignoriert er den Anruf, dann stößt er ein Zischen aus und lässt mich los.

Ich bemerke erst jetzt, dass ich instinktiv den Atem angehalten habe. Eindeutig ein weiterer Fuck-Moment.

Der *Scorpion* richtet sich wieder zu seiner imposanten Größe auf, sieht mich ein letztes Mal an, schüttelt den Kopf und geht mit einem „Yeah, Präs?“ ans Telefon.

Ich bleibe zurück, auf allen vieren und mit rasendem Puls.

Träume ich oder ist das gerade wirklich geschehen?

Ich krabble weiter und entdecke meinen Schlüssel einen Meter vor mir auf dem Boden.

Endlich!

Erleichtert stehe ich auf, stecke ihn ein und renne dann auf wackeligen Beinen zu meinem Auto.

Mein Dad hat früher immer gesagt, dass mich mein Chaos irgendwann mal umbringen wird, vielleicht hatte er ja damit recht? Aber vielleicht sind es auch einfach nur seine Spielschulden, die mich ins Verderben stürze? So oder so, es wird der Tag kommen, an dem ich das ganz sicher herausfinden werde ...

1. Kapitel

Der Vollstrecker

Warmes, frisches Blut tropft von meinen Fingern, der Geruch von Furcht und Urin hängt in der Luft. Um ihn zu überdecken, zünde ich mir eine Gauloise an, inhaliere den Rauch der Tabak-Nikotin-Mischung und spüre sofort, wie ein Teil der angestauten Aggression von mir abfällt. Von den ursprünglich acht vor mir knienden Mexikanern sind nur noch drei übrig. Die anderen fünf liegen in einer Pfütze ihres eigenen Blutes und starren aus weit aufgerissenen Augen Richtung Nachthimmel.

Sie wollten nicht mit mir reden und haben dafür die Quittung kassiert.

Es war nicht mein Ziel, sie alle zu töten – das ist es immer noch nicht – aber wer sich mit den *Scorpions* anlegt, wird deren tödlichen Stachel zu spüren bekommen.

Als Vollstrecker des Clubs bin ich dieser unheilbringende Stachel, wenn ich mich einmal auf die Suche nach einer Person gemacht habe, nimmt das für diese meistens kein schönes Ende.

Diese Bohnenfresser weigern sich standhaft, mir zu sagen, wo sie die Drogen lagern, die wir schon vor sechs Wochen bezahlt haben und auf deren Lieferung wir seitdem vergeblich warten.

Diese Wichser haben Geheimnisse vor uns, und es ist mein Job, diese ans Tageslicht zu befördern und so an die Informationen zu kommen, die wir so dringend benötigen, um unser Geschäft am Laufen zu halten.

„Por favor ... bitte ... lass mich laufen."

Der Mittlere der Typen, die noch am Leben sind, hebt flehentlich die Hände, die mit schwarzem Kabelbinder fixiert sind. Seine Augen sind blutunterlaufen. Er hat ein paarmal meine Fäuste zu spüren bekommen, ist jedoch im Vergleich zu den anderen noch glimpflich davongekommen. Das mit dem Laufenlassen wird aber so nichts werden. Nicht mehr. Dafür hat er zu viele Chancen, mit mir zu reden, verstreichen lassen.

Bevor der Präsident mich losgeschickt hat, um diese Sache zu klären, hat eine Art Vorspiel stattgefunden. Warnungen, Drohungen, gut platzierte Kugeln und gebrochene Knochen. Erst wenn das alles nichts hilft, komme ich ins Spiel, und dann wird es unschön. Sehr unschön. Die Art, wie er vor mir kniet, erinnert mich an das seltsame Mädchen aus dem Supermarkt, das auf allen vieren vor mir herumgekrabbelt ist.

Bullshit!

Die Kleine war süß! Süß, aber verflucht schräg und verdammt frech. Ihre vorlaute Klappe hat in mir den Drang ausgelöst, sie zu schnappen, über meine Knie zu legen und ihr den Arsch zu versohlen.

Getan habe ich jedoch nichts, nichts außer ihren Arsch anzustarren und mich zu fragen, wie es wohl wäre, ihn mitten in dem Supermarkt zu ficken, mich zwischen den Regalen bis zum Anschlag in das weiche Fleisch zu rammen.

Holy Shit!

Meinem Schwanz hat diese Fantasie gut gefallen, so gut, dass ich noch eine Stunde später eine schmerzhafte Erektion hatte. Im Club musste ich mir erst mal eine Bitch vornehmen, ehe ich mich mit Hunter über die nächsten Aufgaben unterhalten konnte.

Die vollen Lippen, die großen grünen Augen und die witzigen Sommersprossen auf der kleinen Nase: Diese Frau war nicht einfach nur hübsch, sondern schön. Schön auf eine chaotische und lustige Art und Weise. Ihre Haare waren ein einziges Durcheinander, aber es hat zu ihr gepasst.

Sie hat mich Arschloch genannt, was ich echt amüsant fand. Ich mag mutige Frauen, und dieses Mädchen hat den Teufel in sich.

Ich habe ihr meine Hilfe angeboten und sie hat mir vorgeworfen, dass ich nicht zu den Guten gehöre. Cool. Gut, sie hat recht. Die Toten, die vor mir im Dreck liegen, bestätigen ihre Aussage, dennoch stört es mich, dass sie mir das einfach so direkt ins Gesicht gesagt hat. *Fuck!* Meinen Schwanz stört das nicht.

Ehrlichkeit währt am längsten. Manchmal will man sie dennoch nicht hören. Aber das gilt nicht für die Mexikaner, die ich in den nächsten Minuten hinrichten werde ...

Genervt reibe ich mir über die Stirn, fülle meine Lungenflügel erneut mit dem warmen Rauch und dränge das Mädchen aus meinem Hirn.

Ich habe keine Zeit für solche Ablenkungen. Unser Präsident hat es vorgemacht und sich eine Old Lady genommen, eine schießwütige Primaballerina, die er irgendwann in Vegas in einer Putzkammer gefickt und gleich geschwängert hat. Die beiden scheinen glücklich zu sein, zumindest machen sie auf mich den Eindruck, dass sie mit ihrem Schicksal zufrieden sind.

Aber für mich ist eine Frau keine Option. Meine Loyalität gilt den *Death Scorpions* – meine Treue dem Club und der Kutte, die ich trage. Für eine Frau habe ich weder die Zeit noch den Nerv, schon gar nicht für so eine wie die aus dem Supermarkt. Trotzdem kann ich das Gör nicht vergessen, mein Hirn hat Gefallen an der Fantasie gefunden, ihr freches Mundwerk mit meinem Schwanz zu füllen und so zum Verstummen zu bringen.

Fuck! Fuck! Fuck!

„Por favor ..."

Dieses Spanisch geht mir tierisch auf den Sack, also ziehe ich meine Waffe, presse die Mündung fest gegen seine Stirn und drücke ab.

Bämmm!

Der Knall ist laut und lenkt meine Aufmerksamkeit zurück auf das Wesentliche.

Jetzt sehen mich noch zwei Mexikaner entsetzt an.

Sechs Leichen muss ich schon beseitigen, da kommt es auf zwei weitere auch nicht mehr an. Mason will, dass wir ab jetzt anders vorgehen als in der Vergangenheit, dass wir sauberer werden und unsere Spuren gründlicher beseitigen.

Wie hat Hunter, der Vizepräsident, es erst heute Morgen formuliert?

Gräber sind old school! Er meint, dass diese Schaufelei nicht rückenfreundlich sei. Und er hat recht. Fuck! Er hat so was von recht. Glücklicherweise hat Mason bereits eine alternative Entsorgungsmethode organisiert. Das Zauberwort heißt: Feuer.

Dank ein paar Connections, einem verstorbenen Schuldner und seiner Tochter, die sich dazu entschlossen hat, ins Familienunternehmen einzusteigen, stehen uns nun die Dienste eines Krematoriums zur Verfügung.

Diese neue Methode der Beweismittelbeseitigung bietet Vor- und Nachteile.

Ich war bisher eher dafür, die Verhöre am Ufer des Hudson Rivers durchzuführen und die Überreste direkt ins Wasser zu werfen. Doch davon will Mason nun nichts mehr wissen, wahrscheinlich weil die aufgedunsenen Körper eben doch irgendwann an Land gespült werden. Vielleicht sollte ich mir ein lauschiges Plätzchen in der Nähe des Krematoriums suchen? Nichts ist anstrengender, als Tote durch die Gegend zu transportieren. Anstrengend und lästig, aber ab jetzt unausweichlich.

Doch mir soll es recht sein. Wenn Mason und Hunter davon überzeugt sind, dass das die beste Methode ist, uns vor Sing Sing zu bewahren, dann ziehen wir das eben durch.

Wahrscheinlich ist es einfach Gewohnheitssache. Um die angenehmste Logistik werde ich mich beim nächsten Mal kümmern. Wobei – ich werfe dem abseits stehenden Van einen prüfenden Blick zu. Vielleicht kann ich mir die Arbeit doch ein wenig erleichtern?

Entschlossen befehle ich den beiden noch lebenden Tangos aufzustehen und in den Wagen zu steigen. Sie wirken erleichtert, für sie mag es so wirken, als ob sie mit dem Leben davonkommen.

Diese Hoffnung werde ich ihnen gleich nehmen, aber erst, wenn sie freiwillig auf die Ladefläche gestiegen sind.

„Setzen."

Sie befolgen, ohne zu zögern, meinen Befehl.

„Gibt es noch etwas, das ihr mir sagen wollt? Wo unsere Drogen sind, zum Beispiel?"

Darauf bedacht, die folgende Sauerei in Grenzen zu halten, stecke ich die Waffe weg und gebe den Wichsern genug Zeit zum Antworten.

„Ich habe keine Ahnung, ehrlich."

Das *ehrlich* soll wohl ein Witz sein!

Ungeduldig sehe ich zu dem zweiten Typen. Er stottert und will etwas sagen, aber der andere rammt ihm, um ihn zum Schweigen zu bringen, den Ellenbogen in die Rippen.

Bullshit!

„Das war ein Fehler."

Ich trete vor und breche dem Ellenbogenwichser kurzerhand das Genick. Es knackt, er keucht ein letztes Mal und sackt in sich zusammen.

Da war es nur noch einer ...

„Also, wie sieht es aus? Wo sind die Drogen?"

Es passt ja mal wieder perfekt, dass ausgerechnet der Letzte der Wichser, den ich mir vornehme, der Einzige ist, der bereit ist, ein paar Informationen auszuspucken. Hätte ich gleich rechts angefangen statt links, hätte ich mir einiges an Zeit gespart.

„In einem Haus."

Ach wirklich, und ich dachte schon in einem trojanischen Pferd.

„Welches Haus und wo finde ich es?"

Er stottert, sieht sich hektisch um und betrachtet meine blutbesudelten Finger.

„Es ist rot."

„Was ist rot?"

„Das Haus."

Im ersten Moment bin ich geneigt ihm zu glauben, aber dann wird mir klar, dass er sich gerade eine Geschichte ausdenkt, in der Hoffnung, dass ich ihn so verschone.

Fuck! Ich kann es ihm nicht verübeln. Der Letzte von acht zu sein, ist sicherlich ein beschissenes Gefühl. Aber darauf kann ich keine Rücksicht nehmen.

Diese Scheiße ist wichtig.

„Wo steht dieses rote Haus?“

„In Chinatown.“

Ja, genau. Wie passend, in einer Gegend, in der es nur bunte Häuser gibt, will er mir klarmachen, dass ich nach einem roten suchen soll. Verarschen kann ich mich selber.

„Nette Geschichte, ehrlich. Versuch es noch mal mit der Wahrheit.“

Er reißt die Augen auf und schüttelt panisch den Kopf.

„Das ist die Wahrheit.“

„Selbst wenn, was habt ihr Bohnenfresser mit den Schlitzaugen zu schaffen?“

Keine Antwort, ja, das dachte ich mir schon.

Ich gehe auf ihn zu, will ihn packen, um ihm sauber und schnell das Genick brechen, doch er weicht zurück und verpasst mir mit seinen gefesselten Händen einen Schlag in den Magen. Volltreffer. Sämtliche Luft wird mir aus der Lunge gepresst, ich muss husten und gerate ins Wanken. Der Wichser nutzt die Zeit, in der ich versuche, wieder nach Luft zu schnappen, springt aus dem Van und rennt davon.

Ich sehe ihm nach und brauche einen Moment, ehe ich ihm folgen kann.

Was eine Scheiße!

Nicht bereit mich auf eine Verfolgungsjagd einzulassen, ziehe ich meine Waffe, ziele zwischen seine Schulterblätter und betätige drei Mal in schneller Abfolge den Abzug.

Peng! Peng! Peng!

Der Mann geht getroffen zu Boden, als ich bei ihm ankomme, ist er noch am Leben. Ich bleibe direkt neben ihm stehen, stelle meinen Fuß auf eine der Schusswunden und lasse ihn mein Gewicht spüren. Sein gepeinigtes Seufzen geht in dem lauten Donnern eines aufsteigenden Gewitters unter.

„Scheiß auf dein rotes Haus.“

Einen Kopfschuss später ist auch der achte Mexikaner tot. Ich packe ihn am Bein und schleife ihn zurück zum Wagen.

So viel zu meinem genialen Plan und zu Hunters Rückenschontheorie.

Am Van hieve ich den Lügner auf die Ladefläche und mache mich daran, auch die restlichen sechs leblosen Körper in den Wagen zu schaffen.

Mein Zorn braut sich genauso schnell zusammen wie die dunklen Wolken am Himmel. Vielleicht sollte ich mit Water, dem *Scorpion,* der das Red-Light-Crew-Patch auf dem Leder trägt, die Plätze tauschen. Während er sich als New Yorks Big Daddy aufspielt, muss ich mich mit einem Haufen toter Mexikaner herumärgern.

Das. Ist. Nicht. Fair.

Dummerweise hat es seinen Grund, warum er sich um die Nutten kümmert und ich mich ums Morden. Aggressionsbewältigung und friedliche Konfliktlösungen sind nicht so mein Ding. Ich gehe die Dinge gern direkt an – unkompliziert und unmissverständlich.

Ich würde es keine zwanzig Minuten in seinem Job aushalten und Water, der seinen Straßennamen daher hat, dass er tatsächlich nur Wasser trinkt, nicht mal Cola oder Whisky, scheint ein glückliches Händchen für käufliche Muschis zu haben. Wofür ich ihm echt meinen Respekt zolle, in manchen unserer Bordelle geht es zu wie in einem verfluchten Hühnerstall.

Als ich endlich damit fertig bin, den Van zu beladen, hole ich den Kanister Chlor vom Beifahrersitz, verteile die geruchsintensive Flüssigkeit über den Blutflecken und zerstöre somit den Bullen die Möglichkeit, brauchbare DNA sicherzustellen. Mit ein bisschen Glück regnet es gleich, was mir dabei helfen würde, die Spuren zu vernichten.

Ein greller Blitz zuckt über den mittlerweile pechschwarzen Himmel, ein einsamer Tropfen platscht vor mir auf den Asphalt, dann knallt ein lauter Donnerschlag. Wenn ich es nicht besser wüsste, würde ich glatt meinen, dass die Erde in zwei Teile zerrissen wurde.

Bevor ich zu dieser Aktion aufgebrochen bin, war ich wütend auf Hunters neue Regeln, denn deswegen konnte ich nicht mein Bike nehmen, da ja von vornherein klar war, dass ich die Toten zum Krematorium schaffen muss.

Jetzt hingegen bin ich froh drum, dass ich nicht auf meiner Maschine sitze.

Erschöpft knalle ich den nun leeren Kanister ins Eck, drehe den im Zündschloss steckenden Schlüssel und starte den Motor. Ich gebe Gas, die toten Männer rollen auf der Ladefläche hin und her, ihre gegen die Plastikverkleidung knallenden Körper machen ein dumpfes Geräusch.

Immer mehr Regen prasselt auf das Autodach und verursacht einen Höllenlärm. Ich schalte das Radio an und suche einen Sender. Nirvana schallt mit *The Man Who Sold The World* aus den Boxen, das passt perfekt zu meiner derzeitigen Stimmung. Ich drehe die Lautstärke hoch und bahne mir einen Weg durch den dichten Verkehr, der wegen des heftigen Unwetters beinahe zum Stillstand gekommen ist.

2. Kapitel

Die Chaotin

Himmel und heilige Scheiße!

Die gottverdammte Welt geht unter und ich habe einen Platz in der ersten Reihe. Ich bin echt nicht abergläubisch oder so, aber na ja, ich habe einen gesunden Überlebenswillen und die Atmosphäre ist gerade mehr als unheimlich.

Das alles könnte eine Szene aus einem Stephen-King-Thriller sein: Eine Frau mitten in einem Gewitter allein in einem Krematorium. Sie wartet nur darauf, dass ein krimineller Outlaw anklopft, um ihr einen Haufen Leichen zu bringen, die sie illegal und im Geheimen verbrennen soll, um so sicherzustellen, dass diese verfluchten Killer nicht in den Knast müssen, sondern weiterhin ihr Unwesen in New Yorks Straßen treiben können.

Das ist mal wieder so ein Fuck-Moment. Findet ihr nicht?

Ganz ehrlich, der Tod hat für mich längst seinen Schrecken verloren, was damit zu tun haben könnte, dass ich tagein, tagaus mit ihm zu tun habe.

Aber trotzdem! Trotzdem! Ich will nachhause. Sofort.

Es riecht nach kaltem Rauch, neben mir steht eine Reihe leerer Särge, während der Wind plötzlich dicke Hagelkörner gegen die Scheiben weht.

Das ist so gruselig. Ich hasse Gewitter, sie beweisen uns Menschen, dass wir fürs Universum nichts weiter als winzige, unbedeutende Ameisen sind, deren Existenz für den Erhalt der Welt nicht von Belang ist.

Dieses Knallen und Blitzen macht mir Angst.

Ein Schauer rieselt zwischen meinen Schulterblättern nach unten. Dieser verfluchte Biker soll sich gefälligst beeilen.

Wie spät ist es eigentlich? Nach einem Blick auf die Uhr an meinem Handgelenk zucke ich überrascht zusammen. Es ist mittlerweile kurz vor Mitternacht, Geisterstunde.

Echt very spukig. Sagt man das überhaupt so? Ich glaube nicht. Aber das ist mir egal, ich liebe es, meinen eigenen Wortschatz zu erfinden.

Erneut rollt ein kräftiger Donner über das Krematorium hinweg, am liebsten würde ich mich unter Vaters altem Schreibtisch verstecken.

Warum eigentlich nicht?

Um meine Nerven zu beruhigen, hole ich mir auch gleich noch die alte Whiskyflasche aus seinem Geheimversteck hinter den

Steuerunterlagen und verkrieche mich unter die dicke Massivholztischplatte. Viel besser ...

Klar, sollte jetzt überraschenderweise die Welt untergehen, wird mich das sicherlich nicht retten, aber vielleicht hilft es mir bei weniger dramatischen Ereignissen, mit heiler Haut davonzukommen. Zusammengekauert, mit angewinkelten Knien trinke ich einen großen Schluck der goldenen Flüssigkeit und zucke entsetzt zusammen, als plötzlich das Licht ausgeht. Stromausfall. Klasse, das hat mir jetzt gerade noch gefehlt!

Ich mache mich noch etwas kleiner und lausche jedem Knacken und Schaben. Eine Geisterbahn ist ein Scheißdreck dagegen.

Und gerade als ich denke, dass es nicht schlimmer kommen kann, gerade als ich mir sicher bin, dass die Seelen aller Verstorbenen, die seit Gründung dieses Geschäfts hier verbrannt worden sind, mich heimsuchen werden, klopft es an der Türe.

Dong. Dong. Dong.

Noch bevor ich es verhindern kann, kommt mir ein lauter Schrei über die Lippen, der jedem potentiellen Serienkiller gleich mal meine Anwesenheit verrät.

Läuft super bei mir!

Anstatt mein sicheres Versteck zu verlassen, bleibe ich genau da, wo ich bin, und halte mich an der Glasflasche fest.

Sehr mutig. Wirklich sehr mutig, Jessy.

Mein Unterbewusstsein verhöhnt mich, mein Puls rast.

Wer kann das sein?

Klopfen Killer an?

Wohl eher nicht. Oder?

Dong. Dong. Dong.

Wer auch immer das ist, er ist hartnäckig.

Oh Hilfe!

Die Erkenntnis trifft mich wie ein Schlag. Das kann eigentlich nur der *Death Scorpion* sein, der seine Opfer bei mir abladen will. Vor Angst wie gelähmt, behalte ich meine Position bei und warte angespannt, was jetzt passiert.

Es wird euch wohl kaum überraschen, wenn ich euch sage, dass der Rocker nicht lange fackelt, sondern kurzerhand Gewalt anwendet, um sich Zutritt zu verschaffen.

Ich höre, wie das Schloss knackt und schlussendlich nachgibt, und beschließe stumm, dass ich etwas Geld in bessere Sicherheitsvorkehrungen investieren sollte.

Nicht, dass allzu oft hier eingebrochen wird – ich meine, warum sollte man auch? Wer will schon Leichen, Särge, Urnen oder Asche stehlen? Aber ich denke, es könnte dennoch nicht schaden. Es sind verrückte Zeiten. Die Menschheit wird immer bekloppter und ich bin eine alleinstehende Frau mit nicht wirklich nennenswerten Selbstverteidigungskünsten.

Zumindest habe ich jetzt eine Antwort auf meine vorherige Frage erhalten. Erinnert ihr euch? Ich wollte wissen, ob Killer anklopfen, und ja, sie tun es, zumindest bevor sie die Türe eintreten.

Bevor ich mir Gedanken machen kann, was ich davon halten soll, donnert es erneut so heftig, dass es in meinen Ohren klingelt und ich einen entsetzten Schrei ausstoße, der den Biker auf direktem Weg zu mir lotst.

Schritte kommen näher. Sein „jemand da?“ ist wohl ein schlechter Scherz, immerhin hat er mich gerade sicher gehört. Er kommt ins stockdunkle Büro, die Taschenlampenfunktion seines Handys schickt einen hellen Lichtstrahl über die Wände.

„Jemand da?“

Er wiederholt seine Frage, ich trinke mehr von dem Whisky und krieche unter dem Schreibtisch hervor. Was macht es auch für einen Sinn, sich vor dem Mörder zu verstecken, mit dem man verabredet ist? Eben. Gar keinen!

Noch bevor ich einigermaßen würdevoll aufstehen kann, trifft mich auch schon das grelle Licht. Für ein paar Sekunden bin ich so geblendet, dass ich nichts sehen kann, doch dann wird das Handy bewegt und ich traue meinen Augen nicht.

Vor mir steht der *One Percenter* aus dem Supermarkt, also das arrogante Arschloch, das mit den Weg versperrt und mir zugleich auf den Hintern gestarrt hat.

An der Verblüffung, die sich auf seinem Gesicht abzeichnet, kann ich ablesen, dass er mich ebenfalls erkennt, und dass er von unserem Wiedersehen genauso überrascht ist wie ich.

Mein gezischtes „Fuck!“ bringt seine Mundwinkel zum Zucken.

„Ich freue mich auch, dich wiederzusehen, Mädchen.“

Von wegen.

„Freude verbindet man mit etwas Positivem. Schokolade zum Beispiel, oder einem Lottogewinn, oder na ja ...“, mir gehen die Beispiele aus. „Oder mit irgendetwas anderem, das nett und schön ist. Und an dir ist nichts nett und schon gar nichts schön.“

In seinen Augen blitzt Wut auf.

Wunderbar.

Mir wird klar, dass das gerade nicht der beste Zeitpunkt ist, diesen Killer zu reizen. Von mir selbst genervt, verdrehe ich die Augen und zwinge mich zu einem Lächeln, das echt verdammt weh tut. Denn mir ist gerade so gar nicht nach Lächeln zumute. Aber was tut man nicht alles, um am Leben zu bleiben.

„Vergiss, was ich gesagt habe. Du bist ein Mörder und ich ein Mädchen, ich werde ab jetzt freundlicher zu dir sein, denn ich habe keinen Bock, in meinem eigenen Ofen zu landen."

Meine wahrheitsgemäße Aussage entlockt ihm ein schallendes Lachen.

„Du bist echt 'ne Nummer, Mädchen."

„Mein Name ist Jessy."

Er nickt.

„Macht nichts Jessy, du bist trotzdem ein Mädchen."

„Nenn mich nicht so."

Er wirkt erstaunt.

„Wie? Mädchen? Aber du bist eins."

Ach, was er nicht sagt.

„Und du bist ein Idiot und trotzdem nenne ich dich nicht so."

Er grinst, seine schneeweißen Zähne leuchten im Schein der Taschenlampe.

„Täusche ich mich oder wolltest du nicht eben noch nett zu mir sein?"

Ich nicke und zucke zugleich mit den Schultern.

„Sorry, das habe ich kurz vergessen."

Der Biker bemerkt den Whisky in meiner Hand und sieht demonstrativ zu Vaters Schreibtisch.

„Warum hast du dich darunter versteckt? Schiss? Oder hast du einfach nur eine Schwäche für Fußböden?"

Wichser. Riesengroßer, blöder, arroganter, dummer, arschiger Megawichser!

„Nicht jeder ist so groß und so stark wie du! Und nicht jeder verbringt seine Zeit damit, Menschen zu töten. Es sollte dich also nicht überraschen, dass es Leute wie mich gibt, die hin und wieder Angst haben."

Mir wird klar, was ich da gerade zugegeben habe. *Verdammt!* Ich will nicht, dass er mich für einen Angsthasen hält.

„Aber ich hatte keine Angst, mir ist nur was runtergefallen, das ich aufheben musste."

Spöttisch zieht er eine Augenbraue in die Höhe.

„Ach, und was war das? Der Whisky?"

Nein. Mein Respekt vor unverschämten Arschlöchern.

„Das geht dich nichts an."

Unsere Blicke begegnen sich, mein Herz macht einen Satz und gerät ins Stolpern.

Plötzlich bin ich mir der Tatsache, dass er ein Mann ist und ich eine Frau bin, überdeutlich bewusst. Genau wie des Umstands, dass seine Oberarme so stark sind, dass man mit ihnen ganz sicherlich Walnüsse knacken könnte oder vielleicht sogar Hummerscheren – oh, ich liebe Hummer ... Aber zurück zur Sache und der Konversation, die dieser *Scorpion* und ich gerade führen.

„Was willst du hier?"

Meine Frage ist dämlich. Hilfe! Ich bin dämlich! Sehr dämlich!

„Leichen verbrennen."

Jep, das habe ich eigentlich gewusst.

„Und wo sind die Leichen?"

Sein überrascht-genervtes Schnauben lässt mich erschaudern. Meine Brustwarzen ziehen sich zusammen und in meinem Bauch kribbelt es wie verrückt, fast so, als ob ich einen Schwarm Schmetterlinge verschluckt hätte.

„Draußen im Wagen."

Selbstverständlich. Und obwohl wir uns gerade über die unerotischste Sache der Welt unterhalten, muss ich an Sex denken. An dreckigen, harten, tiefen, orgastischen Sex.

Meine Augen rutschen zu seiner Hose hinab, zu genau der Stelle, an der sich sein Schwanz befindet und ich frage mich unwillkürlich, ob sein Penis vielleicht genauso lang und dick und gebogen ist wie der Dildo, den ich mir heute leider nicht leisten konnte?

Wahrscheinlich ist er es.

Typen wie er haben gewöhnlich nicht nur Kraft, ein attraktives Gesicht und Muskeln, sondern auch einen Schwanz, der alle Frauen zum Schreien bringt. Sie können bumsen. Gut bumsen. Meistens jedenfalls.

Zurück zu den Leichen ...

„Ich habe den Ofen längst vorgeheizt, hol deine Mandanten rein und dann kann es losgehen."

„Mandanten?", er wiederholt das Wort ungläubig.

„Jep. Opfer, finde ich, ist ein echt traurig machendes Wort, meinst du nicht?"

Er denkt kurz über meine Frage nach und nickt dann, während seine Mundwinkel schon wieder erheitert zucken.

Wie schön, dass er mich so witzig findet.

Ob er gut küssen kann? Garantiert kann er das! Woher ich das weiß? Ganz einfach. Die Welt ist groß, böse und gemein und ausgerechnet die ungesundesten Kerle haben die geschicktesten Zungen.

Der Rocker mustert mich neugierig, schnell streiche ich mir meine wirren Haare aus dem Gesicht und halte seinem unverschämten Blick tapfer stand.

„Was ist? Wieso setzt du dich nicht in Bewegung? Ich habe deinem Präsidenten versprochen, heute ein paar Tote einzuäschern, und wenn du sie mir nicht bringst, verheize ich einfach dich."

Überraschung blitzt in seinen Iriden auf.

„Du drohst mir?"

Seine Stimme klingt rau, groß und imposant steht er vor mir. Er ist gut zwei Köpfe größer als ich, wenn nicht sogar drei, von seinen breiten Schultern mal abgesehen ...

Selbst wenn ich wollte, und das tue ich sogar ein klitzekleines bisschen, könnte ich ihm nicht weh tun, geschweige denn, ihn in den Verbrennungsofen stopfen.

Schade eigentlich ...

„Nein, ich verdeutliche dir nur, wie entschlossen ich bin, die Schulden, die ich beim Club habe, abzuarbeiten. Das sollte dich doch freuen, oder?"

Dazu sagt er kein Wort, was wahrscheinlich auch besser so ist. Dieser Biker hat etwas an sich, was mich streitlustig macht, streitsüchtig und geil. Letzteres ist ziemlich verstörend und garantiert eine Nebenwirkung meines eklatanten Sexmangels.

Aber egal ...

Mit einem Brummen wendet er sich ab und marschiert hinaus in den Regen. Ich beobachte, wie seine Silhouette in der Dunkelheit verschwindet.

Ein Blitz zuckt, ein Donner grollt und mein Herz rast.

Heilige Scheiße. Oder besser gesagt: *Fuck!*

3. Kapitel

Der Vollstrecker

Wir stehen in dem Verbrennungsraum oder wie man das nennt. Der orange Schein des Feuers hätte fast etwas Romantisches, wenn es sich um ein Lagerfeuer am See handelte und nicht um die Flammen, die meine Mandanten, wie die Chaotin sie nennt, beseitigen.

Das Licht ist vor zehn Minuten wieder angegangen, sodass ich das Mädchen mit der Vorliebe für Fußböden genauer betrachten kann.

Jessy ist sexy und sie treibt mich mit ihrer bloßen Anwesenheit in den Wahnsinn.

„Willst du die ganze Nacht hierbleiben? Das kann dauern, pro Mann bis zu zwei Stunden."

Das weiß ich und ich weiß auch, dass ich besser gehen sollte, aber ich will es nicht. Warum? Darüber will ich gar nicht erst nachdenken.

Es liegt an der Frau mit den Sommersprossen und den katzenhaften Augen, die wie grüne Sterne zu leuchten scheinen. Mein Schwanz ist hart, das ist makaber, aber okay.

Es zeigt, dass ich im Gegensatz zu den Bohnenfressern, deren Blut noch immer meine Hände bedeckt, noch am Leben bin.

Jessy betrachtet meine dreckigen Finger und schiebt sich ein weiteres Stück Schokolade in den Mund.

„Wie wär's mit Händewaschen, Vollstrecker?"

Keine schlechte Idee.

„Wie wäre es damit, die Tafel Schokolade nicht auf einmal in dich reinzustopfen, Zicke."

Das „Zicke" überhört sie geflissentlich.

„Es gibt da so ein ungeschriebenes Gesetz. Wenn man bei einer Tafel die nächste Rippe nicht ganz gerade abbricht, muss man die nächste auch noch essen."

Sie sagt das so ernst, als würde der Quatsch tatsächlich stimmen. Um sie aus der Reserve zu locken, sehe ich ihr tief in die Augen.

„Dann musst du wohl noch üben."

Sie nickt.

„Bin gerade dabei."

Ich zucke mit den Schultern.

„Tja, Rippen brechen will gelernt sein."

Jessy kapiert sofort, dass ich gerade nicht die Schokolade meine, die sie sich Stück für Stück in den Mund schiebt, den ich nur zu gerne an meinem Schwanz spüren würde.

„Du bist bescheuert.“

Sie lässt mich stehen und verschwindet in ihrem Büro. Für einen Moment beobachte ich noch das flackernde Feuer, dann drehe ich mich um und stelle sicher, dass keiner der Körper, die ich vorhin so ordentlich auf den Leichenwagen aufgestapelt habe, runterrollt. Dann gehe ich raus zu dem Van, steige ein und fahre ohne ein Wort des Abschieds davon.

Soll sich diese Chaotin doch ins Knie ficken. Es ist nicht mein Problem, wenn sie Angst in der Dunkelheit hat, und es sollte auch nicht meine Sorge sein, ob es die ganze Nacht dauern wird, bis sie die acht Bohnenfresser eingeäschert hat.

Die Crux bei der Sache ist jedoch, dass ich am liebsten bei ihr geblieben und sie auf dem Schreibtisch, unter dem sie vor dem Unwetter Schutz gesucht hat, gebumst hätte. Das Adrenalin, das sich in den vergangenen Stunden in mir aufgebaut hat, pocht darauf abgebaut zu werden, und dafür eignet sich nichts besser als eine enge Pussy, weiche Lippen und volle Titten. Und auch wenn ich nicht viel über dieses Mädchen weiß, spüre ich instinktiv, dass es garantiert verdammt gut zu ficken ist. So gut, dass Mann es wieder und wieder wollen würde und genau das ist das Dilemma. Ich bin nicht gut in Beziehungen, nicht mal dann, wenn sie nur auf Sex basieren.

Die irritierenden Gedanken beiseiteschiebend, fahre ich auf den Hof des Clubs, parke den Van an genau der Stelle, an der sich der Gully befindet und hole den Hochdruckreiniger.

Einen weiteren Kanister Chlor und zehn Minuten später ist die Ladefläche sauber und ich kann endlich Feierabend machen. Mittlerweile ist es kurz nach drei Uhr morgens, mein Rücken schmerzt und meine Schleimhäute brennen wegen des Reinigungsmittels.

Aber zumindest wäre das geschafft! Es ärgert mich, dass so viel Arbeit angefallen ist, ohne dass ich an nennenswerte Informationen gekommen bin. Das rote Haus in China Town war garantiert ein falscher Hinweis. Die Mexikaner haben nichts mit den Schlitzaugen zu schaffen. Der dem Tode geweihte Wichser wollte mich einfach nur auf eine falsche Fährte locken und dabei seinen Arsch retten.

Was ein Pech für ihn, dass es nicht funktioniert hat.

Ich betrete das Clubhaus, laute Musik schlägt mir entgegen, es stinkt nach Rauch und Muschi, was ein klarer Beweis dafür ist, dass meine Brüder einen weitaus netteren Abend hatten als ich.

Bullshit!

Und ein weiteres Mal in dieser Nacht wird mir klar, dass ich das falsche Patch an der Kutte trage. Mit einem Fluch auf den Lippen lasse ich mich auf einen der freien Sitze an der Bar fallen, reibe mir über die Stirn und betrachte meine Hände.

Verdammt! Sie haben noch immer kein Wasser gesehen. Zu müde, um wieder aufzustehen, zünde ich mir eine Kippe an, klemme sie mir in den Mundwinkel und ordere bei der Bitch, die heute Thekendienst hat, eine Flasche Wasser und eine Flasche Whisky.

Sie wirkt irritiert, führt aber meine Bestellung kommentarlos aus.

Ihr Glück! Dämliche Fragen sind das Letzte, was ich heute noch gebrauchen kann.

Ich schraube das Wasser auf, drehe mich auf die Seite und kippe es mir über die Hände. Das meiste Blut geht ab, als ich die Finger aneinanderreibe, die Reste stören mich nicht. Jetzt, wo das erledigt ist, öffne ich den Whisky und schütte mir eine große Menge in die Kehle. Ich schlucke nicht, sondern lasse die von Gott höchstpersönlich geschaffene Flüssigkeit einfach den Rachen hinablaufen.

Oh, verflucht! Das ist genau das, was ich jetzt brauche!

Das und die Zicke aus dem Krematorium ...

Aber da die gerade nicht zur Verfügung steht, sehe ich mich nach einer der vielen Clubnutten um.

Ich entdecke keine, aber dafür Hunter, der mit einem Bier in der Hand auf mich zukommt.

„Warst du erfolgreich?"

Mit den Schultern zuckend, rauche ich meine Gauloise fertig.

„Wie man's nimmt."

„Wie meinst du das?"

„Die Wichser sind tot und die Informationen haben sie mit in die Flammen genommen."

Sein Zischen verrät mir, dass ihm das nicht gefällt. Mir geht es genauso, aber ich kann's nicht ändern.

„Scheiße, Rhett! Wir brauchen die Drogen. Wir haben sie schon bezahlt."

Das weiß ich.

„Die Typen wollten nicht reden."

Er trinkt sein Bier leer und lässt den Blick durch den Raum schweifen.

Piepende und blinkende Spielautomaten, eine alte Jukebox, zwei Billardtische, von der Decke hängende Sandsäcke, Poledance-Stangen und Sitzmöglichkeiten. Die Wände sind schwarz, der Boden besteht aus nacktem Beton und die von der Decke hängenden Lampen aus grünem Glas.

„Jetzt haben wir ein Problem.“

Ach ...

„Wir haben immer irgendein fucking Problem.“

„Aber dieses Mal ist es schlimmer, wir haben das Koks bereits an die Albaner verkauft.“

Das wusste ich nicht.

„Na und? Dann sag ihnen, dass sie warten müssen.“

„Die Albaner warten auf nichts und niemanden.“

Stille. Die Bitch hinter der Theke lehnt sich vor, ihre Titten fallen fast aus dem knappen, zerrissenen Shirt.

Vielleicht sollte ich einfach sie bumsen?

„Du hättest dir mehr Mühe geben müssen, Rhett.“

„Fick dich, VP. Wenn dir meine Vorgehensweise nicht gefällt, dann kümmere dich das nächste Mal selbst um den Mist. Und diese Idee mit dem Krematorium ...“

Sofort erscheint Jessys zartes Gesicht in meinem Hirn, ich schiebe es beiseite. Dieses Mädchen bedeutet nur Ärger.

„... ist total bescheuert und absolut umständlich. Es ist nicht gut, einen Haufen Leichen durch die halbe Stadt zu fahren, sie im Hudson zu versenken, wäre eine wesentliche bessere Methode ...“

Hunter schweigt. Es ist ihm deutlich anzusehen, dass ihm meine Kritik nicht gefällt.

„Du hättest dir einfach mehr Mühe geben müssen.“

Er wiederholt die Scheiße von vorhin, meine Faust will in sein Gesicht.

„Was schlägst du vor? Dass ich die Wichser das nächste Mal lebendig in den beschissenen Ofen schiebe? Mit den Füßen zuerst?“

Er brummt und nickt.

„Wenn uns das zu unserer Lieferung führt, ja.“

Von mir aus.

„Einer hat etwas von einem roten Haus in Chinatown geredet. Keine Ahnung, ob da was Wahres dran ist.“

Der Vize sieht mich an.

„Soll das ein Scherz sein? In der Scheißchinesenstadt ist jedes Haus bunt.“

„Weiß ich.“

Mehr Whisky. Ich brauche mehr Whisky. Ein paar weitere Schlucke später ist die Flasche halb leer. Wäre ich ein Optimist, würde ich sie wohl als halb voll ansehen. Aber ich bin ein Pessimist, das war ich schon immer.

Hoffnung zahlt sich nicht aus. Niemals. Sie macht nur Probleme!

„Gut. Dann sollen sich die Prospects morgen in Chinatown umhören. Vielleicht hat jemand was gesehen, was interessant für uns sein könnte. Wenn da wirklich irgendwo die Mexikaner ein- und ausgehen, ist das bestimmt jemandem aufgefallen.“

Ich persönlich halte das für Zeitverschwendung. Aber gut, wenn Hunter es so will, soll er es so machen. Ich habe meinen Teil der Arbeit erledigt und werde mir jetzt den Schwanz lutschen lassen.

Vielleicht lässt mich das ja die kleine Leichenverbrennerin und ihren runden Arsch vergessen.

Vielleicht lernen auch Einhörner fliegen und vielleicht – nur ganz vielleicht – verliere ich einfach langsam, aber sicher den Verstand!

Die Whiskyflasche auf die Theke knallend, stehe ich auf, lasse meine schmerzenden Schultern kreisen und löse so einen Teil der Verspannungen, die es mit sich bringt, wenn man acht beschissene Mexikaner ein- und aus- und wieder einladen muss.

Rückenfreundlich? Von wegen!

„Noch irgendwelche nennenswerte Erfolge?“

Hunter geht mir auf den Sack.

„Sehe ich so aus?“

Er schüttelt den Kopf und ich schnappe mir die Tussi hinter der Bar. Sie quietscht und macht einen auf überrascht, aber in Wirklichkeit hat sie garantiert nur darauf gehofft, dass ich sie packe und auf meinen Schwanz setze.

Als Enforcer gehöre ich zu den mächtigsten Membern des Clubs, wenn ich wollte, könnte ich das Leben der kleinen Nutte mit einem Fingerschnippen verbessern. Ich könnte dafür sorgen, dass sie mehr Geld bekommt, dass sie in der Hierarchie der Schlampen aufsteigt und nur noch für die angenehmeren Arbeiten eingeteilt wird. Wenn ich wollte, könnte ich dafür sorgen, dass sich ihr Leben ab morgen für sie anfühlt, als wäre sie in Scheiß-Disney-World.

Aber ich will es nicht, ich will mir einfach nur den Schwanz lutschen lassen.

Bis jetzt ist mir noch nie eine Frau begegnet, die mich genug interessiert hätte, um in ihr Leben einzugreifen ... Wobei, das stimmt nicht, nicht ganz zumindest.

Denn da gibt es eine Frau mit grünen Sternenaugen, roten Kirschenlippen und einer scharfen Zunge, die eine Vorliebe für jegliche Art von Fußböden zu haben scheint, und die mir einfach nicht mehr aus dem Kopf gehen will.

Vielleicht ist es ihr Mut, vielleicht der Kampfgeist, den sie ausstrahlt oder das Wissen, dass sie schutzlos der Gnade des Clubs ausgeliefert ist. So oder so, wenn ich wollte, könnte ich mir diese Jessy einfach nehmen und niemand würde mich davon abhalten. Ihr Vater hatte Schulden bei uns, hohe Schulden, und nach seinem Tod sind sie auf seine Tochter übergegangen. Jessys Leben gehört längst den *Death Scorpions,* und wenn ich wollte, könnte ich sie ohne Probleme für mich beanspruchen und zu meiner Sklavin machen. Ich könnte sie an mein Bett fesseln, in den Keller sperren oder auf meinen Schoß setzen. Aber das will ich nicht, gar nicht. Dass ich darüber nachdenke, ist reiner Zufall – ein Zufall, der absolut nichts zu bedeuten hat!

Ach Fuck!

Wenn ich mir das noch oft genug einrede, bin ich vielleicht dumm genug, es zu glauben ...

Die Zunge der Bitch ist heiß und rau und schlängelt sich geschickt um meine Hoden. Sie saugt sie gekonnt in den Mund, übt etwas Druck aus und lässt mich so beinahe kommen. Die Fäuste in ihren pink gefärbten Haaren vergraben, lege ich den Kopf in den Nacken und schließe die Augen.

Der Ballast rutscht von meinen Schultern. Es fühlt sich gut an ...

Sie saugt fester, viel fester. Mein Schwanz beginnt zu zucken und die Muskeln in meinen Oberschenkeln spannen sich an.

„Mach es richtig."

Sie kapiert sofort, was ich meine, lässt meine Hoden aus ihrem Mund gleiten und saugt an meiner Eichel. Heiß und warm und feucht und *Fuck* ...

Ich öffne die Augen, sehe auf sie herab und beobachte, wie sich ihre lilanen Lippen um meinen Schaft schließen. Sie gleitet vor, stemmt sich dabei an meinen Beinen ab und schiebt sich immer weiter auf meine Erektion.

Meine Eichel gleitet über ihren glatten Gaumen und stupst gegen ihre Zunge. Ich arbeite mich immer weiter vor, und nach einem kraftvollen Stoß, stecke ich bis zum Anschlag in ihrem krampfenden Hals.

Mein Stöhnen geht in der lauten Musik unter, ich bekomme nichts von dem, was um mich herum passiert, mit. Die Nutte würgt und will sich von mir abstoßen, doch ich halte sie bestimmend in Position und beobachte, wie sie versucht, sich an die Härte in ihrer Kehle zu gewöhnen.

Etwas Speichel tropft aus ihrem Mundwinkel und rinnt ihr über das Kinn, Tränen schwimmen in ihren blauen Augen – mein Blut kocht.

Langsam lasse ich mich aus ihrem Mund gleiten, sodass meine geschwollene Schwanzspitze auf ihrer Unterlippe ruht, und lasse sie nach Luft schnappen.

„Mach es gut."

Sie nickt und atmet tief ein, ehe ich sie erneut auf meine Erektion presse. Dieses Mal schiebe ich mich noch ein Stückchen weiter in sie hinein, schließe erneut die Augen und fluche laut, als ich schon wieder an das Mädchen, das sich ganz offensichtlich vor Gewitter fürchtet, denken muss.

Jessy ist süß – zu süß für einen Mann wie mich und dennoch kann ich sie einfach nicht vergessen. Warum?

Die Antwort auf diese Frage ist einfach: Weil sie anders ist.

What a Fuck!

Da ich ganz offensichtlich nicht in der Lage bin, nicht an sie zu denken, verbiete ich meinem Hirn jegliche nicht überlebenswichtige Aktivität und konzentriere mich ganz darauf, die enge, glitschige Kehle der Bitch zu ficken.

Rein und raus und wieder rein und raus.

Das. Tut. Gut.

Samantha wimmert – wobei es durchaus möglich ist, dass sie Sarah oder Susan heißt – und kommt mir willig entgegen. Grob drücke ich ihr Gesicht immer schneller und fester auf meinen Schwanz, spüre, wie ihre Nase gegen die unterste Reihe meiner Bauchmuskeln stupst, und gebe ein zufriedenes Ächzen von mir.

Was will ein Mann mehr?

Das Schmatzen ihrer vollen Lippen, das Pochen in meinen Hoden und das Ziehen in meinem Schwanz ...

Nicht fähig mich zu kontrollieren, ramme ich mich erneut bis zum Anschlag in ihren Hals, verharre in dieser Position und schließe die Augen, während ich mein Sperma in den Bauch der Bitch spritze. Sie schluckt brav, leckt mein Glied gekonnt sauber und grinst mich dann selbstbewusst an.

„Besser?"

Ich nicke.

„Viel besser, und jetzt verpiss dich."

Ihr Lächeln fällt in sich zusammen.

„Du bist ein Arschloch, Rhett."

„Das überrascht dich?"

Sie schüttelt den Kopf, wischt sich mit dem Handrücken über den Mund und steht auf.

„Seit ich bei den *Death Scorpions* gelandet bin, überrascht mich nichts mehr.“

„Das ist auch besser so. Glaube mir.“

Sie schnaubt.

„Ich habe nicht gesagt, dass das gut ist. Oder, Enforcer?“

Für diese Spielchen fehlt mir heute der Nerv.

„Nope. Aber es hat dir auch niemand verboten zu gehen.“

Sie kapiert sofort, dass sie diese Diskussion nur verlieren kann, hält die Klappe und zieht sich zurück. Endlich alleine. Tief durchatmend, packe ich meinen erschlaffenden Schwanz ein, schließe meine Hose und den Gürtel und zünde mir eine neue Kippe an.

Ob die Leichen mittlerweile schon verbrannt sind?

Ich bezweifle es. Wer hätte gedacht, dass es so lange dauert, bis von einem Menschen kaum mehr als Asche übrig ist?

Die Zigarette fertig rauchend, kümmere ich mich wieder um den Whisky und lasse den Blick über die wenigen Anwesenden schweifen, die immer noch nicht bereit sind, den vergangenen Tag enden zu lassen.

Heute steht bei mir nicht viel an. Die Reste aus dem Krematorium abholen, die Zähne zerschlagen und zusammen mit der Asche loswerden.

Ich habe mir nicht viele Gedanken darüber gemacht, was ich schlussendlich mit der Asche tun werde. Ich denke, ich spüle sie einfach im Klo runter. Diese verdammten Mexikaner haben mir schon genug Ärger bereitet, auf mehr kann ich ganz gut verzichten.

Erst als die Gauloise genau wie die acht Leichen in Rauch aufgegangen ist, stehe ich auf und mache mich auf den Weg zu meinem Bike.

Im Gegensatz zu den meisten der *First Nine*, also der neun mächtigsten Member des Chapters, wohne ich nicht auf dem Clubgelände, sondern außerhalb in der Stadt. Ohne Eile trete ich den Heimweg an, genieße die laue Juninachtluft und halte an einer auf Rot schaltenden Ampel hinter einem blauen Ford. Im Rückspiegel sehe ich, dass hinter mir ein schwarzer Dodge RAM stoppt. Ich sehe ihn mir genauer an, die zwei Typen, die darin sitzen, tragen Sturmhauben.

Verdammte Scheiße!

Ab jetzt geht alles ganz schnell. In der einen Sekunde stehe ich noch hinter dem Ford, in der nächsten drehe ich am Gas, rase an dem blauen Wagen vorbei, direkt über die rote Ampel. New York schläft nicht.

Auf den Straßen ist trotz der Uhrzeit viel los, ich lande beinahe unter einem Linienbus. *Fuck!*

Es gelingt mir in letzter Sekunde, das Lenkrad rumzureißen, mein Hinterrad gerät ins Schlingern. *Peng!* Der erste Schuss fällt, die Kugel surrt nur wenige Zentimeter an meinem Ohr entfernt vorbei. Ich kann ihre Hitze spüren und weiß, dass das höllisch knapp war.

Es knallt erneut, dieses Mal prallt das Geschoss an meinem Bike ab und landet als Querschläger in einem der vorbeifahrenden Autos.

Entschlossen den Wichsern zu entwischen, beschleunige ich, lege mich in die nächste Kurve und biege in falscher Richtung in eine Einbahnstraße ab. Mir kommt ein Fahrradkurier entgegen, der mich wütend anbrüllt. Er ist beinahe unter meinen Rädern gelandet.

Der Dodge folgt mir, bei ihm hat der Kurier nicht so viel Glück, er knallt gegen die Motorhaube und verschwindet unter dem schwarzen Monster.

Holy Shit!

Die Wichser schießen erneut auf mich. Im Rückspiegel sehe ich das Mündungsfeuer und weiß, dass sie auf ein Maschinengewehr umgestiegen sind.

Was zum Teufel!?

Ich will nach rechts abbiegen, bremse ab und weiche in letzter Sekunde einer Frau in einem Schwesternkittel aus, wahrscheinlich hat sie gerade ihre Nachtschicht beendet. Sie schreit, ich fluche und komme beinahe zum Stehen.

Der RAM holt auf – mein Puls rast.

Die Krankenschwester eilt panisch davon und verschwindet in einem der Häuser.

Rattatatattttt!

Das Dauerfeuer zerreißt die Luft.

Wer sind diese Typen?

Noch bevor ich mir einen Reim auf das alles machen kann, zerfetzt eine der Kugeln meinen Hinterreifen. Ich verliere die Kontrolle und stürze. Der Aufprall quetscht mir sämtliche Luft aus der Lunge. Ich schlittere über den Asphalt, meine Jeans reißt auf, Spitze Steine bohren sich in meine Haut.

Fuck! Das tut weh!

Ich hätte im Club bleiben sollen, ich hätte mir eines der Gästezimmer nehmen und mir den Schwanz ein weiteres Mal lutschen lassen sollen.

Teufel!

Wer konnte ahnen, dass so ein Bullshit passiert?

Unzählige Kugeln schlagen neben mir ein, sie verfehlen mich nur knapp.

Ich springe auf die Füße. Da ich dank der Krankenschwester schon beinahe gestanden habe, war der Sturz nicht ganz so schlimm. Zum Glück! Ich laufe davon, renne so schnell ich kann, und biege ums nächste Hauseck. Ein Maschendrahtzaun versperrt mir den Weg, ich springe über ihn drüber und suche hinter einem der am Rand stehenden Müllcontainer Deckung.

Die Kugeln prallen ab und bohren sich ins Mauerwerk.

Die Seitengasse, in die ich gerannt bin, ist zu schmal für den Dodge, sodass meine Verfolger aussteigen und den Weg zu Fuß fortsetzen müssen.

Ich verhalte mich still, atme mehrmals ein und aus, ziehe meine Waffe und checke das Magazin. Seit der Scheiße mit den Mexikanern bin ich nicht dazugekommen es aufzufüllen, mir bleiben nur noch fünf Schuss.

Das. Wird. Verflucht. Knapp.

Adrenalin pumpt durch meine Adern, es schärft meine Sinne und hilft mir dabei, am Leben zu bleiben.

Es mag komisch klingen, aber ich habe keine Zeit zum Sterben.

Die *Death Scorpions* brauchen mich und ich habe nicht vor, meine Brüder im Stich zu lassen.

Die Wichser unterhalten sich auf Spanisch, also sind sie ebenfalls Mexikaner. Durchaus möglich, dass sie sich an mir rächen wollen. Das kann ich ihnen nicht verübeln, immerhin habe ich acht von ihren Männern getötet.

Dass sie mich jagen, ist nur verständlich, ich würde es genauso halten.

Fuck!

Ich würde alles tun, um den Club zu schützen. Einfach alles.

Den Atem anhaltend riskiere ich einen Blick an dem Container vorbei und sehe, wie eines der beiden Arschlöcher auf mein Versteck zusteuert.

Er hält eine Uzi in den Händen und sieht sich suchend um. Noch hat er mich nicht entdeckt, das kann ich zu meinem Vorteil nutzen.

Schnell weiche ich wieder zurück, presse mich mit dem Rücken an die nasse Hauswand und warte, bis der Typ in meinem Sichtfeld auftaucht. 3 – 2 – 1. Da ist er auch schon.

Noch bevor er mich entdeckt, mache ich einen Ausfallschritt nach vorne, verpasse ihm einen Tritt gegen das Knie und befördere ihn so zu Boden.

Er schreit, mehrere Schüsse lösen sich, sie alle gehen gen Himmel.

Ich reiße ihm das israelische Gewehr aus den Fingern, knalle ihm den Griff aus Holz hart gegen den Schädel und breche ihm mit dem nächsten Schlag die Nase.

Blut spritzt, Knochen brechen – eine gewisse Genugtuung breitet sich in mir aus.

„Blöder Wichser!"

Spanische Wörter fliegen mir um die Ohren, ich verstehe kein Wort, weiß jedoch auch so, dass es sich dabei nicht um eine Liebeserklärung handelt.

Sein Kumpel ruft etwas, ich höre, wie er sich nähert und ramme dem Bohnenfresser vor mir die Faust ins Gesicht.

Er spuckt seine Schneidezähne aus und kippt um, und das keine Sekunde zu früh.

In der Sekunde, in der sein Hinterkopf auf dem Boden aufprallt, tritt Arschloch Nummer zwei auf den Plan. Es sieht mich, grinst breit und zielt auf mich.

Ich grinse zurück, springe schnell auf die Seite und richte den Lauf der Uzi auf seine Brust, dann drücke ich ab. Gut dreißig Schuss bohren sich in sein Fleisch, zerfetzen Haut und Knochen.

Ich gehe auf ihn zu, reiße ihm die Waffe aus den kraftlosen Fingern und verpasse ihm einen Schubser, der ihn ebenfalls in den Dreck befördert. Er landet mit dem Gesicht voraus in einer Pfütze und gurgelt. Ich platziere meinen rechten Fuß zwischen seinen Schulterblättern und verhindere so, dass er sich vom Boden abstemmen kann.

Was ein beschissenes Schicksal!

Noch bevor ihn die Geschosse, die sich tief in seine Eingeweide gegraben haben, töten können, wird er in dieser Regenlache ertrinken.

Genugtuung erfüllt mich. Sein Körper zuckt und bebt, zufrieden beobachte ich, wie sich seine Lunge gegen das dreckige Wasser wehrt. Dreißig Sekunden später hört seine Gegenwehr auf. Ich nehme den Fuß wieder runter, drehe das Arschloch um und starre in seine leeren Augen.

Heilige Scheiße!

So schnell wird man in dieser Stadt von Jäger zum Gejagten.

Die Wichser hätten mich um ein Haar drangekriegt.

Erschöpft lehne ich mich an die Wand, streiche mir mit beiden Händen durch die Haare und lasse den Kopf in den Nacken fallen.

Dass ich noch hier stehe und die beiden tot sind, grenzt an ein fucking Wunder. Die Chancen für mich standen denkbar schlecht. Wäre die Ampel nicht auf Rot gesprungen, hätte ich die Sturmmasken nicht gesehen und hätte keine Ahnung gehabt, dass zwei Killer hinter mir her sind.

Noch immer fassungslos gehe ich zurück zu meinem Bike. Mit jeder Minute, die vergeht, verdrängt der neue Tag die Nacht. Die Dunkelheit löst sich nach und nach auf und der Himmel verfärbt sich purpur. Mir rennt die Zeit davon!

Meine Harley liegt am Straßenrand und hat ordentlich was abbekommen. Sie ist nicht mehr fahrtüchtig und muss von einem der Prospects abgeholt werden.

Der Anblick schmerzt mehr als der Sturz vorhin. Diese Maschine ist ein Teil von mir, genau wie das Leder, das ich trage: Ohne sie bin ich unvollständig.

Hass und Zorn brauen sich in mir zusammen, die beiden Typen können froh sein, dass sie bereits tot sind, andernfalls ...

Ich balle die Fäuste und überlege mir einen Plan. Die Toten müssen weg, bevor die Sonne aufgeht. Mein Bike ist nicht einsatzfähig, aber dafür steht da ein fetter Dodge.

Fuck. Gut. Okay.

Dann muss ich eben improvisieren. Ich ziehe mein Handy aus der Tasche, wähle Benjamins Nummer und erteile dem Prospect ein paar Anweisungen. Ich erkläre ihm kurz und knapp, was passiert ist und wo er meine Maschine abholen soll. Währenddessen eile ich zu den toten Mexikanern und lade ihre Körper auf die große Ladefläche des Wagens. Dann lasse ich die Klappe einrasten und sammle die Waffen auf.

Es beginnt erneut zu regnen, das spielt mir in die Hände. Für eine Grillparty ist das Wetter denkbar schlecht, aber nach einem Mord ist es das Beste, was einem passieren kann. Jeder Tropfen beseitigt die Spuren, die diese Scheiße unweigerlich hinterlässt.

Früher, vor Hunters neuer Regel, hätte ich die Bohnenfresser einfach kurzerhand in einen der Müllcontainer geworfen, und die Sache damit als erledigt abgehakt.

Aber jetzt ... *Fuck!*

Jetzt bleibt mir nichts anderes übrig, als erneut zu Jessy zu fahren. Mein Schwanz zuckt zustimmend, er kann es kaum erwarten, Mrs. Chaos wiederzusehen.

Ein harter Fick hat bis jetzt noch immer dabei geholfen, das Adrenalin abzubauen. Dummerweise bezweifele ich, dass sich die Kleine zu diesem Zweck zur Verfügung stellen wird.

4. Kapitel

Die Chaotin

„Was willst du hier?“

„Eine Einzahlung tätigen.“

Der Rocker sieht mich frech an und grinst, auf seiner Wange zeigt sich ein sexy Grübchen. Die Hälfte meines Hirns erleidet schlagartig einen Blackout.

Verflixt! Es sollte verboten gehören, dass Kerle wie er so gut aussehen. Wie sollen sich da Frauen wie ich von ihnen fernhalten? Wie um Gottes willen?

Wie sollen wir da vernünftig sein und auf einen guten, netten und anständigen Mann warten, anstatt uns auf böse Jungs wie sie einzulassen?

Ach Scheiße!

Die Welt ist groß, gefährlich und gemein und ich bin einfach schon viel zu lange Single.

Erneut muss ich an den Dildo aus dem Supermarkt denken – wenn das so weitergeht, ignoriere ich meinen desaströsen Kontostand und kaufe ihn mir trotzdem.

„Hör zu, ich bin gerade erst mit deiner letzten Einzahlung fertig geworden. Ich brauche eine Pause. Außerdem war das so nicht mit deinem Präsidenten abgesprochen.“

Ich schließe kurz die Augen und lehne mich an den Türstock, ehe ich mir die Zeit nehme, mein Gegenüber genauer zu betrachten.

Er sieht beschissen aus. Also, natürlich nicht er an sich, sondern sein derzeitiger Zustand ist ein wenig besorgniserregend. Die Jeans des Rockers ist gerissen, ich erkenne blutige Haut und entdecke einen fetten blauen Fleck an seinem Arm. Und natürlich ist er – wie sollte es auch anders sein – blutbespritzt. Aber dieses Mal scheint ein Teil davon sein eigenes zu sein.

Sorge breitet sich in mir aus, ich versuche sie niederzuringen, es gelingt mir nicht.

„Was ist passiert?“

Er schnaubt und reibt sich über den Nacken, wobei seine Nussknacker-Bizepse mal wieder besonders gut zur Geltung kommen.

„Ein kleiner Unfall. Nichts Tragisches.“

Ich sehe an ihm vorbei zu dem Dodge.

„Du hast den Wagen gewechselt?“

Er nickt.

„Was ist jetzt mit der Einzahlung?“

Scheiße! Scheiße! Scheiße!

Je schneller ich die mit Mason vereinbarte Menge an Leichen verbrannt habe, umso schneller bin ich dem *Death Scorpions Motorcycle Club* gegenüber schuldenfrei.

Ich will den Rocker wegschicken, ehrlich. Ich will es wirklich. Zum einen, weil ich bis tief in mein Inneres spüre, dass er auf mehr als nur eine Art gefährlich für mich ist, und zum anderen, weil die Nacht lang war und der Whisky noch immer nicht leer ist. Aber ich tue es nicht. Und das nicht nur wegen den Schulden, sondern weil ich dem Enforcer ansehen kann, dass er eine harte Nacht hatte.

Er tut mir leid. Ich bin dumm., ich weiß.

„Hör zu, wenn du das für mich machst, hast du bei mir einen Gefallen gut.“

Überrascht sehe ich ihn an.

„Einen Gefallen?“

„Jep.“

„Was für einen Gefallen?“

Er sieht mich direkt an, mein Herz macht einen Hüpfer.

Es ist genauso dumm wie ich.

„Du brauchst mich, du rufst mich und ich komme.“

Oh wow!

Es kann nie schaden, wenn einer der mächtigen *Scorpions* einem einen Gefallen schuldet. Besonders, wenn man eine alleinstehende Frau mit einem Krematorium ist. In diesem Business trifft man auf echt skurrile Gestalten. Der Biker vor mir ist der beste Beweis dafür. Ein ruhiges Leben sieht anders aus, glaubt mir.

„Gut. Wir haben einen Deal.“

„Perfekt.“

Anstatt sich abzuwenden und seine Mandanten zu holen, bleibt er einfach stehen, streckt seine Hand nach mir aus und streicht mit der schwieligen Kuppe seines Daumens über meine Unterlippe.

Ich will zurückweichen, bin jedoch wie erstarrt. Ich vergesse zu atmen, vergesse zu denken und kann mich nur auf das Gefühl dieser sanften Berührung konzentrieren.

Seine Pupillen weiten sich, in meinem Bauch beginnt es wie verrückt zu kribbeln.

Holy Shit!

Da ist er wieder, der typische Fuck-Moment!

Ein Schauder lässt mich erbeben, all meine Sinne sind plötzlich nur noch auf den Outlaw vor mir gerichtet. Der Boden unter meinen Füßen scheint zu wanken, vor meinen Augen beginnt sich alles zu drehen ...

Himmel, hat dieser Mann eine intensive Wirkung auf mich.

Die Sekunden verstreichen, erst als er seine Hand zurückzieht, bin ich wieder in der Lage zu atmen. Ich schnappe japsend nach Luft, fülle meine Lunge mit so viel frischem Sauerstoff wie möglich und hoffe nicht umzukippen.

„Wenn du nicht atmest, während ich deine Lippen berühre, wirst du, wenn ich dich später ficke, das Bewusstsein verlieren.“

Was? Wie? Wo? Verdammt!

Hat er das gerade wirklich gesagt?

Seinem breiten Grinsen nach ja.

Fuck!

Wie kommt er darauf, dass er mich später ficken wird?

Wer sagt, dass ich das auch will?

Will ich es?

Die Antwort lautet ganz klar *ja*, obwohl ich besser *nein* zu ihm sagen sollte.

Und während ich noch immer mit meinem inneren Zwiespalt beschäftigt bin, lässt er mich alleine stehen und geht zu dem riesigen Dodge, der die halbe Einfahrt für sich beansprucht. Er öffnet die Ladeklappe und mein Blick fällt auf zwei blutüberströmte, verstümmelte Männer ... *Ufffff!*

Das Prickeln in meinem Bauch verpufft und zurück bleibt nichts als die harte Realität. Dieser Outlaw ist ein Killer, er ist brutal und gefährlich und absolut kein Kerl, den man einfach so in sein Bett, geschweige denn in seinen Körper lassen sollte.

Mein gemurmeltes „Ach du heilige Scheiße!“ scheint ihn zu amüsieren.

„Bloß kein Mitleid. Die Wichser haben mich angegriffen, nicht anders herum. Man könnte also sagen: Sie wollten es so.“

Er lächelt mich schief an, ich lächle debil zurück.

Gedanklich schlage ich mir mit voller Wucht gegen die Stirn und verfluche mich selbst für meine Blödheit. Das würde nämlich dann auch seinen desolaten Zustand, die zerrissene Jeans und das Hämatom erklären.

„Bist du verletzt?“ Vielleicht am Schwanz? Soll ich mal blasen?

Zum Glück beiße ich mir rechtzeitig auf die Zunge, um zu verhindern, dass ich die letzten beiden Sätze ebenfalls laut ausspreche.

Da ich es meistens mit Toten zu tun habe, ist es kein Problem für mich, alles ungefiltert auszusprechen, was mir durch den Kopf huscht. Es hört mir eh keiner zu. Aber dieser Rocker ist nicht tot, er ist lebendig, sehr lebendig ...

Ich sollte also genau überlegen, was mir über die Lippen kommt.

Er schultert die erste Leiche und trägt sie mühelos an mir vorbei direkt auf den Verbrennungsofen zu, in dem noch immer der letzte Mexikaner vor sich hin kokelt.

„Ich würde sagen, jetzt haben wir einen Stau."

Leichenhumor. Genau meine Sache.

„Nicht so schlimm."

Er dreht sich zu mir um.

„Sicher?"

„Na ja. Was, wenn ich nein sage? Würde das was ändern?"

Der Rocker zieht die Stirn kraus.

„Nicht wirklich."

„Wie gesagt, ich habe einen Gefallen bei dir gut. Oder besser gesagt zwei, immerhin hast du auch zwei Mandanten dabei."

Zu meiner Überraschung widerspricht er mir nicht, sondern legt den ersten Toten auf dem Wagen ab und macht sich daran, den zweiten zu holen.

Was für ein verrückter Tag!

Ich sitze auf der Fensterbank, meine Beine baumeln in der Luft, der Rocker sitzt neben mir, allerdings berühren seine Beine den Boden. Er hat eine Zigarette im Mundwinkel und mustert mich interessiert, was daran liegen könnte, dass er mich vorher noch nicht mit meiner Brille gesehen hat.

„Das Ding steht dir, es verleiht dir sowas Ordentliches, Organisiertes."

Etwas Ordentliches? An mir ist nichts ordentlich oder organisiert. Wenn es so wäre, würde ich jetzt nicht hier sitzen und mir überlegen, wo verflucht noch mal ich schon wieder meinen Schlüssel hingelegt habe.

Bevor der Rocker hier aufgetaucht ist, war ich mal wieder dabei, ihn zu suchen ...

„Soll das ein Kompliment oder eine Beleidigung sein?"

„Du bist süß, falls du das wissen wolltest?"

Wollte ich nicht. Aber danke.

Gut zu wissen.

„Du musst nicht warten. Verschwinde von hier. Du hast sicher ultrawichtige Rockersachen zu erledigen.“

Er nickt.

„Habe ich.“

„Dann tschüss.“

Skeptisch zieht er eine Braue in die Höhe.

„Du schmeißt mich raus?“

Tue ich das?

„Vielleicht?“

Sein Blick rutscht auf meine Lippen, mir wird heiß und kalt.

„Wenn du mich jetzt küssen willst, denk nicht mal dran.“

Überrascht reißt er die Augen auf.

„Warum soll ich dich nicht küssen?“

Während er auf meine Antwort wartet, verschränkt er die Arme vor der Brust.

Nussknacker ... Sag ich doch ...

„Weil es besser ist, es nicht zu tun.“

Vor den Fenstern ist es längst hell geworden, der Schlafentzug macht sich langsam bemerkbar. Von dem nächtlichen Unwetter ist nichts übrig geblieben, der Himmel ist blau und wolkenlos.

Sein gebrummtes „Das sehe ich anders.“ ist die einzige Warnung, ehe er plötzlich vor mir steht, die Kippe auf den Boden wirft, mit beiden Händen mein Gesicht umfasst und mir tief in die Augen sieht. Dann streicht er mit seinen festen Lippen über die meinen und dringt einen Atemzug später mit seiner heißen Zunge in mich ein.

Ich keuche und kralle mich instinktiv an ihm fest. Anstatt ihn von mir zu schubsen und auf Abstand zu gehen, komme ich ihm immer näher und näher. Der Geruch von Schießpulver, Mann, Seife und Schweiß und Rauch steigt mir in die Nase und stellt merkwürdige Dinge mit mir an.

Schon nach einem Atemzug von seinem markanten Duft, fühle ich mich wie auf Droge ... Ich bin berauscht von dem Biker, seiner Wärme und der Kraft, die er ausstrahlt und die mich wie ein schützender Kokon umhüllt.

Die toten Mexikaner, die Tatsache, dass er ein Mörder ist und dass ich eigentlich nichts mit dem Club zu tun haben wollte, treten in den Hintergrund und auf einmal ist nichts mehr von Bedeutung. Nichts, außer dass er ein Mann ist und ich eine Frau, die sich so sehr nach Nähe und Zärtlichkeiten sehnt, dass sie bereit ist, einen ganz schrecklichen Fehler zu begehen ...

Aber ist dieser *Scorpion* wirklich ein Fehler? Kann ein Kuss, der sich so richtig anfühlt, tatsächlich falsch sein?

Seine linke Hand presst mich besitzergreifend an sich, mit der rechten umfasst er bestimmend mein Genick.

Unsere Zungen lernen sich kennen, unsere Münder verschmelzen und zwischen meinen Schenkeln breitet sich ein sehnsüchtiges Ziehen aus.

Am liebsten würde ich seine Hand packen und sie in meinen Slip schieben, ich kann mich gerade noch bremsen und vernünftig bleiben, so vernünftig es eben ist, zuzulassen, dass sich dieser Biker an meiner Unterlippe festbeißt und durch meine Haare wühlt ...

Die Minuten vergehen, keiner von uns macht Anstalten, den Kuss zu beenden. Erst als das Klingeln seines Handys die Stille füllt, weicht er zurück und lässt mich mit spürbarem Widerwillen los.

„Fuck! Ich muss los."

„Mhmmmm..."

Zu mehr ist mein lahmgelegter Verstand gerade nicht in der Lage.

Er zieht das Telefon aus der Tasche und wirft einen kurzen Blick auf das blinkende Display.

„Beim nächsten Mal bringen wir das hier zu Ende."

Er zwinkert mir zu und geht Richtung Ausgang. Kurz bevor er mich endgültig alleinlässt, stoppt er und dreht sich zu mir um.

„Mein Name ist übrigens Rhett, Baby."

Dann ist er auch schon verschwunden.

Rhett? Rhett? Wie Rhett Butler aus vom *Winde verweht,* meinem absoluten Lieblingsbuch? *Hilfe!*

Wenn das kein Zeichen ist, dann weiß ich auch nicht.

Von dem, was eben passiert ist, noch immer wie benommen, streiche ich mir vorsichtig über die frisch geküssten Lippen und versuche, das Gefühl seines Mundes auf dem meinen noch einen kostbaren Moment lang festzuhalten, ehe mich das Leben mit Überschallgeschwindigkeit zurück in die Realität katapultiert und ich mich wieder um die zwei von Rhett getätigten Einzahlungen kümmere.

Vielleicht hätte ich doch was mit Blumen machen sollen? Sie riechen gut, sind bunt und stehen fürs Leben ...

5. Kapitel

Der Vollstrecker

„Fuck Rhett! Fuck! Du hättest anrufen sollen.“

Mason ist wütend, auf seiner Stirn pocht eine Ader, in seinen Augen steht purer Zorn.

„Habe ich, den Prospect, damit er mein Bike holt, während ich die Toten wegzaubere.“ Ich überlege kurz, ob ich mir den Rest spare, und entscheide mich dagegen. Hunter und Mason müssen wissen, wie fucking umständlich ihre neue Regel ist.

„Früher hätte ich die zwei Toten einfach in einen der Müllcontainer geworfen, das Ding angezündet und fertig, aber dank eurer beschissenen Krematoriumsidee, musste ich die Typen einsammeln, mir einen fahrbaren Untersatz besorgen und die Mexiwichser durch die halbe Stadt karren. Und dann musste ich die Chaotin dazu überreden, zwei weitere Mandanten in Asche zu verwandeln. Das kostet Zeit und ist riskant und geht mir, um ehrlich zu sein, tierisch auf den Sack!“

Hunter knurrt genervt und Mason steht auf, um unruhig durch sein Büro zu wandern.

„Wenn die Tussi Schwierigkeiten macht, sag’s. Dann kümmere ich mich um sie.“

Mir wird klar, dass er Jessy meint, sofort ballen sich meine Hände zu Fäusten. Der Drang, das Mädchen zu beschützen, wird beinahe übermächtig.

„Sie macht keine Probleme, also lass sie in Ruhe.“

Der scharfe Unterton in meiner Stimme verrät mich. Der Präsident und sein Stellvertreter sehen mich überrascht an.

„Was los, Rhett? Gefällt dir die Kleine?“

Gefallen? Soll das ein Witz sein? Dieses Mädchen ist der Hammer. Der Oberhammer! Es ist verrückt, sexy, wild, mutig, temperamentvoll und zugleich schutzbedürftig. Es ist wunderschön und hat so weiche Lippen, dass es sich so angefühlt hat, als hätte ich verfickte Wolken geküsst. Jessy schmeckt nach Sonnenschein, nach Glück und nach mehr, nach einem undefinierbaren Mehr, das meinen Hunger geweckt hat. Einen Hunger, von dem ich nicht weiß, wie ich ihn stillen soll, ohne dabei meine Freiheit zu verlieren ...

What a fuck! Was für eine bizarre Nacht.

Nicht bereit dieses Thema zu vertiefen, zünde ich mir eine Gauloise an und erwidere Hunters Blick.

„Mir gefällt deine neue Regel nicht.“

Mein Rücken schmerzt, der Sturz und die durchgemachte Nacht fordern allmählich ihren Tribut. Vor zehn Jahren hätte ich das noch locker weggesteckt. Jetzt bin ich fast vierzig und mein Körper protestiert nachdrücklich.

„Pech. An die musst du dich gewöhnen. Andere Zeiten erfordern neue Methoden."

Aye, mit so einem Shit habe ich gerechnet.

Mason wechselt das Thema.

„Was denkst du darüber, dass du ganz offensichtlich von den Mexikanern verfolgt wurdest?"

„Es zeigt mir, dass sie bereit sind, die Spielregeln zu ändern."

Des Präsidenten „das ist nicht gut!" geht in Hunters gezischtem „Fuck off!" unter.

„So wie ich das sehe, haben sie unsere Drogen und wollen doppelt Kasse machen. Aber weswegen? Wofür brauchen sie all das Geld? Wohl kaum für eine Rundreise. Ich schätze, die Wichser wollen eine Revolution lostreten, sie wollen sich bewaffnen und ihr Gebiet ausweiten. Für mich schmeckt diese ganze Aktion nach Krieg."

Mason nickt, ich rauche meine Kippe fertig und kneife mir in den Nasenrücken. In meinem Kopf baut sich ein unangenehmer Druck auf.

„Die Prospects checken noch immer den China-Town-Tipp. Bis jetzt ist da nichts rausgekommen."

Das wundert mich nicht.

„Das rote Haus ist eine Finte."

Die beiden Präsidenten tauschen einen zustimmenden Blick.

Wir reden weiter und kommen zu dem Entschluss, dass wir besser aufpassen und etwas öfter über unsere Schultern sehen müssen. Wir werden gejagt, was mich wenig stört. Die Gefahr ist in den letzten Jahren zu einem treuen Begleiter geworden.

Es braucht mehr, um mich in Angst und Schrecken zu versetzen.

Bedeutend mehr!

„Die Nacht war lang. Ich hau mich aufs Ohr."

Mason verspricht, dass er mich weckt, wenn es neue Informationen gibt. Ich verlasse sein Büro. Da meine Maschine die nächsten Tage in der Werkstatt stehen wird, beschließe ich, den RAM noch eine Weile zu behalten. Er ist groß, hat ordentlich PS und jede Menge Ladefläche – das gefällt mir.

Müde, mit einem dumpfen Pochen hinter den Schläfen, fahre ich zu meiner Wohnung, gönne mir eine schnelle Dusche und wasche mir das Blut meiner Opfer von der Haut, während ich unweigerlich an das Aschemädchen mit den himmlischen Lippen denken muss.

Es war ein Fehler, es zu küssen. Es war ein Fehler, der sich verdammt richtig und gut angefühlt hat.

Wenn ich Jessy schützen will, gehe ich ihr zukünftig am besten aus dem Weg. Ohne mich ist diese sexy Chaotin definitiv besser dran. Mir klebt der Tod am Arsch. Ich bringe sie nur in Schwierigkeiten, und wenn es dumm läuft, und das tut es meistens, bringe ich sie zusätzlich noch in Gefahr.

Das hat Jessy nicht verdient. Ihr Leben erscheint auch so schon schwierig genug zu sein.

Ich muss erneut an ihren Mund denken, an das Gefühl, mit meiner Zunge in sie einzudringen, und meine Faust in ihren Haaren zu vergraben. Mein Schwanz saugt sich mit Blut voll, wird hart und schwer und stellt sich auf. Ich umfasse ich ihn, reibe ein paar Mal über die Krone und falle dann in einen schnellen, fast schon schmerzhaften Rhythmus.

Wieder und wieder gleitet meine Faust von der Wurzel über den Schaft, ich drücke noch etwas fester zu und stelle mir Jessys schönes Gesicht dabei vor. Ich stelle mir vor, wie sie vor mir auf die Knie sinkt, wie sie den Mund für mich öffnet und mir einen zu blasen beginnt.

Das. Ist. Folter.

Meine Hoden ziehen sich puckernd zusammen, meine Beine zucken und mein Puls rast.

Fuuuckkkkk!

Ich wiederhole den Vorgang noch ein paarmal, beiße die Zähne dabei so fest zusammen, dass es schmerzt, und sehe dann dabei zu, wie mein Sperma schubweise gegen die blauen Fliesen spritzt und eine Sekunde später vom heißen Wasser abgespült wird.

Es spielt keine Rolle, ob ich mich von Jessy fernhalten will oder nicht, denn es wird nicht funktionieren, ich werde diesen Vorsatz nicht einhalten können, dafür ist mein Interesse an dieser Frau einfach viel zu groß.

6. Kapitel

Die Chaotin

Die nächsten drei Tage vergehen ohne irgendwelche Einzahlungen des *Death Scorpions Motorcycle Clubs*, was bedeutet, dass ich mich endlich wieder um mein normales Tagesgeschäft kümmern kann.

Rhett und sein Kuss gehen mir nicht mehr aus dem Kopf, nachts träume ich mittlerweile sogar schon von diesem Biker, aber sonst geht es mir gut.

Denke ich zumindest. Denn entweder werde ich langsam, aber sicher paranoid oder aber ich werde seit der Nacht, in der Rhett seinen Unfall hatte und die zwei zusätzlichen Mexikaner eingeliefert hat, verfolgt. Zuerst war ich mir sicher, dass ich mir das nur einbilde, aber dann ist mir immer wieder dieses Auto aufgefallen, dieser silberne Ford Mustang, der wie aus dem Nichts überall da aufgetaucht ist, wo ich ebenfalls war. Klar kann das auch einfach ein Zufall sein. Denn, na ja – wie viele silberne Mustangs gibt es in dieser Stadt? Aber ich glaube nicht an Zufälle.

Das Schicksal hat für uns alle einen Plan, manchmal mag der für uns nur schwer ersichtlich sein, aber es gibt einen, gegen den wir nicht ankommen. Wir sind nichts weiter als Figuren im Spiel des Lebens. Für mich ein beruhigender Gedanke, denn er hilft mir, alles, was passiert, zu ertragen. Ganz davon abgesehen bin ich viel zu chaotisch, als dass es gut für mich wäre, wenn ich die Herrin über mein Schicksal wäre. Da vertraue ich lieber auf den göttlichen Plan und hoffe, dass sich früher oder später alles zum Guten wenden wird.

Ich sitze am Schreibtisch, tippe Rechnungen und sehe aus dem Fenster. Das silberne Auto steht an der Ecke am Straßenrand, zwei Typen sitzen darin, schon seit zwei Stunden macht keiner von beiden Anstalten auszusteigen.

Das ist doch merkwürdig oder nicht?

Ich will jedoch nicht so schnell in Panik verfallen, blende den Wagen aus und erledige meine Arbeit. Drei Stunden später ist der Ford verschwunden und ich fühle mich sofort besser. Zumindest tue ich das für fünf Minuten, denn dann kommt es mir so vor, als würde mich jemand aus nächster Nähe beobachten.

Kann das sein?

Hektisch sehe ich mich um, kann jedoch niemanden entdecken.

Soweit ich weiß, waren Geisteskrankheiten in unserer Familie noch nie ein Problem. Aber irgendwer muss ja immer der Erste sein.

Ich reibe mir mit beiden Händen über die Schläfen, kneife die Augen zu und verdränge den Rocker mit den schokobraunen Augen aus meinen Gedanken. Es ist zum Kotzen, wie oft er sich in meinen Schädel schleicht, und wie leicht sich meine Fantasie von ihm um den Finger wickeln lässt.

Nachts liege ich wach in meinem Bett und kann nicht schlafen. Ich befriedige mich selbst, während ich an Rhett denke, und weiß, dass ich mir damit das Leben nur unnötig schwer mache. Dieser Outlaw ist nicht gut für mich. Seine Nähe ist nicht gut – seine Welt ist nicht gut. Und trotzdem vermisse ich ihn und hoffe, dass ich ihn bald wiedersehe.

Schön bescheuert. Ich weiß!

Aber seine Lippen und seine großen, starken Hände ... *seufz* ... Die Ringe an seinen Fingern und die Kutte mit den Patches, die ihre ganz eigene Geschichte über diesen One Percenter erzählt. *Noch mal seufz* ... Ich mag es, wie sich sein Shirt über den Muskeln spannt. Dazu die tief sitzende Jeans und der Geruch von Mann, Leder und Schießpulver, der ihn wie ein teures Eau de Toilette umgibt.

Ich erinnere mich nur allzu gut daran, wie es sich angefühlt hat, ihm nahe zu sein, ihn zu kosten und zu küssen – ihn zu berühren – und von ihm gebissen zu werden.

Meine Gedanken versinken im Chaos, ich stehe auf und mache mich auf die Suche nach Schokolade. Wenn ich schon keinen Sex habe, dann brauche ich zumindest eine adäquate Ersatzbefriedigung ...

In der kleinen Küche im hinteren Bereich des Hauses suche ich die Schränke nach etwas zum Naschen ab und werde fündig.

Das alte Gemäuer, in dem sich das Krematorium befindet, ist in einem bemitleidenswerten Zustand, weil mein Dad sein Geld lieber verwettet hat, anstatt es für Renovierungen auszugeben. Durch die alten Holzfenster zieht es, in den Wänden sind dicke Risse zu erkennen und wie ich bei dem letzten Unwetter feststellen musste, ist auch das Dach nicht mehr ganz dicht.

Es geht abwärts ...

Wenn ich den Rockern die Einäscherung der zehn Mexikaner berechnen könnte, würde das meinem Kontostand verdammt guttun. Aber das geht leider nicht, also muss ich mir etwas anderes einfallen lassen. Nur was?

Ich breche eine Rippe der Haselnussschoki ab und muss dabei sofort an Rhett denken.

„... Rippen brechen will gelernt sein."

Oh verdammt!

Die Erinnerung an diese Nacht bringt mich zum Lächeln. Ich muss wirklich so was von bekloppt sein!

Etwas klirrt. Es klingt wie zerbrechendes Glas und ich zucke erschrocken zusammen.

Scheiße! Was war das?

Ich bleibe wie erstarrt stehen und lausche in die wieder einkehrende Stille.

Dann hallen plötzlich dunkle, männliche Stimmen von den alten Mauern wieder, Schritte ertönen.

Oh mein Gott!

Was jetzt? Ich weiche einen Schritt zurück. Die Einbrecher scheinen sich keine Mühe zu machen, ihre Anwesenheit geheim zu halten. Sie unterhalten sich lautstark auf Spanisch und lachen. Ein Schuss fällt und ich lasse mich instinktiv auf den Boden sinken.

Was nun?

Hilft es, wenn ich mich unter dem Küchentisch verstecke? Wohl kaum. Aber was dann? Was soll ich tun?

Ich krabble über den Boden, ziehe mein Handy aus der Tasche und wähle Masons Nummer. Keine Ahnung wieso, aber ich bin mir zu einhundert Prozent sicher, dass diese Typen wegen der *Scorpions* hier sind.

Ich meine, Scheiße! Das hier ist ein Krematorium und kein Juweliergeschäft. Hier gibt es nichts zu holen, nichts außer toten Menschen, Särgen und Urnen.

Am liebsten würde ich Rhett anrufen. Aber von dem habe ich keine Nummer und darum hoffe ich, dass ich zumindest den Präsidenten erreiche.

Es läutet. Wieder und wieder – doch niemand geht ran. Dafür werden aber die Stimmen immer lauter, die Einbrecher kommen immer näher.

Hilfe!

Komm schon, Rocker. Komm schon!

Ich robbe auf dem Boden durch die Küche, öffne die Türe, die nach draußen auf den Hinterhof führt, und verstecke mich hinter einem Mauervorsprung.

Das Telefon fest ans Ohr pressend bete ich, dass dieser Biker endlich ran geht.

Und dann, gerade als ich aufgeben will, höre ich ein gebrummtes: „Was gibt's?"

„Hilfe, Mason, Hilfe. Bei mir wird eingebrochen."

Stille.

„Im Krematorium?“

Er klingt überrascht. Da geht es ihm wie mir.

„Ja, verdammt!“

Wieder ertönt ein Schuss.

„Wo bist du, Mädchen?“

„Ich habe mich versteckt.

„Wo?“

„Im Hinterhof! Kannst du kommen?“

Keine Ahnung, warum ich hoffe, dass er mir den Arsch rettet, aber na ja, wenn er will, dass ich weiterhin die Toten der *Scorpions* einäschere, dann sollte er ein gewisses Interesse daran haben, mich am Leben zu erhalten.

„Mason? Bitte!“

Er flucht und brüllt nach Rhett.

„Was sind das für Typen?“

„Sie sprechen spanisch und sie schießen.“

Ich höre, wie er etwas zu jemandem sagt. Es raschelt in der Leitung.

„Rhett kommt. Bleib, wo du bist, und lass dich nicht abknallen.“

Danke für den Tipp.

„Beeilt euch.“

„Der Enforcer ist auf dem Weg zu dir.“

Ein Funke Erleichterung durchzuckt mich.

Das ist definitiv wieder einer dieser Fuck-Momente!

Seltsam. Seit ich mit den Rockern zu tun habe, gibt es davon ziemlich viele ...

7. Kapitel

Der Vollstrecker

Ich lege den Gang ein, trete das Gaspedal durch und bahne mir rücksichtslos einen Weg durch den zähflüssigen New Yorker Stadtverkehr.

Mit meinem Bike wäre ich bedeutend schneller als mit dem Dodge, aber das kann ich nicht ändern.

Neben mir auf dem Beifahrersitz liegen drei Handgranaten, eine AK und jede Menge Munition. Ich weiß nicht, was mich erwartet, aber ich bin bereit, bis zum Äußersten zu gehen, um Jessy zu schützen.

Warum genau das so ist, darüber will ich lieber gar nicht nachdenken. Ich meine, Fuck! Diese. Frau. Ist. Nicht. Mein. Problem! Und dennoch rase ich wie ein Gestörter über den Gehweg, um so schnell wie möglich bei ihr zu sein. Dass sie Mason angerufen hat und nicht mich, geht mir voll auf den Sack. Verdammt! Warum habe ich ihr nicht meine Nummer gegeben?

Bullshit!

Wenn sie etwas braucht, will ich ihr Ansprechpartner sein. Meine Nummer muss in ihrem Handy auf Kurzwahl gespeichert und für den Notfall bereit sein.

Dass sie in Gefahr ist, lässt mich vor Wut vibrieren. Sie muss am Telefon gesagt haben, dass die Typen, die bei ihr eingebrochen sind, spanisch sprechen, was mich auf Mexikaner tippen lässt. So wie ich das sehe, haben mich die Wichser bis zu dem Krematorium verfolgt und sind so auf Jessys Spur gekommen. Die Wichser haben kapiert, dass wir hier ihre Brüder beseitigen, und sind nun ordentlich angepisst. Bis zu einem gewissen Grad kann ich das durchaus verstehen.

Aber sie haben sich selbst in die Scheiße geritten, in der sie nun knietief feststecken. Hätten sie uns nicht beschissen, hätten sie uns einfach die bereits von uns bezahlten Drogen ausgehändigt, wäre der ganze Mist gar nicht erst passiert. Diese Idioten haben sich dazu entschieden, sich mit den *Death Scorpions* anzulegen, und nun müssen sie mit den Konsequenzen leben und sterben.

Mason und Hunter haben ebenfalls beschlossen, zu dem Krematorium zu fahren, sie sind genau wie ich bereit, den Bohnenfressern Feuer unterm Arsch zu machen. Allerdings treiben sie andere Beweggründe an.

Ich will die Frau retten, damit ich sie mir packen, sie ficken und zum Schreien bringen kann. Hunter hingegen will einfach nur den Deal am Laufen halten und Mason geht es ums Prinzip.

Doch weswegen wir alle bis an die Zähne bewaffnet losstürmen, um das Aschemädchen zu retten, spielt keine Rolle. Das Einzige, was zählt, ist, dass die Wichser in dem verfickten Ofen landen und bis auf die Zähne verbrennen!

Bleibt mir nur zu hoffen, dass es noch nicht zu spät ist und dass die Hurensöhne Jessy nicht längst in die Finger gekriegt haben. Allein bei der Vorstellung zieht sich mein Magen schmerzhaft zusammen und ich drücke das Gaspedal noch mehr durch.

Der RAM schießt vorwärts, wie ein verdammtes Monster walzt er alles platt, was sich ihm in den Weg stellt. Ohne den Blinker zu setzen, fädle ich mich wieder in den Verkehr ein, überquere die vor mir liegende Kreuzung und nähere mich nach fünf Minuten, die sich wie eine verdammte Ewigkeit anfühlen, endlich meinem Ziel.

Von Hunter und Mason fehlt bis jetzt jede Spur, was daran liegen könnte, dass ich vor ihnen aufgebrochen bin.

Ich drossle die Geschwindigkeit. Auf dem Parkplatz stehen fünf Geländewagen, alle schwarz und alle neu. Den Mexikanern scheint es finanziell gut zu gehen. Kein Wunder, wenn sie sich für ihre Drogen doppelt bezahlen lassen. Jetzt nehme ich mir eine der Handgranaten und ziehe den Splint, im Vorbeifahren werfe ich den Sprengkörper zwischen die geparkten Wagen und gebe dann Gas. 3 - 2 - 1 - Boom! Die Detonation ist gewaltig und die SUVs sind Schrott. Damit habe ich zwar mein Überraschungsmoment aufgegeben, aber Scheiß drauf. Zumindest habe ich so gleich mal sämtliche Aufmerksamkeit auf meine Ankunft gelenkt und damit vielleicht dafür gesorgt, dass Jessy in ihrem Versteck sicher ist.

Es dauert keine drei Sekunden, bis das Feuer auf mich eröffnet wird. Der Dodge bekommt ordentlich was ab, die Scheiben werden von Geschossen durchbohrt und Glasscherben surren durch die Luft. Sie treffen mich am Arm und schlitzen meine Haut auf, doch ich spüre keinen Schmerz.

Vorfreude pulsiert durch meine Venen, ich kann es kaum erwarten, diese Wichser für die Dreistigkeit, eine unschuldige Frau anzugreifen, bluten zu lassen.

Die Kugeln verfolgen mich, als ich das Gebäude aus grauem Stein umrunde und auf der Rückseite anhalte. Schnell stopfe ich mir die verbliebenen Granaten in die Taschen, schnappe mir die Kalaschnikow und eröffne das Feuer. Das Rattern der Maschinengewehre hallt durch die Luft. Die Geschosse verfehlen mich nur knapp. Asphaltbrocken fliegen durch die Luft, es stinkt nach verbranntem Gummi und Benzin. An der Stelle, wo die Geländewagen dank der Granaten in Flammen aufgegangen sind, steigt eine schwarze Rauchsäule gen Himmel.

Ein Typ will sich von hinten an mich ranschleichen, ich entdecke ihn im Augenwinkel, wirble zu ihm herum und verpasse ihm eine Ladung Blei. Sein Körper zuckt und bricht zusammen. Blut rinnt ihm aus dem Mundwinkel, seine Augen stehen weit offen. Ich betrachte sein Gesicht und habe endlich die Bestätigung: Es sind die Mexikaner. Sie müssen mir also tatsächlich bis hierher gefolgt sein.

Dass Jessy in Gefahr ist, geht also auf mein Konto!

Bullshit! Wie konnte ich nur so unvorsichtig sein?

Erneut nähert sich mir einer der Wichser, er hat sich ein rotes Bandana über die Kieferpartie gebunden, eine Kevlarweste schützt seinen Brustkorb. Er ist nur mit einer Machete bewaffnet. Ich kann über so viel Blödheit nur den Kopf schütteln. Was soll diese Selbstmördernummer?

Ruhig lasse ich ihn noch ein paar Schritte näher kommen, warte ab, bis er nur noch einen Meter von mir entfernt ist und lasse dann seinen Schädel zerplatzen. Der bunte Stoff vor seiner Nase wird durch die Luft gewirbelt.

Was ein Vollidiot!

Erneut mache ich eine Bewegung aus, sofort reiße ich die AK hoch und bin bereit zu schießen.

Doch anstatt eines weiteren Tangos entdecke ich nur ein weinendes, zitterndes und unter Schock stehendes Mädchen.

Jessy kniet hinter einem Mauervorsprung im Dreck, den Blick auf den kopflosen Mexikaner gerichtet, den Mund zu einem lautlosen Schrei geöffnet.

Zur Hölle! Was ein Glück. Sie sieht unverletzt aus.

„Komm her!“

Ich winke sie zu mir, doch sie regt sich nicht.

Scheiße!

„Jessy! Komm her.“

Erneut keine Reaktion.

Kein Wunder, für eine Frau muss das eine echt krasse Angelegenheit sein.

Mit einem Fluch auf den Lippen eile ich in gebückter Haltung zu ihr rüber, entferne mich somit vom Dodge und hänge mir die AK an dem Gurt über die Schulter. Besorgt sehe ich ihr in die Augen – immer noch keine Reaktion.

Grob umfasse ich ihre schmalen Schultern, spüre ihr Zittern und schüttle sie sanft.
„Jessy! Hörst du mich?“
Endlich kommt etwas Leben in ihre Augen. Sie nickt, spricht jedoch kein Wort.
Von Hunter und Mason fehlt noch immer jede Spur.
„Weißt du, wie viele es sind?“
Sie schüttelt den Kopf.
Gut. Dann muss ich umplanen. Anstatt die Typen alle kaltzumachen, werde ich mich darauf konzentrieren, das Mädchen in Sicherheit zu bringen.
„Komm mit, wir müssen von hier verschwinden.“
Ich checke die nähere Umgebung, bis auf die Leichen ist nichts zu sehen. Ich will sie mit mir mit ziehen, doch sie weigert sich.
Ungeduldig drehe ich mich wieder zu ihr um.
„Komm jetzt!“
Ein gequältes Schluchzen löst sich aus ihrer Kehle.
„Du hast ihn erschossen. Einfach so erschossen!“
Na und? Was hätte ich sonst tun sollen? Ihn höflich auffordern, wieder zu gehen? Wohl kaum.
„Es musste sein.“
Jessy sieht mich an.
„Warum?“
Sie steht definitiv unter Schock.
„Weil er einer von den Bösen war.“
Ihre Pupillen weiten sich, verdrängen fast das ganze Grün aus ihren Augen.
„Und du bist einer von den Guten?“
Aus irgendeinem Grund wirft mich ihre Frage aus der Bahn. Ich bin nicht gut. Nicht mal ansatzweise. Aber Fuck! Zu ihr werde ich gut sein.
„Für dich bin ich gut. Du musst keine Angst vor mir haben.“
Irritiert schüttelt sie den Kopf.
Wir haben keine Zeit für sinnlose Konversation.
„Und zu dem Rest der Welt bist du böse?“
Ihre Lippen beben, der Drang, sie zu küssen und zu kosten, wird immer stärker. Und das, obwohl jetzt absolut nicht der richtige Zeitpunkt für so etwas ist.
„So ungefähr.“
Sie nickt, so als ob sie es verstehen würde, aber daran zweifle ich.

Schwach wie ich bin, gebe ich der Anziehung nach, tackere meine Lippen auf die ihren und wühle mich kurz und heftig durch die samtene Höhle ihres Mundes.

Das Stöhnen, das sie daraufhin von sich gibt, lässt mich hart werden.

Ganz beschissener Zeitpunkt. Jemand brüllt etwas, dann höre ich rechts von uns Schritte. Sofort dränge ich Jessy fester an die Wand, schirme sie mit meinem Körper vor der drohenden Gefahr ab und reiße die AK hoch. Doch es ist Hunter, der auf mich zukommt, seine Waffe im Anschlag.

„Alles okay bei dir, Bro?"

„Bis jetzt schon."

„Wie geht es ihr?"

„Es geht ihr gut." Physisch jedenfalls. Psychisch ist sicherlich noch mal eine ganz andere Sache.

„Wo ist Mason?"

„Im Haus. Er räumt auf."

Das kann ich mir bildlich vorstellen.

Mehrere Schüsse ertönen. Peng! Peng! Kurze Pause. Dann dreimal in schneller Folge. Peng! Peng! Peng!

Hunter stürmt los, um unserem Präsidenten zu helfen, ich bleibe bei Jessy. So wie ich Mason kenne, hat er alles unter Kontrolle.

Ich drehe mich wieder zu Jessy um, sie weint lautlos, dicke Tränen rinnen ihr aus den Augenwinkeln.

„Ich beschütze dich."

Ihr gewispertes „Versprochen?" hallt wie ein nie zu Ende gehendes Echo durch mein Inneres.

„Versprochen!"

Sie glaubt mir und lässt sich von mir schnell zu dem Dodge führen.

Es wird nicht mehr auf uns geschossen. Fünf Minuten später erfahre ich auch warum. Die Mexikaner sind tot. Alle. Die SUVs brennen noch immer vor sich hin, Leichen liegen überall verteilt.

Mason, der neben dem Dodge steht, sieht das schluchzende Mädchen an und gibt mir den Befehl, es von hier wegzubringen.

Die Prospects werden sich um die Sauerei kümmern müssen, die Toten einsammeln und in Säcke packen. Heute wird hier niemand mehr verbrannt. Jessy braucht eine Pause, also kommen die Bohnenfresser über Nacht in die Kühlung.

Während Hunter und Mason die Kontrolle übernehmen, schnalle ich das Mädchen an, umrunde den RAM und steige auf der anderen Seite an.

Ich muss zugeben, der Dodge hat definitiv seine Vorteile.

„Ich beschütze dich." „Ich beschütze dich." „Ich beschütze dich."
„Versprochen?" „Versprochen?" „Versprochen?"
„Versprochen!" „Versprochen!" „Versprochen!"

Das, was da vorhin zwischen Jessy und mir passiert ist, ändert alles. Es fühlt sich so an, als ob ich einen Eid geleistet hätte. Als ob ich die Verantwortung für die Frau übernommen hätte und das nicht nur für die nächsten zehn Minuten ...

Die komplette Fahrt zu meiner Wohnung spricht sie kein Wort mehr, sondern starrt die Hälfte der Zeit aus dem Fenster und die andere Hälfte mich an.

Der Tränenstrom ist endlich versiegt und sie scheint auch wieder etwas mehr Farbe bekommen zu haben.

Erst als ich direkt vor dem Haus anhalte, in dem ich wohne, höre ich wieder ihre Stimme.

„Wo sind wir hier?"

„Bei mir."

Gespannt wie sie reagiert, bohre ich meine Augen tief in die ihren.

„Was mache ich hier?"

Gute Frage.

Ich hätte sie auch einfach in den Club bringen können, aber das wollte ich nicht. Diese Frau ist keine Clubangelegenheit, sondern meine.

„Unter meinem Schutz stehen."

Sie schluckt und leckt sich mit der rosanen Zungenspitze über die Unterlippe. Ich werde hart. Sofort.

„Und für wie lange?"

Bämmmm ...

Das ist dann wohl die Eine-Million-Dollar-Frage, auf die ich keine Antwort habe. Es wäre am intelligentesten, wenn ich sagte: *„Nur für diese Nacht."* Doch ich schweige, lehne mich rüber und schnalle sie ab. Einen Atemzug später habe ich sie auf meinen Schoß gezogen und meine Nase in ihren verwuschelten Haaren vergraben.

Anstatt sich gegen mich zu wehren, schmiegt sie sich vertrauensvoll an mich, schlingt ihre Arme um meinen Nacken und gestattet es mir, sie einfach nur festzuhalten, und meine Lunge mit ihrem Duft zu füllen.

Vielleicht liegt es am Schock, vielleicht spürt sie aber auch die gleiche Verbindung wie ich. Diese Frau ist nicht einfach nur eine von vielen, sie ist keine bedeutungslose Begegnung, wie sie millionenfach in unserem Leben stattfindet, sie ist mehr. Ein undefinierbares, alles auf den Kopf stellendes Mehr, dem ich nachgehen muss, wenn ich nicht endgültig den Verstand verlieren will.

So bleiben wir sitzen, ich schenke ihr den nötigen Trost und sie mir das Recht, ihre Nähe zu genießen ...

8. Kapitel

Die Chaotin

Mein Blut fühlt sich noch immer an, als wäre es mit Eis durchzogen. Mir ist so kalt. Doch die Wärme, die Rhett mir so großzügig schenkt, hilft mir dabei, wieder zu Verstand zu kommen.

Mein überaktives Hirn spielt das, was passiert ist, wieder und wieder in wilden, kurzen und durcheinandergewürfelten Szenen ab. Es will mich nicht das kleinste brutale Detail vergessen lassen.

Was passiert ist, hätte direkt aus einem verdammten Actionfilm stammen können. Ich meine, Scheiße!

Mit Maschinengewehren bewaffnete Rocker, fliegende Handgranaten, brennende Autos und jede Menge Leichen. Gut, zugegeben. Mit Letzterem habe ich eigentlich kein Problem – der Tod ist mein Geschäft. Aber na ja, die meisten meiner Kunden sind schon kalt, wenn die zu mir kommen, und ich habe nicht mit eigenen Augen gesehen, wie sie gestorben sind oder vielmehr, wie sie erschossen, zerfetzt, erstochen oder in die Luft gesprengt wurden.

Den Tod kenne ich – mit Mord hingegen habe ich absolut keine Erfahrung, und es wäre mir recht gewesen, wenn es dabei geblieben wäre.

Aber gut, das Schicksal hat anders entschieden und mich nach Vaters Tod in die Arme des *Death Scorpions Motorcycle Clubs* geschubst, oder besser gesagt in die starken, harten und muskulösen Arme des Enforcers, der so göttlich riecht, dass mir trotz des Schocks das Wasser im Mund zusammenläuft.

Er hat gesagt, dass ich unter seinem Schutz stehe ...

Tue ich das wirklich?

Bezieht sich das nur auf diese eine Nacht oder gilt das für länger?

Allein wenn ich daran denke, wie er wie eine verdammte Ein-Mann-Armee losgezogen ist und einen Mexikaner nach dem anderen ausgeschaltet hat, überläuft es mich heiß und kalt. Die Effizienz, mit der er vorgegangen ist, sollte mich nicht so beeindrucken, aber sie tut es. Vielleicht, weil er nur so gnadenlos gehandelt hat, um mich zu retten?

Scheiße!

Ist es verrückt, dass ich mir zwischen all den fliegenden Kugeln wie eine Prinzessin vorgekommen bin, die von ihrem Prinzen gerettet wird?

Ja, ihr habt recht, das ist wirklich völlig bescheuert, vor allem wenn man bedenkt, dass ich den Besuch der Mexikaner nur dem Prinzen zu verdanken habe. Ohne die Rocker wären die Mexikaner nie auf mich aufmerksam geworden und sie hätten ohne die vielen Opfer der Biker auch keinen Grund gehabt, mich anzugreifen!

Verfluchte Kacke!

Ich wäre nie auf die Idee gekommen, dass ich mich durch das Einäschern dieser Opfer in Gefahr bringen könnte. Ganz offensichtlich habe ich die Situation unterschätzt. Echt beschissen unterschätzt.

Noch immer auf Rhetts Schoß sitzend hebe ich den Kopf und schaue zu ihm hoch.

Als Erstes sehe ich sein markantes Kinn, dunkle Bartschatten und dann seine vollen Lippen, die mich so wunderbar um den Verstand küssen können.

Rhett bemerkt, dass ich ihn betrachte, und sieht zu mir herab. Unsere Blicke begegnen sich, mein Herz macht einen Satz und schlägt in doppelter Geschwindigkeit weiter. Irgendetwas geschieht mit mir – irgendetwas geschieht mit uns. Die Luft beginnt zu knistern, mein Puls donnert und meine Atmung kommt immer schneller. In meiner Brust entfaltet sich ein warmes Prickeln und meine Nippel ziehen sich erregt zusammen.

Sämtliche Kälte verschwindet aus meinen Kochen, die Angst und der Schock fallen von mir ab und alles, was ich noch wahrnehme, ist der Rocker, auf dessen Schoß ich sitze, sein Geruch und die Kraft, die er ausstrahlt.

Und auf einen Schlag wird mir klar, dass Rhett eine viel größere Gefahr für mich darstellt als die Mexikaner. Eine andere Gefahr, die dennoch nicht weniger bedrohlich ist. Diese Mexikaner wollten sich an mir rächen, ich schätze, sie wollten mich töten, sie wollten mir mein Leben nehmen. Bei diesem Rocker ist hingegen nicht mein Leben, sondern mein Herz in Gefahr.

Hilfe. So helft mir doch ...

Wenn nicht gleich ein Komet einschlägt oder die Erde aufhört sich zu drehen, werde ich einen schlimmen Fehler machen und den Biker anflehen, mich zu ficken.

Und das wäre doch sehr dumm. Oder?

Ich meine, es wäre wirklich ein schlimmer Fehler. Oder?

Kann ein Mann wie Rhett überhaupt ein Fehler sein?

Immerhin ist er groß und stark und mutig und beschützend und ... Er ist aber auch arrogant, gefährlich, tödlich und die meiste Zeit, wenn ich ihn sehe, mit dem Blut anderer besudelt.

Ein großes Argument, das für ihn spricht, ist jedoch, dass er nicht gezögert hat, als er gehört hat, dass ich in Gefahr bin. Er ist gekommen, hat sein riesiges Gewehr genommen und eine verdammt heiße Rambonummer abgezogen. Das bringt ihm schon mal eine Million Bonuspunkte. Ich stehe auf Männer, auf die Frau sich im Ernstfall verlassen kann, und die nicht den Schwanz einziehen, wenn es gefährlich wird.

Okay, gut. Meine Entscheidung ist gefallen, ich will gar nicht gerettet werden, also nicht vor dem Rocker. Ich will von ihm geküsst, festgehalten und gevögelt werden und das am besten die ganze Nacht.

Unsere Blicke sind noch immer miteinander verbunden. Sachte streiche ich mit den Fingerspitzen über seine Wange, genieße das kratzige Gefühl der Bartstoppeln auf meiner Haut und spüre, wie in meinem Magen ein Feuerball aufflammt.

„Küss mich, Rocker."

Meine gewisperten Worte hängen bedeutungsvoll zwischen uns. Er zögert kurz, dann senkt er seinen Kopf, sieht mich prüfend an und wird auf einmal ganz ernst.

„Ich bin kein Mann, der sich mit Küssen zufriedengibt."

Oh, was er nicht sagt ...

„Davon bin ich ausgegangen."

Seine Nasenflügel blähen sich, an seinem Kiefer beginnt ein Muskel zu zucken.

Holy Shit, ist dieser *Scorpion* sexy ...

Hätten mich diese Typen heute erschossen, wäre das echt blöd gewesen, immerhin bin ich noch gar nicht fertig mit meinem Leben. Aber hätten sie mich erschossen, ganz ohne dass ich jemals mit diesem Outlaw Sex gehabt hätte, das wäre dann noch ärgerlicher gewesen als eh schon.

Rhett ist eine Sahnetorte mit einer verdammten Kirsche obendrauf und ich habe es so satt, vernünftig und anständig zu sein. Sollte mir dieser Rocker das Herz brechen, dann ist es eben so ... Alles hat Nebenwirkungen – sogar Aspirin haben Nebenwirkungen und ich schlucke sie trotzdem.

Also, was soll's?

„Du hast kapiert, worauf das hinausläuft, Baby?"

Eine angenehme Nervosität breitet sich in mir aus.

„Habe ich."

„Und du willst trotzdem, dass ich dich küsse?"

Oh ja und wie ...

„Will ich."

„Überleg dir das gut, Mädchen."
Habe ich. Denke ich zumindest.
„Was soll das, Rhett? Angst, dass du mir nicht gewachsen bist?"
Ein tiefes Lachen rumpelt in seinem Brustkorb.
„Ah Baby ... Baby, Baby, Baby."
Mehr sagt er nicht, umfasst nur sanft mein Gesicht und erobert dann wie ein Pirat meinen Mund, entert meine Sinne und lässt mein Hirn die weiße Flagge hissen.
Ich bin verloren, schenke ihm meine Zunge und trinke seinen Atem.
Wild und gierig verschmelzen unsere Lippen, er beißt sich an mir fest und schickt seine Hände auf Reisen. *Himmel. Hilfe!*
Die Angst, der Schrecken, der Schock und die Bilder der getöteten Mexikaner, all das fällt von mir ab und zurück bleibt nichts als Lust und Wärme.
Ich rutsche auf ihm hin und her und verändere meine Position, sodass ich nun rittlings auf ihm sitze. Dick und hart spüre ich sein Glied und es verleiht mir ein Gefühl der Macht, dass ich so eine Wirkung auf diesen Biker habe. Ausgerechnet ich, die Chaotin aus dem Krematorium, schaffe es, einen Mann wie ihn, der immer mit den schönsten Frauen umgeben ist, so zu erregen.
Mein Selbstbewusstsein wächst. Mutig schiebe ich meine Finger unter seine Kutte, zupfe an seinem Shirt und streiche dann mit den Fingern über die Rillen seiner Bauchmuskulatur.
Wie eine lebende Tafel weiße Schokolade ... Einfach zum Anlecken ...
Bis jetzt kenne ich so ein Sixpack nur vom Anschauen, anfassen durfte ich es noch nie. Aber heute, wo auf mich geschossen wurde und ich dem Sensenmann nur knapp von der Schippe gesprungen bin, belohnt mich das Schicksal mit so einer Leckerei. Das entschädigt für fast alles, fast, und auch nur, wenn Rhett mit seinem Körper umzugehen weiß. Wenn er weiß, wie und wann er seine Kraft einsetzen muss, um mich zum Schreien zu bringen.

9. Kapitel

Der Vollstrecker

Fuck!

Ich meine Fuck! Ehrlich! Einfach Fuck!

Das, was dieses Mädchen in mir auslöst, ist stark und intensiv und beinahe schon zu viel.

Ich kenne es kaum und dennoch will ich es ficken. Ich will es schmecken und berühren. Ich will es in Sicherheit bringen, unter mir begraben und vor all den Wichsern, die auf dieser Welt lauern, beschützen.

Aber vor allem will ich es behalten.

Mir ist klar, dass sie kein verdammtes Tamagotchi ist, das ich einfach so in die Hosentasche stecken und mit mir herumtragen kann. Jessy ist eine Frau. Eine wunderschöne, empfindsame und verrückte Frau, die mich gleich bei unserer ersten Begegnung im Supermarkt fasziniert hat.

Ihr freches Mundwerk, der Hauch von Wahnsinn, der in ihren Augen funkelt, und dieser perfekte Körper ergeben eine explosive Mischung, die ich unbedingt an meinem Schwanz spüren will. Bis jetzt konnte ich nicht nachvollziehen, wie Mason seiner Ballerina so leicht seine Kutte anziehen und sie zu seinem Eigentum ernennen konnte. Klar, sie war schwanger von ihm. Aber na und? Das hat ihn doch zu nichts gezwungen.

Die beiden haben einen gesunden Sohn, sie sind eine Familie und glücklich. Dennoch, der Präsident hat für seine Lady seine Freiheit aufgegeben.

Ich wollte das nie. Nicht in diesem Ausmaß, zumindest bis jetzt ...

Verdammt! Über was denke ich da eigentlich nach?

Hier geht es nicht um Kutten oder Versprechen, sondern nur um Sex. Guten, harten Sex, der mir hoffentlich dabei hilft, wieder einen klaren Kopf zu bekommen und mich aufs Wesentliche zu konzentrieren: den Club.

Aber so leicht wird es nicht werden, nicht mit ihr – nicht mit dem Aschemädchen. Jessy ist anders, sie ist etwas Besonderes, und darum wird es anders laufen als mit den Nutten, die ich üblicherweise bumse.

Ich ahne längst, dass meine Gier nach Jessy, wenn ich sie erst mal hatte, in die Höhe schnellen und sich verstärken wird, anstatt sich einfach so in Luft aufzulösen. Und wenn das so ist, wenn es wirklich so kommen sollte, dann muss ich die notwendigen Konsequenzen daraus ziehen und das Mädchen einfach behalten.

Was kann es schon schaden, das Glück zu suchen? Vielleicht finde ich es? Vielleicht geht es mir dann wie Mason und ich finde den Sinn meines Lebens?

Mit fast vierzig wäre es langsam an der Zeit.

Noch immer nicht fähig mich wieder von Jessy zu lösen, wühle ich mich durch ihren Mund, beanspruche ihre Zunge für mich und reibe meinen Schwanz an ihrer Muschi. Meine Hände kneten ihren prallen Arsch, den ich ficken will, seit sie im Supermarkt auf allen vieren vor mir hergekrabbelt ist.

„Ich will dich, Baby! Sofort!"

Sie seufzt und presst ihre weichen Brüste an meinen Oberkörper.

Die Hölle und zugleich das Paradies!

Jessy ist der verbotene Apfel und ich bin fest entschlossen sie bis auf den letzten Rest zu verschlingen.

„Dann nimm mich endlich, Rocker."

Das ist genau das, was ich hören wollte.

Die fucking perfekteste Antwort auf dieser verschissenen Welt.

Jessy krallt sich an meinem Leder fest, beginnt ihre Pussy an mir zu reiben und mir eine Art Lapdance zu verpassen. Brummend beiße ich mich an ihrer Kehle fest, wickle mir ihre Haare um die Faust und reiße ihren Kopf nach hinten.

Sie stöhnt, die Scheiben des Dodge beschlagen. Wenn das nicht unser erstes Mal wäre, würde ich sie gleich hier in dem Wagen ficken. Aber ich muss sie sehen. Ganz. Nackt. Willig in meinem Bett.

Für das was ich mit ihr vorhabe, brauche ich mehr Platz. Und wahrscheinlich auch mehr Zeit als diese eine Nacht.

Ich beende den Kuss und sehe sie lächelnd an.

Dann schlinge ich meine Arme um ihre Mitte und steige mit ihr in meinen Armen aus. Jessy legt ihre Beine um meine Taille, ich trage sie über den Gehweg, stoße die Türe auf und steige langsam hoch in den ersten Stock. Dort angekommen fische ich meinen Schlüssel aus der Tasche, sperre meine Wohnung auf und trete ins dunkle Innere. Das Schlafzimmer kommt mir unerreichbar vor, dennoch schaffe ich es, dem Drang, sie hier und jetzt auf den Boden zu schleudern, zu widerstehen, und den Weg bis zu meinem Bett hinter mich zu bringen.

Geschafft!

Das letzte bisschen meiner Kontrolle verpufft. Ich wirble Jessy durch die Luft, werfe sie auf die Matratze und begrabe sie unter mir. Im fahlen Schein der Straßenbeleuchtung betrachte ich den sinnlichen

Schwung ihrer Lippen und presse mein Knie zwischen ihre Schenkel direkt gegen ihre heiße Pussy.

Ich brauche sie. Jetzt!

Flammen lecken an meinen Nervenbahnen.

„Ich will dich, Mädchen."

Sie sieht mich unter halb gesenkten Lidern an.

„Ich bin hier, oder?"

Aye, aber das reicht mir nicht.

Sie seufzt leise, zieht mich zu sich herab und küsst mich so leicht, dass es sich anfühlt, als würde ich das alles nur träumen ...

10. Kapitel

Die Chaotin

Von Sehnsucht getrieben erforsche ich seinen Mund, genieße seinen herben Geschmack, und die Wirkung, die sein harter Körper auf den meinen hat.

Ich kann nicht fassen, dass das gerade tatsächlich passiert ...

Rhett ist einer der unberechenbarsten, brutalsten und gnadenlosesten Männer dieses Landes, dennoch fühle ich mich absolut sicher bei ihm. Was daran liegen kann, dass er mich gerade gerettet hat.

Ich muss total durchgeknallt sein, verrückt oder dumm oder gleich alles auf einmal, denn anders kann ich mir nicht erklären, wie ich hier gelandet bin – auf dem Rücken liegend unter dem Vollstrecker des gefährlichsten Motorcycle Clubs, den es je gegeben hat. Unser bittersüßer Kuss zieht sich in die Länge, ich will ihn nicht enden lassen, nicht mal, um nach Luft zu schnappen. Meine Lippen glühen und zwischen meinen Schenkeln pocht es sehnsüchtig.

Rhett berührt mich, nimmt mich in Besitz und murmelt mir dabei immer wieder zu, wie sehr er mich will.

Hungrig kreist seine raue Zunge durch meinen Mund, windet sich um die meine und facht meine Lust immer weiter an.

Er schmeckt nach Rauch, Mann und Adrenalin.

Erst als ich keuchend nach Luft schnappe, hat Rhett Erbarmen mit mir und sieht aus funkelnden Augen auf mich herab.

Alles an diesem Rocker wirkt dämonisch, gnadenlos und auf eine schwer beschreibbare Weise tödlich schön.

Ich lausche in mich hinein, doch noch immer wollen sich keine Zweifel einstellen.

Er streift sich die Stiefel ab, die mit einem Krachen auf dem Boden landen, dann macht er sich daran, die Waffen abzulegen. Eine zieht er aus dem Hosenbund, eine weitere unter seiner Kutte hervor. Zwei Dolche und eine Handgranate später grinst er mich schief an.

Ein weiterer Fuck-Moment!

„Wolltest du in den Krieg ziehen?“

Er schüttelt den Kopf.

„Nein. Ich wollte dich einfach nur in Sicherheit bringen.“

Ding! Ding! Ding!

Und wieder hat er sich mit seiner aufrichtigen Ehrlichkeit ein paar Pluspunkte eingeheimst. Ganz egal, wie brutal er auch sein mag, in diesem Fall kann ich ihm wohl kaum einen Vorwurf machen.

„Und dafür danke ich dir.“

Seine großen Hände streichen über meine Taille. Obwohl er versucht sich zurückzuhalten, kann ich spüren, dass ihm das nicht mehr lange gelingen wird.

„Du stehst jetzt unter meinem Schutz. Du hast dich auf einen *Scorpion* eingelassen, kleines Mädchen. Und Bullshit! Du hast keine Ahnung, was das für dich bedeutet!“

Damit könnte er recht haben ...

Erneut landet sein Mund auf dem meinen. Dieser Kuss ist noch stürmischer und eindringlicher als alle zuvor. Unsere Zähne schlagen krachend aufeinander, ich kralle mich an seinen breiten Schultern fest und überlasse ihm willig die Führung. Doch dann löst er sich abrupt von mir und sieht mit geblähten Nasenflügeln auf mich herab. Er packt mich an den Haaren und zieht grob meinen Kopf in den Nacken, sodass ein leichter Schmerz an meiner Wirbelsäule hinabrieselt. Rhett fesselt meinen Blick an den seinen, ehe er mich so gnadenlos küsst, dass es sich so anfühlt, als würde er mich bei lebendigem Leib auffressen wollen.

Bestimmend drückt er meine Beine auseinander und kniet sich dann zwischen sie. Vorsichtig und überraschend zärtlich beginnt er damit mich auszuziehen. Mein Shirt verschwindet genauso wie meine Jeans und mein lilaner, mit gelben Blümchen bedruckter Slip. *Peinlich!* Wenn ich gewusst hätte, dass ich heute hier lande, hätte ich mir schönere Unterwäsche angezogen.

Jetzt liege ich nackt vor ihm und fühle mich dank der Flammen in seinem Blick so begehrt wie noch nie zuvor. Jetzt bin ich seiner Gnade ausgeliefert und kann es kaum erwarten, seine Kraft zu spüren und ihn bis zum Anschlag in mir aufzunehmen.

Eine meiner Brustwarzen in seinen heißen Mund saugend, beißt er sachte zu und bringt mich so zum Schreien. Süchtig nach mehr biege ich den Rücken durch, presse mich der Verlockung seiner Lippen entgegen und sehne mich nach mehr.

Bis jetzt hat Rhett mich kaum berührt und dennoch fühlt es sich so an, als wäre ich längst die seine.

„Ich will dich, Rocker.“

„Oh, Mädchen. Wenn du wüsstest, was gerade in meinem Schädel vorgeht, würdest du um dein Leben laufen!“

Ich schlucke und starre aus weit aufgerissenen Augen zu ihm rauf. Seine gefauchten Worte lösen ein Fünkchen Furcht in meinem Bauch aus. Bis zu einem gewissen Grad kann ich mir, glaube ich, schon vorstellen, was in ihm vorgeht, trotzdem will ich das mit uns nicht beenden.

Schön blöd. Oder?

„Was, wenn ich jetzt fliehen würde? Würdest du mich einfach so entkommen lassen?“

Er lacht und fletscht dann wie ein Wolf die Zähne.

„Fuck, nein. Niemals. Ich würde dich verfolgen, deine Witterung aufnehmen und dich einfangen.“

Dachte ich es mir doch.

„Und wenn ich gar nicht davonrennen will?“

Die Muskelstränge in seinen Oberarmen spannen sich an, auf seiner Stirn tritt eine Ader hervor.

„Dann bist du entweder verrückt oder mutiger als gut für dich ist.“

Uiuiuiuiuiui ... Ich tippe auf Option eins.

Seine Lippen pressen sich kurz und hart auf meine Stirn. Dann sieht er mir tief in die Augen.

„Jetzt werde ich dich ficken. Wieder und wieder, so lange bis du wund, zufrieden und erschöpft bist und ab morgen wird sich dein Leben von Grund auf ändern. Denn du wirst mir gehören ... und ich beschütze und behalte, was mir gehört!“

Perplex sehe ich ihn an.

„Dir gehören?“

Er nickt.

„So sieht es aus.“

Oh wow! Ehrlich. *Wow!*

„Und wenn ich das gar nicht will?“

„Du willst! Sonst wärst du jetzt nicht hier, allein mit mir, in meinem Bett, bereit dich von mir ficken zu lassen.“

Verdammt! Er hat recht.

Meine alten Selbstzweifel melden sich zu Wort, sie flüstern mir zu, dass ich nicht das bin, was der Rocker wirklich will, und dass er viel schönere Frauen haben kann als mich. Ich weiß, dass sich jede Menge nackter Tussis in seinem Club herumtreiben und ich weiß, dass er sie alle haben kann, wenn er will. Bittere Säure steigt in meiner Kehle auf. Ich versuche, ihn von mir zu stoßen, was er nicht zulässt. Statt von mir runterzugehen, zieht er nur spöttisch eine Augenbraue in die Höhe.

„Was soll das werden, Jessy?“

Ich weiß es nicht ...

Ich will das hier, aber die Angst vor dem, was der morgige Tag bringen wird, holt mich nach und nach ein.

„Was, wenn du mich nach dieser Nacht satthast?“

Überraschung blitzt in seinen Schokoiriden auf.
„Das wird nicht passieren."
„Woher willst du das wissen?"
Der Rocker über mir bleckt die Zähne.
„Du hast keine Ahnung, wie sehr ich dich will! Du hast keine Ahnung, wie weit ich zu gehen bereit bin, nur um dich in Sicherheit zu wissen!"
Seine Worte lassen mich an gebrochene Knochen, Blut und zerschossene Köpfe denken.
„Schon vergessen? Ich habe gesehen, zu was du fähig bist."
Er nickt.
„Du hast recht, du bist eine der wenigen Frauen, die wissen, wie schwarz meine Seele ist. Und dennoch bist du hier!"
Das spricht nicht unbedingt für einen guten Geisteszustand.
„Aber warum willst du mich? Warum, wenn du doch so viele andere Frau..."
Er lässt mich nicht ausreden, sondern bringt mich mit einem rüden Kuss zum Schweigen. Sein hartes, gnadenloses Zungenspiel verwandelt sich nach wenigen Herzschlägen in eine bittersüße Verführung, der ich einfach nicht widerstehen kann.
Schwach, wie ich bin, gebe ich nach und schicke meine Hände auf Reisen, erkunde seinen Körper und mache mich daran, ihn auszuziehen.
Halleluja! Das ist besser als Weihnachten!
Rhett flucht, stößt zischend den Atem aus.
„Oh, Baby. Fuck! Mach langsam."
Der letzte Rest meiner Scheu löst sich auf. Ich beginne damit, seine Jeans zu öffnen und ihm die Kutte von den Schultern zu streifen. Doch er springt voll Ungeduld aus dem Bett und reißt sich die Klamotten von Leib.
Dann steht er nur noch in seiner schwarzen, eng anliegenden BOSS Boxershorts vor mir, die nicht viel meiner Fantasie überlässt. Dick und lang zeichnet sich die Kontur seiner Erektion unter dem Stoff ab. Mein Körper reagiert, ich werde sofort feucht.
Ich zwinge mich, meinen Blick von seinem Penis zu nehmen, denn dieser Rocker hat viel mehr zu bieten als diese zwanzig Zentimeter.
Mitternachtsschwarze Tinte, silbrige Narben und straffe Haut so weit das Auge reicht. Ein bedrohlich aussehender Skorpion prangt in der Mitte seiner Brust, er ist so fein ausgearbeitet, dass er erschreckend lebendig wirkt. Seinen Stachel hat er hoch erhoben, bereit zuzustechen und sein tödliches Gift zu verteilen. Flammen, Revolver, Stacheldraht

und Totenköpfe zieren seine Haut, genauso wie eine purpurne Rose und ein großer Engel, der so gar nicht zu dem Killer zu passen scheint. Was er wohl für eine Bedeutung hat? Rhett wirkt auf mich nicht wie ein Mann, der sich aus reinem Spaß etwas in die Haut stechen lässt.

Meine Blicke wandern wieder zu seinem Gesicht. An seinem eckigen Kiefer zuckt ein Muskel, mein gefährlicher Outlaw wirkt auf mich, als wäre er kurz davor durchzudrehen. Groß und stark steht er neben dem Bett, seine Bizepse zucken und verwandeln sich erneut in die steinharten Nussknacker, die mich so faszinieren.

Rhetts Blick wandert über meinen Bauch bis hinab zu meiner pochenden Mitte. Langsam, um ihn zu reizen, spreize ich meine Beine noch etwas weiter, beiße mir dabei auf die Unterlippe und warte auf seine Reaktion. Sie kommt prompt in Form eines animalischen Knurrens.

„Meins."

Mehr sagt er nicht, dafür lässt er seine schwieligen Fingerspitzen um meinen Bauchnabel kreisen.

Die Hügel seines Sixpacks zucken, mir läuft das Wasser im Mund zusammen.

Einfach so verdammt, unglaublich sexy ... Dieser Biker strotzt nur so vor Kraft und Vitalität.

Die Konturen seiner wunderschönen Tattoos verschwimmen vor meinen Augen, als er endlich wieder zu mir kommt.

Erkundend lasse ich meine Finger über seine Arme gleiten, und genieße seine Nähe. Rhett streichelt über meinen Venushügel und beginnt damit, sachte über meinen Kitzler zu reiben. Ich falle in einen Zustand der Ekstase, es ist einfach schon viel zu lange her, dass ich so berührt wurde.

Nicht bereit einfach nur dazuliegen, genieße ich es, ihn anfassen zu können. Ich streiche über seine Narben, sie erzählen mir eine ganz eigene Geschichte über den Enforcer des *Death Scorpions Motorcycle Clubs*.

„Du lebst gefährlich."

Er nickt.

„Die Welt, für die ich mich entschieden habe, kann tödlich sein, wenn man nicht schnell genug ist."

„Du brauchst dringend einen Schutzengel."

Seine Lippen kräuseln sich.

„Was ich brauche, bist du, Baby."

„Woher willst du das wissen?"

„Instinkt, meine Süße. Instinkt."

Halleluja!

Er sagt das so überzeugend, als würde für ihn daran nicht der geringste Zweifel bestehen.

Sich an meiner Unterlippe festbeißend lässt er sich mit seinem ganzen Gewicht auf mich sinken, nagelt mich unter sich fest und gleitet mit einem seiner langen Finger tief in mich hinein. Wimmernd presse ich mich ihm entgegen, schließe die Augen und zerfließe regelrecht vor Lust.

Noch vor einer Stunde war ich mir sicher sterben zu müssen. Und jetzt? Jetzt liege ich unter diesem Rocker und es kommt mir so vor, als hätte das Schicksal nach langer Zeit Erbarmen mit mir ...

„Du bist so heiß, nass und eng. Ich kann es kaum erwarten, mich endlich in dich zu rammen."

Der tiefe Bariton, den seine Stimme angenommen hat, lässt mich erschaudern.

Geschickt touchiert er meinen G-Punkt, entlockt mir so einen lauten Schrei und lässt mich beinahe kommen.

„Bitte ... Bitte ... Rhett ..."

Ich bin so erregt, dass es weh tut.

Für ein paar Sekunden fängt er meinen Blick ein, dann küsst er mich, als würde sein Leben davon abhängen.

Ich versuche ihm auszuweichen, was er mühelos verhindert. Aus dem Kuss wird ein Biss. Es schmerzt, er kennt kein Erbarmen.

Erst als ich jammere und mir Tränen in die Augen steigen, leckt er versöhnend über die gepeinigte Stelle.

Wieder und wieder reibt er kreisend über meinen Kitzler. Die Lust und der Schmerz vermischen sich zu einem berauschenden Cocktail. Bebend liege ich unter ihm, vor meinen Augen tanzen silberne Punkte, wegen seinem Gewicht fällt es mir schwer zu atmen.

„Schau mich an, Süße."

Ich tue es. Seine Hand gleitet zu meinem Hintern und wieder zurück zu meiner Pussy.

Seine flinken Finger verreiben einen Teil der aus mir heraussickernden Nässe auf meinem Schließmuskel.

Dort wurde ich schon ewig nicht mehr berührt, sodass ich nicht weiß, wie ich es finden soll. Mit seinem Daumen übt er etwas Druck aus, die ungewohnte Penetration lässt mich zusammenzucken.

Bis jetzt habe ich es keinem meiner bisherigen Lover erlaubt, mich anal zu nehmen.

„Nicht!"

Er bleckt die Zähne.

„Oh doch. Ich werde dich ganz besitzen. Deinen Körper auf jede nur erdenkliche Art in Anspruch nehmen. Seit ich dich im Supermarkt auf allen vieren vor mir gesehen habe, will ich dich auf diese Weise anfassen. Ich will deinen Arsch für mich."

Meine Fingernägel in seinen Schultern vergrabend, kneife ich die Augen zusammen und zwinge mich dazu, das Atmen nicht zu vergessen. Was unter den gegebenen Umständen gar nicht so leicht ist.

Ihr versteht das sicher!,

„Entspann dich, Mädchen. Vertrau mir."

Ich will es, aber es fällt mir schwer.

„Wird es weh tun?"

„Wird es, aber auf eine gute Art."

Oh Gott!

Um ihm zu zeigen, dass ich ihm nicht kampflos die Führung überlasse, streiche ich über die pfirsichweiche Haut seiner Erektion, umfasse den dicken Schaft und reibe über die gesamte Länge.

Rhett stöhnt, fängt meine Hände ein und sieht mich warnend an.

„Du bist unglaublich!"

Zu meiner Erleichterung lässt er von meinem Hintern ab und dringt erneut tief in mich ein. Leckend verwöhnt er abwechselnd meine Nippel. Rau kratzen seine Bartstoppeln durch das empfindliche Tal zwischen meinen Brüsten.

Hilflos schnappe ich nach Luft. Der bittersüße Schmerz, der mich durchzuckt, als er in das empfindliche Fleisch beißt, lässt mich aufschreien.

„Bitte! Verdammt, fick mich endlich!"

Über meine Ungeduld lachend gibt Rhett meine Hände wieder frei und drückt mir einen feuchten Kuss auf die Lippen.

Viel zu langsam – so dass es einer süßen Folter gleicht – streicht er mit seinen Fingern zärtlich durch meinen zuckenden Spalt, dringt dann mit dem Daumen in mich ein und treibt mich so gezielt immer weiter Richtung Orgasmus. Ich brauche mehr, viel mehr und küsse ihn stürmisch.

Was ihn jedoch nicht davon abhält, innerhalb eines Atemzugs die Kontrolle an sich zu reißen. Er agiert und ich reagiere. Er vögelt mich mit seinen langen Fingern und gibt ein Fauchen von sich, als meine Titten durch die Kraft seiner Stöße zu wackeln beginnen.

Das dekadente Gefühl der Dehnung und sein Geschmack auf meinen Lippen – all das reicht beinahe aus, um mich kommen zu lassen.

Die Augen meines Rockers verdunkeln sich mehr und immer mehr. Ich erkenne den Sturm, der in seinem Inneren wütet.

„Fuck! Fuck! Du bringst mein ganzes Leben durcheinander, Mädchen.“

Ich weiß, was er meint, da geht es mir nicht anders. Das hier war nicht geplant. Er war wirklich nicht geplant. Mein Leben war auch ohne diesen Rocker schon verrückt genug.

Sein dickes Glied presst sich fordernd gegen die Innenseite meines Schenkels und lässt mich vor Vorfreude erzittern. Mit zwei Fingern reibe ich federleicht über den kleinen Schlitz an der Spitze und verteile die ersten Lusttropfen, die sich darauf gebildet haben. Ein sehnsüchtiger Blitz zuckt an meiner Wirbelsäule hinab – ich brenne wegen des Bikers. Sein Glied gleitet wieder und wieder durch meine geschwollenen Falten bis ich mich hilflos an ihn kralle und mir die Tränen in die Augen steigen.

Wild reißt er meinen Kopf zur Seite, saugt sich an meiner Kehle fest und beißt zu. Seine spitzen Zähne vergraben sich in meiner Haut. Ich spüre das Saugen und den Schmerz, der meine Lust überraschenderweise in ungeahnte Höhen steigen lässt.

Mir ist klar, was er da macht, er markiert mich als sein Eigentum. Diese animalische Geste sollte mich stören, doch das tut sie nicht. Im Gegenteil, sie turnt mich unheimlich an. Verrückterweise spüre ich tief in meiner Seele, dass ich für diesen *Scorpion* geschaffen wurde, und dass unsere Begegnung kein Zufall, sondern Schicksal war. Dank Rhetts besitzergreifender und fordernder Art bin ich kurz davor zu explodieren.

Himmel!

Der Sex mit diesem Rocker ist so unglaublich viel besser als der mit meinen bunten Dildos.

Wieder und wieder streicht er mit seinen schwieligen Fingern über meinen zuckenden Kitzler, er spurt die Konturen meiner Muschi nach und saugt sich noch fester an meinem Hals fest.

Die anfängliche Pein verwandelt sich in ein angenehmes Pochen. Meine Zehenspitzen rollen sich ein und in meinem Schoß wütet ein Orkan. Wimmernd spreize ich die Beine noch etwas weiter und bettle ihn an, mir endlich zu geben, was ich brauche.

Mit einem leisen Stöhnen löst er seinen Mund von meinem Hals, während er plötzlich mit einem seiner Finger in meinen Po gleitet.

Das Eindringen kommt so überraschend, dass ich keine Zeit habe, mich zu verspannen. Und statt dem erwarteten Schmerz fühle ich nichts als pure Lust. Eine dunkle Lust, die ich nur schwer beschreiben kann. Die ungewohnte Penetrierung, die Dehnung und dazu sein eindringlicher Blick ... *Gott!* Mehr brauche ich nicht, um über die Klippe der Lust zu stürzen.

Ich befinde mich im freien Fall, drehe und wende mich und steige dann wie durch ein Wunder gen Himmel auf. Funkelnde Sterne und ein warmes Licht empfangen mich und lullen mich ein.

Zuckend verliere ich mich in einem wilden Strudel aus Leidenschaft und Sehnsucht und werde von einem so intensiven Orgasmus hinfortgerissen, dass ich vergesse zu atmen. Mein Hirn geht offline und ich kann nur noch fühlen ...

Vor meinen Augen wird es kurz schwarz, mein Blut kocht und rast durch meine Adern.

„Ohhhh jaaaaaa..."

Ich schreie, mein Rocker knurrt.

Träge und seltsam bewegungsunfähig beobachte ich, wie er sich vor mir in Position bringt, spüre, wie er seinen Finger aus meinem Po zieht und seine Erektion viel zu langsam in meine Pussy schiebt. Er dehnt mich Stück für Stück und hat mich nun vollkommen unter seiner Kontrolle.

„Du fühlst dich so unfassbar gut an. So verdammt gut. So richtig!"

Viel zu zärtlich streicht er mit seinem Mund über meine Schläfe und deutet einen Kuss an, ehe er in einen tiefen und zauberhaften Rhythmus fällt und mich bis zum letzten Millimeter ausfüllt.

Ich kreische. Die unglaubliche Dehnung zusammen mit dem süßen Schmerz und der Hitze seines Körpers sind alles, was ich noch wahrnehme.

Unsere Blicke begegnen sich und ich versinke in den geheimnisvollen Tiefen seiner stahlgrauen Augen. Immer mehr Kraft in unsere Vereinigung legend, packt er mich an der Taille und verhindert so, dass ich bei jedem erneuten Vorstoß auf der Matratze nach oben katapultiert werde.

Diesen Biker in mir zu haben fühlt sich so unfassbar gut an, dass ich nicht will, dass es jemals wieder endet.

Geschickt verändert er den Winkel, mit dem er mich nimmt, hebt meine Beine an und legt sie sich über die Schultern.

In dieser Position fühlt es sich so an, als würde er noch ein winziges Stückchen tiefer in mich stoßen.

Fasziniert beobachte ich das sexy Spiel seiner sich immer wieder anspannenden Muskeln und kann immer noch nicht glauben, dass das gerade wirklich passiert.

Der Takt, mit dem er mich nimmt, ist schnell, hart und gut, und es dauert nicht lange, bis ich von einem weiteren Höhepunkt überwältigt werde.

Bebend spüre ich, wie sich mein Inneres krampfend um seine Härte zusammenzieht. Rhetts Atem kommt laut, er fickt mich immer härter und besser.

Dann plötzlich hält er inne, versteinert regelrecht und sieht finster auf mich herab. Die Zähne fletschend lässt er den Kopf in den Nacken fallen und stößt ein lautes Brüllen aus. Mit geschlossenen Augen und geblähten Nasenlöchern pumpt er Schub für Schub seinen Saft in mich hinein.

Shit! Ich bemerke erst jetzt, dass wir das Kondom vergessen habe. Aber das ist nicht so schlimm, ich nehme die Pille.

Das Pulsieren seines Gliedes, seine schier unermüdliche Kraft und das angenehme Brennen zwischen meinen Schenkeln füllen mein Denken.

„Bei allen Höllen! Bämmm, Baby ..."

Die Sehnen an seinem Hals treten deutlich hervor, eine dicke Ader windet sich über seine Stirn.

Ich bewege mich leicht hin und her, was ihm erneut einen Fluch entlockt und mich zum Grinsen bringt.

Rhett starrt mich so eindringlich an, dass es sich so anfühlt, als würde er mir direkt in die Seele schauen. Es ist ambivalent. Noch nie habe ich mich so schutzlos und zugleich so beschützt gefühlt wie in diesem Augenblick.

Rhett ist im Bett grob, bestimmend und gnadenlos – aber zugleich auch sanft und fürsorglich. Er hätte mich verletzen können, er hätte mir weh tun können, aber das hat er nicht getan. Im Gegenteil, es war offensichtlich, dass er sich zurückgehalten hat, er hat mein Wohlergehen über das seine gestellt.

„Alles gut bei dir?"

Sorge steht in seinen Augen.

Ich nicke.

„Ja, ich denke schon."

Mit einem Fluch gleitet er aus mir heraus, lässt sich neben mir auf das Bett fallen und zieht mich sofort an seine Seite. Erst nach einigen Atemzügen sieht er mich verwundert an.

„Du denkst?"

Ich nicke.

„Ist es schlimm, wenn ich es nicht genau weiß?"

Er lacht.

„Nein, ist nicht schlimm. Es wird noch tausende Male geben, wo ich dich spüren lasse, was du jetzt fühlst. Irgendwann wirst du es wissen."

Tausende Male? *Halleluja!*

„Ist das dein Ernst?"

Er nickt.

„Natürlich. Ich habe dir gleich gesagt, dass ich dich nicht mehr so schnell gehen lassen werde. Du bist jetzt mein Mädchen."

Er sagt das so selbstbewusst und entschieden, als ob ich bei dieser Sache nichts mitzureden hätte.

„Und was ist, wenn ich das gar nicht will?"

Wortlos legt er sich auf mich, begräbt mich unter seinen Muskeln und sieht mir tief in die Augen.

„Keine Spiele. Das ist zu ernst!"

Mein gewispertes *okay*, hängt zwischen uns.

„Ich will dich, Jessy. Ich will dich wirklich. So etwas habe ich noch nie zuvor gespürt – bei keiner Frau. Aber ich werde dich nicht zwingen. Wenn du es mir erlaubst, werde ich dich besitzen und beschützen. Ich werde dich glücklich machen, Baby. Du hast die Wahl, Mädchen. Sag ja und das mit uns ist endgültig. Sag nein und ich schenke dir die Freiheit. Aber dann wirst du mich nicht wiedersehen. Nie wieder. Ich kann nicht in deiner Nähe sein, ohne dich berühren, anfassen und besitzen zu wollen."

Von seinen Worten und der Eindringlichkeit, mit der er gesprochen hat, überwältigt, erwidere ich seinen Blick und kann nichts als Aufrichtigkeit in seinen braunen Augen erkennen.

„Dir zu begegnen war nicht geplant, aber jetzt, wo es passiert ist, spüre ich, dass du nur für mich bestimmt bist."

Rhett wendet den Blick ab, seine Mimik wirkt gequält.

Der Gedanke, ihn nie wiederzusehen, schmerzt. Mehr als es sollte.

„Und wenn ich dich genauso will, wie du mich?"

Sofort zuckt sein Blick zurück zu mir. Hoffnung huscht über sein Gesicht.

„Dann wird das zwischen uns beiden so richtig gut werden."

Bitte, lieber Gott. Mach, dass er recht hat.

„Schwöre es mir, Rocker."

Er richtet sich auf und sieht todernst auf mich herab.

„Ich schwöre es dir, Baby."

Und obwohl das zu schnell geht und ich eigentlich nichts über diesen Biker weiß, außer dass er gerne tötet und bereit ist, mich, ohne zu zögern, zu beschützen, höre ich mich *ja* sagen und besiegle damit mein Schicksal.

Der Rocker und ich – das klingt nach einer wilden, verrückten und chaotischen Geschichte, die absolut perfekt zu mir passt ...

Wir küssen uns, seine Zunge windet sich um die meine und sein Glied schiebt sich langsam, ganz langsam wieder in mich hinein, füllt mich aus und schickt mich erneut zu den Sternen.

All meine Zweifel zerplatzen und zurück bleibt nichts als pures Glück.

Der Rocker und die Chaotin. Klingt perfekt.

Wäre ich Schriftstellerin und nicht Krematoriumsbesitzerin, würde ich diese Geschichte auf jeden Fall zu Papier bringen, ich würde sie aufschreiben und dabei über jede noch so kleine Begebenheit schmunzeln.

Und sie würde ein Happy End bekommen, ein Happy End mit rosa Zuckerguss und phänomenalen Orgasmen. Mindestens so phänomenal wie der, der sich gerade in Rekordgeschwindigkeit in mir aufbaut ...

Der Rocker und die wilde Sängerin

Prolog

Der Sergeant at Arms

Ich schlittere über die Straße, rutsche hinter einen geparkten Schulbus, der so aussieht, als sei er seit einem Jahrzehnt nicht mehr von der Stelle bewegt worden, und höre das Rattern der Maschinenpistolen, die ein Stangenmagazin nach dem anderen fressen.

„Scheiße Mason! Wir sind gefickt!"

Meine Stimme schallt über den Platz, ich lege mich flach auf den Boden und hoffe so, unter dem Bus durchspähen zu können. Aber da ist zu viel Dreck und Gestrüpp, bis auf eine verrostete Cola-Dose kann ich nichts erkennen.

Von Mason kommt keine Antwort. Ich achte genauer auf den Lärm und höre ihn nicht mal schießen. Was ist passiert?

Bullshit!

Als Sergeant at Arms des *Death Scorpions Motorcycle Clubs* ist es meine wichtigste Aufgabe, Mason zu schützen. Er ist der Präsident. Verdammt!

Wenn er draufgeht, dann ist der Club ohne Anführer. Dann sind wir wie ein verfluchtes Huhn, dem der Kopf abgeschlagen wurde, und das trotzdem noch weiterrennt.

Zugegeben. In der Vergangenheit war ich nicht immer mit all seinen Entscheidungen einverstanden und in so mancher Konferenz habe ich gegen seine ausdrückliche Empfehlung abgestimmt. Aber das kommt vor. Besonders in einer Demokratie.

Aye, Mason mag der Präsident sein, aber die *Scorpions* sind demokratisch aufgestellt. Wichtige Themen kommen auf den Tisch und dann wird gevotet. Die Mehrheit bestimmt. *That's life ...*

An manchen Tagen hat mich das in den Wahnsinn getrieben – an manchen Tagen habe ich deswegen die Fäuste geschwungen. Doch schlussendlich war es immer so, dass die Richtung die Mason vorgegeben hat, stets die richtige war.

Seine kluge Voraussicht hat uns an die Spitze der amerikanischen OMCs (Outlaw Motorcycle Clubs) gebracht. Das 1 %-Abzeichen, das ich vor langer Zeit mit blutigen Fingern an mein Leder genäht habe, ist keine Zierde, sondern ein Statement. Es sagt aus, wie ich lebe, wer ich bin und wonach ich mich richte. Wer es sieht, weiß sofort Bescheid.

Wenn die Wichser Mason erwischt haben, dann wird das die *Scorpions* hart treffen, der Boss kann nicht einfach ausgetauscht oder leicht ersetzt werden. Natürlich gibt es den Vize, aber der kann nur für eine Übergangszeit den Club leiten. Dann muss ein neuer Anführer gewählt werden, einer mit Weitsicht und – ja – mit Charisma, einer, der alle Member hinter sich vereint, für den sie durchs Feuer gehen. Und der muss erst mal gefunden werden.

Ich existiere im Hier und Jetzt, denke gerade mal an morgen und mit ein bisschen Glück an nächste Woche. Ich kümmere mich gerne um die Scheiße, die *jetzt* auf meinem Schreibtisch liegt, über die Probleme, die mir die Zukunft *irgendwann* vor die Füße knallen, mache ich mir dann Gedanken, wenn es so weit ist.

Ich lebe im *Heute* und das fühlt sich gut an. Das fühlt sich richtig an, verdammt! Die Zukunft ist unberechenbar. Sie ändert sich stündlich. *Fuck!* Was rede ich da? Sie ändert sich sekündlich. Mit jeder Entscheidung, die ich treffe, mag sie auch noch so unwichtig erscheinen, beeinflusse ich das Morgen.

Was nützt es mir also, alles zu planen, wenn das, was ich morgens beschlossen habe, durch mein Handeln wieder nichtig wird.

Das Schicksal ist ein betrunkenes Weib. Wankelmütig, unbeständig und unberechenbar. Es verstehen zu wollen, ist ein Ding der Unmöglichkeit. Also versuche ich es gar nicht erst, sondern konzentriere mich auf das Hier und Jetzt. Und im Hier und Jetzt habe ich keine verfickte Ahnung, was mit Mason passiert ist.

Verdammt!

Fuck, verdammt!

Jennifer, Masons Old Lady, killt mich, wenn ihrem Mann etwas passiert.

Maddox, ihr Sohn, hat vor einem Monat seinen ersten Geburtstag gefeiert. Er braucht seinen Vater genauso, wie wir unseren Präsidenten.

Einen wütenden Fluch zischend, springe ich wieder auf die Beine, achte darauf in Deckung zu bleiben, und ziehe mein Handy aus der Tasche. Kurzwahltaste eins und das iPhone wählt automatisch seine Nummer. Es läutet zweimal, dann geht er ran.

„Wo bist du?“

Ich höre seinen keuchenden Atem, es klingt, als würde er laufen. Schnell laufen. Aber wohin?

„Verflucht, Wyatt. Mein Magazin ist leer und mir ist einer dieser Wichser auf den Fersen.“

Das klingt nicht gut. Gar nicht gut.

„Scheiß Türken!“

Das freudlose Lachen, das nun an mein Ohr dringt, bestätigt mir, dass Mason das genauso sieht.

„In welche Richtung läufst du?“

Das Rattern der Maschinenpistole verstummt.

Ein Schuss fällt, er tönt durch den Lautsprecher. Da sein Magazin leer ist, kann er nicht von ihm sein, was bedeutet, dass das Geschoss für ihn gedacht war.

Zorn lodert in mir auf ...

Wieso zur Hölle habe ich keine Granaten eingesteckt? Rhett, der Vollstrecker unseres Chapters, hat mich noch gewarnt, dass diese Scheiße außer Kontrolle geraten könnte. Ich wollte nicht auf ihn hören. Jetzt sind er und Hunter nach Basking Ridge aufgebrochen, um ein neues Zwischenlager für unsere Waffen zu besichtigen. Sie sind also nicht in der Nähe, um uns den Arsch zu retten. Was die Situation um einiges komplizierter macht.

„Osten! Scheiße, Wyatt, es könnte auch Westen sein."

Na was jetzt?

Der Himmel ist bedeckt, die Sonne kann uns also nicht als Orientierungspunkt dienen.

Das Rattern der Maschinenpistole setzt wieder ein, es fällt mir schwer Mason überhaupt noch zu hören. Am liebsten würde ich laut „Ruhe!" brüllen, aber ich bezweifle, dass es die Bastarde, die es auf uns abgesehen haben, interessiert, dass sie mich beim Telefonieren stören.

Die Eskalation mit den Türken kommt überraschend. Bis jetzt hatten wir mit ihnen keine Probleme. Sie haben sich ruhig verhalten, sich an die Regeln gehalten und, solange sie sich in unserem Revier aufgehalten haben, die Füße stillgehalten.

Das hat jetzt offensichtlich ein Ende.

Aber wieso?

Der Auslöser für diese Scheiße war eine einfache Kneipenschlägerei zwischen Jacob, einem weiteren Member unseres Chapters, der zugleich auch als unser Tätowierer fungiert, Cash, unserem Kassenwart, und einem Typen, der sich an Tanja, Cashs Mädchen, vergriffen hat. Cash fand das natürlich nicht witzig und hat dem Typen kurzerhand den Kiefer und beide Handgelenke gebrochen. Im Nachhinein hat sich dann herausgestellt, dass dummerweise der Kerl, den er da in seine Schranken gewiesen hat, niemand Geringerer war als Ahmet, der kleine Bruder von Berat, dem Oberhaupt einer der mächtigsten türkischen Familien dieses Landes.

Der Mist ist eskaliert. Cash war zu stolz, sich zu entschuldigen, für Berat geht es um die Ehre, und Ahmet ist noch immer scharf auf die Tussi, die Cash gerade fickt. Das alles ergibt eine explosive Mischung, die ausreicht, einen Krieg anzufachen, der einige Tote fordern wird.

Es ist lachhaft, aber ich stecke mitten drinnen und habe keine Ahnung, wie ich es schaffen soll, dem Dauerfeuer zu entkommen, um Mason den Rücken decken zu können. Und weswegen die ganze Scheiße?

Wegen einer Pussy!

Fuck! Die Welt ist voller Muschis und dennoch haben wir nichts dazugelernt. Seit Anbeginn der Menschheit kam es immer wieder wegen schöner Frauen zu brutalen Schlachten. Das beste Beispiel dafür ist die schöne Helena. Ihre Entführung durch den trojanischen Prinzen Paris löste den berühmten Trojanischen Krieg aus.

Es gibt unzählige weitere Beispiele. Wir Männer sind schwanzgesteuert, wir lernen es einfach nie!

Aber verdammt! Hätte ich ein Mädchen, eines, das ich nur für mich will und das mir wirklich etwas bedeutet, hätte ich auch nicht tatenlos dabei zugesehen, wie es von einem anderen Mann angefasst wird. Wir *Scorpions* teilen nicht gerne: weder unsere Frauen noch unsere Macht, geschweige denn unser Revier. Cash hat richtig gehandelt. Ich mache ihm keinen Vorwurf.

Trotzdem brauche ich jetzt dringend eine Idee, wie ich aus der Zwickmühle, in der ich feststecke, wieder rauskomme.

Der Bus hält dem Dauerfeuer nicht mehr lange stand.

Die nächste Geschosssalve lässt sämtliche Fensterscheiben bersten, Millionen von Scherben surren durch die Luft und gehen in einem funkelnden Regen auf mich nieder. Es gelingt mir gerade noch, den Arm hochzureißen und so mein Gesicht vor den Splittern zu schützen.

Mason ist immer noch am Telefon, er brüllt, dass ich ihm folgen und dem Wichser, der ihn jagt, den verfickten Schädel von den Schultern ballern soll. Ich würde diesem Befehl nur allzu gerne nachkommen. Aber wie? Bullshit! Wie?

Ich riskiere einen Blick um den Bus herum, entdecke den Schützen mit der Uzi in der Hand, der sich hinter einem Container auf die Lauer gelegt hat. Seine Körperhaltung verrät mir, dass ich es hier mit einem Profi zu tun habe und nicht mit einem kleinen Hobbyschützen.

Nicht gut. Gar nicht gut.

„Wyatt!“

Mason schreit, mehrere Schüsse fallen, meine Nackenhaare stellen sich warnend auf.

Uns rennt die Zeit davon.

Wir stehen auf der Verliererseite ...

Das passiert selten, es kommt so gut wie nie vor, dass es unseren Feinden gelingt, uns in die Enge zu treiben. Zuletzt haben das die Mexikaner versucht und sind gescheitert. Wir haben sie getötet, die Drogen, um die sie uns bringen wollten, gefunden und ihre Organisation zerschlagen. Die wenigen Überlebenden sind außer Landes geflüchtet und ich bezweifle stark, dass sie es jemals wieder wagen werden, einen Fuß in unser Revier zu setzen.

Eigentlich hatte ich mit etwas Ruhe gerechnet und mich auf eine Verschnaufpause gefreut – aber das war wohl nichts.

Nervös sehe ich mich um und suche nach einem Ausweg. Mein Blick fällt dabei auf einen der alten Tanks, die ein Stück hinter dem Türken stehen. Das Logo, das aus mehreren roten Buchstaben bestanden hat, ist nicht mehr zu lesen, die Zeit hat ihre Spuren an dem Lack hinterlassen. Mir wird klar, wo genau wir uns befinden: Früher war das hier ein florierendes Fuhrunternehmen, das irgendwann pleitegegangen ist. Genaueres weiß ich nicht, aber ich hoffe einfach, dass der Tank damals nicht bis auf den letzten Tropfen geleert wurde und sich darin noch genug Sprit befindet, um den Wichser und seine Uzi in die Luft zu jagen.

Ein kurzes Stoßgebet gen Himmel schickend, sinke ich auf die Knie, schmecke den Staub, der durch die vielen im Dreck landenden Kugeln aufgewirbelt wird, und streiche mir die Haare aus der Stirn, ehe ich auf den Tank, genauer gesagt auf den Zapfhahn ziele und abdrücke. Es braucht drei Schuss, zwei der von mir abgefeuerten Kugeln landen auf dem Stahl des Tanks und werden so zu Querschlägern. Doch die letzte trifft ihr Ziel genau. Es vergehen genau vier Sekunden, ehe mein Plan aufgeht und die Scheiße mit einem gewaltigen *Boom!* in die Luft fliegt.

Die Druckwelle reißt mich von den Füßen, das Handy fällt mir aus der Hand und landet mit dem Display zuerst auf dem Asphalt. Der Türke und seine Uzi werden durch die Luft gewirbelt und verschwinden aus meinem Sichtfeld.

Ich taste nach dem iPhone, drehe es um und fluche, als ich feststelle, dass das Display nicht nur gesprungen ist, sondern dass die ganze Technik den Geist aufgegeben hat. Das Telefon ist tot – der Türke hoffentlich ebenfalls.

Was hat Mason gesagt? In welche Richtung läuft er? Osten oder Norden?

Nein, Fuck! Es war Westen? Oder?

Ich drehe mich einmal im Kreis, um mich zu orientieren, was mir wegen des dichten schwarzen Rauchs, der sich wie ein tödlicher Nebel auf dem Grundstück ausbreitet, schwerfällt.

Die Schultern kreisen lassend, versuche ich den Schmerz abzuschütteln, und renne los. Ein Fehler, wie sich herausstellt. Gerade als ich den alten Bus hinter mir gelassen habe, kommt ein laut brüllender Wichser auf mich zugerannt. In seiner rechten Hand hält er ein Messer. Bevor ich ihm ausweichen kann, rammt er es mir bis zum Heft in den Bauch. Der Schmerz, der in meinem Inneren explodiert, ist unerträglich. Es gelingt mir aber wie durch ein Wunder, mich auf den Füßen zu halten. Entsetzt starre ich auf den silbernen Griff des Dolches, der bis zum Anschlag in meinem Fleisch steckt und kämpfe gegen eine Woge der Übelkeit an.

„Stirb, du dreckiger Hurensohn."

Diesen Gefallen werde ich ihm nicht tun.

Anstatt mich von der lodernden Pein lähmen zu lassen, reiße ich meinen Arm hoch, ziele mitten in sein Gesicht und drücke ab.

Der Schock, der in seinen Augen aufblitzt, weicht der Erkenntnis, dass er mir lieber die Kehle hätte aufschlitzen sollen, anstatt mir in den Bauch zu stechen. Denn so bin nun ich zum Schluss derjenige, der triumphiert.

Ohne ein Wort zu sagen, beobachte ich, wie er vor mir zusammenbricht. Der hintere Teil seines Schädels zerplatzt, Blut, Hirnmasse und Haare verteilen sich auf dem Boden. Mir wird schlecht. Doch anstatt dem unfassbaren Schmerz nachzugeben, zwinge ich mich loszulaufen. Das Messer lasse ich stecken, denn wenn ich es rausziehe, wird der Blutverlust zu groß.

Wenn das mein Ende sein soll ... gut. Nicht gut. *Ach Fuck!* Dann ist es eben so.

Aber ich werde erst abtreten, wenn ich dafür gesorgt habe, dass Mason überlebt. Die *Scorpions* brauchen ihren Präsidenten. Ich bin austauschbar. Eine Waffe kann jeder halten, der Job des Sergeants ist nicht sonderlich schwer zu erledigen. Meine Aufgabe liegt hauptsächlich darin zu töten und dabei zu versuchen, nicht getötet zu werden. Die Sicherheit des Clubs und der Schutz des Präsidenten hatte für mich schon immer oberste Priorität. So auch jetzt. Also laufe ich weiter, quäle mich die Straße nach unten und hoffe, dass es fucking Westen ist. Oder Osten, egal. Hauptsache, es ist die gleiche Richtung, in die Mason gerannt ist.

Ein weiterer Schuss ertönt und verrät mir, dass ich nicht weit von Mason entfernt bin.

Das Adrenalin, das durch meinen Kreislauf pumpt, hilft mir dabei weiterzumachen und den Schmerz zu ignorieren. Schweiß rinnt mir über die Stirn, Blut läuft mir aus dem Bauch. Mir kommen einige

Passanten entgegen. Sie sind unwichtige Zivilisten, die nicht kapieren, worum es geht. Als sie mich sehen, mit der Waffe in der Hand und den Dolch in meiner Mitte, beginnen sie zu schreien und sich in Sicherheit zu bringen.

Es ist witzig, wie kommen sie darauf, dass ich sie abknallen würde? Dass mich ihre erbärmliche Existenz interessiert oder mir so wichtig ist, dass ich eine meiner wenigen verbliebenen Kugeln in sie investiere?

Der Mensch nimmt sich zu wichtig. Das ist mir schon früher aufgefallen.

Ich ignoriere die um mich herum explodierende Panik und laufe immer weiter. Mein Körper funktioniert wie ein Roboter. Meine Atmung kommt laut und abgehackt. Es ist egal. Alles ist egal.

Alles außer dem Leben des Präsidenten.

Irgendwann sehe ich ihn an einer Hauswand lehnen, sein Gesicht ist blutverschmiert, die Nase gebrochen. Vor ihm liegt eine reglose Gestalt auf dem Boden, an der Position des Kopfes erkenne ich, dass das Genick des Typen gebrochen sein muss.

Mason keucht, seine Fäuste sind rot gefärbt. Der Kampf muss heftig gewesen sein.

Er begrüßt mich mit einem atemlosen und vor Ironie triefenden „Auch schon da, Sergeant?“ Doch der Zynismus schwindet schnell, als er die Klinge in meiner Mitte entdeckt. Sein gezischtes „Fuck, Bro!“ passt perfekt zu dem, was ich mir gerade denke. Er richtet sich auf und kommt einen Schritt auf mich zu, stützt mich, als ich ins Wanken gerate.

„Du hast ein Messer in deinem Bauch stecken.“

„Ach, was du nicht sagst.“

Der Schmerz, die Sorge, das alles wird zu viel. Ich muss lachen, während vor meinen Augen alles zu verschwimmen beginnt.

„Du brauchst einen Doc.“

Brauche ich. Vielleicht.

„Kann sein, dass es zu spät ist.“

Mason flucht und schüttelt entschieden den Kopf.

„Keine Chance. Wenn du meinst, dich verpissen zu können, vergiss es. Ich brauche einen Sergeant.“

Er sagt noch etwas, brüllt mich regelrecht an, doch davon kriege ich so gut wie nichts mehr mit. Mason kann nicht einfach einen Rettungswagen rufen, nicht mit dem toten Türken vor den Füßen – nicht nach dem, was wir die letzte Stunde getan haben.

Davon abgesehen warten drei offene Haftbefehle auf mich.

Wenn ich zu einem Arzt komme und dem gelingt es tatsächlich, meinen Bauch wieder zusammenzuflicken, lande ich danach für dreißig verfickte Jahre in Sing Sing, und darauf kann ich gut verzichten. Lieber sterbe ich, als mich einsperren zu lassen. Der Tod ist besser als der Knast, die Hölle ist mir lieber als die gottverdammte Todeszelle!

Mir wird kalt, gerade zu eisig, der Lärm der Welt verstummt, zurück bleibt nur das Pochen meines Herzens und eine sanfte Stimme: Die Stimme einer Frau, sie füllt meinen Kopf, betäubt meinen Verstand und schenkt mir einen seltsamen Frieden. Einen Frieden, wie ich ihn noch nie zuvor verspürt, aber nach dem ich mich die letzten sechsunddreißig Jahre verzehrt habe.

1. Kapitel

Die Sängerin

Die kleine Eckkneipe ist voll, es riecht nach Bier und Schnaps. Männer stehen an der Bar, trinken Whisky und starren mich aus hungrigen Augen an.

Es ist schwer zu sagen, ob sie sich wirklich für meine Stimme begeistern oder für das schrecklich kurze Kleid, in das mich Charly, der Besitzer dieser Kneipe, *gezwungen* hat. Und das hat er tatsächlich, unmissverständlich.

Seinen genauen Wortlaut kann ich nicht wiedergeben. Aber es war irgendetwas in die Richtung: „Nur mit deiner Stimme kommst du nicht weit, Schätzchen. Du brauchst Arsch und Titten, zeig mehr Fleisch oder verpiss dich."

Klar, mein Stolz hat mir geraten, schnell das Weite zu suchen, aber mein prekärer Kontostand hat mich meinen Stolz auf stumm schalten lassen. Also habe ich angezogen, was er für mich gekauft hat. Jetzt sehe ich aus wie die Nutte von nebenan, mit meinen ausgelatschten alten Turnschuhen an den Füßen, denn an High Heels oder so etwas hat Charly natürlich nicht gedacht.

In der Kombination wirke ich billig und verzweifelt. Letzteres entspricht sogar der Wahrheit.

Aber so ist das Leben. Menschen mit Geld bestimmen über Menschen ohne Geld.

Aber das ist okay, denn ich lasse mich nicht unterkriegen. Niemals! Dieser Laden hier ist nur ein Zwischenstopp auf meiner Karriereleiter.

Irgendwann werde ich an diese Nacht zurückdenken, lachen, den Kopf schütteln und mich darüber freuen, dass ich es geschafft habe, diesem Sumpf zu entkommen.

Das Dumme ist nur, ich singe keine Pop-Musik und hüpfe nicht in ultraknappen, glitzernden Röcken über die Bühne, während ich sinnlose Texte über Blowjobs, Sex, Sonnenuntergänge und schnelle Autos ins Mikro schreie. Ich will diesen Mainstreammist nicht mitmachen, sondern schreibe meine Songtexte selber. Sie handeln vom Leben, von Gefühlen, Hoffnungen und Verlusten.

Aber die Typen hier, die mich so gierig anstarren, als wäre ich ein verdammter Big Mac, wissen das nicht zu schätzen. Charly hatte recht, hier geht es nur um Arsch und Titten. Aber warum hat er dann mich engagiert und nicht einfach eine Tänzerin, die sich damit zufriedengibt, mit dem Hintern zu wackeln?

Ich werde ihn das am Ende des Abends fragen. Und bis dahin singe ich einfach weiter und beschließe, die Nacht als Übung zu betrachten.
Was bleibt mir auch anderes übrig?

Traurig schließe ich die Augen, halte mich an meiner Gitarre fest, blende die Umgebung aus und konzentriere mich nur noch auf das Glücksgefühl, das sich immer dann in mir ausbreitet, wenn ich mich in meinen Texten verliere ...

Schon nach wenigen Minuten geht es mir besser und die Zeit zieht einfach so an mir vorbei. Als endlich die Hälfte der Nacht vorbei ist, stelle ich die Gitarre ab und gönne mir meine wohlverdiente Pause. An der Bar bestelle ich mir einen doppelten Gin Tonic mit mehr Gin als Tonic, extra viel Eis und einer dicken Zitronenscheibe und trinke einen großen Schluck. Perfekt!

Noch bevor ich es schaffe, mich unbemerkt zur Hintertüre rauszuschleichen, landet eine Hand auf meinem Arsch. Der Mann, dem sie gehört, trägt ein ausgewaschenes Karohemd und einen ungepflegten Vierzehn-Tage-Bart. Sein Holzfällercharme hat etwas Abstoßendes. In der Wildnis Kanadas wäre das vielleicht anders, aber hier in Brooklyn ist das so. Wobei dieser Typ nicht mal in Kanada eine gute Figur machen würde. Echte Holzfäller sind groß, muskulös und auf eine kantige, raue Art wild und sexy. Sie sind für uns Stadtmädchen der Inbegriff von Maskulinität und entlocken uns ein sehnsüchtiges Seufzen, wenn wir nur an sie denken. Aber dieser Kerl ist weder wild noch sexy und macht auf mich auch nicht den Eindruck, als wüsste er mit einer Axt, geschweige denn mit einer Kettensäge umzugehen.

Kurz: Er entspricht nicht dem, was ich mir unter einem echten Mann vorstelle, was wiederum zur Folge hat, dass ich seine Hand nicht auf meinem Hintern haben will.

Entschlossen schlage ich seine Finger weg, was mir einen erstaunten Blick einbringt. Mister Macho kann offensichtlich nicht verstehen, warum ich seinem plumpen Anmachversuch widerstehen kann, anstatt mich ihm seufzend an den Hals zu werfen und ihm mit gesenkter Stimme zuzuflüstern, dass er mich doch bitte ficken soll.

„Fass mich nicht an!“

Zuerst runzelt er die Stirn, dann beginnt er laut zu lachen.

„Stell dich nicht so an, Püppchen. Wirst sehen, wenn du erst mal meinen Schwanz zwischen den Beinen hast, bist du nicht mehr so zickig.“

Er klingt selbstsicher, so als wäre er von der gequirlten Scheiße, die er da redet, absolut überzeugt. Mir hingegen verursacht sie einen unangenehmen Brechreiz.

„Ich glaube, ich muss gleich kotzen!“

Von meiner Ehrlichkeit überrumpelt, braucht sein kleines Erbsenhirn etwas länger, um auf eine schlagfertige Antwort zu kommen. Nicht bereit, meine Pause an diesen Deppen zu verschwenden, lasse ich ihn einfach stehen, drängle mich an ihm vorbei und husche, so schnell ich kann, zur Hintertüre raus.

Endlich alleine. Endlich Pause.

Es ist kurz nach Mitternacht, die kühle Mailuft streicht mir über die Waden und lässt mich erschaudern. Müde lehne ich mich gegen die Wand, nippe an dem Drink und lasse den Blick über den Hinterhof gleiten.

Er liegt im Dunkeln, genau wie der Himmel, der die Sterne verschluckt hat und dessen Finsternis den sichelförmigen Mond gespenstisch einrahmt.

Irgendwo in der Ferne tönen Sirenen, diese Stadt schläft nie.

Die Sirenen werden lauter, je näher sie kommen, umso deutlicher kann ich heraushören, dass es sich um mehr als einen Streifenwagen handeln muss. Ein kraftvolles Brummen mischt sich dazu, es drängt sich in den Vordergrund und klingt, als würde es von einem Motorrad stammen. Ich versuche, es genau zu orten, der Lärmpegel schwillt an und hallt durch die Häuserschluchten.

Was da wohl passiert ist?

Neugierig stoße ich mich von der Mauer ab und durchquere den Hof. Ich gehe an den Mülltonnen vorbei, lasse die leeren Getränkekisten hinter mir und nähere mich dem Straßenrand. Gerade als ich einen Blick auf die Straße werfe, kommt auch schon besagtes Motorrad mit mörderischer Geschwindigkeit auf mich zugerast.

Der gelbliche Lichtkegel des einzelnen Scheinwerfers blendet mich. Ich kneife die Augen zusammen und versuche, etwas zu erkennen. Die Silhouette des Fahrers zeichnet sich im Mondlicht ab. Schnell weiche ich einen Schritt nach hinten zurück, das Motorrad immer im Blick. Je näher es mir kommt, umso deutlicher erkenne ich die breiten Schultern, die langen Arme und auch sonst immer mehr Details: die langen, im Fahrtwind wehenden Haare, den eckigen Kiefer, der mit dunklen Bartstoppeln überzogen ist, und die lederne Kutte, die ihn als *Death Scorpion* ausweist.

Heilige Scheiße!

Mein Herz macht einen Satz, als die mit rotem und blauem Licht ausgestatteten Polizeiautos in Sicht kommen, die den Rocker ganz offensichtlich verfolgen. Der Biker wirft einen Blick über seine Schulter nach hinten, grinst breit und reißt den Lenker herum. Jetzt rast er wirklich direkt auf mich zu.

Bisher scheint mich der *Scorpion* noch nicht entdeckt zu haben, erst als er mich beinahe über den Haufen fährt, scheint er mich wahrzunehmen.

Sein gebrülltes „Fuck!“ übertönt das kraftvolle Knurren der Harley, er macht einen Schlenker, der Hinterreifen bricht kurz aus, aber der Rocker bringt die Maschine wieder unter Kontrolle.

Mit aufheulendem Motor rast er an mir vorbei und stoppt mit einem Ruck direkt hinter den silbernen, randvollen Müllcontainern.

Der Scheinwerfer erlischt, das Heulen der Polizeiautos wird immer lauter, dröhnt mir beinahe schmerzhaft in den Ohren.

Gespannt, ob die Cops kapiert haben, dass der Biker in den Hof gefahren ist, sehe ich wieder zur Straße, aber die Streifenwagen jagen in halsbrecherischer Geschwindigkeit an mir vorbei und verschwinden schon nach wenigen Sekunden aus meinem Sichtfeld.

Mein Puls rast und meine Handflächen werden schwitzig.

Die Sirenen werden mit jeder Meile, die sie sich weiter entfernen, leiser und verwandeln sich irgendwann in ein Hintergrundgeräusch.

Fassungslos schüttle ich den Kopf und wende mich wieder dem Biker zu, der mittlerweile von seiner Maschine abgestiegen ist und – *oh Gott* – direkt auf mich zukommt. Er zündet sich eine Zigarette an, klemmt sie sich in den Mundwinkel und zieht sein weißes, zerfetztes, blutgetränktes und in der Finsternis leuchtendes Shirt nach oben. *Er ist verletzt.*

Noch ein Schritt. Noch ein Schritt. Jetzt steht der Outlaw direkt vor mir. Furcht breitet sich in mir aus. Furcht gepaart mit jeder Menge ungesunder Neugierde.

Bis heute bin ich noch keinem dieser gefährlichen *Death Scorpions* begegnet. Klar, ihr MC ist jedem hier in New York ein Begriff, jeder kennt die gruseligen Geschichten, die über diese kuttentragenden, stets bewaffneten und verdammt tödlichen Männer kursieren. Ich natürlich auch. Diese Kriminellen sind lebende Legenden. Die meisten Männer beneiden sie, die meisten Frauen verehren sie. Ich hingegen hatte schon immer Angst davor, einem dieser Mörder zu begegnen. Und das meine ich ehrlich. Ganz ehrlich.

Diese Kerle sind Waffenhändler, Drogendealer, Zuhälter und Buchmacher. Wenn die Gerüchte stimmen, dann verdienen sie ihr Geld mit lauter schlimmen Dingen, Dingen, die einfachen Menschen wie mir die Haare zu Berge stehen lassen.

Niemand, der auch nur annähernd bei Verstand ist, sehnt sich danach, einem Killer zu begegnen. Ich auch nicht. Schon gar nicht mitten in der Nacht, alleine und einsam auf einem dunklen, dreckigen Hinterhof.

„Heilige Verdammnis! Das ist der Stoff, aus dem die Alpträume sind ..."

Mir wird erst bewusst, dass ich das blöderweise laut ausgesprochen habe, als der Rocker vor mir ein lautes, bellendes Lachen ausstößt, das eine Sekunde später von einem gepeinigt klingenden Zischen abgelöst wird.

„Nett Mädchen. Echt nett."

Er zieht das blutige Shirt noch etwas weiter hoch, macht sich dabei nicht die Mühe mich anzusehen, und entblößt dabei eine lange, fast verheilte Stichwunde und einen etwas kleineren Schnitt. Wobei ich mir nicht sicher bin, ob der wirklich von einer Klinge stammt.

Ihr fragt euch, warum ich das in der Finsternis erkennen kann?

Ganz einfach. Weil dieser Biker mir mittlerweile so nahegekommen ist, dass ich bei jedem Atemzug ein kleines bisschen seines Geruchs in meine Lunge ziehe: Eine Mischung aus Testosteron, Leder, Zitrone und Seife, die zu meiner Überraschung echt lecker riecht. Ich mag es, wenn Männer gut duften. Nicht, wenn sie sich so viel Parfüm draufklatschen, dass sie wie einer dieser Duftbäume stinken, die man an der Tankstelle kaufen und sich an den Rückspiegel hängen kann, aber schon so, dass man alle Nuancen ihres Dufts mit der Nase aufnehmen und dabei an wilden Sex und zerknautschte Bettlaken denken kann.

Der Rocker vor mir ist muskulös – sehr muskulös – das sollte ich extra betonen, damit ihr euch vorstellen könnt, was seine Nähe für eine verstörende Wirkung auf mich hat. Habe ich eigentlich schon das beeindruckende Sixpack erwähnt, von dem ich meine Augen einfach nicht mehr abwenden kann?

Nein? Gut, dann tue ich es jetzt.

Diese zwei Verletzungen, also die alte und die neue, befinden sich auf einem perfekt definierten, wirklich sehr deutlich definierten Sexpack, das mir trotz meiner Angst, das Wasser im Mund zusammenlaufen lässt. Habe ich gerade Sexpack gedacht?

Ich meine natürlich Sixpack. Sixpack! Wobei das genau genommen ebenfalls falsch ist, denn wenn ich mich opfere und die einzelnen Muskelpäckchen zähle, dann ist es eher ein Eightpack. Ein wirklich sehr lecker aussehendes Eightpack, das man bestimmt gut mit Vanilleeis einschmieren und sauberlecken könnte.

Ich schlucke und zwinge mich dazu, meinen Fokus auf die Wunden zu lenken, bevor mein Hormonhaushalt völlig durchdreht.

„Du bist verletzt?“

Er tastet den immer stärker blutenden Riss ab und flucht laut.

„Nicht der Rede wert.“

„Ach nein?“

Ich kann selbst hören, wie erstaunt ich über seine Aussage bin.

„Nein. Dieses Mal habe ich zumindest kein Messer im Bauch stecken. Also halb so schlimm.“

Der Biker sieht mich an und grinst frech, was zwei Grübchen zum Vorschein kommen lässt. Grübchen, wie sie eigentlich verboten gehören.

Mutter Natur ist ein ganz schönes Miststück ...

Sie weiß genau, welche Details uns Frauen bei Männern sofort an Paarung denken lässt. Grübchen, ein Eightpack und weitere Muskeln gehören definitiv dazu.

Die Stirn des *Scorpions* runzelt sich und verschafft dem harten Biker dadurch eine Art Welpenblick, einen süßen Touch, der einen Teil meiner Furcht verschwinden lässt.

Je länger ich ihn betrachte, umso mehr erkenne ich die Ähnlichkeit zwischen ihm und Brock O'Hurn. Nur ist dieser Rocker die böse, 18+-Version, die Frauenschlüpfer weltweit in nur wenigen Sekunden in Flammen aufgehen lässt. Die Haare des Bikers sind nur etwa schulterlang, aber das gefällt mir eh viel besser.

Sein – *halb so schlimm* – schwirrt mir im Kopf rum, genau wie die Sache mit dem Messer.

Er bewegt sich, die einzelnen Muskelpakete bewegen sich und spannen sich an.

„Dieses Mal?“

Gedanklich schlage ich mir gegen die Stirn.

Es. Ist. Offensichtlich. Dass. Es. Heute. Kein. Messer. Ist.

„Nope.“

Er wischt sich mit der Hand über den Schnitt, neues Blut quillt heraus. Er flucht und zieht das Shirt wieder nach unten. Der weiße Stoff saugt sich sofort immer mehr voll, es entsteht ein weiterer großer roter Fleck.

„Du hättest dich erwischen lassen sollen. Die Cops hätten sicher ein Pflaster für dich dabeigehabt."

Erstaunen huscht über seine markante Mimik.

„Ganz schön frech für einen laufenden Meter."

Mein „Arschloch!" erheitert ihn mehr, als dass es ihn wütend macht.

Zum Glück. Es ist nämlich keine besonders gute Idee, einen Killer wie ihn zu beleidigen. Zumindest dann nicht, wenn man wie ich an seinem Leben hängt und nicht als Jane Doe in einem der Müllcontainer landen will.

Der Rocker vor mir baut sich zu seiner vollen Größe auf, sodass ich mich tatsächlich so fühle, als sei ich nicht größer als ein Meter. Er überragt mich um zwei Kopflängen, von der Massivität seines Körpers mal ganz abgesehen. Alles an diesem Mann ist stark und groß. Er wirkt unerschütterlich. Wenn ich es nicht gerade mit eigenen Augen gesehen hätte, könnte ich glatt glauben, dass er unzerstörbar ist – dass er aus Stahl ist.

Aber ich habe seine Verletzungen gesehen, die beweisen, dass er aus Fleisch und Blut ist, genau wie ich. Das ist dann aber auch unsere einzige Gemeinsamkeit. Ich bin genau 1,50 Meter groß, er sicherlich zwei.

„Für deine Größe bist du ganz schön mutig."

Ein Lächeln zupft an seinen Mundwinkeln.

Dieses *„Arschloch!"* denke ich mir nur, anstatt es laut auszusprechen. Sicher ist sicher.

„Im Gegensatz zu dir bin ich auch nicht so blöd, mich abstechen zu lassen oder mich auf eine wilde Verfolgungsjagd mit den Bullen einzulassen. Messer im Bauch sind nicht so mein Ding, weißt du, *Scorpion*."

Yeah! Schluck das, Macho ...

Unser kleiner Disput scheint ihn wirklich zu amüsieren. In seinen grizzlybärbraunen Augen funkelt es. Er kommt noch einen Schritt auf mich zu, jetzt inhaliere ich bei jedem Atemzug eine noch viel größere Dosis seines Geruchs.

Yummi. Wirklich. *Yummi.*

Kennt ihr das? Wenn man einen Kuchen backt, ihn ins Rohr schiebt und dann dieser köstliche Geruch die Küche erfüllt. Allein der Duft reicht aus, damit wir den Kuchen beinahe schon schmecken können. So geht es mir bei dem Rocker. Sein Körpergeruch löst einen ganz schrecklichen Hunger aus, einen, der sich zwischen meinen Schenkeln bemerkbar macht und den ich nicht so leicht mit einem großen Stück Schokotorte stillen könnte.

Wir sind uns so nah, dass ich den Kopf in den Nacken fallen lassen muss, um ihm weiterhin in die Augen sehen zu können. Mein Herz rast mittlerweile nicht mehr nur, oh nein – es galoppiert. Es will die Flucht ergreifen und das Weite suchen, zum Glück halten es meine Rippen davon ab.

„Und was ist dann dein Ding, Mädchen?"

Sein Blick klebt geradezu an meinem Dekolleté, oder soll ich sagen in meinem Dekolleté? Des Rockers Benehmen ist mehr als dreist. Aber was will ich auch von einem Mann wie ihm erwarten? Einem Mann, der ganz offensichtlich der Überzeugung ist, dass ihm nicht mal eine Horde Polizisten, geschweige denn ein Messer etwas anhaben können.

All meine Sinne schlagen Alarm, ich will instinktiv einen Schritt zurücktreten, um etwas Abstand zwischen uns zu schaffen.

Aber das würde dem Herrn Outlaw verraten, dass er mir eine seltsame Angst einjagt, eine Angst, die es mir zwar kalt den Rücken runterlaufen lässt, aber die auch dafür sorgt, dass sich meine Nippel sehnsüchtig zusammenziehen.

Sex mit diesem Biker ist garantiert eine schlechte Idee. Eine echt total beschissene Idee. Das Problem an der Sache ist nur, dass ihm seine orgastischen Fähigkeiten geradezu ins Gesicht geschrieben stehen. Alles an ihm schreit meiner inneren Schlampe geradewegs zu, dass er verflucht gut zu ficken ist, und zwar in jeder Stellung, die meinen schmutzigen Gedanken einfallen könnten.

Er ist der Hai und ich bin das Blut. Oder anders herum, ich bin der Hai und er das verdammte Fischernetz und wenn ich nicht aufpasse, schleppt er mich ab, zieht mich an Land und macht aus mir eine blöde Suppe.

So will ich nicht enden. Ich will gar nicht enden und darum überwinde ich meinen Stolz und schaffe es endlich, einen großen Schritt zurückzuweichen.

Jetzt, wo mir sein Geruch nicht mehr ganz so stark dosiert in die Nase steigt, beginnt mein Verstand wieder seine Arbeit aufzunehmen und zu funktionieren.

Ich setze an: „Mein Ding ist ..." Blöderweise will mir nichts einfallen. Nichts außer *„Sex mit dir!"* Und das ist ja falsch, oder? Klar, logo, was sollen die Zweifel? Es ist völlig falsch! Was ist mein Ding? Was entflammt mich? Was lockt mich? Was macht mich glücklich?

„Mein Ding ist die Musik."

„Lass mich raten, Britney ist genau dein Ding. Richtig?"

Total falsch. Ich finde nichts schlimmer als Britney. Okay, das ist gelogen, Fußpilz ist noch eine Steigerung, aber das war's dann auch schon.

„Du meinst wegen Toxic? Ich würde dich nur zu gern vergiften."

Bei Gott!

Warum kann ich nicht die Klappe halten?

Irgendetwas an diesem *Scorpion* reizt mich und lockert meine Zunge.

„Nein. Ich dachte da eher an: *Hit me, Baby ...*"

Sprachlos. Für einen kurzen Moment bin ich sprachlos.

„Hätte nicht gedacht, dass du Britney-Fan bist. Aber na ja, vielleicht stehst du ja auch auf pinke Bettwäsche und Hello-Kitty-Boxershorts. So eine Kutte ...", ich schnipse mit zwei Fingern übermütig gegen das abgewetzte Leder, „... hilft einem eben auch nicht dabei, kein Weichei zu sein."

Keine Ahnung, was mit mir los ist, doch so langsam beginne ich unsere Unterhaltung amüsant zu finden. Klar, wenn er jetzt noch mal sein Shirt hochziehen und sein Eightpack entblößen würde, wäre es noch besser. Aber so ist das im Leben nun mal, man kann eben nicht alles haben.

Lachend reibt er sich über die Stirn, raucht seine Zigarette fertig und lässt den Stummel dann fallen, um ihn mit der Stiefelspitze auszudrücken.

Ich erinnere mich an den Gin Tonic in meiner Hand, leere das Glas in einem Zug und hoffe, dass mir der Alkohol dabei hilft, die restliche Nacht durchzustehen.

Die Polizisten scheinen kapiert zu haben, dass der Rocker sie verarscht hat, die Sirenen werden wieder lauter. Mein Blick fällt auf das *Sergeant-at-Arms-Patch,* das seine Kutte ziert, und mir wird sofort klar, dass ich es hier mit einem besonders mächtigen *Scorpion* zu tun habe. Das erklärt seine Selbstsicherheit und die natürliche Arroganz, die ihm aus jeder Pore zu dringen scheint.

„Wenn es in der Realität genauso ist wie in Filmen, dann schwärmen die Cops jetzt aus, um die Straßen, Ecken und Hinterhöfe nach dem Verbrecher abzusuchen."

Er nickt.

„Es ist wie in den Filmen."

„Dann bist du am Arsch."

„Wenn es dein Arsch ist, dann ist das für mich in Ordnung."

Seine Augen wandern hinab zu meinen Beinen, die dank dem goldenen Stofffetzen, den ich trage, so gut wie nackt sind. Hätte ich meine Periode und keinen Slip an, würde der Tamponfaden wahrscheinlich unten rausschauen, so kurz ist das verfluchte Kleid. Normalerweise hätte ich sowas nie angezogen.

Doch was soll ich sagen?

Ich bin jung und brauche das Geld.

Scheiße, klingt das abgedroschen. Doch dummerweise trifft es zu.

Ich beschließe, seine letzte Bemerkung einfach zu übergehen.

„Wenn du mit reinkommst, kann ich bestimmt so etwas wie Desinfektionsmittel und ein Pflaster besorgen.“

Jegliche Belustigung weicht aus der Mimik meines Gegenübers, plötzlich wirkt sein kantiger Kiefer wie aus Stein gemeißelt.

„Der Schnitt ist nichts.“

Gut. Wenn er darauf besteht ...

„Prima. Das werde ich auf deinen Grabstein schreiben: gestorben an nichts.“

Und wieder frage ich mich, was über mich gekommen ist. Dieser Mann, seine Gesundheit und sein Ableben gehen mich nichts an. Null Komma nichts und dennoch stört es mich, dass er sich nicht von mir versorgen lässt.

Ich muss weg ... *sofort!*

Kaum dass mir dieser Gedanke durch den Kopf gezuckt ist, fliegt auch schon die Türe auf und Charly poltert zu uns raus.

Ich zucke erschrocken zusammen, der Biker hingegen bleibt cool.

„Beweg deinen Arsch wieder rein. Ich bezahle dich nicht fürs Rumstehen.“

Nett!

Der *Death Scorpion* schaut den Kneipenbesitzer an.

„Hast du eine neue Kellnerin?“

Was?

„Nein, sie singt. Also wenn sie nicht gerade im Hinterhof rumsteht.“

Der Blick des Bikers zuckt zu mir zurück.

„Musik ist ihr Ding.“

Er sagt das mehr zu sich selbst, als zu mir.

Ich bewege mich automatisch zurück in die schmuddelige Kneipe und verfluche im Stillen die beiden Männer, deren Blicke auf meinem Arsch kleben.

Sollen die Cops doch den Rocker erwischen, soll er doch an einer Blutvergiftung sterben – alles nicht mein Problem. Doch zu meinem Pech folgt er mir ins Innere, was meinen Puls dauerhaft in einer verflucht hohen Frequenz hält.

Hilfe! *Scheiße!* Hilfe!

Mehr als nur nervös steige ich zurück auf die Bühne, zupfe in dem Versuch, meine Beine etwas mehr zu bedecken, den lächerlich kurzen Fummel weiter nach unten. Es bringt gar nichts.

Entsetzt beobachte ich, wie der Rocker auf die Bar auf der anderen Seite des Gastraums zugeht. Eigentlich sind alle Hocker besetzt, aber als die Typen sehen, wer genau sich ihnen nähert, springen sie furchtsam auf und suchen das Weite.

Sehr witzig. Es erinnert mich an die Tierdokumentation, die ich erst letzte Woche auf Netflix angeschaut habe. Da ging es um einen hungrigen Löwen, der sich einem Wasserloch genähert hat. Zuerst hat an dem Wasserloch jede Menge Gedränge geherrscht, aber als der Löwe kam, haben alle anderen Tiere die Flucht ergriffen und sind um ihr Leben gerannt.

Das jetzt ist genau das Gleiche. Der Rocker ist der Löwe und all die anderen Kerle sind nichts weiter als feige Beutetiere.

Selbst der Möchtegernholzfäller, der mich vorhin angegrapscht hat, ist verschwunden.

Ich schalte das Mikro wieder ein, schnappe mir meine Gitarre und atme mehrmals tief durch. Die Begegnung mit dem Outlaw hat mich völlig aus der Bahn geworfen, mein Unterbewusstsein ist noch immer dabei, unser kleines Wortgefecht zu analysieren, das bedeutet, dass ich abgelenkt bin. So kann ich mich nicht auf meine Texte konzentrieren ...

Über mich selbst verärgert schüttle ich den Kopf, räuspere mich und erlaube mir einen letzten Blick auf den Biker zu werfen, ehe ich mich wieder voll und ganz der Musik widme. Er sitzt lässig und typisch Macho breitbeinig auf dem Hocker, den Rücken der Bar zugewandt und die Ellenbogen auf dem Tresen abgestützt.

Sein kaputtes, blutiges Shirt ist deutlich unter dem Leder zu erkennen.

Falls er Schmerzen hat, lässt er es sich nicht anmerken.

In seiner rechten Hand hält er ein eckiges Glas, in dem ich eine klare Flüssigkeit erkennen kann. Ich bezweifle, dass es sich dabei um Wasser handelt. Wodka würde viel eher zu ihm passen. Die in seinem Mundwinkel hängende Zigarette rundet das Gesamtbild des gefährlichen Outlaws vorzüglich ab.

Der Löwe beobachtet mich, er versucht, mich abzuschätzen und herauszufinden, ob ich ebenfalls eine Löwin bin oder doch nur eine eingeschüchterte Gazelle, die er jagen und in die er seine tödlichen Zähne schlagen kann.

Seine Augen scheinen regelrecht zu glühen - es verschlägt mir den Atem - er verschlägt mir den Atem mit seiner puren Präsenz.

Ich zwinge mich, den Blick abzuwenden und genau wie vorhin mein Publikum auszublenden. Dieses Mal fällt es mir schwerer, aber es funktioniert. Ich entscheide mich für einen meiner alten Songs und lasse die Emotionen, die mich damals dazu gebracht haben, die Zeilen zu schreiben, in meine Stimme fließen.

Wort für Wort, Strophe für Strophe verliere ich mich mehr und mehr in der Musik und schaffe es tatsächlich, den Rocker aus meinen Gedanken zu verdrängen.

2. Kapitel

Der Sergeant at Arms

Mit geballten Fäusten, fest aufeinandergebissenen Zähnen und einem schmerzhaften Brennen an der Flanke starre ich das Mädchen auf der Bühne an und kann nicht fassen, dass es tatsächlich existiert.

Diese Stimme ist dieselbe, die mich seit knapp fünf Monaten in meinen Träumen verfolgt. Sie war es, die durch meinen Schädel gehallt ist, als ich mit dem Messer im Bauch vor Mason auf der Straße zusammengebrochen bin, und es war ebenfalls genau diese Stimme, die bei mir war, als ich vierundzwanzig Stunden später in der Klinik wieder aufgewacht bin.

Sie verfolgt mich, sie beruhigt mich und sie fasziniert mich, seit ich dem Sensenmann von seiner verfluchten Klinge gesprungen bin.

Bis heute war ich mir sicher, dass es sie nur in meinem Kopf gibt. Ein Produkt meiner Fantasie. Ich wäre nie auf die Idee gekommen, dass es die Sängerin wirklich gibt.

Wenn sie durch meinen Schädel tönt, kann ich keine Texte erkennen, da ist einfach nur der Klang dieser Stimme, die für mich längst zu meinem Alltag gehört. Sie ist da wie ein ständiger Begleiter, summt durch meinen Verstand und beruhigt mich immer dann, wenn sich der Reaper wieder auf die Jagd nach mir gemacht hat.

Damals, an dem Tag mit den Türken, hat mein Name auf der Todesliste gestanden. Meine Zeit war abgelaufen und dennoch habe ich wie durch ein Wunder überlebt.

Dass ich noch atme, ist ein Fehler des Schicksals und der Tod klebt mir an den Fersen, um diesen zu berichtigen. Bis jetzt habe ich es noch jedes Mal geschafft, meinen Hals aus der Schlinge zu ziehen, doch die Aktion heute war mal wieder verdammt knapp.

Mason und Hunter haben mir vor drei Tagen einen Auftrag gegeben, den zu erledigen ich mir geschworen habe. Mein Job ist es, Ahmet, das Arschloch, wegen dem der Krieg mit den Türken überhaupt erst entstanden ist, aufzuspüren und zu eliminieren. Bis heute hat jedoch jede Spur von ihm gefehlt - der Wichser war wie vom Erdboden verschluckt. Erst nach einigen Verhören und dem Tipp meines Informanten im New Yorker Police Department, bin ich ihm auf die Spur gekommen.

Ahmet wurde von Berat kaltgestellt, er hat ihm all seine Macht entzogen und ihn ins Exil geschickt. Genauer gesagt nach Long Island, wo er seine Wunden lecken und die Füße stillhalten sollte.

Aber das hat der Idiot zu meinem Glück nicht getan.

Die Adresse war leicht zu finden, eine Villa dieses Ausmaßes kann man schließlich nur schwer übersehen.

Mein Timing war hervorragend. In genau dem Moment, in dem ich eingetroffen bin und mir noch Gedanken darüber gemacht habe, wie ich das Sicherheitssystem und die Securitys umgehen kann, hat sich das Tor geöffnet und der Türke kam mir in seinem roten Ferrari entgegen. Unauffällig geht anders ...

Wie auch immer, es kam, wie es kommen musste. Anstatt mich geduldig auf die Lauer zu legen, habe ich meine Waffe gezogen und dem Hurensohn direkt in der von Palmen gesäumten Auffahrt mein gesamtes Magazin in die Brust geballert.

Und dabei hat mir einer der Sicherheitsleute einen Streifschuss verpasst. Wieder am Bauch, was für eine Scheiße!

Zum Glück hat die Kugel nicht den gleichen Weg genommen wie das Messer vor fünf Monaten, sonst säße ich jetzt nicht hier, den Blick auf die schönste Frau gerichtet, die mir jemals begegnet ist, und diese Stimme im Ohr, die ich bis jetzt für ein Gespinst meines Unterbewusstseins gehalten habe.

Im Nachhinein war es sicherlich nicht die beste Idee, den Türken so offen anzugreifen. Aber was soll's? Zumindest ist diese Sache erledigt. Abgehakt. Vorbei!

Hätte ich diesen Ahmet in der Bronx abgeknallt, oder in Hells Kitchen, hätte sich keine Sau dafür interessiert. Schüsse und Morde stehen dort auf der Tagesordnung. Aber Long Island? Ich hatte die Bullen am Arsch, noch bevor ich zurück auf dem Festland war. Je länger die Verfolgungsjagd gedauert hat, umso mehr Cops wurden es. Wie die Ratten sind sie aus allen Straßenschluchten auf mich zugerast. Es war knapp. Dem Sensenmann ist es fast gelungen, seinen Fehler zu korrigieren.

Um den Schmerz zu betäuben, kippe ich mir immer mehr von dem Wodka in die Kehle und lausche weiter der melancholischen Stimme.

Ahmet ist Geschichte, die Wunde wird heilen und Berat wird hoffentlich endlich kapieren, dass es ein großer Fehler von ihm war, dem *Death Scorpions Motorcycle Club* den Krieg zu erklären.

Wir *Scorpions* gewinnen immer. Immer. Das mussten auch schon die Mexikaner begreifen und viele andere Arschlöcher davor ...

Ich leere das Glas, vier weitere folgen. Der Wodka hilft mit dabei, ruhiger zu werden.

Wenigstens ist die Blutung zum Stillstand gekommen, der brennende Schmerz in meinem Bauch hat sich in ein dumpfes Pochen verwandelt.

Die Cops haben ihre Suche nach mir sicherlich längst aufgegeben. Es gibt also keinen Grund für mich, länger hierzubleiben, und meine Zeit totzuschlagen. Dennoch bewege ich mich nicht von der Stelle, sondern beobachte das Mädchen und lausche den Texten, die über ihre Lippen perlen.

Mein Schwanz ist seit der ersten Strophe hart. Er will diese Sängerin, er will sie spüren, ausfüllen und ficken. Ich will sie ficken. Jetzt. Ich will an ihrem winzigen Körper feiern, dass ich noch am Leben bin und dass es der Tod einen weiteren Tag nicht geschafft hat, mich in die Hölle zu ziehen.

Der Teufel erwartet mich bereits, ein Platz in den ewigen Höllenfeuern ist längst für mich reserviert. Ich gehöre nicht zu den Guten, ich bin böse und das ist okay für mich. Ich bin, wer ich bin, ich streite es nicht ab und ich rede es mir nicht schön.

Die Welt des Clubs besteht aus Mord und Totschlag. Nur die Mächtigsten überleben. Sie fressen und zermalmen die Kleinen, was mir keine schlaflosen Nächte beschert.

Denn so ist es seit Anbeginn der Menschheit: Die Starken dominieren die Schwachen.

Das Mädchen auf der Bühne ist schwach, aber es ist zugleich auch stark und mutig und das beeindruckt mich. *Fuck!* Es beeindruckt mich sehr.

Wenn die Kleine wollte, hätte sie längst die Cops rufen können, aber das hat sie nicht. Stattdessen hat sie mir angeboten, mich zu versorgen und sich um den Streifschuss zu kümmern. Mit einem verdammten Pflaster. *Himmel!*

Das war süß. Ehrlich. Ich bin es nicht gewöhnt, dass sich jemand Sorgen um mich macht. Das Gefühl war neu und es hat mir gut gefallen.

Dieses Mädchen mit der magischen Stimme scheint sich weder für mich noch für die anderen Kerle in der Bar zu interessieren, die fluchen und reden und ihr absolut nicht zuhören. Anstatt wütend zu werden, steht die Kleine einfach nur alleine und einsam auf der dreckigen Bühne, zupft an den Seiten der Gitarre und lässt mich an ihren Gefühlen teilhaben, die so offen und ungefiltert in ihrer Stimme mitschwingen. Manchmal höre ich eine tiefe Sehnsucht heraus, manchmal Einsamkeit und dann wieder eine bittersüße Hoffnung.

Zu meinem eigenen Erstaunen will ich ihr diese Hoffnung schenken, ich will dafür sorgen, dass ihre Träume wahr werden und sich ihre Sehnsüchte erfüllen.

Der glitzernde Stofffetzen, der viel zu viel ihrer samtenen Haut entblößt, gefällt mir nicht. Ganz und gar nicht. Es stört mich, dass die ganzen Wichser, die sie anstarren, genauso viel von ihr zu sehen bekommen wie ich. Lange haselnussbraune Haare, seidenglatte Haut und unfassbar blaue Augen. Dazu eine kleine runde Nase, volle Lippen und Kurven, die sogar einen Toten wieder zum Leben erwecken könnten ...

Es wäre so leicht aufzustehen, auf die Bühne zu gehen und das Mädchen einzukassieren. Ich könnte es mir einfach unter den Arm klemmen und verschleppen.

Mein Schwanz zuckt zustimmend, er ist sich sicher, dass er genau diese Frau will und nicht einfach nur irgendeine dumme Clubbitch, die er schon ein Dutzend Mal hatte.

Diese Sängerin ist anders, sie ist wie ein Rätsel, das ich nur allzu gerne lösen würde.

Was macht sie hier?

Was will eine Frau wie sie in so einem Loch wie diesem?

Diese Sängerin passt hier genauso gut rein wie ich in ein gottverdammtes Kloster! Hat sie keinen Freund, der auf sie aufpasst? Keinen Vater, der sie beschützt oder einen Bruder, der ein wachsames Auge auf sie hat?

Bullshit!

Würde sie mir gehören, würde ich niemals zulassen, dass sie in so einem lächerlichen Kleid durch die Nacht rennt, oder sich auf eine Bühne wie diese stellt, um sich von einer Horde Bastarde anstarren zu lassen.

Einen Fluch murmelnd, bezwinge ich meinen aufwallenden Zorn und konzentriere mich darauf, einfach ruhig sitzen zu bleiben, anstatt mir das Mädchen zu packen und unter meiner Kutte zu verstecken.

Als Alternative könnte ich auch einfach jedem der anwesenden Schweinehunde die Augen ausstechen. Am besten langsam und qualvoll. Denn wären sie blind, könnten sie nicht sehen, was ich sehe, was ich begehre und für mich will.

Der Song endet, die Härchen in meinem Nacken stellen sich auf und in meinem Brustkorb breitet sich ein angenehmes Prickeln aus.

Die nun einkehrende Stille nagt an meinen Nerven. Sie macht mir klar, dass ich mehr hören will – dass ich längst süchtig nach dem Klang der Stimme bin, die mich schon seit Monaten verfolgt.

Ich bestelle mir den nächsten Wodka. Das Handy in meiner Tasche vibriert, ich weiß auch, ohne nachzusehen, wer mich erreichen will. Es wird Hunter sein. Dem Vizepräsidenten wird es nicht gefallen haben, dass ich den Türken so öffentlich hingerichtet habe. Er wollte einen unauffälligen Toten, am besten mit einer für immer verschwundenen Leiche. Es war des Vizepräsidenten Idee, sämtliche unserer Opfer in dem Krematorium zu verbrennen, das Rhetts neuer Old Lady gehört.

Jessy ist ein nettes Mädchen, etwas chaotisch, immer zu spät und stets Selbstgespräche führend, aber nett. Sie passt optimal zu unserem Vollstrecker und sie leistet gute Arbeit.

Dennoch hatte ich absolut keinen Bock, dem Türken die nächsten Stunden und Tage aufzulauern und den Moment abzupassen, in dem ich ihn einkassieren und unbemerkt zur Strecke bringen kann. Schnell und effizient war schon immer meine bevorzugte Vorgehensweise. Das weiß Hunter und deswegen braucht er sich auch nicht bei mir zu beschweren.

Das Mädchen fängt einen neuen Song an, leckt sich kurz mit der rosanen Zungenspitze über die Lippen und fesselt damit meine Aufmerksamkeit erneut an sich.

Heilige Scheiße!

Diesen Mund an meinem Schwanz zu spüren, muss das verdammte Paradies sein ...

Das Vibrieren stoppt, nur um eine Sekunde später erneut anzufangen. Ich ignoriere es weiter, gönne mir diese Pause und betrachte die Frau, deren Stimme mir schon seit Monaten das Denken erschwert, obwohl ich ihr vor weniger als einer Stunde das erste Mal begegnet bin.

Erst als ich ein weiteres Mal am Boden meines Glases angekommen bin, gebe ich nach und fische mein ständig vibrierendes Telefon aus der Tasche.

„Was?"

Meine Begrüßung ist nicht freundlich, aber das war auch nicht meine Absicht.

„Fuck! Endlich! Wo steckst du, Wyatt?"

Doch es ist nicht Hunter, sondern Mason in der Leitung. Und er ist wütend.

„In einer Kneipe."

„Was soll dieser Bullshit, Bro?"

Wie soll ich das, was mir hier gerade passiert, erklären?

Am besten gar nicht. Ich habe niemandem von der Stimme in meinem Kopf erzählt. *Shit!* Wenn ich es getan hätte, dann hätten alle gedacht, dass ich dabei bin, den Verstand zu verlieren. Mir ging es ja selbst nicht anders.

Wenn ich mir nicht sicher gewesen wäre, dass ich das Messer in den Bauch und nicht in den Schädel gerammt bekommen habe, hätte ich es auch anders herum durchaus für möglich gehalten. Nach kurzem Zögern sage ich einfach die Wahrheit. Was kann es schon schaden?

„Ich mache eine Pause."

Stille.

„Eine Pause wovon?"

Vom Blutvergießen, vom Morden, vom Waffen verkaufen und Muschis lecken.

„Von einfach allem."

Noch mehr Stille.

„Wie lange soll diese Pause andauern?"

Am besten für immer.

„Eine Stunde. Dann komme ich zurück zum Club."

Ein zustimmendes Grunzen wird laut.

„Am besten ohne Polizeieskorte. Kapiert, Sergeant?"

Fuck!

Was ja klar, dass ihm diese Scheiße nicht entgangen ist. Es kam sicher in den Nachrichten.

„Die bin ich zum Glück längst losgeworden."

„Zumindest hast du den Türken kaltgemacht."

„Aye, zumindest etwas."

Die Ironie in meiner Stimme kann ihm nicht entgehen.

„Hunter ist nicht glücklich."

„Hunter kann sich verdammt noch mal ins Knie ficken."

Mason lacht und legt auf.

Ich stecke das Handy wieder ein, bestelle mir mehr Wodka und schließe für einen kurzen Moment die Augen. Das Mädchen auf der Bühne singt über Verrat, Schmerz und das schwarze Blut der Seele, das es niemals bis in unsere Adern schafft, aber dafür unsere Herzen mit niemals endendem Pech überzieht.

Ich lausche dem sanften Klang der poetischen Worte und spüre, wie sie mir dabei helfen, abzuschalten und den Sturm, der in meinem Inneren wütet, zu mildern.

Eine Zigarette im Mundwinkel und den Blick auf die Frau gerichtet, bleibe ich einfach sitzen und hoffe insgeheim, dass diese Nacht niemals endet. Aber sie tut es und das viel zu schnell.

Um kurz nach zwei packt das Mädchen seine Gitarre und steigt von der Bühne.

Dabei zupft es immer wieder an dem knappen Stoff des glitzernden Fetzens, der ihre prallen Kurven umhüllt.

Fuck, ich will ficken! Sofort!

Und damit bin ich nicht allein. Jeder der anwesenden Bastarde bumst das Mädchen mit den Augen. Wut lodert in mir hoch. *Es gehört mir. Mir ganz allein.*

Ich folge der Frau mit meinen Blicken und es kostet mich einiges an Beherrschung, scheinbar ruhig sitzen zu bleiben, anstatt aufzuspringen und sie mir einfach zu schnappen. Sie würde zappeln und sich wehren und ich würde sie einfach noch ein winziges bisschen fester an mich drücken, mich an ihrer zarten Kehle festbeißen und ihr Blut trinken. Wie ein verdammter Vampir. Ich würde meine Adern mit ihr füllen und dafür sorgen, dass es ihr Blut ist, das durch meine Venen gepumpt wird.

Holy Shit!

Was ist nur los mit mir?

Wo kommen diese kranken Gedanken her?

Über mich selbst verwundert, leere ich zum x-ten Mal mein Glas und fülle meine Lungenflügel mit warmem Rauch.

Soll mich doch der Teufel holen!

Die Sängerin geht direkt auf Charly zu, die beiden unterhalten sich. Dann packt er sie am Arm und zerrt sie an der Bar und somit direkt an mir vorbei Richtung Personalausgang, der zu dem Hinterhof rausführt, auf dem mein Bike steht.

Ich folge den beiden, nicht aus Neugierde, sondern weil ich ahne, dass das Mädchen gleich meine Hilfe benötigen wird.

Das Arschloch zerrt sie quer über den Hof, was mich die Fäuste ballen lässt.

Wichser! Finger weg. Finger weg von ihr!

Hinter meinen Schläfen pocht es, ich beiße die Zähne so fest zusammen, dass sie zu knacken beginnen.

Es wäre so leicht ...

Waffe ziehen, entsichern, zielen und schießen.

Ein *Bumm!* später, würde der Wichser tot im Dreck liegen, und seine Hände würden nicht mehr berühren, was ich berühren will.

Eine völlig irrationale Eifersucht verätzt meine Gedanken und macht es mir schwer, ruhig zu bleiben.

„Wo ist mein Geld?“

Das Mädchen klingt aufgebracht.

„Vergiss es. Du kriegst keinen Penny und jetzt verpiss dich.“

„Aber ich habe gesungen. Die ganze Nacht. Wie besprochen.“

Charly lacht und schüttelt dabei den Kopf.

„Bei dem Gejammer haben meine Gäste höchstens Depressionen gekriegt. Sei froh, dass ich keine Entschädigung von dir verlange."

Sie zischt: „Arschloch!", und versucht ein weiteres Mal, sich von ihm loszureißen. Vergeblich. Sie ist winzig und er ein stämmiger Kerl, der es gewohnt ist, seine Probleme mit Gewalt zu lösen.

„Du hast mich in dieses schäbige Kleid gezwungen. Wegen dir bin ich wie eine Nutte rumgelaufen. Jetzt bezahl mich gefälligst oder ich rufe die Polizei!"

Oh Mädchen, ganz schlechte Idee ... ganz schlecht.

Leute, die hier mit den Bullen drohen, werden ganz schnell umgebracht.

Charly reagiert genau wie erwartet, er schleudert die Sängerin auf den Boden und baut sich drohend vor ihr auf. Die Gitarre knallt auf den Asphalt und zerbricht, das Mädchen schreit entsetzt auf. Das Blut in meinen Adern gefriert, es verwandelt sich in eine zähflüssige Masse, die sich schmerzhaft zu meinem Herzen vorarbeitet.

Mit großen Schritten gehe ich auf Charly zu. Er sieht mich kommen und nickt mir zu. Dieser Idiot scheint nicht zu ahnen, was gleich passieren wird.

Ohne eine Warnung auszusprechen, verpasse ich ihm einen exzellent platzierten rechten Haken, der ihn zum Wanken bringt, aber leider nicht in die Knie zwingt.

Ich schlage wieder zu, schnell und oft, direkt gegen seine Rippen. Die Wunde an meinem Bauch macht sich bemerkbar, ich begrüße den Schmerz, er beweist mir, dass ich noch am Leben bin und dass der Sensenmann erneut versagt hat.

Charly steckt die Prügel überraschend gut weg, was mich ärgert.

Ich trete ihm gegen das Schienbein und befördere das Arschloch so endlich zu Boden.

Das Mädchen schreit auf, als ich meine Waffe ziehe. Ich blende es aus, verbiete mir, es anzusehen, und konzentriere mich auf das, was ich am besten kann: Angst und Schrecken zu verbreiten, zu foltern und zu töten.

„Fass sie noch ein einziges Mal an und ich schwöre dir, ich schieße dir jeden Finger einzeln ab!"

Charly, der verzweifelt versucht, wieder zu Atem zu kommen, sieht entsetzt zu mir hoch. Es dauert, bis er etwas sagen kann – dauert lange und dann, als er es endlich schafft, ist seine Stimme durchtränkt mit Entsetzen.

„Sorry, Wyatt. Mir war nicht klar, dass die Kleine zu dir gehört."

Fuck! Das war es mir bis eben auch nicht.

„Tut sie aber, sie ist mein Eigentum. Du weißt, was das bedeutet."

Er nickt, spuckt Blut und stöhnt gepeinigt. Zu meiner Überraschung ist er intelligent genug, liegen zu bleiben. Würde er wieder aufstehen, würde ich ihn sowieso nur wieder zu Fall bringen. *Bullshit!*

Ich hasse Typen wie ihn.

Das Mädchen, das neben dem Wirt im Dreck liegt, weint und zittert.

Mit einem Brummen stecke ich die Beretta in meinen Hosenbund, beuge mich zu ihr nach unten und hebe sie in meine Arme.

Die Sängerin weint und zittert, ich drücke sie fest an meine Brust und werfe Charly einen letzten, unmissverständlichen Blick zu. Ganz das feige Arschloch, das er nun mal ist, sieht er zur Seite und ich weiß, dass er mir keine Probleme mehr machen wird. Sein Glück!

Rhetts Lady hätte sicherlich kein Problem damit gehabt, den Ofen im Krematorium mal schnell für mich einzuheizen.

Kleine Hände drücken sich gegen meine Schultern.

„Warte."

Erstaunt runzle ich die Stirn.

„Worauf?"

„Ich muss etwas wissen."

„Was musst du wissen?"

„Lass mich runter."

Zuerst zögere ich, sie gefällt mir ganz gut da, wo sie ist. Dann tue ich, was sie von mir verlangt, und vermisse sofort die Wärme, die ihr weicher Körper ausstrahlt.

Überrascht beobachte ich, wie sie zu Charly geht, direkt vor ihm stehen bleibt und sich dann zu ihm herabbeugt.

Bumm. Bumm. Mein Puls rast.

Wenn er sie anfasst, töte ich ihn.

„Warum das Kleid? Warum hast du mich engagiert, eine Sängerin und keine Nutte, wenn du so viel Wert auf nackte Haut legst?"

Charly sieht zu mir, er fürchtet sich davor, ihre Frage zu beantworten.

Im Gegensatz zu dem Mädchen, das zwar gehört hat, was ich zu dem Wichser gesagt habe, aber nichts damit anfangen kann, kapiert Charly die Tragweite von dem, was hier gerade passiert ist.

Ich habe diese Frau laut und öffentlich als mein Eigentum bezeichnet. Das war so nicht geplant und es hat weitreichende Folgen. Folgen, die ich selbst noch nicht genau abschätzen kann, aber von denen ich weiß, dass sie alles verändern werden. Unwiderruflich verändern werden.

Das Mädchen verliert die Geduld und verpasst ihm eine laut klatschende Ohrfeige.

„Antworte mir gefälligst, du Dreckskerl."

„Du warst billiger.“

Pures Entsetzen zeichnet sich auf dem Gesicht des Mädchens ab. Das Schluchzen, das aus ihr herausbricht, geht mir durch Mark und Bein. Am liebsten würde ich dem Wichser die Zunge rausschneiden und ihm anschließend das Genick brechen.

Der Grund, aus dem ich es nicht tue, ist circa 1,50 Meter groß, wiegt fünfzig Kilo, hat lange braune Haare und die schönste Stimme auf diesem Planeten. Charly weiß es vielleicht nicht, aber er verdankt dem Mädchen sein Leben. Wenn ich ihn jetzt töte, flippt die Kleine aus und hat panische Angst vor mir, und das will ich nicht. Ich will, dass mir diese Frau vertraut und dass sie sich in meiner Nähe sicher fühlt, und nicht, dass sie mich für den gnadenlosen Killer hält, der ich nun mal bin.

Aber Fuck! Was hält mich davon ab, morgen wiederzukommen und diesen Mist zu Ende zu bringen. Nichts. Niemand. Wenn ich will, dass dieser Bastard stirbt, dann wird er es. Dieses Wissen hilft mir dabei, mich zu beruhigen.

Ich gehe auf das Mädchen zu und will es zu meiner Maschine bringen, aber es wehrt sich.

„Komm schon. Du hast hier nichts mehr verloren.“

Es nickt. Macht jedoch keine Anstalten mitzukommen, sondern sieht mich nur abschätzend an und gibt dann ein lautes „Scheiße! von sich.

„Warte. Ich muss dem Dreckskerl noch was zurückgeben.“

Irritiert runzle ich die Stirn.

„Und was?“

Sie sagt nichts, sondern streift sich die Träger des Kleides von den Schultern.

Der Fummel rutscht an ihren Armen hinab und entblößt schmale Schultern, weiße Haut und einen schwarzen, einfachen BH.

„Warte!. Stopp! Was soll das?“

Seit wann sage ich stopp, wenn sich eine schöne Frau vor mir auszieht?

„Er hat mich gezwungen, diesen Fetzen zu tragen. Ich hasse dieses Ding. Ich sehe aus wie eine Prostituierte.“

Okay, das verstehe ich. Irgendwie zumindest.

Fuck!

„Warum ziehst du es jetzt aus?“

„Weil ich es keine Sekunde länger ertrage.“

Öhm, ja ... *Ja* ... Mein Schwanz zuckt zustimmend, mein Verstand ist jedoch dagegen.

„Es ist mitten in der Nacht und es ist kalt.“

Tolle Argumente, ich finde sie wirklich stichhaltig, aber das hält das Mädchen nicht davon ab, es endgültig auszuziehen. Der Slip, der ihre Pussy vor meinen Blicken beschützt ist genauso schwarz und schlicht wie der BH und dennoch habe ich nie etwas sexyeres gesehen. Fucking nie! Ich schwöre!

Holy Shit!

Mein Blick fällt auf ihre ausgelatschten alten Turnschuhe.

„Passt gut."

Sie lacht. Das kommt überraschend und gefällt mir gut. Ich mag das Geräusch. Es beweist mir, dass die Welt nicht einfach nur beschissen ist, sondern dass es auch noch gute Dinge gibt. Dinge wie dieses Mädchen – Dinge wie dieses Lachen.

„Eigentlich hatte ich Jeans und ein Shirt an."

„Wo sind deine Sachen?"

„In der Kneipe."

„Soll ich sie dir holen?"

Mir fällt auf, dass Charlys Blick auf ihrem Arsch ruht.

Ich stoße ein warnendes Knurren aus, sofort sieht er weg.

Meins. Meins. Meins. Der Arsch, diese Titten – alles meins.

Bevor sie antworten kann, kommen zwei Typen auf den Hof, ich erkenne sie als Charlys Sicherheitsidioten. Sie checken die Lage, sehen ihren Boss auf den Boden liegen und ziehen ihre Waffen.

„Vergiss die Jeans. Schnell weg hier."

Sie nickt und wispert ängstlich: „Scheiße!"

Ich packe sie an der Hand und zerre sie hinter mir her zu meiner Harley.

Normalerweise wäre es kein Problem für mich, die zwei Typen auszuschalten, sie unschädlich zu machen und zur Krönung des Vergnügens mit ihren eigenen Knarren abzuknallen. Aber mir war sofort klar, dass das meine Chance ist, das Mädchen auf mein Bike zu locken. Surrende Kugeln haben die Angewohnheit, Menschen zu beeinflussen und dazu zu bringen, Dinge zu tun, die sie sonst niemals auch nur in Erwägung ziehen würden. So wie in diesem Fall: Das Mädchen springt halb nackt und ohne zu zögern auf meine Maschine, schlingt die Arme um mich und brüllt mir „Los. Los. Los." ins Ohr.

Fuck! Yeah! Das macht Spaß!

Mit einem Fußkick starte ich den Motor. Gerade als ich losfahren will, klopft sie mir auf den Rücken. „Warte. Du hast Alkohol getrunken. Kannst du überhaupt fahren?"

Soll das ein Witz sein?

„Das bisschen Wodka macht mir nichts aus."

„Sicher?“

„Baby, es braucht weitaus härteren Stoff, um mich zu berauschen.“

„Okay“, sie nickt. „Dann fahr los!“

Das tue ich – gerade noch rechtzeitig, die ersten Schüsse peitschen durch die Nacht.

Ich genieße den Druck ihrer nackten Schenkel an den meinen und ihrer fast nackten Pussy an meiner Rückseite. Mein Schwanz steht stramm, meine Hoden pochen und mein Bauch schmerzt. Aber Fuck! Ich habe mich schon lange nicht mehr so lebendig gefühlt wie in diesem Moment. Wir rasen die Straße entlang, ich lasse den Motor aufheulen und gebe Gas. Das Mädchen hinter mir jauchzt und die Schüsse, die uns verfolgen, werden immer leiser.

Für diese Scheiße wird Charly büßen. Aber nicht heute, nicht jetzt, wo ich endlich das Mädchen aus meinem Schädel gefunden habe.

3. Kapitel

Die Sängerin

Hilfe!

Oh verdammt, Hilfe!

Was ist hier los?

Wie konnte es so weit kommen und warum habe ich dieses blöde Kleid ausgezogen? Manchmal lasse ich mich von meinem Sturkopf leiten und tue Dinge, die ich besser nicht tun sollte.

Wie zum Beispiel mich mitten auf einem dunklen Hinterhof ausziehen, während ein gewaltbereiter Rocker den Typen verprügelt, der mich total verarscht hat.

Über mich selbst verwundert, versuche ich zu rekonstruieren, wie um alles in der Welt ich hinter diesem *Death Scorpion* auf seinem Motorrad gelandet bin. Mein Hirn setzt die Puzzleteile zusammen, aber logisch oder nachvollziehbar ist es deswegen für mich immer noch nicht.

Scheiße! Ich war schon immer so. Damals im Kindergarten habe ich einen Regenwurm gegessen, nur um zu beweisen, dass ich es kann, und in der Schule ... Ach, vergessen wir das – solche völlig bescheuerten Aktionen sind typisch für mich.

Aber das bedeutet nicht, dass ich jemals verstehen werde, was mich in diesen Situationen dazu bringt, so zu handeln.

Geistig schlage ich mir mit der Hand gegen die Stirn und verfluche mich selbst für so viel Idiotie. Beim nächsten Mal, also falls es ein nächstes Mal geben sollte, wäre es klüger, mir erst meine Sachen zu holen und mir dann das Kleid vom Leib zu reißen, das zu tragen ich mich habe nötigen lassen.

Ergibt das einen Sinn? Keine Ahnung!

Ich kann mich nicht konzentrieren.

Der Fahrtwind, die Kugeln, die uns bis vor einer Minute noch um die Ohren geflogen sind, und die halsbrecherische Geschwindigkeit, mit der wir über die Straße rasen – all das macht mich high. Fast so, als ob ich auf irgend so einer synthetischen Droge wäre, die nachts im Central Park vertickt werden.

Mal ganz von dem großen, bösen Outlaw, an den ich mich klammere, und dessen Muskeln sich bei jeder Kurve anspannen, abgesehen. Dieser Typ ist purer, auf zwei Beinen laufender Sex, dem ich besser aus dem Weg gehen sollte. Männer wie er sind nicht gut für Frauen wie mich. Das waren sie noch nie und werden sie auch nie sein.

Aber Halleluja! Wie soll ich es nicht verflucht sexy finden, wie er mich vor diesem Charly beschützt hat?

Seid ehrlich, in jedem Mädchen steckt eine kleine, heimliche Prinzessin, die nur darauf wartet, dass ein starker Prinz angeritten kommt und sie in einer Notsituation rettet. Ich glaube, das ist genetisch bedingt. Wir sind von der Evolution darauf programmiert worden, uns immer von den Stärksten, Gesündesten und Mächtigsten unserer Gattung angezogen zu fühlen und so möglichst gutes Genmaterial für unseren Nachwuchs sicherzustellen. Nur die Starken überleben!

Macht mir also bitte keinen Vorwurf, dass ich so auf diesen Rocker reagiere ... Euch würde es in meiner Situation sicherlich nicht anders gehen. Gut, Ihr hättet euch vielleicht nicht gleich das Kleid ausgezogen, aber ansonsten ...

Ja, ja, verdreht jetzt ruhig die Augen. Aber glaubt mir, ich habe recht.

Die Ampel vor uns schaltet auf Rot, mir ist kalt und eine unangenehme Gänsehaut überzieht meinen Körper. Nur in Unterwäsche auf einem Motorrad zu sitzen, ist keine sonderlich gute Idee. Aber woher hätte ich denn wissen sollen, dass gleich auf mich geschossen wird?

Himmel!

Fliegende Kugeln, Rocker und Harleys sind völlig neu für mich. Besonders in dieser Kombination. Ich habe noch nie eine Waffe gesehen und jetzt wurde gleich auf mich geschossen. Das muss ich erst mal sacken lassen.

Ich beginne zu zittern, rücke näher an den Biker heran und werde mir plötzlich der neugierigen Blicke bewusst, die auf meiner nackten Haut kleben. Der Autofahrer neben mir starrt mich an, als wäre ich das letzte Einhorn.

Schon mal was von Privatsphäre gehört?

Um ihm zu zeigen, wie unverschämt ich sein Geglotze finde, strecke ich ihm die Zunge raus, was den Rocker vor mir laut auflachen lässt.

Den Kopf schüttelnd schaltet er den Motor aus, klappt mit dem Fuß den Ständer runter, umfasst meine Hände und löst sie von seiner Taille. Ich weiß nicht, was das werden soll und beobachte, wie er absteigt, seine Knarre zieht und auf den Gaffer in dem Auto zielt. Einen Warnschuss später gibt der Kerl Gas und rast über die noch immer rote Ampel davon. Zu seinem Glück, beziehungsweise dank der späten Uhrzeit, schafft er es über die Kreuzung, ohne in einen Unfall verwickelt zu werden.

„Du bist wirklich völlig irre ...“

Erst jetzt, wo ich ihn beim Namen nennen will, fällt mir auf, dass wir uns nicht vorgestellt haben.

Wie verrückt!

Diese ganze Nacht ist so was von verrückt!

„Wie heißt du?"

Die Ampel wird grün, der Wagen vor uns setzt sich in Bewegung und fährt los, doch den Rocker scheint das nicht zu stören. Seelenruhig steckt er sich die Pistole wieder in den Hosenbund.

Ich sitze breitbeinig auf seinem Bike, er starrt mich aus dunklen Augen an. An seinem Kiefer beginnt ein Muskel zu zucken, seine Nasenflügel blähen sich.

„Fuck, Mädchen. Fuck! So fucking sexy ... Als wärst du aus einem Traum gestiegen. Als wäre meine Fantasie zur Wirklichkeit geworden."

Keine Ahnung, wo ich das Selbstbewusstsein hernehme, vielleicht liegt es an dem Gin Tonic auf nüchternen Magen, aber anstatt meine Blöße mit den Armen zu bedecken, bleibe ich einfach nur ruhig sitzen, lasse zu, dass er mich mit seinen Blicken geradezu verschlingt und wiederhole meine Frage.

„Wie heißt du?"

Sein Blick gleitet an meinen Brüsten langsam wieder nach oben zu meinem Gesicht. Noch nie zuvor in meinem Leben habe ich mich so begehrenswert und weiblich gefühlt wie in diesem Moment.

„Wyatt. Was ist mit dir, Sängerin?"

„Freut mich, deine Bekanntschaft zu machen, Wyatt. Ich bin Marie."

Er nickt mir grüßend zu, seine Mundwinkel zucken, die Grübchen auf seinen Wangen kehren zurück und lösen ein sehnsüchtiges Prickeln in meinem Bauch aus, was mich sofort an die Wunde an seinen Bauch erinnert.

Hinter uns bildet sich eine Schlange, dem Rocker ist das jedoch total egal. Kein Wunder. Als *Death Scorpion* kann er sich diese Frechheit durchaus erlauben. Ihm und seinen Brüdern gehören die Straßen dieser Stadt, er ist einer der Könige der Schattenwelt.

Macht. Macht. Macht. Waffen, Gewalt und Macht.

Ach so, und Muskeln, habe ich schon die Muskeln erwähnt?

„Du brauchst einen Arzt, Wyatt."

Er brummt etwas Unverständliches, zieht langsam seine lederne Kutte aus und kommt auf mich zu.

Nicht sicher, wie ich mich verhalten soll, suche ich seinen Blick und zucke, als mich seine rauen Fingerspitzen berühren, erschrocken zusammen.

„Keine Angst, Baby. Ich werde dir nicht wehtun. Ich will dich nur vor der Kälte schützen.“

Seltsamerweise glaube ich ihm. Gibt es einen besseren Beweis dafür, dass ich anscheinend gerade den Verstand verliere? Wohl kaum!

Sanft und fürsorglich zieht er mir die schwarze Weste an. Das Leder hat seine Körperwärme gespeichert. Es fühlt sich unfassbar intim an, sie nun auf meiner nackten Haut zu spüren.

„Das mit dem Kleid war eine beschissene Idee! Oder?“

„War es. Aber Fuck! Ganz ehrlich? Ich fand’s geil!“

Ja, das glaube ich ihm sofort.

„Hätte nicht gedacht, dass du so wild bist. Das gefällt mir.“

Ich wild? Bis jetzt habe ich mich eher für langweilig gehalten.

„Ich bin nicht wild. Der Eindruck täuscht.“

Sein „Mhmmmmm ...“ verrät mir, dass mir der Rocker kein Wort glaubt.

„Netter Versuch, Süße.“

Damit steigt er wieder vor mir auf die Maschine.

„Halt dich fest.“

Ich tue es und die Fahrt geht weiter.

Erst jetzt wird mir klar, dass ich ihm gar nicht gesagt habe, wo ich wohne oder wo er mich hinbringen soll. Es wäre wahrscheinlich keine gute Idee, einem Mann wie ihm meine echte Adresse zu nennen. Oder?

Aber mal nüchtern betrachtet: Nichts von dem, was ich in den letzten Stunden entschieden habe, eine gute Idee.

Diese Nacht ist eine einzige Katastrophe.

Meine Gitarre ist kaputt, zerstört von dem Arschloch, das mich um mein dringend benötigtes Geld gebracht hat. Ich war wie eine Nutte gekleidet und es wurde auf mich geschossen. Das alles ist so unglaublich und abwegig, dass es mir schwerfällt, es zu glauben, obwohl ich es am eigenen Leib erfahren habe.

Mit wehenden Haaren und der Kutte des Sergeant at Arms des landesweit gefürchteten *Death Scorpions Motorcycle Clubs* rase ich durch die Straßen zu einem mir völlig unbekannten Ziel. Anstatt Angst, anstatt Sorge empfinde ich nichts als – lasst mich kurz nachdenken. Ich empfinde nichts als pure Lebenslust.

Ich weiß, das klingt jetzt völlig bescheuert. Aber so ist es.

Vielleicht liegt es an dem Outlaw vor mir, vielleicht aber auch an der Tatsache, dass heute auf mich geschossen wurde. Eventuell ist auch einfach nur der Gin Tonic schuld oder der berauschende Geruch von Mann, Leder und Seife, der mir in die Nase steigt und mein verdammtes Gehirn ganz schwindelig macht.

Ich bin pleite, fast nackt und habe meine Gitarre verloren ...

Das ist schlimm. Wirklich! Schrecklich, übel schlimm!

Aber auf einem dreckigen Hinterhof von einer Kugel durchbohrt zu werden, wäre noch viel schlimmer gewesen. Diese Nahtoderfahrung, falls man es so nennen kann, hat meinen Blick für das Wesentliche geschärft. Und das Wesentliche ist, dass ich noch Puls habe und im Gegensatz zu dem Rocker vor mir nicht blute.

Wyatt gibt Gas, wir brettern um die nächste Kurve und ich muss gestehen, dass ich längst die Orientierung verloren habe. Keine Ahnung, wo wir jetzt sind.

Wir fahren weiter und dann sehe ich es, das eingezäunte und zum Teil von einer hohen Mauer eingerahmte Gelände der *Death Scorpions*.

Mein geflüstertes „Ach du heilige Scheiße!“ geht in dem Dröhnen des Motors unter. Entsetzt klopfe ich dem Biker auf den Bauch, will ihn so zum Anhalten bringen. Doch anstatt abzubremsen, fährt er einfach immer weiter auf das geschlossene Tor zu.

Was würdet ihr jetzt tun?

Also ich spiele mit dem Gedanken, einfach vom Motorrad zu springen. Erinnere mich jedoch dann wieder an meine absolute Unsportlichkeit und lasse es lieber. Was würde es auch bringen?

Ich bezweifle, dass mich der Sergeant einfach so mit seiner Kutte davonrennen lässt.

Und wohin sollte ich auch? Meinen genauen Standort kenne ich nicht.

Und mein Schlüssel und meine Sachen ... *Oh du riesige gequirlte Scheiße!* Die sind in meiner Jeanstasche und die wiederum ist bei den völlig gestörten, um sich schießenden Arschlöchern und ihrem noch gestörteren Oberwichserboss.

Verzweifelt klopfe ich immer fester und schneller auf Wyatts Bauch, nehme keine Rücksicht auf seine Verletzung und bringe ihn so endlich zum Anhalten.

„Fuck! Was ist?“

„Wir müssen umdrehen. Ich muss zurück!“

Irritiert wendet er sich zu mir um und sieht mich über seine Schulter hinweg an.

„Wohin zurück?“

„Ins *Blue*.“

Verständnislos runzelt er die Stirn.

„Zu der Kneipe.“

Jetzt kapiert er, was ich meine.

Sein: „Den bescheuerten Namen konnte ich mir noch nie merken“, wird von einem fassungslosen „Wieso?“ ergänzt.

„Ich habe meine Sachen noch dort.“

Das bringt ihn zum Lachen.

„Ach, dir fällt erst jetzt auf, dass du nur einen Slip und einen BH anhast?“

„Arschloch!“

Jetzt lacht er noch lauter.

„Vorsicht, Mädchen, wenn du nicht nett zu mir bist, dann bin ich es auch nicht mehr zu dir.“

Die Warnung ist angekommen. Die Härchen in meinem Nacken stellen sich auf, ein Schauer rieselt an meiner Wirbelsäule hinab.

„Ich rede nicht von meinen Klamotten, sondern von meinem Geldbeutel, meinem Schlüssel und dem Handy.“

Wie konnte ich nur so blöd sein? Wie konnte ich nicht daran denken, dass ich das alles brauche?

Das lag bestimmt an dem Schock darüber, dass Charly mich nicht bezahlen wollte. Er hat mich einfach aus der Kneipe gezerrt, bedroht und auf den Boden geschubst.

Meine arme Gitarre ...

Wäre Wyatt nicht dazwischengegangen, hätte das alles ein verflucht übles Ende nehmen können. Ein unschönes Ende, an das ich jetzt lieber gar nicht denken will.

Der gefährliche Rocker, der sich eine heftige Verfolgungsjagd mit der Polizei geliefert hat, hat sich als mein Held entpuppt.

Die Welt steckt wirklich voller Wunder!

„Das ist jetzt nicht dein Ernst?“

Ich nicke schuldbewusst. „Doch.“

„Und warum hast du das nicht gleich gesagt?“

Berechtigte Frage, aber ich habe eine gute Antwort.

„Auf uns wurde geschossen. Schon vergessen?“

„Na und?“

Soll das ein Scherz sein?

„Du bist auch davongerannt.“

„Baby, ich bin davongerannt, damit du mir hinterherrennst.“

Ich verstehe kein Wort. Ist das Männerlogik?

„Will der harte, böse Outlaw nur nicht zugeben, dass tief in ihm drinnen doch ein kleiner Angsthase schlummert?“

Meine Provokation erzielt ihre Wirkung.

Seine linke Hand landet auf meinem Oberschenkel, er drückt leicht zu, lässt sie dabei immer weiter nach oben gleiten, so lange, bis sein schwieliger Daumen beinahe mein Unterhöschen berührt.

„Oh Marie, du wirst früh genug herausfinden, was tief in mir schlummert. Und glaube mir, dann wirst du der Angsthase sein. Bis es aber so weit ist, werden wir uns erst mal darum kümmern, deine Sachen zurückzubekommen."

Klingt gut. Na ja ... nicht alles klingt gut. Ein Teil davon klingt wie eine Drohung, eine Drohung, die mich an tiefen, orgastischen Sex denken lässt.

„Und wie sollen wir meine Sachen bekommen?"

Jetzt sieht er mich an, als ob ich nicht mehr alle Latten am Zaun hätte.

„Ganz einfach. Wir holen sie uns."

Kaum dass er das gesagt hat, reißt er den Lenker des Motorrads herum, dreht am Gas und wendet. Sechzig Sekunden später sind wir bereits zurück auf dem Weg in die Kneipe und somit auch zu den Typen mit den Waffen.

Heilige Scheiße!

Lieber Gott, lass das bitte gut ausgehen ...

In der Hoffnung, dass mein Stoßgebet erhört wird, kralle ich mich an Wyatt fest und bin mir dabei seiner Kraft mehr als deutlich bewusst. Meine Brustwarzen ziehen sich erregt zusammen, mein Puls rast und meine Sinne sind voll und ganz auf den *Scorpion* vor mir konzentriert.

Vielleicht sollte ich den Rocker doch noch mal zum Anhalten bringen und ihn auffordern, mich über sein Bike zu beugen und tief und hart zu ficken? Ich meine, was, wenn ich gleich erschossen werde? Zu Tode Verurteilte bekommen doch auch eine Henkersmahlzeit, also warum sollte ich mir keinen Henkersorgasmus gönnen?

Völlig in meine seltsamen Gedanken versunken, bekomme ich erst viel zu spät mit, dass wir schon vor dem *Blue* angekommen sind.

„Okay Mädchen, hör mir gut zu. Ich geh da jetzt rein und hol deine Sachen. Du wartest hier. Verstanden?"

Ja, ich weiß, dass das wahrscheinlich die sicherste und gefahrloseste Methode für mich ist, trotzdem fühlt es sich irgendwie falsch an, den Biker in die Hölle zu schicken, um meine Angelegenheiten zu klären.

Ganz besonders, da wir uns eigentlich nicht kennen.

„Okay Junge, hör mit gut zu. Ich geh jetzt da mit dir rein und wir holen meine Sachen gemeinsam."

Er kapiert, dass ich genau seine Worte verwendet habe und grinst.

„Fuck! Du bist echt unglaublich, Baby."

Das höre ich gern ...

„Abgemacht. Aber du bleibst direkt hinter mir, machst keinen Scheiß und sorgst dafür, dass dein Arsch aus der Schussbahn bleibt. Wenn du dir eine Kugel einfängst, kann ich dich später nicht ficken. Und genau das will ich, seit ich dich das erste Mal singen gehört habe. Kapiert?“

Wow! Ich meine, Shit!

Habe ich mich gerade verhört oder hat er das tatsächlich so gesagt?

Ich beschließe nachzufragen. Das würdet ihr doch auch tun, oder?

„Du willst mich ficken?“

Er brummt und bleckt die Zähne, jetzt wirkt er wie ein hungriger Wolf und ich fühle mich wie seine Beute.

„Ich will nicht nur, ich werde!“

Öhm ...

Das kann ich auf keinen Fall so stehen lassen.

„Wer sagt, dass ich das auch will?“

„Du sitzt fast nackt auf meinem Bike. Wenn das kein Einverständnis für mehr ist, fresse ich einen Besen.“

Na dann mal guten Appetit.

„Das war nur wegen der fliegenden Kugeln.“

Stimmt das oder lüge ich mir gerade selbst was vor?

„Du hattest die Wahl: Du konntest einfach davonlaufen oder hinter mir auf die Maschine steigen. Du hast dich für mich entschieden, und warum, weißt du ganz genau ...“

Weiß ich das? Vielleicht.

„Bild dir mal bloß nichts ein, Rocker.“

Für eine Weile sehen wir uns einfach nur an, dann stößt er ein Zischen aus und schüttelt den Kopf.

„Wir haben schon vor drei Minuten angehalten und du klammerst dich immer noch wie ein kleines Äffchen an mir fest. Du willst es, Baby ...“

Er hat recht! Schnell löse ich meine Hände von ihm und steige umständlich von der Harley.

Ich komme mir ziemlich blöd dabei vor, nur in Unterwäsche und des Rockers Kutte mitten in der Nacht auf der Straße vor einer Kneipe zu stehen und mit Wyatt über Sex zu diskutieren.

Sehr blöd, um genau zu sein!

„Gut, dann wollen wir mal.“

Er steigt ab, in meinem Magen breitet sich ein mulmiges Gefühl aus.

„Du erinnerst dich aber schon daran, dass die Securitys zu zweit und bewaffnet waren?“

In seinen Grizzlybärenaugen funkelt es amüsiert.

„Hast du etwa Angst um mich, Marie?“

„Ich will nicht, dass du wegen mir erschossen wirst."
Er lacht.
„Das will ich auch nicht. Mach dir keine Sorgen, uns wird nichts passieren."
Pure Selbstsicherheit schwingt in seiner Stimme mit.
„Aber nur um sicher zu gehen, solltest du mir einen Kuss geben. Stell dir vor, ich sterbe gleich und habe nicht mal eine anständige Bezahlung für meine Mühen von dir erhalten."
Das klingt fair.
Noch bevor ich eine Entscheidung treffen kann, umfasst er bestimmend meinen Kiefer, hält mich fest und streicht mit seiner Nase über meine Stirn, ehe sich seine Lippen überraschend sachte auf die meinen legen.
Ich gestehe es euch lieber gleich, dass ich ihm nur allzu willig Einlass gewähre, ihr hättet es schließlich eh gleich gelesen.
Was ist an einem Kuss schon schlimm?
Was kann es schon schaden, mich darauf einzulassen?
Die Antwort auf diese beiden Fragen erhalte ich gleich, beziehungsweise in dem Moment, in dem unsere Zungen aufeinandertreffen. Jegliche Sanftheit verschwindet und wird von purer Lust und Gier abgelöst. Der Rocker packt mich härter an, erobert meinen Mund und beißt sich an meiner Unterlippe fest. Ich wimmere, kralle mich an seine Schultern und stelle mich instinktiv auf die Zehenspitzen, um das ekstatische Spiel unserer Zungen vertiefen zu können.
Gierig lasse ich mich voll und ganz auf den Kuss ein, mir wird heiß und meine Brüste fühlen sich schwer und voll an. Zwischen meinen Schenkeln beginnt es wie verrückt zu kribbeln, während in meinem Bauch ein Schwarm Schmetterlinge seine Runden dreht.
Ich schnappe atemlos nach Luft, doch Wyatt kennt kein Erbarmen, vergräbt seine Faust in meinen Haaren und tackert seine Lippen erneut auf die meinen.
Stöhnend lasse ich zu, dass er mich erobert, und schmiege mich an ihn.
Scheiß auf richtig oder falsch!
Dieser Kuss ist der Hammer. Der absolute Oberhammer!
Dick und hart presst sich die Beule seiner Erektion gegen meinen Bauch. Offensichtlich gefällt ihm dieses kleine Tête-à-Tête unterm Sternenhimmel genauso gut wie mir!
Wie es sich wohl anfühlt, tatsächlich von ihm gebumst zu werden?

Wie er wohl reagieren würde, wenn ich seinen Gürtel öffne, meine Hand in seine Hose schiebe und beginne, über seinen Schwanz zu reiben?

Leider fehlt mir der Mut, um das herauszufinden ...

Er löst sich von mir, sieht aus zusammengekniffenen Augen auf mich herab und stößt ein gequält klingendes „Oh Jesus!“ aus, ehe er ungläubig den Kopf schüttelt.

„Fuck, Marie. Ich bin jetzt schon süchtig nach dir!“

Plötzlich lässt er mich los, ich gerate ins Wanken, sodass er mich stützen muss.

„Gut. Lass uns deinen Kram holen und dann nichts wie weg hier.“

Ich nicke und kämpfe darum, mein Gleichgewicht wiederzufinden.

Wyatt lässt mich los, atmet geräuschvoll ein und zieht seine Waffe. Mit routinierten Handgriffen checkt er das Magazin, schiebt es dann zurück in die Pistole und lässt seine Nackenmuskulatur knacksen.

Vor weniger als sechzig Sekunden hat er mich noch so leidenschaftlich geküsst, dass es sich so angefühlt hat, als würde ich gleich in Flammen aufgehen, und jetzt steht er ruhig und gefasst vor mir – wie ein Krieger, bereit in die Schlacht zu ziehen.

Mir wird auf einen Schlag klar, dass ich mir umsonst Sorgen um ihn gemacht habe. Diese zwei Typen, die vorhin auf uns geschossen haben, sollten ihr letztes Gebet sprechen. Denn gegen diesen Rocker haben sie nicht die geringste Chance.

„Du kannst hier draußen bleiben und auf mich warten, Baby.“

Wie gerne würde ich dieses Angebot annehmen. Aber nein, das hier ist meine Angelegenheit.

„Ich komme mit.“

Er grinst, seine Grübchen kommen erneut zum Vorschein. Sofort muss ich an Sex denken.

Verdammt! Reiß dich gefälligst zusammen, Marie!

Mein Unterbewusstsein klingt wütend – zurecht. Das ist nicht der geeignete Moment für Tagträume!

„Ich werde auf dich aufpassen. Dir wird nichts passieren. Versprochen.“

Er klingt so ernst und entschlossen, dass ich ihm glaube, ohne mit der Wimper zu zucken.

Oh Scheiße!

„Keine Sorge, Scorpion, ich bin sehr wohl in der Lage für mich selbst zu sorgen.“

Skeptisch zieht er eine Augenbraue in die Höhe.

„Aye, das habe ich vorhin gesehen.“

Arschloch ...

„Sagt der Typ mit der Stichwunde am Bauch."

„Das ist ein Streifschuss."

Irritiert sehe ich ihn an.

„Ich dachte, das war ein Messer."

„Das letzte Mal war es ein Messer, dieses Mal ein Streifschuss."

Himmel ...

„Und du willst auf mich aufpassen? Klingt für mich eher so, als würdest du einen Babysitter brauchen."

Das entlockt ihm ein genervtes Schnaufen.

„Wie immer du meinst, Marie."

Die Waffe im Anschlag, den Finger am Abzug geht er mit großen Schritten auf das *Blue* zu. Die Hauswand ist mit bunten Graffitis besprüht worden, die Fenster sind dreckig und die abgewetzte, vom Wetter gezeichnete Holztüre steht offen.

Von Charly oder seinen Wachmännern fehlt jede Spur. Vielleicht gelingt es mir ja, unbemerkt reinzuhuschen, meinen Kram zu holen und dann abzuhauen. Vielleicht sollte ich es so versuchen?

„Warte du am besten draußen, ich mach das schnell und unauffällig."

Wyatt fallen vor Überraschung fast die Augen aus dem Kopf.

Mit zittrigen Knien mache ich mich daran, meinen Plan umzusetzen. Wie ihr wisst, stirbt die Hoffnung bekanntlich zuletzt, in meinem Fall jedoch in genau dem Moment, in dem ich den Fuß über die Türschwelle setze und mit meinem etwas *freizügigen* Outfit, in Sekundenschnelle die Aufmerksamkeit aller anwesenden Männer auf mich ziehe. *Ohhhhhh Scheißßßßßeeee!*

Der schäbige Holzfäller von vorhin kommt breit grinsend auf mich zu. Ich finde ihn jetzt noch genauso widerlich wie bei unserer ersten Begegnung.

„Na, Bitch? Hast es dir anscheinend anders überlegt, was?"

Bitch? Ich muss doch sehr bitten!

„Geh mir aus dem Weg, ich muss was erledigen!"

Ich versuche krampfhaft, mutig und unerschrocken zu klingen, was jedoch bitter fehlschlägt.

„Ja, du musst dich auf meinen Schwanz setzen und Hoppe-hoppe-Reiter spielen."

Echt jetzt?

„Jetzt mal ehrlich. Konntest du jemals mit dieser billigen Masche punkten?"

Die Kerle neben ihm beginnen über meinen Witz zu lachen, was der Holzfäller allerdings nicht sonderlich lustig zu finden scheint.

„Schlampe! Dir werde ich deine vorlaute Klappe schon noch stopfen."

„Und womit? Mit deinem Mikropenis?"

Verdammt!

Ich muss echt lernen, meine Klappe zu halten.

Ängstlich sehe ich, wie der Idiot die Fäuste ballt und bedrohlich auf mich zukommt. Doch noch bevor er mich packen kann, taucht wie aus dem Nichts Wyatt hinter mir auf.

„Siehst du die Kutte, die das Mädchen anhat?"

Der Holzfäller nickt.

„Und weißt du, was sie bedeutet?"

„Dass die Bitch darunter nackt ist."

Ein süffisantes Grinsen überzieht sein Gesicht.

Der Rocker kommt näher, jetzt sind wir uns so nah, dass ich seine Wärme an meinem Rücken spüren kann. Meine Furcht lässt sofort nach.

„Nein. Sieh genauer hin."

Wyatt schlingt seinen Arm um mich und tippt dann mit seinem Zeigefinger auf das *Sergeant-at-Arms-Patch*, das sich auf meiner Brusthöhe befindet.

„Es bedeutet, dass du ein toter Mann bist, wenn du das Mädchen auch nur ein einziges Mal anfasst!"

Die Kerle um den Blödmann im Karohemd weichen respektvoll einen Schritt zur Seite, sie haben im Gegensatz zu dem Möchtegern-Lumberjack sofort begriffen, dass Wyatt ein *Death Scorpion* ist und absolut nicht zu der Kategorie von Mann gehört, der einfach mal so leere Drohungen von sich gibt.

Die Luft ist wie elektrisch aufgeladen, mein Herz beginnt zu rasen, winzige Schweißperlen bilden sich in meinem Nacken. Ich atme die stickige, nach Alkohol und Schweiß stinkende Luft ein und hoffe wirklich, dass die Sache nicht eskaliert.

Alles, was ich will, ist, möglichst unbemerkt meine Sachen holen. Ich will keine Kneipenschlägerei anzetteln.

Um des lieben Friedens willen drehe ich mich zu dem Rocker um, streiche mit den Fingerspitzen über seine stoppelige Wange und lenke so seine Aufmerksamkeit auf mich. Seine Augen scheinen regelrecht zu glühen, fast so, als würden sie brennen.

Alles an dem Biker wirkt hart, gnadenlos und tödlich und mir wird sofort klar, dass ich es gerade mit dem Sergeant des Clubs und nicht mit Wyatt, dem Mann, zu tun habe.

„Komm schon, das ist der Idiot doch gar nicht wert."

Noch bevor er etwas erwidern kann, kommt Bewegung in die Sache. Der Holzfäller scheint irgendetwas zu tun, was ich nicht sehe, das aber den Rocker vor mir verdammt wütend macht. In der einen Sekunde stehe ich noch zwischen den beiden Männern, in der nächsten werde ich durch die Luft gewirbelt und finde mich hinter Wyatts massivem Rücken wieder.

Das unverkennbare Geräusch von Fäusten, die auf Fleisch treffen, dringt an mein Ohr und verrät mir, das die Scheiße schon passiert ist und ich mit meinem Schlichtungsversuch fehlgeschlagen bin. Klasse. Wirklich ganz klasse.

Wyatt bewegt sich schnell, katapultiert den Idioten zu Boden und baut sich drohend vor ihm auf.

„Das Mädchen gehört mir. Verstanden?"

Uiuiuiuiuiui ...

In meinem Bauch steigt eine warme Blase auf.

Du gehörst nicht ihm!

Die besserwisserische Stimme meines Unterbewusstseins ausblendend, sehe ich mit offen stehendem Mund dabei zu, wie Wyatt dem Holzfäller eine schnelle, brutale Abfolge von Links-rechts-Kombinationen verpasst und dem Typen damit die Lichter ausbläst.

Dann dreht er sich zu mir um und reicht mir galant wie ein Ritter seiner Prinzessin die Hand, um mir dabei zu helfen, über das bewusstlose Arschloch zu steigen.

Heilige Scheiße!

Ist es verrückt, dass ich das bis zu einem gewissen Grad irgendwie romantisch finde? Wahrscheinlich schon. Aber ihr müsst zugeben, dass das auf eine sehr gewalttätige Weise sehr effizient war. Und ich stehe auf Effizienz und körperliche Überlegenheit. Ich denke, das tun alle Mädchen. Oder?

Wie auch immer. Auf jeden Fall sind wir jetzt wieder bei dem Thema Alphas, Genpool und Artenerhalt angekommen – wisst ihr noch?

Ich steige über den Holzfäller und kann mir dabei ein winziges Grinsen nicht verkneifen.

„Soll ich dir was sagen?"

Wyatt antwortet mit einem „Hmm?"

„Das war ziemlich sexy."

Überraschung blitzt in seinen Augen auf.

„Du findest es sexy, wenn ich einen Typen k. o. schlage?"

Öhm ... „Jep, tue ich."

Er schüttelt verwundert den Kopf und pinnt mir dann einen harten, heißen Kuss auf die Lippen. Anschließend zerrt er mich dann hinter sich her, immer tiefer ins Innere der Kneipe.

„Du bist wild. Das gefällt mir, Marie."

Ich und wild? Eigentlich nicht.

Wyatt führt mich den dunklen Gang entlang, der zu dem Raum führt, in dem ich mich zu Beginn des Abends umgezogen habe. *Fast geschafft.*

Es kommt mir fast so vor, als würde er sich hier gut auskennen.

Stimmen werden laut, eine davon ist die von Charly, ich zucke instinktiv zusammen.

„Vielleicht war es doch keine so gute Idee hierherzukommen?"

„Schiss?"

Pure Provokation schwingt in dem einen Wort mit.

„Irgendwie schon."

„Dann bleib einfach hier stehen und ich kümmere mich um deinen Bullshit!"

„Never. Vergiss es."

Er nickt anerkennend.

„Stur und schön. Eine gefährliche Kombination."

Einem inneren Impuls folgend, lehne ich mich an ihn, stelle mich auf die Zehenspitzen und tupfe ihm einen Kuss auf den Mund.

„Wofür war der denn?"

Ich zucke mit den Schultern. Er flucht und leckt sich die Lippen, ehe er mich eingehend mustert und erneut flucht.

„Dich in meiner Kutte zu sehen, lässt meinen Schwanz durchdrehen."

Am liebsten würde ich ihm in den Schritt fassen, um den Wahrheitsgehalt seiner Aussage zu prüfen, aber das traue ich mich dann doch nicht.

„... war echt witzig, wie der *Scorpion* und die Tussi davongerannt sind."

Das kam nicht von Charly, sondern klang eher nach einem seiner Securitys.

Durch den *Scorpion* neben mir geht ein Ruck.

Ich will ihn an der angelehnten Türe, hinter der sich Charlys Büro befindet, vorbeiziehen, aber er bleibt einfach stehen.

„Was soll das?"

„Wo sind deine Sachen?"

„In dem Raum am Ende des Flurs."

„Gut, hol sie."

Eine ungute Vorahnung breitet sich in mir aus.

„Und du?“
„Ich habe solange meinen Spaß.“
Was?
Irritiert runzle ich die Stirn.
„Wovon redest du?“
„Geh und mach, was ich dir gesagt habe.“
Ich will es ja, aber meine Füße bleiben wie angewurzelt stehen.
„Du kannst da nicht reingehen.“
„Ach, und warum nicht?“
Jetzt spricht noch ein anderer Mann, also sind sie mindestens zu dritt in dem Büro.
„Die sind in der Überzahl“
Wyatt sieht mich nachsichtig an.
„Mach dir keinen Kopf. Geh jetzt!“
Oh Gott. Himmel. Scheiße. Verdammt.
Was jetzt?
Was würdet ihr tun?
Er gibt mir einen Schubser und ich setze mich automatisch in Bewegung.
Noch bevor ich in dem Zimmer, in dem meine Sachen liegen, ankomme, werden Schreie laut, Schüsse ertönen und jemand brüllt ein lautes „Nein!“. Es knallt erneut, dann tritt eine seltsame, drückende Stille ein, die eine unheimliche Wirkung auf mich hat.
Hilfe!
Mit zitternden Fingern und rasendem Puls schlüpfe ich in meine Jeans und ziehe mich so schnell wie möglich an. Dann packe ich meine Tasche und will gerade zurück in den Flur gehen, um nach Wyatt zu sehen, da steht er auch schon vor mir.
In seinen Augen schimmert es eiskalt, ein vereinzelter Blutstropfen rinnt ihm über die Stirn. Er scheint aber nicht von ihm zu sein.
„Was ist passiert?“
Anstatt einer Antwort nimmt er sich meine Hand und drückt mir zwei dicke Geldbündel in die Hand. Ich betrachte sie überrascht und stelle fest, dass sie nur aus Hundertdollarscheinen zu bestehen scheint. Verflucht vielen Hundertdollarscheinen, um genau zu sein. *Halleluja!*
„Wie viel ist das?“
Des Rockers Mundwinkel ziehen sich nach unten.
„Zehntausend. Grob geschätzt.“
In meinem Kopf dreht sich alles.
„Zehntausend Dollar?“
„Nein, Hosenknöpfe!“

Mir ist klar, dass er mich verarscht, aber Scheiße! Ich habe noch nie so viel Geld auf einmal gesehen, geschweige denn in der Hand gehalten.

„Wo? Warum? Wieso gibst du sie mir?“

„Das ist deine Gage und genug für eine neue Gitarre.“

Meine Gage wären 200 Dollar gewesen und eine neue Gitarre kostet ungefähr genauso viel.

„Wyatt?“

Er verdreht ungeduldig die Augen und drückt mich mit seinem Körpergewicht grob an die Wand.

„Dieses Geld ist für dich, mit freundlichen Grüßen von Charly. Es tut ihm leid, dass er dich so scheiße behandelt hat und er will sich damit bei dir entschuldigen.“

Wämmmm ...

Die Erkenntnis schlägt ein wie eine Bombe. Die Schüsse, der Tropfen Blut und das Geld.

„Du hast ihn umgebracht. Richtig?“

Meine Stimme ist nicht lauter als ein Wispern.

„Ich habe getan, was notwendig war, um für deine Sicherheit und für Gerechtigkeit zu sorgen. Mehr musst du nicht wissen, Marie.“

Ach du heilige ...

Keine Ahnung, was mich mehr durcheinanderbringt. Die Tatsache, dass er gerade einen Mord begangen hat, vielleicht sogar einen Dreifach-Mord, oder dass ich seine Härte überall an mir spüre. Sein Glied presst sich gegen meinen Bauch, sein Atem weht über mein Gesicht und die zuckenden Hügel seines Sixpacks ...

Wir sind uns so nah, dass sein maskuliner Geruch meine Lunge füllt und seine Hitze auf mich übergeht.

„Du bist gefährlich, *Death Scorpion*.“

„Nicht für dich, kleine wilde Sängerin.“

Er küsst mich, seine Zunge bahnt sich ihren Weg in meinen Mund und wickelt sich geschmeidig um die meine, während sich sein starker Arm um meine Taille schlingt. Mühelos hebt er mich hoch, schiebt sein Knie zwischen meine Beine und reibt es an meiner empfindlichen Mitte.

Das alles – der Rocker, das Geld in meiner Hand und die Kutte, die ich mir wieder angezogen habe – das alles ist so unwirklich und surreal, dass mein Verstand es nicht schafft, es als Wirklichkeit anzunehmen.

Erst als ich atemlos und von Lust erfüllt bin, gibt er meine Lippen wieder frei und starrt aus schwarzen, dämonisch wirkenden Augen auf mich herab.

„Lass uns von hier verschwinden, Baby."

Ich nicke keuchend und erlaube ihm, mich den langen Gang zurückzuführen. Als wir auf Höhe der geschlossenen Bürotüre sind, läuft mir ein eiskalter Schauer über den Rücken. Wyatt bemerkt es und zieht mich fester zu sich.

„Die Wichser haben auf uns geschossen. Ich habe sie nur ihre eigene Medizin schlucken lassen. Sie haben es nicht anders verdient."

Ich weiß, dass er recht hat. Ich weiß, dass die Welt, in der er lebt, so tickt, und dennoch empfinde ich das alles als echt unheimlich brutal und gleichzeitig unwirklich. Am liebsten würde ich mir in den Arm kneifen, um herauszufinden, ob ich das alles vielleicht nur träume, halte mich aber im letzten Moment davon ab. Wenn das wirklich ein Traum ist, dann bin ich mir nicht sicher, ob ich schon aufwachen will! Denn das würde ein Ende dieses Abenteuers bedeuten, es würde bedeuten, dass ich den Rocker nie wiedersehe und dass ich nie herausfinden werde, was die restliche Nacht noch für Überraschungen für mich bereit gehalten hätte ...

Anstatt mich zu zwicken, folge ich dem *Death Scorpion* bereitwillig zu seinem Motorrad, lasse zu, dass sich seine großen, warmen Hände auf meine Taille legen und mich wie selbstverständlich auf die Harley heben.

Die Schmetterlinge in meinem Bauch fliegen Loopings, das Geld in meiner Hand scheint plötzlich eine Tonne zu wiegen.

„Bist du dir sicher, dass du es nicht zurückwillst?"

Er fordert mich mit grober Stimme dazu auf, es gefälligst einzustecken.

Nach kurzem Zögern tue ich es und mir wird klar, dass der Biker damit, ohne es zu wissen, dafür gesorgt hat, dass sich all meine Probleme in Luft auflösen.

Meine Mietschulden, der leere Kühlschrank und der Stapel offener Rechnungen haben gerade ihren Schrecken verloren ...

4. Kapitel

Der Sergeant at Arms

Fuck!

Der Tag war hart, aber mein Schwanz ist noch härter!

Jede Minute, die ich in der Nähe dieser Frau verbringe, ist wie Balsam für meine zerrissene Seele. Sie zu sehen, zu spüren und zu fühlen, lässt mich den Schmerz an meinem Bauch vergessen. Der Streifschuss ist in den Hintergrund gerückt, genau wie das Blutbad, das ich eben in dem versifften Büro angerichtet habe.

Charly hat mit einer Kugel im Schädel diese Welt verlassen, seinen Wachen erging es nicht viel besser. Diese Wichser haben auf mich geschossen, sie haben das Mädchen bedroht, das ich für mich will und somit den Tod verdient. Ich empfinde keine Reue. Nicht die geringste.

Alles, was ich wahrnehme, alles, worauf ich mich konzentrieren kann, ist die Sängerin, die mich aus großen Augen anstarrt.

Bis heute habe ich es nie zugelassen, dass jemand anderes meine Kutte trägt. Aber bei Marie fühlt es sich ganz selbstverständlich an, sie in meinem Leder zu sehen. Sie ist die Eine. Das spüre ich bis in meine Eier, und die haben sich noch nie getäuscht.

Fuck! Fuuuckkk!

Wenn ich gewusst hätte, dass die Frau aus meinem Schädel, dass die Stimme, die ich seit Monaten höre, dass es sie wirklich gibt, hätte ich mich längst auf die Suche nach ihr gemacht. Ich hätte jede Kneipe, jede Bar – die ganze fucking Stadt nach der Frau abgesucht und jeden Stein umgedreht, bis ich sie gefunden hätte.

Jetzt habe ich sie gefunden und muss entscheiden, wie es weitergeht. Sie laufen zu lassen steht nicht zur Debatte. Allein die Vorstellung, Marie nach dieser Nacht nie mehr wiederzusehen, zwingt mich beinahe in die Knie.

Sie gehört mir, sie weiß es nur noch nicht. Aber das wird sich schon bald ändern.

Ihre Hände ruhen auf meinem Bauch, ihre Schenkel pressen sich an die meinen. Ich spüre ihren Körper, drehe am Gas und schlage den Weg zum Club ein.

Zurück vor dem bewachten Tor entgeht mir nicht, wie Marie sich versteift. Ich kann verstehen, dass sie sich davor fürchtet, den Club zu betreten. Wir *Scorpions* genießen landesweit einen gewissen Ruf, der jedes anständige Mädchen abschreckt.

Doch für sie besteht kein Grund sich zu fürchten – weder vor mir noch vor meinen Brüdern. Marie ist jetzt ein Teil von uns, meine Welt wird zu der ihren werden und ich schwöre mir insgeheim, dass ich alles in meiner Macht Stehende tun werde, um sie glücklich zu machen.

Diese Nacht ist nur der Anfang vom Rest unseres Lebens.

Holy Shit!

Endlich habe ich ein Gesicht zu der Stimme in meinem Kopf, die mich seit einer Ewigkeit mit Frieden erfüllt.

Benjamin, einer der unfähigsten Prospects, die wir je hatten, hat heute Wachdienst. Er hat uns kommen sehen und ist bereits damit beschäftigt, das Tor zu öffnen und uns passieren zu lassen.

Mittlerweile ist es vier Uhr morgens, die Finsternis weicht einem diffusen Licht und die Sonne wird schon bald im Osten ihre Reise antreten.

Im Hof steigen Rauchsäulen auf. Die Feuer, die jeden Abend in alten und verrosteten Ölfässern entzündet werden, die über den Hof verteilt sind, erlöschen langsam. Die laute Musik, die sonst aus den Lautsprechern schallt, ist verstummt. Bis auf ein paar Gestalten ist der Hof leer.

Vor der westlichen Mauer des Clubhauses drehe ich eine Schleife und parke dann mit dem Hinterrad voran an der Hauswand.

Der Motor verstummt, die nun eintretende Stille ist angenehm.

Das Mädchen hinter mir macht keine Anstalten abzusteigen, ich lasse ihr einen Moment Zeit, um sich an die Tatsache, dass es mir hilflos ausgeliefert ist, zu gewöhnen.

Bullshit!

Wenn sie gehen will, kann sie gehen, aber dann werde ich ihr folgen.

Ihre Arme lockern sich etwas, dann lässt sie mich los, bleibt jedoch sitzen.

„Wyatt?“

Ihre Stimme ... *oh Fuck!* Sie ist mein Paradies ...

„Marie?“

Allein ihren Namen auszusprechen, fühlt sich an wie Absolution.

„Was mache ich hier? Wieso hast du mich hierhergebracht?“

Um sie direkt anschauen zu können, steige ich ab. Bevor ich ihr antworte, zünde ich mir eine Kippe an.

„Du bist hier, weil ich dich bei mir haben will.“

Ihre rosa Zungenspitze schnellt vor, sie leckt sich die Lippen, mein Schwanz wird noch härter als zuvor. Hätte nicht gedacht, dass das überhaupt möglich ist.

„Was hat das zu bedeuten?“

Ich beschließe, ehrlich zu sein.

„Dass ich dich ficken will.“

„Du bist sehr direkt.“

Immer.

„Romantik und süße Worte waren noch nie meine Stärke.“

Sie nimmt das mit einem Nicken zur Kenntnis. Ich erkenne die Furcht in ihrem Blick, fülle meine Lunge ein letztes Mal mit dem Nikotin und schnippe die erst halb gerauchte Zigarette durch die Luft.

Dann nähere ich mich dem Mädchen, das meine Zukunft verkörpert und umfasse so sanft wie nur möglich ihr wunderschönes Gesicht.

„Ich dachte, es sei klar, wie das zwischen uns weitergeht?“

Erregung blitzt in ihren blauen Augen auf.

„War es auch. Aber jetzt, wo ich hier bin, da ... aa wird mir erst klar, wer du bist. Verstehst du?“

Und wie ich verstehe. Das Adrenalin, das durch ihre Venen gerauscht ist, hat sich abgebaut und jetzt bekommt sie kalte Füße.

Um sie daran zu erinnern, wie weit wir schon waren, vergrabe ich meine Faust in ihren weichen Haaren, ziehe ihren Kopf nach hinten und sehe ihr tief in die Augen, ehe ich sie hart küsse. Zuerst unsicher, dann immer leidenschaftlicher schenkt sie mir ihren Mund und ich weiß, dass ich auf der Zielgeraden bin. Ich lecke ihre Lippen, beiße mich an ihnen fest und stehle dem Mädchen aus meiner Fantasie den Atem.

Marie stöhnt und kommt mir willig entgegen.

Fuck yeah! Das ist es!

Erst als ich mir sicher bin, dass sie keinen Rückzieher mehr machen wird, gebe ich ihre samtenen Lippen wieder frei.

„Außerdem wolltest du mir noch ein Pflaster besorgen. Schon vergessen?“

Sie kichert, in meiner Brust breitet sich ein sehnsüchtiges Ziehen aus. Ich bin gefickt. Meine Seele gehört ihr. Für immer.

Ganz egal, was ich tun muss – ganz egal, wie weit ich gehen muss, um diese Frau an mich zu binden, ich werde es, ohne zu zögern, tun.

Sie schüttelt den Kopf, ich küsse sie erneut und sie krallt sich an mir fest.

„Bevor wir es tun, also ich meine bevor wir ... “,sie stockt, läuft rot an und verdreht die Augen. „Du weißt schon. Brauche ich dringend einen Schnaps, sonst fehlt mir der Mut.“

Interessant.

„Du willst, dass ich dich abfülle, ehe ich dich ficke?“

„Ich will, dass du mir einen Drink spendierst, bevor ich dir die Erlaubnis gebe, mich mit deinem Stachel bekannt zu machen, *Scorpion*.“

Marie weiß es vielleicht nicht, aber sie könnte von mir verlangen, den verdammten Mond vom Himmel zu holen, und ich würde es tun. Hauptsache, am Ende gehört sie mir.

„Ich denke, das lässt sich einrichten.“

Süchtig nach ihrer Nähe hebe ich sie von der Maschine, stelle sie ab und führe sie ins Gebäude.

Sie sieht sich neugierig um und ich frage mich, was ihr gerade durch den Kopf geht. Wie der Club wohl auf ihre Augen wirkt?

Tapfer traut sie sich weiter ins Innere hinein. Mit meinem Leder über ihren schmalen Schultern passt sie einfach perfekt hierher.

Sie scheint das allerdings anders zu sehen und dreht sich zitternd langsam zu mir um.

„Wyatt ...“ Marie flüstert meinen Namen.

„Wyatt!“ Mason brüllt ihn und bringt das Mädchen vor mir so zum Zusammenzucken.

Der Präsident kommt wutschnaubend auf uns zu und ich weiß, dass ich diese Scheiße nicht bis morgen aufschieben kann: Die Aktion mit dem Türken, der Bullshit mit den Cops und die drei Toten im *Blue*, von denen Mason noch gar nichts weiß.

Mason entdeckt Marie und bemerkt natürlich sofort, dass sie meine Kutte trägt.

„Was zur Hölle …?“

Marie weicht vor ihm zurück und lehnt sich nach Schutz suchend an mich. Das gefällt mir. Das gefällt mir sogar sehr.

Der Präsident sieht zu ihr und dann wieder zu mir.

„Was geht hier vor?“

Er bemerkt mein blutbeflecktes, zerfetztes Shirt und stößt einen Fluch aus.

„Schon wieder ein Messer im Bauch?“

Das bringt Marie, trotz ihrer offensichtlichen Angst, zum Kichern.

„Fuck! Nein. Kein Messer, nur ein Streifschuss. Pflaster drauf und die Sache ist erledigt!“

Mason runzelt die Stirn, kneift sich mit der rechten Hand in den Nasenrücken und stemmt die linke in die Hüfte.

„Ich habe keine Ahnung, was diese Frau in deiner Kutte zu bedeuten hat. Klär das. Schnell. Dann komm in mein Büro!“

Schnell? Niemals!

Das mit Marie wird keine schnelle Nummer. Sie behalte ich für lange Zeit. Am besten für immer.

„Gib mir zehn Minuten, Präs.“

Mason nickt und geht. Marie sieht mich fragend an.

„Hast du Ärger?“

„Nope. Wir müssen nur kurz was besprechen. Setz dich an die Bar und trink was, ich bin gleich wieder bei dir.“

Sie öffnet den Mund und will etwas sagen. Ich halte sie davon ab, indem ich ihre vollen Lippen mit meiner Hand bedecke.

„Nein, ich werde dich nicht laufen lassen, und nein, du bist hier nicht in Gefahr, nicht, solange du meine Kutte trägst. Also frag erst gar nicht.“

Ihre Pupillen weiten sich, ich spüre ihre Atemzüge an meinem Daumen. Nach kurzem Zögern nickt sie, also nehme ich meine Hand wieder runter, hebe sie hoch, trage sie zur Bar und platziere sie auf einem der Hocker. Mit einem Schnippen mache ich Lola, die Nutte, die hinter der Theke steht, auf mich aufmerksam und belle ihr unfreundlich zu, dass sie Marie gefälligst alles geben soll, was sie will.

Dann tackere ich dem Mädchen einen letzten Kuss auf die Lippen und mache mich auf den Weg zu Mason.

Das wird jetzt unschön, aber was sein muss, muss sein.

5. Kapitel

Die Sängerin

Je länger ich hier alleine sitze, umso mehr komme ich zu der Überzeugung, dass das hier total und völlig falsch ist.

Ich meine, jetzt mal ernsthaft, was macht eine Frau wie ich an einem Ort wie diesem?

Das hier ist kein Ponyhof, sondern der *Death Scorpions Motorcycle Club.* Hier kommt man nicht einfach her und verschwindet wieder.

Dieser Club ist gefährlich, wirklich sehr gefährlich und dieser Präsident ...

Uiuiuiuiuiui ... Ihr hättet ihn sehen müssen. Er ist groß und muskulös und heiß und verdammt angsteinflößend.

Um meine angespannten Nerven zu beruhigen, gönne ich mir mehr von dem Schnaps, den mir die blonde Tussi, die hinter der Bar steht und mich feindselig anstarrt, gebracht hat.

Wenn ich dachte, dass das Kleid, das Charly mir aufgezwungen hat, schon knapp und freizügig war, werde ich jetzt gerade eines Besseren belehrt. Im Vergleich zu dem Outfit, das sie trägt, war ich damit noch gut angezogen. Das Motto ‚*Weniger ist mehr*‘ scheint bei ihr noch nicht angekommen zu sein.

Aber sei’s drum. Mir kann das egal sein, ich habe endlich wieder meine Jeans an und fühle mich wieder wie ich selbst und nicht wie irgend so ein Püppchen, das man hin und her schubsen kann, wie man will.

Ob Wyatt Charly wirklich umgebracht hat? Hat der Rocker den Kneipeninhaber tatsächlich getötet?

Allein bei der Vorstellung läuft es mir eiskalt den Rücken runter, also verdränge ich diese Gedanken und lasse mehr von der durchsichtigen und verdammt heftigen Flüssigkeit, die bei jedem Schluck meine Speiseröhre in Brand setzt, durch meine Kehle rinnen. Da die bauchige Flasche kein Etikett besitzt, handelt es sich wohl um einen Selbstgebrannten, was auch den räudigen Geschmack erklären würde.

Von dem Sergeant, der unbedingt ein Pflaster von mir verpasst kriegen will, fehlt noch immer jede Spur, also nutze ich die Zeit, um mich näher umzusehen.

Es sind nur wenige Rocker da, aber sie alle tragen eine ähnliche Kutte wie ich. Und sie alle stolpern vor Schreck, als sie sehen, dass ich Wyatts Leder trage, beinahe über ihre eigenen Füße. Was mir verrät, dass das mit dieser Kutte irgendetwas zu bedeuten hat, das mir selbst bis jetzt entgangen ist. Ich brenne vor Neugierde, dummerweise setzt sich jedoch niemand unaufgefordert zu mir, um es mir zu erklären. Und um einen dieser Biker einfach so anzusprechen, fehlt mir der Mut.

Im hinteren Bereich des großen Raums stehen Billardtische, grüne Glaslampen hängen von der meterhohen Betondecke und tauchen alles in ein schummriges Licht.

Es gibt piepende und blinkende Spielautomaten, Dartscheiben, enorm große Spiegel an den Wänden und Sandsäcke, die nur darauf warten, dass sie jemand mit den Fäusten bearbeitet. Was für ein trauriges Schicksal, wenn ich mir fragt ...

Verschiedene Sitzgruppen, kleine Tische, silberne Poledance-Stangen und die lange Bar, an der ich sitze, runden das Gesamtbild eindrucksvoll ab.

Auf zwei Monitoren, die direkt vor mir in der Ecke hängen, kann ich die Aufnahmen von den Überwachungskameras sehen, die anscheinend alles, was am Tor passiert, filmen. Seltsam, die sind mir gar nicht aufgefallen ...

Ich fasse in meine über meiner Schulter hängende Handtasche und betrachte das Geld, das Wyatt mir einfach so gegeben hat. Der Anblick lässt meinen Herzschlag in die Höhe schnellen. Für mich ist das ein Vermögen, das mein ganzes Leben ändern wird.

Über die Ereignisse der vergangenen Stunden nachdenkend, kneife ich die Augen zusammen und versuche zu verstehen, wie das alles nur so weit kommen konnte? Es fällt mir schwer nachzuvollziehen, wie ich hierhergekommen bin, in das Clubhaus des gefürchtetsten Rockerclub des Landes.

Ein Teil von mir, der vernünftige, schätze ich, will aufstehen und gehen – er will flüchten und nie wieder an das, was geschehen ist, denken. Aber der Rest von mir will bleiben und herausfinden, was das zwischen Wyatt und mir wirklich ist.

Diese Anziehungskraft, die Art, wie er mich ansieht und wie er mich berührt, das macht etwas mit mir, was ich nicht in Worte fassen kann. Irgendetwas ist da zwischen uns und ich will, falsch – ich muss herausfinden, was das genau ist.

Warum? Himmel! Keine Ahnung.

Vielleicht ist es eine große Portion Unvernunft oder einfach nur Blödheit. Aber wann hat Frau schon mal die einmalige Chance, sich einen echten *Death Scorpion* zu angeln?

Eben – nie. Nieeee!

Hilfe! Was nun? Was würdet ihr an meiner Stelle tun?

Ich beschließe, dass ich noch mehr von dem Schnaps brauche.

Gerade als ich ihn ausgetrunken habe, kommt auch schon Wyatt auf mich zu. Ich sehe ihn mir genau an. Ganz. Genau. Und muss mich zusammenreißen, damit ich nicht zu sabbern anfange.

Er ist definitiv die böse und gefährliche und bewaffnete Version von Brock O'Hurn: sein zerrissenes Shirt, das Blut, die Muskeln und die schulterlangen, dunklen Haare, die sein markantes Gesicht vorzüglich in Szene setzen.

Haltet mich während des Lesens ruhig für bescheuert, aber ich schwöre euch, wenn ihr an meiner Stelle wärt, wenn euch heute die Kugeln schon um die Ohren geflogen wären und ihr nur knapp überlebt hättet, dann würdet ihr auch brav sitzen bleiben und auf schmutzigen, wilden Sex hoffen. Denn jetzt mal ehrlich, was gibt es Lebensbejahenderes als einen Orgasmus?

Die Pistole, die vorne in seinem Hosenbund steckt, lässt mich erschaudern, genau wie der hungrige Ausdruck in seinen faszinierenden Augen. Dieser Outlaw, der sich so gerne Verfolgungsjagden mit der Polizei liefert, will mich.

Mich! Ist das zu fassen?

Ein Kribbeln breitet sich in meinem Schoß aus, Nervosität flutet meine Adern.

Wyatt bleibt vor mir stehen und mir ist deutlich bewusst, dass wir von allen beobachtet werden. Die meisten Gespräche sind verstummt.

„Hey, Baby."

Hach ... schmelz ... Allein der raue Klang seiner Stimme reicht aus, um meinen Slip feucht werden zu lassen.

„Hey, Rocker."

Er lacht und vergräbt seine Faust in meinen Haaren.

„Hattest du genügend Zeit, dir Mut anzutrinken? Oder muss ich noch etwas Überzeugungsarbeit leisten?"

Wie seht ihr das?

„Ich finde, Überzeugungsarbeit klingt vielversprechend."

Seine Lippen zucken und mein Herz gerät aus dem Takt. Da sind sie wieder, die sexy Grübchen, die so eine zerstörerische Wirkung auf mein Großhirn haben, dass mir das logische Denken schwerfällt.

„Ich werde fucking überzeugend sein, Marie."

„Na, das will doch auch hoffen ..."

In seinen Bärenaugen funkelt es, bevor ich auch nur ahnen kann, was er vorhat, packt er mich, hebt mich hoch und wirft mich über seine Schulter.

Zuerst wird mir sämtliche Luft aus der Lunge gequetscht, dann beginnt sich vor mir alles zu drehen. Der Alkohol, die Aufregung und dieser Rocker ergeben eine berauschende Kombination.

Auch mit der Wunde an seinem Bauch scheint es für Wyatt kein Problem zu sein, mich durch den Clubraum und eine ziemlich steile Treppe nach oben zu tragen. Und das ungeachtet der Pölsterchen, die sich trotz unzähliger Diäten hartnäckig auf meinen Hüften halten.

So viel Kraft gefällt mir, sie schenkt mir ein trügerisches Gefühl der Sicherheit. Was lächerlich ist, denn dieser Outlaw ist die Verkörperung von Gefahr und Brutalität, ich bin in seiner Nähe genauso sicher wie ein Schmetterling, der in einem verdammten Spinnennetz festhängt. Meine Handtasche rutscht mir vom Arm, Wyatt fängt sie reflexartig auf und trägt mich unbeirrt einen nur schwach ausgeleuchteten Gang entlang.

„Wo bringst du mich hin?“

Hmmm ... diese Frage hätte ich eigentlich schon viel früher stellen sollen und nicht erst jetzt, wo ich keine Ahnung habe, wie ich jemals wieder aus diesem Clubhaus entkommen soll.

„Zu mir.“

Mein schnapsdurchtränktes Gehirn hat auch schon mal besser funktioniert.

„Und dann?“

Wir stoppen plötzlich, seine Hand landet klatschend auf meinem Hintern, dann lässt er mich langsam, ganz langsam an seiner massiven Brust nach unten rutschen. Jetzt baumeln meine Füße in der Luft. Ich atme seinen Geruch, schlucke hart und genieße seine Erektion, die sich fest und fordernd gegen mich drückt.

„Dann, Marie, ficke ich dich. Wieder und wieder, so lange, bis du mich um Gnade anflehst.

Heilige Muttergottes ...

„Wirst du mir denn Gnade gewähren?“

„Nein! Ich werde dich nur noch fester ficken und dir so beweisen, dass du einfach viel zu perfekt zu mir passt, als dass ich dich jemals wieder aus meinem Leben verschwinden lassen könnte.“

Wyatt macht eine kurze dramaturgische Pause, die mein benebelter Verstand dazu nutzt, die Tragweite des eben Gehörten zu verstehen. Das klingt irgendwie nicht nach einer einmaligen, befriedigenden Sache ...

„Seit fucking fünf Monaten ist deine Stimme in meinem Schädel. Seit der Messersache kann ich dich hören. Du schenkst mir Frieden, du machst, dass ich mich gut fühle. Jetzt habe ich dich endlich gefunden, und ich bin nicht bereit, dich einfach so kampflos aufzugeben!"

Wie bitte, was?

Fünf Monate?

Wohl eher fünf Stunden.

Ich bin diesem Rocker heute zum ersten Mal begegnet, also von was um alles in der Welt spricht er da bitte?

„Warum fünf Monate?"

Seine Augen bohren sich genauso unnachgiebig in die meinen, wie sich seine Finger in mein Fleisch graben.

Die Sekunden verstreichen, ich bin mir nicht sicher, ob ich eine Antwort erhalte. Aber dann holt er Luft, schüttelt den Kopf und bläht die Nasenlöcher.

„Das mit dem Messer war knapp. Verdammt knapp! Ich bin fast an der Scheiße krepiert und habe für lange Zeit in der Klinik gelegen. Die Kacke hat den Club eine Menge Geld gekostet und der Präsident musste viele Gefallen einfordern, damit ich nicht direkt nach Sing Sing einfahre. Was an dem Tag geschehen ist, war eine wirklich üble Scheiße. Es gab viele Tote, die Cops haben, als sie den Tatort betreten haben, garantiert 'nen Ständer gekriegt!"

Er saugt zischend Luft ein. Darauf folgt ein „Wie auch immer."

Einen Atemzug lang herrscht Stille.

„An dem Tag bin ich zusammengebrochen, ich konnte mein eigenes Blut schmecken und die knochigen Finger des Sensenmanns spüren, die er nach mir ausgestreckt hat. Ich war mehr tot als lebendig. Vor meinen Augen ist es schwarz geworden und dann war da plötzlich diese Stimme in meinem Schädel. Sie hat gesungen, ich konnte den Text nicht verstehen, aber allein die Stimme hat ausgereicht, um mir Frieden zu schenken. Als ich einige Tage später wieder zu mir gekommen bin, war die Stimme immer noch da, sie ist zu meinem treuen Begleiter geworden. Manchmal war ich mir sicher, den Verstand zu verlieren, aber das hat mich nicht gestört, wenn es nur bedeutet hätte, dass die Stimme bleibt. Fuck! Ich war mir sicher, dass es sie nur in meiner Fantasie gibt. Bis heute Nacht wäre ich nie auf die Idee gekommen, nach ihr zu suchen. Aber dann standest du plötzlich vor mir, schön und wild und frech. Ich bin dir in die Kneipe gefolgt und du hast gesungen und es war, als wäre die Stimme aus meinem Kopf real geworden ..."

Ich lausche seiner Erzählung und starre ihn ungläubig an. Das klingt nach Magie – nach einem echten Wunder.

„Ist das nur eine tolle Geschichte, mit der du mich ins Bett kriegen willst, oder ist das wirklich wahr?“

Ich kenne die Antwort längst, ich finde sie in seinen Augen. Der Rocker hat nicht gelogen, es entspricht alles der Wahrheit. *Halleluja!*

„Jedes verdammte Wort ist wahr!“

Ich glaube ihm, eine angenehme Wärme flutet mein Herz.

„Du glaubst also, dass unsere Begegnung so etwas wie Schicksal ist?“

Er nickt ernst.

„Du bist für mich bestimmt, Marie.“

Endlich stellt er mich auf meine Füße, lässt mich dennoch nicht los, sondern presst mich noch fester an sich.

Unsere Lippen finden sich wie von selbst, unsere Münder verschmelzen und mein Herz zerfließt regelrecht ...

Wie Vanilleeis im Sommer, wie es die Gletscher der Arktis aufgrund der Klimaerwärmung tun.

Ich bin durcheinander, hilflos und hoffnungslos verloren. Wie soll ich diesem Outlaw widerstehen, wenn er solche Dinge sagt, wenn er mich so ansieht und mich küsst, als würde sein Leben davon abhängen?

Er sperrt die Türe auf, schiebt mich rückwärts in den dahinter liegenden Raum und pinnt seine Lippen erneut auf die meinen.

„Du bist mein Schicksal, Baby.“

Es sollte kitschig klingen, tut es aber nicht. Es klingt irgendwie ... na ja ... gut. Wenn ihr versteht, was ich meine?

6. Kapitel

Der Sergeant at Arms

Fuck! Fuck! Fuck!

Wenn ich sie jetzt packen, auf den Boden werfen und mit meinem Gewicht unter mir festnageln würde, würde sie sich dann gegen mich wehren oder sich willig ihrem Schicksal fügen?

Ich weiß es nicht, und das ist der einzige Grund, aus dem ich der Versuchung widerstehe.

Marie ist die schönste Frau, die mir jemals begegnet ist, und sie gehört mir.

Entschlossen trage ich sie mit großen Schritten in mein Schlafzimmer, atme tief ein und betätige mit dem Ellenbogen den Lichtschalter an der Wand. Die Stehlampe im hinteren Eck des Raumes geht an und taucht alles in einen gedämpften Lichtschein.

Maries köstlicher Geruch steigt mir in die Nase, sie duftet nach reifen Äpfeln und Vanille, eine betörende Kombination, die meinen Schwanz immer härter und härter werden lässt. Ich bin kein Heiliger, kein guter Mensch, sondern eher der gottverdammte Teufel, und ich habe längst erkannt, dass dieses Mädchen mein Paradies ist.

Sie sieht mich an, ich erwidere ihren Blick und versuche erst gar nicht, die Gier, die sich garantiert in meinen Augen spiegelt, zu verbergen. Ich will, dass sie weiß, worauf sie sich einlässt, dass sie weiß, was sie erwartet.

Anstatt auf Abstand zu gehen, leckt sie sich über die Unterlippe, meine Hoden ziehen sich pochend zusammen.

Ohne groß darüber nachzudenken, umfasse ich ihr wunderschönes Gesicht, sodass ich mit den Fingerspitzen ihren zerbrechlichen Nacken umfassen kann. Noch immer sind unsere Blicke ineinander verhakt und ich spüre instinktiv, dass es ab jetzt kein Zurück mehr für uns gibt. Meine Lunge bis zum letzten Winkel mit Sauerstoff füllend, schließe ich die Augen und nehme ihren Mund in Besitz.

Jede Zelle meines Körpers feuert, ich muss mich noch etwas kontrollieren. Dank meiner eisernen Zurückhaltung beginnen meine Muskeln zu zucken.

Marie hat bis jetzt keinen Rückzieher gemacht, ein weiterer Beweis für ihre Wildheit und ihren Mut. Dennoch kann ich mir nicht vorstellen, dass es besonders hilfreich wäre, ihr die Sachen vom Leib zu reißen, um mich innerhalb der nächsten drei Sekunden mit einem harten Stoß in sie zu rammen.

Sie küsst mich. Mich. Diese wunderschöne, großartige Frau küsst mich, einen kaputten Typen, der so viel Perfektion gar nicht verdient hat und weiß, dass er dieses Mädchen eigentlich gar nicht verdient hat.

Wenn es einen Gott gibt, macht er gerade einen gewaltigen Fehler, den zu berichtigen ich nicht erlauben werde. Wenn es sein muss, gehe ich für diese Frau in den Tod. Doch bis es so weit ist, werde ich sie riechen, schmecken und besitzen.

Der Anblick meiner Kutte auf ihrem Körper ist beinahe zu viel für mich. Meine Hände wandern über ihre Rundungen, schieben sich unter ihr Shirt und ertasten jedes Fleckchen ihrer samtenen Haut, ehe sie sich besitzergreifend um ihre vollen Titten legen. Ihre Nippel pressen sich gegen meine Handflächen und ich spüre, wie sich der letzte Rest meiner Selbstbeherrschung in Luft auflöst.

Fuck! Fuck! Fuck!

Anstatt schüchtern oder zurückhaltend zu sein, gibt sie sich mir leidenschaftlich hin. Sie wimmert, ich werfe sie auf das Bett und lege mich auf sie. Sofort spreizt sie ihre Beine und schlingt sie mir um die Hüfte. Ich löse mich kurz von ihr.

„Was los, Rocker?“

„Das kann ich dir nicht sagen!“

Irritiert runzelt sie die Stirn.

„Warum?“

„Weil du dich vor mir fürchten würdest, wenn ich dir sage, wie sehr ich dich brauche.“

Dazu sagt sie nichts, sondern küsst mich einfach erneut. Ihre Hände landen auf meinem Po und treiben mich so in den Wahnsinn. Wie soll ich mich so zurückhalten? *Fuck!* Wie?

Verflucht, das Letzte, was ich will, ist, sie wie eine Clubbitch zu behandeln und sie schnell und gnadenlos zu ficken. Bei ihr will ich es richtig machen. Aber wenn sie so weitermacht, werde ich wie eine Bestie über sie herfallen und sie ins Koma ficken!

Fauchend beende ich unseren Kuss, fange ihre Hände ein und presse sie über ihrem Kopf auf das Kissen.

„Vorsicht, Marie. Reiz mich nicht. Das ist gefährlich für dich!“

Ihre roten Lippen sind feucht und geschwollen dank meiner Unfähigkeit zärtlich zu sein. Bei jedem ihrer schweren Atemzüge kommen mir ihre runden Titten entgegen.

Nicht in der Lage, der Versuchung zu widerstehen, reibe ich meinen harten Schwanz durch den Stoff unserer Hosen an ihrer Pussy und beobachte zufrieden, wie sie die Augen schließt und ein leises Stöhnen von sich gibt.

So. Fucking. Schön.

7. Kapitel

Die Sängerin

Mir ist heiß, mein Herz wummert, als würde es jede Sekunde zerspringen. Meine Sinne sind voll und ganz auf den Rocker auf mir gerichtet.

Seine warme Hand hält die meinen mühelos über meinem Kopf fest, während er mich mit seinem Gewicht gefangen genommen hat.

Liegt es am Schnaps, dass sich das hier so richtig anfühlt, oder einfach daran, dass es richtig ist?

Hilfe! Keine Ahnung!

Alles, was ich weiß, ist, dass ich mehr von diesem *Scorpion* will. Mehr, viel mehr, als wahrscheinlich gut für mich ist.

Seine Erektion reibt rhythmisch über meine Mitte und das stellt merkwürdige Dinge mit mir an. Wenn sich das hier schon mit Klamotten so gut anfühlt, wie muss es dann erst sein, wenn wir endlich nackt sind?

Jetzt mal unter uns. Mein letztes Mal Sex ist schon so schrecklich lange her, dass ich ganz vergessen habe, wie es sich anfühlt, auf diese Art und Weise berührt zu werden. Wie es sich anfühlt, begehrt zu werden ...

Ich stöhne und schließe die Augen. Wyatts Zähne knabbern spielerisch an meinem Ohrläppchen und lassen mich erschaudern. Zitternd liege ich unter ihm, während ich es kaum erwarten kann, ihn endlich in mir zu spüren.

Ein selbstgefälliges Lächeln legt sich auf seine Lippen.

„Ich wusste von der ersten Sekunde an, dass es so zwischen uns sein wird."

Er richtet sich zwischen meinen gespreizten Beinen auf, seine Finger wandern zu meiner Jeans und ziehen sie nach unten, meine Unterhose folgt und mein Top, der BH und seine Kutte sind eine Sekunde später ebenfalls verschwunden.

Jetzt lässt er seinen eindringlichen Blick über meine Haut gleiten, mir wird heiß und kalt.

„Du bist der Hammer, Marie! Der Oberhammer!"

Überraschend zärtlich lässt er seine rauen Fingerspitzen über meine Schenkel tanzen, bis sie meine pulsierende Mitte erreichen. Wimmernd schließe ich die Augen, während ich verzweifelt versuche, etwas Luft in meine Lungen zu quetschen.

Meine Synapsen fangen Feuer, winzige Schweißperlen bilden sich in meinem Nacken während er mit einem seiner langen Finger langsam in mich gleitet. Vor Lust bebend, genieße ich das Gefühl, das er in mir auslöst.

Wyatt beugt sich über mich, seine heiße Zunge umrundet träge kreisend meine linke Brustwarze, ehe er die rechte sachte in seinen feuchten Mund saugt. Er lässt mich seine Zähne spüren, der sanfte Biss schickt eine Welle bittersüßen Lustschmerz durch meine Nervenbahnen.

Verzweifelt versuche ich, seinen Gürtel zu öffnen, ich will ihn endlich nackt auf mir spüren – ich will seinen Körper sehen, seinen Schwanz in die Hand nehmen und ihn in mich einführen.

Hilfe! Ich will mehr, viel mehr.

Ihr habt ja keine Ahnung, welche Emotionen dieser Rocker in mir auslöst. Ich bin verwirrt, erregt und ungeduldig.

Ich will mehr und alles und zugleich will ich nicht, dass es jemals wieder endet.

„Bitte Wyatt ... ich ..."

Meine Stimme verstummt, als er mit einem zweiten seiner Finger in mich eindringt. Keuchend kralle ich mich an seinem Shirt fest.

„Sieh mich an, Marie. Ich will die Lust in deinen Augen sehen, während du für mich kommst!"

Atemlos komme ich seinem Befehl nach und ertrinke in den endlosen braunen Tiefen seiner Iriden, während er mich rhythmisch mit seinen Fingern fickt.

Mein Inneres zieht sich bebend zusammen und es fühlt sich so an, als würde ich gleich explodieren. Der Druck, der sich in mir aufbaut, ist unglaublich stark. Flehend sehe ich ihn an und dann passiert es ... Die Lust kocht in meinen Adern, meine Nervenbahnen stehen in Flammen und mein Sichtfeld verschwimmt, während ein unfassbar intensiver Orgasmus über mich hinwegrollt.

Ich höre eine Frau schreien und erkenne erst nach einigen Herzschlägen, dass es meine Stimme war, die von den Wänden widerhallt.

Meine Zehenspitzen rollen sich ein und meine Beine zittern, meine Atmung stockt und mein ganzer Körper fängt an zu zittern. Ich streife durch seine langen Haare, halte mich an ihnen fest.

Oh Hilfe ... was war das denn?

Erschöpft spüre ich, wie er seine Finger aus mir herauszieht und beobachte jede seiner Bewegungen, als er aus dem Bett steigt und sich daran macht, seinen Gürtel zu öffnen.

Jetzt wird es ernst!

In einer fließenden Bewegung zerrt er sich das blutverschmierte Shirt über den Kopf, mein Blick fällt auf die Wunde an seinem Bauch und mir wird klar, dass ich vergessen habe, sie zu versorgen.

„Was ist jetzt mit dem Pflaster?"

Er brummt etwas und schüttelt den Kopf.

„Scheiß auf das Pflaster! Alles, was ich jetzt brauche, bist du!"

Ich will ihm widersprechen, aber er zieht sich weiter aus und ich verliere all meine verbalen Fähigkeiten. Ob ihr es glaubt oder nicht, aber ich bin nicht mehr in der Lage einen anständigen Satz zu formulieren.

Sein breiter Rücken verjüngt sich zur Taille hin zu einem sexy Dreieck. Zusammen mit der perfekt definierten Brust und dem Sexpack des Rockers bietet sich mir ein himmlischer Anblick.

Die Narben und Muskeln, die Sehnen und die gebräunte Haut, all das lässt mich beinahe sabbern. Wyatts Oberkörper ist mit Tinte überzogen, unzählige Tätowierungen ergeben ein wunderschönes Gesamtbild. Ein großer, schwarzer Skorpion mit aufgerichtetem Stachel thront auf seiner Schulter, direkt daneben befindet sich ein unheimlich wirkender Totenkopf mit schwarzen Augenhöhlen. Ein Revolver, Würfel und ein Dolch zieren seinen Rücken. Auf seiner Hüfte entdecke ich drei unterschiedlich große Kreuze, die nicht wirklich zu den anderen Tattoos passen. Was sie wohl zu bedeuten haben? Ich nehme mir vor, ihn das später zu fragen.

Jetzt aber will ich nicht reden, ich will berühren, anfassen und ablecken ...

Es ist schwer zu beschreiben, wie überwältigend sein massiver Körper ist.

Ich fühle mich ein bisschen wie ein kleines Mädchen mitten auf einem Jahrmarkt, das von den vielen Eindrücken vollkommen geflasht ist.

Wyatt entledigt sich seiner Hose und mein Gaumen wird trocken. Dick und hart und leicht nach oben gebogen schnellt mir sein harter Schwanz entgegen, der es von der Länge her durchaus mit einer dieser köstlichen Schokobananen aufnehmen kann, die es auch immer auf diesen Volksfesten gibt. Muskulöse Oberschenkel und ein knackiger Arsch vollenden meine visuelle Reise.

Halleluja!

Dieser Rocker strotzt nur so vor Kraft und Vitalität ...

Die Wunde an seinem Bauch schreckt mich nicht ab, dafür passt sie viel zu gut zu dem tödlichen Outlaw und dem gefährlichen Leben, das er führt.

Wyatt folgt meinem Blick und schnappt sie die neben dem Bett stehende Jack-Daniels-Flasche. Er schüttet etwas von dem Whisky auf sein Shirt, reinigt damit die Wunde und entfernt das getrocknete Blut. Dann schleudert er es auf den Boden und sieht mich aus dämonisch funkelnden Augen an.

„Und nun zu dir, Baby ...“

8. Kapitel

Der Sergeant at Arms

Maries Blicke, die Art, wie sie mich ansieht, die Mischung aus Lust und Furcht, die sich in ihrer Mimik spiegelt, all das ist beinahe zu viel für mich.

Ihre Lustschreie waren Musik in meinen Ohren, mein Hirn hat sie längst abgespeichert und ich weiß jetzt schon, dass es sie mir wieder und wieder abspielen wird. Endlich habe ich die Frau zu der Stimme in meinem Kopf gefunden. Endlich ergibt das alles einen Sinn ...

Der süße Geruch ihrer Erregung, der die Luft erfüllt, lässt mich beinahe durchdrehen. Wie soll ich nicht über sie herfallen, wie soll ich mich beruhigen, wenn es sich so anfühlt, als wäre Marie meine Luft zum Atmen? Als wäre sie der Stoff, aus dem meine Lungen gemacht sind?

Ich balle die Fäuste, spüre, wie der Alkohol die Wunde ausbrennt, und steige zurück zu ihr ins Bett.

Weich und nachgiebig liegt ihr kleiner Körper unter dem meinen, und mir wird mit einem Schlag bewusst, dass sich meine Zukunft ab jetzt für immer ändert.

Langsam lege ich mich auf sie, lasse sie mein Gewicht spüren und presse sie tief in die Matratze.

Marie stöhnt, in meinem Schädel detoniert eine Bombe.

Mein Schwanz drückt sich gegen ihren feuchten Schlitz und, bei allen *Scorpions,* ich kann nur hoffen, dass ich ihr nicht wehtun werde.

Ich fasse zwischen ihre Beine und brumme zufrieden, als sie instinktiv die Schenkel noch ein bisschen weiter für mich spreizt.

„Hast du ein Kondom?“

Fuck! Das hätte ich fast vergessen. Ein weiterer Beweis dafür, wie sehr mich diese Frau durcheinanderbringt.

Rasch hole ich eins aus der Schublade des Nachtschranks, rolle es mir über den Schwanz und genieße den Anblick, den Marie mir bietet.

Sie ist ein gefallener Engel. Sie sollte nicht hier sein – sie sollte nicht bei mir sein. Sie hat etwas Besseres verdient als mich. Also werde ich mich anstrengen müssen, um ihr gerecht zu werden!

Knurrend bringe ich mich vor ihr in Position, spanne meine Oberschenkel an und suche ihren Blick.

„Bist du bereit?“

Wenn sie jetzt nein sagt, sterbe ich.

Zu meiner Erleichterung nickt sie, mein Blut beginnt zu kochen.

Die Zähne so fest aufeinanderbeißend, dass es knackt, lasse ich meine Eichel wenige Zentimeter in ihren warmen Körper gleiten.

Wämmmm... Fuck!

Es fühlt sich so an, als wäre ich gestorben und in den Himmel gekommen.

Noch bevor ich begreife, was passiert, noch bevor ich kapiere, was ich tue, verliere ich die Kontrolle und ramme mich mit einem harten Stoß tief in ihr Inneres.

Ich höre ihren Schrei, spüre wie sich ihre Scheidenwände für mich dehnen, wie sie sich anspannen und meinen harten Schaft regelrecht melken.

„Fuck, Baby! Fuck! Du gehörst mir!“

Mein Schädel ist wie leergefegt, dennoch realisiere ich erleichtert, dass ich ihr zum Glück nicht wehgetan habe. Marie presst sich mir gierig entgegen.

Süchtig nach mehr verändere ich den Winkel, mit dem ich mich in sie stoße, und werde mit einem lustvollen Seufzen belohnt.

Schnell und ungeduldig nehme ich mir jeden Millimeter ihres Körpers, fülle ihn aus und mache ihn so zu meinem Besitz. Für immer!

Das zwischen ihr und mir ist so intensiv – so unfassbar geil – dass ich jetzt schon weiß, dass sich niemals genug von ihr bekommen werde.

Meine Hoden klatschen bei jedem erneuten Stoß gegen ihren Damm und ich spüre, dass ich nicht mehr lange durchhalten werde.

Maries lautes Jammern wird leiser, ihre Mitte spannt sich an und ich merke, wie sich ihre enge Muschi bereits für den nächsten Orgasmus bereit macht.

Fluchend jage ich mich erneut tief in ihren Körper, stütze mich neben ihrem vor Lust verzerrtem Gesicht ab und lasse Marie spüren, wie schutzlos sie in genau diesem Augenblick ist.

Doch anstatt sich zu fürchten, sieht sie vertrauensvoll zu mir hoch, ehe sich ihre Pupillen verdrehen und sie keuchend unter mir kommt.

Entschlossen, ihr über die Klippe zu folgen, pumpe ich immer schneller und gnadenloser in sie hinein. Sie sucht nach Halt und vergräbt ihre Finger in meinen Flanken. Der Schmerz gibt mir den Kick, den ich brauche.

Pochend und heiß schießt mein Sperma aus mir heraus und landet in dem Kondom.

Atemlos und erschöpft, jedoch so selig berauscht, wie noch nie zuvor in meinem Leben, sehe ich auf mein Mädchen herab, und kann nicht fassen, was für ein verdammtes Glück ich doch habe.

Mag sein, dass es der Sensenmann auf mich abgesehen hat, und bis jetzt hat mir das Spiel mit ihm auch durchaus gefallen, aber jetzt habe ich Marie, jetzt habe ich einen Grund zu leben, was bedeutet, dass ich nie und nimmer freiwillig mit ihm mit gehen werde. Mein Platz ist hier, an der Seite dieses Mädchens, koste es, was es wolle ... Ich bin bereit durch die Hölle zu gehen, nur um wieder und wieder in ihrem Paradies zu landen.

Sie ist meine wilde Sängerin und ich werde dafür sorgen, dass sie nie wieder in einem Drecksloch wie dem *Blue* auftreten muss. Dass sie nie wieder auf Typen wie Charly trifft, die sie nicht mit dem nötigen Respekt behandeln.

Ab jetzt werde ich für sie sorgen – ich werde mich darum kümmern, dass sie das Publikum bekommt, das sie schon immer verdient hat.

Ich werde leben und das mit Marie an meiner Seite.

Eines Tages wird der Reaper mich kriegen und in die endlosen Tiefen der Hölle ziehen, doch bis es so weit ist, wird ihr Gesang mein Himmel sein ...

Epilog

Die Sängerin

Das dunkle Seidenkleid schmiegt sich wie eine zweite Haut an meinen Körper, es funkelt rubinrot im hellen Scheinwerferlicht und ist so schön, dass ich es am liebsten gar nicht mehr ausziehen möchte ...

Die Tanzfläche vor mir ist gefüllt, bunte Lichtreflexe surren durch den *Bunker,* den absoluten Inclub New Yorks, der, welch ein Zufall, den *Death Scorpions* gehört.

Wyatt hat einen Security auf mich angesetzt, der mich nicht aus den Augen lässt.

Das Mikro in meiner Hand fühlt sich gut an und die Band in meinem Rücken hält sich genau an die Liedauswahl, die wir besprochen haben. Ich spiele mit einer Band! Ist das zu fassen? Und vor meinem Auftritt hat mich eine Gruppe Mädels um Autogramme gebeten, das war so schön!

Mason, der Präsident der *Death Scorpions,* steht zusammen mit Wyatt im VIP-Bereich, sie unterhalten sich und trinken Wodka, während ich meinen Traum lebe und den Refrain anstimme.

Das Publikum jubelt, meine Haare kleben an meinem nassgeschwitzten Nacken und mein Puls rast. Das ist genau das, was ich schon immer wollte, und mein Rocker hat es wahr gemacht. Seit der Nacht, in der wir uns unter diesen wirklich skurrilen Umständen kennengelernt haben, sind genau vier Wochen vergangen. Vier Wochen, in denen so unfassbar viel passiert ist, dass ich damit zwei weitere Romane füllen könnte.

Dank der 10000 Dollar und dem Motorradclub, der mich unkompliziert in seiner Mitte akzeptiert hat, hat sich mein Leben von Grund auf geändert.

Ich bin selbstsicherer und glücklicher, was zum einen daran liegt, dass Wyatt mich immer wieder auffordert, ganz für ihn allein zu singen, und zum anderen, dass er es auch möglich macht, vor großem Publikum aufzutreten.

All die großen, tätowierten, raubeinigen und ständig fluchenden Rocker sind zu meinen Freunden geworden. Genau wie Jennifer, Masons Old Lady, und Jessy, die Lady von Rhett, dem Vollstrecker des Clubs.

Mason und Jennifer haben einen süßen kleinen Sohn namens Maddox, der in wenigen Monaten seinen ersten Geburtstag feiert, und für den ich schon ein kleines Polizeiauto als Geschenk besorgt habe.

Warum ausgerechnet eine Bullenkarre, wie Wyatt sie nennen würde?

Ganz einfach, weil mich dieser Spielzeugstreifenwagen an die Nacht erinnert, in der ich Wyatt kennengelernt habe, und weil ich weiß, dass Mason sich deswegen ganz schrecklich aufregen wird – was ich wirklich amüsant finde. Der große und mächtige Rockerpräsident ist ein echter Vollblutvater, der seine Familie vergöttert. Er ist der festen Überzeugung, dass sein Sohn irgendwann in seine Fußstapfen treten und das *Präsidenten-Patch* auf seiner Kutte tragen wird.

Aber bis es so weit ist, werden noch viele Jahre ins Land ziehen – Jahre, die hoffentlich voller Glück und Zufriedenheit sein werden, und die ich mit dem größten Vergnügen an der Seite des Sergeant at Arms verbringen werde.

Es ging schnell und es war nicht geplant, aber ich habe mich so sehr in diesen Rocker verliebt, dass ich mir gar nicht mehr vorstellen kann, jemals wieder ohne ihn zu sein. Ich kann es kaum erwarten, selbst irgendwann einen kleinen Sohn zu haben, einen, der die Grizzlybärenaugen seines Vaters hat, und den eine goldene Zukunft in der Welt der Kutten, Waffen und Bikes erwartet ...

Der Rocker und die schüchterne Schauspielerin

Prolog

Der Rocker

„Komm schon, Schatz. Du weißt genau, wie lange ich schon auf so eine Rolle warte ...“ Bella sinkt anmutig vor mir auf die Knie, sieht mich unter gesenkten Lidern an, leckt sich die rot geschminkten Lippen und lenkt so meine Aufmerksamkeit auf ihren vollen Mund und weg von dem Thema, über das wir gerade diskutieren.

Bloody Hell!

Wie soll ich so nein zu ihr sagen? Wie soll ich dieser Frau, die ich mehr als alles andere auf dieser Welt liebe, etwas abschlagen, was sie sich so sehr wünscht?

Bella ist seit fünf Jahren meine Old Lady, daran, dass sie mir gehört, habe ich keinen Zweifel gelassen. Sie trägt meine Kutte, ein fettes *Property of Water* ziert ihren schmalen Rücken, und an ihrem rechten Ringfinger steckt der Ring, den ich ihr vor etwas über zwei Jahren in Las Vegas angesteckt habe, nachdem sie in der kleinen schäbigen Kapelle ja zu mir gesagt hat.

Sie ist meine Frau, mein Eigentum und mein Besitz und niemand wird sie mir jemals wieder wegnehmen. Niemals! Das lasse ich nicht zu. Eher laufe ich Amok!

Ich bin bereit, Gott und die Welt zu töten, nur um diese Frau für immer mein eigen nennen zu können.

Was sollte der Film, in dem sie die Hauptrolle bekommen hat, daran ändern?

Nichts! Fucking nichts!

Also, warum zögere ich, ihr meine Erlaubnis zu geben?

Es ist das Gefühl in meinem Bauch, das mich davon abhält, einfach okay zu sagen und sie ihren Traum verwirklichen zu lassen.

Es geht hier um eine Lovestory. Verdammt! Um einen verfickten Liebesfilm. Und auch wenn ich solche Schnulzen nicht anschaue, weiß ich doch, dass es in diesen auch immer einen männlichen Hauptdarsteller gibt, einen, der sich nach den Vorgaben des Drehbuchs in die Frau verliebt, ihr näherkommt und sie natürlich auch berührt.

Und auch wenn das alles vor laufender Kamera geschieht und nur gespielt ist, stört mich der Gedanke, dass sich irgend so ein Wichser an meine Frau ranmacht.

Ich bin nicht gut darin, meine Gefühle in Worte zu verpacken. Emotionen sind nicht so mein Ding, genauso wenig wie langwierige

Erklärungen oder Ansprachen. Die Welt, in der ich lebe, ist einfach, gefährlich und blutig.

Der Tod lauert hinter jeder Ecke, immer bereit, sich meiner schwarzen Seele zu bemächtigen.

Ich bin jetzt dreiundvierzig Jahre alt, Bella ist dreiunddreißig, es gibt also einen gewissen Altersunterschied, der jedoch bis heute nie ein Problem für uns dargestellt hat.

Meine Frau ist voller Lebenslust, sie ist fröhlich und glücklich und unbeschwert und ich bin gewillt, alles in meiner Macht Stehende zu tun, dass es auch so bleibt.

Sie ist mein Himmel, sie ist meine Sonne, sie ist das Licht, das die dunklen Wolken meiner Existenz vertreibt und mich glücklich macht. Ich brauche Bella wie die Luft zum Atmen, ich brauche sie bei mir, auf mir und unter mir. Immer!

Und mir ist schmerzlich bewusst, dass ich dazu neige, sie zu erdrücken und ihr die Freiheit zu rauben. Aber Fuck! Was soll ich tun? Ohne sie bin ich nichts. Am liebsten würde ich Bella immer in meinem Bett wissen, in Sicherheit und weit weg von allen anderen Männern! Doch das geht nicht. Leider.

Fluchend sehe ich auf sie herab, streiche mit meinen Fingern über ihre linke Wange und frage mich, womit ich so viel Schönheit verdient habe?

Als Member des landesweit gefürchteten *Death Scorpions Motorcycle Clubs* gehört es zu meinen Aufgaben, Gefahren einzuschätzen und Risiken zu minimieren. Die Waffe, die sich beruhigend an meine Rippen drückt, ist mein täglicher Begleiter.

Ich bin ein Killer. Bella weiß das und sie liebt mich trotzdem. Sie hat kein Problem mit der Kutte, die ich trage oder dem *Red-Light-Crew-Patch*, das ich vor knapp einem Jahr an mein Leder genäht habe, weil ich die Verantwortung für die Bordelle und Laufhäuser, die der Club betreibt, übernommen habe.

Kurz gesagt: Ich bin ein gottverdammter Zuhälter, der den halben Tag mit irgendwelchen dummen Nutten verbringt.

Aber Bella vertraut mir, sie weiß, dass ich ihr treu bin, und dass ich keine andere Pussy will. Käufliche Muschis sind nicht so mein Ding.

Vielleicht ist genau jetzt der Zeitpunkt gekommen, an dem ich dieses Vertrauen erwidern muss?

Fuck! So Fuck!

Das fühlt sich beschissen an.

Aber wenn ich meine Lady glücklich sehen will, kann ich ihr diesen Wunsch nicht abschlagen. Sie arbeitet seit einer Ewigkeit an ihrer

Schauspielkarriere. Bis jetzt hat sie nur kleine Nebenrollen ergattert, das ist das erste Mal, dass ihr eine Hauptrolle angeboten wurde. Klar, ein Zombiefilm wäre mir lieber gewesen als so eine verfluchte Schnulze, aber so spielt das Leben nun mal. Immer wenn wir uns in Sicherheit wiegen, wenn gerade alles ruhig und friedlich ist, fickt es uns ins Knie.

Tief einatmend presse ich so viel Sauerstoff wie nur möglich in meine Lungenflügel und beobachte, wie Bellas geschickte Finger meinen Gürtel öffnen. Sie macht sich an meiner Jeans zu schaffen und drückt mir dann, als diese offen steht, ihre kleine Hand auf die Brust, um mir wortlos klarzumachen, dass ich mich auf der Couch, auf der ich gerade sitze, zurücklehnen soll. Ich tue es.

Erneut sucht sie meinen Blick und ich weiß, dass ich diese Diskussion verloren habe.

Bullshit!

Scorpion hin oder her, ich bin auch nur ein Mann und wenn es um diese Frau geht, ist meine Macht, so ungern ich es auch zugebe, begrenzt.

Wenn ich sie nicht so sehr lieben würde, dass es schmerzt, wäre es leicht, ihr den Wunsch abzuschlagen, nein zu sagen und ihren Traum zerplatzen zu lassen. Aber da ich sie liebe, will ich sie glücklich sehen, und genau darin liegt das Problem! Ihr Glück wird zu meinem Schmerz ...

Sobald die Dreharbeiten begonnen haben, werde ich an nichts anderes mehr denken können als daran, was Bella wohl gerade macht. Vor allem, mit wem sie es macht. Und wie sie es macht.

Sie zieht meine Hose nach unten, holt mein geschwollenes Glied hervor und leckt mit ihrer rauen Zunge über meine empfindliche Eichel.

Oh yeaahhhhh!

Sie stöhnt wohlig und gibt mir so das Gefühl, dass sie sich nichts Besseres vorstellen kann, als genau jetzt und hier vor mir zu knien und an meinem Schwanz zu nuckeln.

Meine Frau ist intelligent. In der Öffentlichkeit lässt sie nie einen Zweifel daran aufkommen, wer in unserer Ehe das Sagen hat. Sie lässt mich als den Boss dastehen, der alle Entscheidungen alleine trifft. Doch sobald wir alleine sind, sobald es keine Zeugen gibt, ist klar, wer von uns wirklich die Macht hat.

Und das bin nicht ich.

Bella ist klein, nicht größer als 1,60 Meter und wiegt bestimmt fünfzig Kilo weniger als ich. Trotzdem. Sie hat mich an den Eiern, und das nicht nur in diesem Augenblick und das wortwörtlich, sondern immer. Dass sie gerade in dieser devoten Stellung vor mir kniet, hat nichts zu sagen, dass sie mir den Schwanz lutscht, auch nicht.

Meine Süße weiß genau, wie sie mich manipulieren kann. Sie weiß genau, was sie tun muss, um mich dazu zu bringen, Dinge zu tun oder ihr Sachen zu erlauben, die mir gegen den Strich gehen.

Wahrscheinlich ist genau das das Geheimnis unserer gut funktionierenden Ehe: Ich habe die Hosen an, aber sie hat mich an den Eiern. Punkt.

Der Gedanke bringt mich zum Lachen, doch das bleibt mir in genau der Sekunde in der Kehle stecken, als sie mich in die ihre gleiten lässt. Heiß, nass und eng umschließt ihr Mund meine Härte und erschwert mir so das Denken. Saugend und massierend drückt sie ihren Kopf immer tiefer in meinen Schoß, nimmt mich bis zum letzten Millimeter in sich auf.

Holy Shit!

Meine Gedanken zerplatzen, meine Eifersucht tritt in den Hintergrund, während sämtliches Blut von meinem Hirn in meinen Schwanz gepumpt wird.

Vor meinen Augen wird es schwarz, während ich meine Fäuste in ihren goldenen Locken vergrabe. Diese Diskussion ist noch nicht vorbei, genau genommen hat sie eben erst begonnen und dennoch wissen wir beide, dass ich sie verloren habe, und dass ich Bella schlussendlich erlauben werde, diese verdammte Hauptrolle anzunehmen und den Vertrag zu unterschreiben. Selbst wenn das bedeutet, dass mich das Wissen, dass sie vor der Kamera einem anderen Mann nahekommt, in den Wahnsinn treiben wird.

Stöhnend drücke ich sie noch etwas fester auf meine Erektion, spüre, wie sie würgen muss und grinse zufrieden. Das ist der Preis, den sie für ihr manipulatives Spielchen bezahlen muss! Ich gebe nicht nach, lasse sie meine Kraft spüren und genieße den Moment.

Etwas Speichel trieft ihr aus dem Mundwinkel, läuft über meine Eier und lässt mich erschaudern. Ihr geht die Luft aus, sie sieht aus funkelnden Augen zu mir hoch, hält jedoch weiterhin brav die Stellung. Ihre Leidensfähigkeit turnt mich unheimlich an.

Bella ist wie für mich geschaffen. Sie ist die einzige Frau auf diesem Planeten, der es gelingt, mich um den Finger zu wickeln, aber das bedeutet noch lange nicht, dass ich sie nicht dafür bestrafe, dass es ihr so leichtfällt, mich nach ihrer Pfeife tanzen zu lassen ...

Langsam zähle ich von zwanzig abwärts, beobachte, wie ihr Körper zuckt, und erlaube ihr erst, als ich bei Null ankomme, nach Luft zu schnappen. Ihre Lippen sind geschwollen, ihr Mascara verschmiert und ihre Frisur zerstört.

„Mein gefallener Engel ..."

Nie, fucking nie hat sie schöner ausgesehen als in diesem Augenblick.

Lachhaft, denn das denke ich mir mehrmals täglich, was ein weiterer Beweis dafür ist, wie vernarrt ich in meine Lady bin.

Ihre Hände landen auf meinen Oberschenkeln, sie lächelt mich sexy an und legt den Kopf leicht schief.

„Diese Rolle könnte mein Durchbruch sein, verstehst du? Ich muss sie annehmen. Bitte sag ja. Sag, dass es für dich okay ist."

Und da ist sie, die Sekunde, in der ich mal wieder schwach werde. Ich will nein sagen, ich will meinen Dolch ziehen und ihr meinen Namen in die Stirn ritzen, doch stattdessen gebe ich nach, kneife die Augen zusammen und murmle meine Erlaubnis.

Die Worte schmecken bitter, so bitter, dass ich beinahe an ihnen ersticke, aber was soll's? Was tut man nicht alles für die Liebe? Was tut man nicht alles für die Frau, für die man die Verantwortung übernommen hat?

Bella zweifelt an meinem Einverständnis, kluges Mädchen. Wahrscheinlich spürt sie meine innere Zerrissenheit.

„Bist du dir sicher? Wenn ich den Vertrag erst mal unterschrieben habe, gibt es kein Zurück mehr."

Bullshit!

Es gibt immer ein Zurück. Immer. Zumindest wenn man ein *Death Scorpion* ist. Wenn ich es mir anders überlege und doch nicht mehr will, dass meine Frau diese Rolle spielt, dann wird sie es nicht! Ganz einfach. Wenn es sein muss, bringe ich einfach alle um. Den Produzenten, den Regisseur, die Kameramänner und die Typen von der Technik. Einfach fucking alle! Wenn es um Bella geht, gibt es für mich keine Grenzen, aber das hat meine Lady wohl offensichtlich noch immer nicht verstanden.

Ich sage ihr nicht, dass ich sehr wohl bereit bin, einen Massenmord zu begehen, wenn es nötig ist, sondern streiche ihr mit dem Daumen über die feuchte Unterlippe, schiebe ihn dann in ihren Mund und stöhne zufrieden, als sie instinktiv zu saugen beginnt.

Wie sie da vor mir kniet, so verletzlich und schwach, mit meinem Finger im Mund und meinem Ring am Finger, sieht sie einfach unglaublich schön aus. Es gefällt mir, dass sie mich nicht für das

Monster hält, das ich tief in meinem Inneren bin. Denn es zeigt mir, dass ich in den vergangenen Jahren alles richtig gemacht habe. Und dass es eine gute Entscheidung war, die meisten meiner Morde und Schreckenstaten vor ihr zu verheimlichen ...

Ich will nicht, dass sich meine eigene Frau vor mir fürchtet! Ich will, dass sie sich in meiner Nähe sicher und beschützt fühlt. Dafür würde ich alles geben! Immer!

Langsam, ohne die Augen von ihrem Gesicht zu lösen, ziehe ich meinen Daumen aus ihren Lippen und packe sie grob am Kinn. Das hat zur Folge, dass sich ihre Pupillen erregt weiten. Bella steht darauf, wenn ich sie dominiere, sie braucht die Gewissheit, dass ich alles unter Kontrolle habe, um sich beim Sex fallen lassen zu können.

In dieser Hinsicht passen wir perfekt zusammen.

„Du hast meine Erlaubnis, die Rolle anzunehmen. Aber unter einer Bedingung.“

„Welcher?“

„Kein Sex und keine nackte Haut. Kein Schwanz kommt in dich hinein oder auch nur in deine Nähe. Du gehörst mir, Baby. Mir! Und ich teile nicht, was mir gehört!“

Bella kapiert sofort, wie ernst es mir ist.

Seit sie mich dazu gezwungen hat, mit ihr diese 50-Shades-of-Grey-Trilogie anzuschauen, ist das mein größter Alptraum: Dass meine Frau einen auf Anastasia Steel macht und sich von irgend so einem Waschlappen mit Mutterkomplex anfassen, ficken und auspeitschen lässt.

Das wäre mein Untergang. Mit so einem Betrug könnte ich nicht leben.

Es ist mir egal, was andere Frauen vor der Kamera treiben, selbst das Wissen, dass das natürlich alles nur gestellt und vorgespielt ist, beruhigt mich wenig.

Trotz der Tatsache, dass sie damit begonnen hat, mir die Eier zu kraulen, entgeht mir ihr Zögern nicht. Wut kocht in mir hoch und droht die Kontrolle zu übernehmen.

„Wage es ja nicht, Isabella!“

Daran, dass ich ihren kompletten Namen ausspreche, erkennt sie sofort, dass dieser Punkt nicht verhandelbar ist. Sie zögert und sieht zu mir hoch.

„Aber es ist ein Liebesfilm, verstehst du? Ganz ohne Händchenhalten geht es da nun mal nicht. Zumindest nicht, wenn es glaubwürdig sein soll.“

Händchenhalten?

Bloody Hell!

Selbst das geht mir zu weit. Jegliche Berührung ist mir zu viel. Aber ohne gewisse Kompromisse funktioniert eine Ehe nicht, das ist mir klar. Also stoße ich meinen angehaltenen Atem aus und nicke widerwillig.

„Gut. Das erlaube ich dir. Aber nicht mehr. Verstanden?"

Sie jauchzt, springt auf meinen Schoß und nimmt auf mir Platz. Sofort lasse ich meine Hände unter ihr Kleid gleiten und spüre, dass sie darunter nackt ist.

Kein Slip – kein störender Stoff.

„Du kleines Biest."

Die Zähne in die Unterlippe grabend, bringt sie sich auf mir in Position, ehe sie sich langsam auf meine Erektion herablässt. Unfassbar heiß, klitschnass und so eng, dass es mir den Atem verschlägt, umschließt ihre kleine Muschi meine Härte und lässt mich so jedes Gefühl der Eifersucht vergessen. Bella ist hier. Sie sitzt auf *mir* und reitet *meinen* Schwanz. Sie stöhnt *meinen* Namen, während sie sich aufrichtet, nur um sich immer gieriger mit *meinem* Glied zu pfählen. Ihre Finger krallen sich an *meiner* Kutte fest und ihre Schenkel schließen sich um die *meinen* ...

Alles an dieser Frau gehört mir. Für immer!

Daran, wie sie mich ansieht und wie sie mich nur zu bereitwillig in ihrem Körper aufnimmt, kann ich erkennen, dass ihr das mehr als deutlich bewusst ist.

Bella mag nicht zu 100 Prozent einschätzen können, wie gefährlich, brutal und tödlich ich wirklich bin, aber sie ahnt es sehr wohl. Sie kann sich vorstellen, was ich mit dem Typen machen werde, der sie anrührt und sich an meinem Eigentum vergreift.

Sollte sie den Fehler begehen und gegen unsere gerade getroffene Abmachung verstoßen, wird das Folgen haben. Folgen, die sie jetzt noch nicht einschätzen kann und die sie mit eigenen Augen beobachten wird, ehe sie sie am eigenen Leib zu spüren bekommt.

Ich kann ihr also nur raten, ein braves Mädchen zu sein und sich von anderen Männern fernzuhalten, denn wenn sie es nicht tut, wird diese Scheiße ein unschönes, blutiges und verdammt tödliches Ende nehmen!

„Ich brauche dich tief in mir. Bitte! Mehr ..."

Sie fleht mich an, meine Sicherungen drehen durch.

Bestimmend halte ich sie fest, wirble sie auf mir herum und achte dabei, dass wir verbunden bleiben, dann pinne ich sie auf dem Sofa fest und pflüge mich immer schneller und härter in sie hinein.

Ihre Schreie werden lauter, immer mehr Nässe flutet ihre Pussy, umspült meinen Schwanz und sorgt so dafür, dass ich kurz vorm Abspritzen bin.

Holy Shit! Verdammter Shit!

Den Blick auf ihre zum Schrei geöffneten Lippen getackert, lege ich mir ihre Beine über die Schultern und stoße noch gnadenloser zu.

Bella erschaudert, genau das ist es, was mein Mädchen braucht und was ihr keiner dieser Loser geben kann.

Was sie braucht, bekommt sie nur von mir. Nur. Von. Mir.

Bis dass der Tod uns scheidet.

Einzig das Wissen, dass ich niemals zulassen werde, dass sie mir jemand wegnimmt, hält mich davon ab durchzudrehen.

„Fuck!“ Ich brülle meine Wut aus mir heraus und lasse meine Ehefrau spüren, wie sehr es mich ankotzt, sie teilen zu müssen.

Unsere Körper krachen hart gegeneinander, meine Hoden klatschen gegen das runzelige Loch ihres Hinterns, salzige Schweißtropfen rinnen mir über die Stirn.

„Meins. Meins. Meins. Du gehörst mir! Mir. Nur mir.“

Ein nur schwer kontrollierbarer Zorn steigt in mir auf und lässt mich Bella noch etwas härter anpacken als sonst. Sie scheint es nicht zu stören, sie sieht zu mir nach oben und verzieht das Gesicht, als sie die Lust zu übermannen droht.

Ich weiß schon jetzt, dass dieser Fick Spuren auf meiner Frau hinterlassen wird. Spuren in Form von blauen Fingerabdrücken, die morgen ihre weiße Haut zieren werden. Und das ist okay, das ist sogar gut.

Bullshit!

Ich liebe es, Bella zu zeichnen und sichtbar als mein Eigentum zu markieren. Nichts ist befriedigender, als mit eigenen Augen zu sehen, was ich mit ihr getan habe.

Meine Hoden zucken zustimmend, sie ziehen sich zusammen und werden heiß. Der Druck in meinem Schwanz wird unerträglich. Ich sehe Bella an und halte sie fest.

„Komm für mich. Sei ein braves Mädchen und lass mich spüren, wie sehr du meinen Schwanz liebst.“

Während ich rede, ficke ich sie immer tiefer.

Ihr Atem kommt abgehackt, sie stöhnt, vergräbt ihre Fingernägel in meinen Armen und hinterlässt so blutige Kratzspuren auf meiner Haut.

Dann biegt sie die Wirbelsäule durch und wird von einem heftigen Höhepunkt durchgeschüttelt. Krampfend zieht sich ihre Pussy um meinen Schwanz herum zusammen, raubt mir den Atem und lässt mich kommen.

Die Zähne fest zusammengebissen, starre ich sie an, bohre meine Augen in die ihren und spüre bis in den hintersten Winkel meiner Seele, dass diese Frau mein Leben ist: Wenn ich sie verliere, ist alles vorbei.

Schub für Schub spritze ich meinen Samen in sie hinein, fülle sie mit meinem Sperma und will nicht, dass es jemals wieder endet.

Das jetzt und hier ist perfekt.

Nur meine Lady und ich – der Rest der Welt kann uns gestohlen bleiben.

Frisch gefickt liegt sie kraftlos unter mir. Sie stöhnt meinen Namen, „Cole“, dieses Mal jedoch nicht in verzweifelter Gier, sondern befriedigt und atemlos, und haucht mir einen federleichten Kuss auf die verschwitzte Brust.

Bella ist die Einzige, die mich so nennt, der Club hat mir längst seinen eigenen Namen verpasst. In der Welt der OMCs (Outlaw Motorcycle Clubs) bin ich als Water bekannt.

Das hat den einfachen Grund, dass ich nur Wasser trinke. Keinen Whisky, keinen Wein, keine Cola und keinen Rum. Einfach nur kaltes, klares Wasser. Alkohol ist nichts für mich, genau wie alle anderen Drogen.

Ich habe schon früh erkannt, dass es am besten ist, immer die Kontrolle zu behalten, und dafür ist es wichtig, bei klarem Verstand zu sein.

Noch immer bis zum Anschlag in der Pussy meiner Lady vergraben, beuge ich mich zu ihr herab, streife mit meiner Nase über ihr Schlüsselbein und inhaliere ihren Duft.

Das ist die einzige Droge, die ich brauche. Ihr Geruch hat auf mich dieselbe Wirkung wie eine Dosis Heroin. Er berauscht mich, macht mich süchtig und schürt eine nie stillbare Gier nach mehr ...

Bella ist mein Koks, mein Hasch, mein lebenslanger Vorrat an LSD.

1. Kapitel

Die Schauspielerin

Nervosität rauscht durch meine Venen und sorgt dafür, dass mir vor Aufregung schon ganz schlecht ist.

Mir wird heiß und kalt, mein Puls rast und meine Lippen sind so trocken, als wäre ich ein ganzes Jahr durch die Wüste gerannt, ohne auch nur einen Schluck Wasser zu trinken. *Wasser ... Water ...*

Was würde mein Mann sagen, wenn er jetzt hier wäre und wüsste, dass ich kurz davor bin, unsere Vereinbarung zu brechen?

Oh Gott!

Ich will ihn nicht betrügen, ehrlich nicht. Er ist meine Liebe, er ist mein Leben, aber das hier ist mein Traum und den will ich unbedingt verwirklichen und das kann ich nicht, wenn ich zulasse, dass Coles Eifersucht meine Karriere im Weg steht.

Klar kann ich bis zu einem gewissen Grad verstehen, dass er nicht will, dass ich eine Erotikszene mit einem anderen Kerl vor einer Kamera drehe. Da würde wohl kein Ehemann vor Begeisterung ausflippen und trotzdem wird in jedem Film geknutscht und gevögelt. So ist es doch auch in Büchern und dieser Film ist schließlich die Verfilmung eines Romans. Aber das weiß Cole natürlich nicht, ich bin ja nicht bescheuert und verrate ihm das. Zum Schluss kommt er noch auf die Idee, ihn zu lesen und dann bin ich geliefert. Ich bin ja froh, dass er bisher noch kein Interesse am Drehbuch gezeigt hat. Sicherheitshalber lerne ich nur, wenn er nicht da ist, und lasse es nicht offen rumliegen.

Sex gehört zum Leben dazu, genau wie er in eine gute Liebesgeschichte gehört.

That's life ... Das muss auch mein großer, böser Rocker einsehen.

Das spezielle an meiner Situation ist ja, dass mein Ehemann nicht der nette Anwalt von nebenan ist, sondern ein Member des legendären *Death Scorpions Motorcycle Clubs* und dass er, wenn er jemandem damit droht, ihm das Genick zu brechen oder ihm die Kniescheiben zu zertrümmern, jedes verdammte Wort ernst meint. Cole gehört nicht zu der Kategorie Mann, die man unnötig wütend auf sich machen sollte – und das gilt auch für mich.

Scheiße!

Klar weiß ich, dass er mich liebt und dass er mich nur beschützen will, aber das muss er nicht, zumindest nicht in diesem Fall. Mikel, mein Filmpartner, mit dem ich gleich vor der Kamera vorgetäuschten

Sex haben soll, ist ein wirklich netter Kerl. Er ist hilfsbereit, humorvoll und hat Verständnis dafür, dass es mir nicht so leichtfällt, eine intime Szene nachzustellen.

Ich bin weiß Gott nicht prüde, auch wenn das mittlerweile das komplette Filmteam von mir denken muss, aber im Gegensatz zu ihnen weiß ich einfach, was passieren wird, wenn Cole sieht, was wir gedreht haben. Und das wird er. Spätestens am Tag der Premiere.

Zuerst ging es nur um einen Kuss, aus dem wurde dann ein Zungenkuss und aus dem dann, der Geschichte entsprechend, immer mehr und mehr ...

Das von Cole genehmigte Händchenhalten haben wir längst übersprungen, kein Wunder. Hier geht es schließlich um einen Erwachsenenfilm und nicht um eine Teenagerromanze.

Ich riskiere einen Blick in den Spiegel und beobachte darin, wie Mikel nur mit einem schwarzen Bademantel bekleidet vor dem Küchentisch steht, auf dem die Szene gleich gedreht wird.

Laut dem Skript streiten wir erst, dann packt er mich und schleudert mich auf den Tisch. Ich wehre mich erst, dann küsst er mich sanft in den Nacken und entschuldigt sich bei mir, worauf ich nachgebe und zulasse, dass er mich hart von hinten nimmt.

Als ich das das erste Mal im Drehbuch gelesen habe, musste ich lächeln. Genauso könnte es zwischen mir und Cole ablaufen. Beziehungsweise ist es schon abgelaufen. Das zwischen meinem Biker und mir ist wild, hemmungslos, manchmal grenzwertig und ganz genau so, wie ich es brauche. Er ist kein normaler Mann, er ist gefährlich und gerade diese dunkle Seite seines Charakters liebe ich so sehr. Es gefällt mir, mit dem Feuer zu spielen und mir ab und an die Finger zu verbrennen.

Ich wende den Blick von Mikel ab, betrachte mein Spiegelbild und muss meiner Maskenbildnerin ein Kompliment aussprechen. Ich sehe gut aus. Meine langen blonden Haare glänzen und fallen mir in weichen Locken über die Schultern. Der silberne Lidschatten passt perfekt zu meinen dunkelblauen Augen, der rote Lippenstift harmoniert mit dem roten Abendkleid, das sich eng an meine Kurven schmiegt.

Im Film komme ich gerade von eine Businessveranstaltung nachhause, Mikel erwartet mich dort und ist eifersüchtig, weil er denkt, dass ich etwas mit meinem Boss habe. Womit er sich natürlich täuscht, denn in der Geschichte, die wir spielen, bin ich sehr in ihn verliebt. Der Film ist schön und dramatisch und leidenschaftlich und genau darin liegt das Problem, denn die Leidenschaft wird mir jede Menge Ärger mit Cole einbringen.

Ich wusste schon an dem Tag, an dem ich die Vereinbarung mit ihm geschlossen habe, dass ich sie nicht einhalten kann. Immerhin hatte ich das Drehbuch zu diesem Zeitpunkt schon gelesen. Verurteilt mich nicht, bitte! Ich wollte meinen Mann nie anlügen und ich will ihn auch nicht betrügen, aber den Traum Schauspielerin zu werden, hatte ich schon als kleines Mädchen und ich kann ihn nicht einfach aufgeben, nur weil Cole nicht zwischen Film und Realität unterscheiden kann.

Verdammte Scheiße!

Als Mason ihm das *Red-Light-Crew-Patch* übergeben hat, bin ich schließlich auch nicht ausgeflippt, sondern habe akzeptiert, dass mein Mann nun zum Oberhaupt von New Yorks Rotlichtmilieu geworden ist: zum König aller Nutten.

Ich habe ihm einfach vertraut und mich darauf verlassen, dass ihm unsere Ehe mehr wert ist als eine billige Muschi. Und genau dieses Vertrauen erwarte ich jetzt auch von ihm.

Schon witzig. Mein echtes Leben ist so viel spannender als die Story, in der ich die Hauptrolle spiele.

„Isabella? Bist du so weit?“

Stephen, der Regisseur, taucht hinter mir auf, unsere Blicke begegnen sich im Spiegel. Ich nicke ihm zu, er lächelt mich freundlich an und klatscht in die Hände.

„Alles klar! Du weißt, worauf du achten musst? Sei leidenschaftlich und verführerisch. Bring all deine Emotionen ein und versuche, dich in deiner Rolle zu verlieren.“

Das wird mir leichter fallen, als er denkt. Schließlich hat mich mein Mann erst gestern auf dem Küchentisch gevögelt, und wenn ich nur daran denke …

Entschlossen verdränge ich Cole aus meinen Gedanken, zwinge mich dazu, mich auf die Arbeit zu konzentrieren und schlüpfe in die schwarzen, wunderschönen High Heels, die ich so tatsächlich auch im wahren Leben tragen würde, und stehe auf.

Stephen führt mich zum Set, dutzende Leute stehen um uns herum, und diese vielen Dinger, die aussehen wie Ufos, sorgen für eine perfekte Beleuchtung.

Die Tinte auf dem Vertrag ist längst getrocknet, der Film ist zur Hälfte im Kasten – worauf ich hinaus will, ist Folgendes: Selbst wenn ich wollte, gibt es jetzt kein Zurück mehr.

Cole wird ausflippen, er wird toben und Feuer spucken, sich aber hoffentlich wieder beruhigen, ohne völlig auszurasten und wem auch immer die Knochen zu brechen.

Es wird mir schon irgendwie gelingen ihn zu besänftigen.

Ich meine, Scheiße!

Wir sind seit fünf Jahren zusammen und das ist nicht das erste Mal, dass ich etwas tue, was er mir eigentlich verboten hat.

Tief durchatmend schiebe ich alles, was nicht mit der Szene zu tun hat, beiseite, schlüpfe in meine Rolle und werde zu Sophia, die sich mit ihrem Freund streiten wird, ehe sie sich hart von hinten von ihm ficken lässt.

Vier Stunden später ist es vorbei, ich fühle mich erschöpft und ausgelaugt und mein Unterleib pocht unbefriedigt. Ich hätte nicht gedacht, dass es mich so anturnt, so zu tun, als ob ich Sex mit einem anderen Mann als Cole hätte.

Das verwirrt mich. Ehrlich. Zu meinem Glück bin ich damit nicht alleine, ich konnte Mikels Erektion nur allzu deutlich an meinem Hintern spüren und daher weiß ich ganz genau, dass ihn diese Szene ebenfalls nicht kaltgelassen hat. Zwischen uns stimmt die Chemie und ich bin mir sicher, wenn ich nicht verheiratet, sondern Single wäre, hätte er mich nach Drehschluss auf einen Drink eingeladen und wir wären in seinem Hotelzimmer gelandet, um das, was wir gerade vorgespielt haben, wahr werden zu lassen.

Heilige Scheiße!

Mein Kopfkino, in dem ich mir tatsächlich erlaubt habe, mit Mikel Sex zu haben, fühlt sich viel mehr wie Betrug an, als die vorgetäuschte Szene, die viel anstrengender war als gedacht und die vom ganzen Team gelobt wurde. Zuerst war ich mir sicher, dass sie nur nett sein und mir meine Unsicherheit nehmen wollten, aber dann durfte ich die Aufnahme sehen und wusste sofort, dass ich erledigt bin. Denn sie ist wirklich extrem authentisch geworden.

Stephen hat es hinbekommen, dass es echt wirkt. Dass Mikel und ich tatsächlich aussehen wie ein Paar, das sich liebt, das streitet und schlussendlich phänomenalen Sex auf dem Küchentisch hat.

Meine Mimik – Himmel! – sie hat mich am meisten erschreckt.

Ich hatte schon immer viel Fantasie und ich stehe auf Sex. Es ist mir also leichtgefallen, meinen Verstand auszutricksen und meinem Vorstellungsvermögen freien Lauf zu lassen. In meinem Kopf hatte ich tatsächlich Sex mit Mikel. Die Art, wie er mich vor der Kamera angefasst, was er zu mir gesagt und wie er mich berührt hat ... Zwischen uns funkt es, wenn ihr versteht, was ich meine?

Es gibt Männer, die lassen uns Frauen völlig kalt und dann gibt es da welche, die müssen wir nur ansehen, um zu wissen, dass es passt.

Kennt ihr das?

Versteht mich nicht falsch. Ich liebe Cole, aber deswegen bin ich noch lange nicht tot, ich lebe, habe Empfindungen und Gefühle und gerade letztere lassen sich leider nur schwer kontrollieren.

Scheiße! Ich bin total durcheinander!

Meine Unterlippe ist geschwollen, was daran liegt, dass Mikel mich gebissen hat. Es war eine einfache Kussszene, aber na ja ... wir wollten möglichst echt wirken und so ist aus dem vorgetäuschten ein echter Kuss geworden. Natürlich nur für die Kamera. Natürlich nur für den Film. *Verdammt!*

Tränen steigen mir in die Augen. Es fühlt sich so an, als hätte ich Cole verraten, als hätte ich ihn betrogen, obwohl ich genau das nie wollte.

Stephen hat mich gelobt und mir gesagt, dass ich ein Naturtalent bin und dass mir eine große Karriere bevorsteht.

Natürlich habe ich mich zuerst mega gefreut. Seine Worte bedeuten mir viel, immerhin ist er ein alter Hase in der Filmwelt. Aber dann kam die Frage, zu welchem Preis? Wie viel bin ich bereit zu riskieren, nur um erfolgreich zu sein und um irgendwann bei Blitzlichtgewitter über einen roten Teppich schreiten zu können?

Am ganzen Leib zitternd renne ich aus dem Studio, raus auf den Hof und halte mein Gesicht gen Himmel. Es ist noch warm, aber ich kann den drohenden Regen schon riechen. Blitze zucken durch die dunklen Wolken, ein unsichtbares Grollen lässt die Erde erbeben.

Schluchzend lehne ich mich gegen die Mauer, schlage mir die Hände vors Gesicht und lasse meinen Tränen freien Lauf. Ich bin wie zerrissen, fühle mich wie eine zersprungene Vase, von der ich nicht weiß, ob sie jemals wieder geklebt werden kann.

Zu dem lauten, wütend klingenden Donner mischt sich ein nur allzu vertrautes Dröhnen. Ohne einen Blick Richtung Straße zu werfen, weiß ich, wer sich dem Gebäude nähert: Mein *Death Scorpion* ist gekommen. Cole schafft es nicht immer, manchmal lassen es die Clubangelegenheiten, um die er sich kümmern muss, nicht zu. Aber wenn er Zeit hat, kommt er um mich abzuholen. Dann lasse ich meinen Audi einfach stehen und freue mich darauf, dass Cole mich am nächsten Tag wieder herfährt.

Noch bevor die Harley auf den Hof fährt, geht die Türe neben mir auf und Mikel steht vor mir. In seinen grauen Augen kann ich erkennen, dass er noch immer erregt ist. Mein Blick huscht sofort zu seinem Schritt und meine Kehle wird trocken. Ich weiß noch genau, wie sich sein nackter Schwanz an meinem Po angefühlt hat. Hart, dick und vielversprechend.

Scheiße! Scheiße!

Er scheint zu wissen, was in meinem Kopf vorgeht, grinst mich frech an und schnalzt mit der Zunge. *Oh ja ...* er weiß, dass er gut aussieht, und ist garantiert ein echter Frauenheld. Seine Augen ruhen auf meiner leicht geschwollenen Unterlippe, ich beobachte wie sich seine Pupillen weiten.

Mikel sieht ein bisschen aus wie Henry Caville. Ein eckiger Kiefer, kurze braune Haare, hohe Wangenknochen und natürlich ein Sixpack. Wie gesagt, er ist sexy, aber im Gegensatz zu meinem Rocker nichts weiter als ein netter kleiner Junge, der spielen will.

„Ich entschuldige mich dafür, dass ich dich gebissen habe. Das war nicht meine Absicht."

Ja, das weiß ich.

„Aber als du mir so nah warst – dein Geruch, deine Haut und deine weichen Brüste in meiner Hand ..."

Er verstummt. Das ist okay, er muss auch gar nicht mehr sagen – er sollte auch gar nicht mehr sagen.

„Am besten vergessen wir die Sache einfach. Abgemacht?"

Er nickt, kommt mir näher und inhaliert meinen Geruch.

„Wir vergessen es bis zu der nächsten Szene, in der ich so tun soll, als ob ich dich ficken würde, in der ich vorgebe, in deinen perfekten Körper einzudringen, ohne es wirklich zu tun."

Stille. Wir starren uns an. Das Rattern des Bikes wird immer lauter, erste Tropfen fallen auf uns herab. Es hat zu regnen begonnen.

„Das Problem ist nur ..." Mikel flucht. „Das Problem ist nur, dass ich dich ficken will. Genauso wie wir es vorspielen. Nur härter, tiefer und besser."

Pures Verlangen schwingt in seiner Stimme mit, auf seiner Stirn tritt eine Ader hervor, mein Unterleib zieht sich erregt zusammen.

Lieber Gott, steh mir bei!

Das Motorengeräusch der Harley verstummt, was bedeutet, dass Cole da ist. Gleich wird er absteigen und auf uns zukommen.

Ich will Mikel ausweichen, einen Schritt zurückgehen und Abstand schaffen. Dringend benötigten Abstand, der dafür sorgt, dass mein Outlaw Mikel nicht gleich eine Kugel verpasst.

„Du darfst so etwas nicht sagen. Ich bin verheiratet."

Mikel nickt.

„Ja, ich weiß."

Ich schlucke und beschließe, die Wahrheit auf den Tisch zu packen. Bis jetzt hat Mikel, beziehungsweise keiner vom Filmteam mitbekommen, mit wem genau ich verheiratet bin. Sie wissen, dass es einen Mann gibt, klar, immerhin sehen sie mir dabei zu, wie ich den Ehering von meinem Finger ziehe, bevor ich vor die Kamera trete. Aber sie wissen nicht, dass es sich dabei um einen *Death Scorpion* handelt.

Bis jetzt hat keiner von ihnen mitbekommen, wie ich bei Cole auf das Motorrad gestiegen bin. Mir war das ganz recht so, das hätte nur Fragen aufgeworfen. Fragen, die ich nicht beantworten will. Es hat mir gut gefallen, einfach mal nur Isabella zu sein und nicht die Frau des kriminellen Outlaws. Sondern einfach mal nur ich. Hier hat der Club keine Rolle gespielt, ich war wie in einer anderen Welt ohne Kutten, Waffen und Mord und Totschlag und zugegeben, das hat mir gut gefallen.

Aber jetzt, wo sich die Konfrontation nicht mehr vermeiden lässt, sollte ich Mikel warnen, ehe es zu spät ist. Bevor er als Leiche im Hudson endet oder, was viel wahrscheinlicher ist, bevor Jessy, die Lady unseres Vollstreckers, seine Überreste in ihrem Krematorium verschwinden lässt.

Ich höre, wie sich uns schwere Schritte nähern – mir läuft die Zeit davon. Noch ehe ich ein weiteres Wort über die Lippen bekomme, ist Cole auch schon an meiner Seite, sieht mich prüfend an und bemerkt garantiert, wie verwirrt ich bin.

Cole entgeht nichts, was mit mir zu tun hat. Nichts! Es ist so auf mich fixiert wie ein halb verhungerter Wolf auf seine Beute.

Und dabei kann man meinen Rocker nur schwer mit einem verhungerten Wolf vergleichen. Er ist ein gottverdammter T-Rex. Bissig. Groß. Stark. Unbesiegbar und garantiert tödlich.

„Fuck, Baby. Was ist los? Alles okay bei dir?“

Sein schwerer Arm landet auf meinen Schultern, er zieht mich bestimmend an sich und vergräbt seine Nase in meinen Haaren, schnuppert an mir und pinnt mir dann einen besitzergreifenden Kuss auf den Scheitel.

„Ähm ja. Alles gut.“

Cole erkennt meine Lüge, sieht zu dem total verdatterten Mikel und zieht fragend eine Augenbraue ein die Höhe.

„Ist das der Typ?“

Ich weiß sofort, was er meint.

„Ja, das ist mein Filmpartner, Mikel.“

Die beiden stellen sich vor. Testosteron liegt in der Luft. Totales Platzhirschgehabe.

Mikel, der so wirkt, als hätte man ihm eben eine Knarre an den Schädel gehalten, starrt entsetzt auf die Kutte meines Mannes, mustert die vielen Patches und stolpert einen Schritt zurück, als er die silberne Beretta entdeckt, die vorne in Coles Hosenbund steckt.

Jep! Das ist dann wohl der Moment, in dem er erkennt, dass es besser ist, mich nicht mehr anzuflirten. Schade eigentlich ...

Es war nett. Ehrlich. Das Gefühl begehrt zu werden hat mir gut gefallen. Aber es ist besser so. Zumindest ist es besser für seine Gesundheit und es erhöht seine Überlebenschancen gewaltig.

„Gut. Ich muss los, Bella. Wir sehen uns dann morgen."

Ich antworte mit einem unverbindlichen „Tun wir." Dann ist er auch schon zu seinem Porsche verschwunden.

„Was ein Wichser."

Coles Brummen lässt mich erschaudern. Er lässt mich los, stellt sich vor mich und umfasst trügerisch sanft mein Gesicht. Ich kann den Zorn in seiner Berührung spüren und weiß, dass mein Mann gespürt hat, dass da etwas zwischen mir und Mikel ist.

Seine stahlblauen Augen bohren sich tief in die meinen. So tief, dass es sich anfühlt, als würde er meine Gedanken lesen. Ich kann nicht mehr atmen, schaffe es nicht, den Blick abzuwenden, sondern bin ihm hilflos ausgeliefert.

„Was ist heute vorgefallen, Bella?"

Ich schlucke.

„Nichts. Es war nur ein langer Tag."

Er zögert, seine Nasenflügel blähen sich und die Muskeln in seinen Armen zucken, sodass sich seine Bizepse anspannen und sich der Stoff des ausgewaschenen Shirts anspannt.

„Sicher, dass du mir nichts erzählen willst?"

Meine Tränen laufen über, der Regen wird stärker und wäscht sie unbemerkt ab.

„Kannst du mich bitte einfach nur in die Arme nehmen?"

Das Knurren, das sich nun aus seiner Kehle löst, verheißt nichts Gutes. Dennoch gibt er nach, zieht mich an seine massive Brust und hält mich bestimmend fest.

Der unverkennbare Geruch von Motorradclub steigt mir in die Nase und beruhigt meine aufgewühlten Nerven.

„Genau das habe ich jetzt gebraucht."

„Freut mich zu hören, Baby. Wage es ja nicht, dir das jemals von einem anderen Typen zu holen. Schon gar nicht von diesem Loser ..."

Ich weiß sofort, wen er meint.

Ihr sicher auch und in dieser Sekunde wird mir klar, dass ich knietief in der Scheiße stecke.

Cole wird Mikel töten, sobald er den Film sieht. Er wird ihn in der Luft zerfetzen und seine Überreste in ganz fucking New York verstreuen.

„Alles, was ich will, bist du."

Und das stimmt. Ehrlich. Das zwischen Mikel und mir war nur wegen der Szene. Wir haben uns in unsere Rollen hineinversetzt und deshalb haben unsere Körper reagiert. Da ist nichts. Nichts außer die Geschichte, die wir gemeinsam vor der Kamera erzählen. Cole ist echt. Er ist mein Leben, meine Gegenwart und meine Zukunft. Dieser Rocker ist mein Schicksal und das ist alles, was zählt.

2. Kapitel

Der Rocker

Etwas stimmt nicht. Etwas stimmt ganz und gar nicht!

Mein Mädchen ist durcheinander, es zittert und riecht, verfickte Scheiße noch mal, nach einem anderen Mann.

Was ist da los?

Was zur Hölle ist heute passiert, dass Bella so aussieht, als würde sie gleich zerbrechen? Ihre Unterlippe ist geschwollen und in ihrem Blick liegen Furcht und Lust, eine verdammt erregende Kombination, die meinen Schwanz nicht kalt lässt.

Ich will sie. Ich brauche sie. Jetzt!

Ich muss meine Zähne in ihrem Fleisch vergraben, mich in sie hineinrammen und ihren Körper als den meinen markieren.

Bevor ich zulasse, dass ich sie verliere, schlachte ich jeden anderen Mann auf diesem Planeten ab. Diese Frau gehört mir. Grenzenlos mir. Für immer mir.

Ich kenne den Wichser, den ich gerade viel zu nah bei meiner Lady habe stehen sehen. Er ist das Arschloch aus dem Film, in den sich meine Frau angeblich vor der Kamera verlieben soll.

Bullshit!

Es war offensichtlich, dass er Bella will. Wie sollte er auch nicht? Sie ist jung, schön und so perfekt, dass es wehtut, sie einfach nur anzuschauen und sie nicht berühren zu können.

Wenn ich ihm folge, ihn packe und ihm beide Hände abhacke, wäre mein Problem erledigt. Ich könnte es tun. Es wäre so einfach und würde maximal eine Stunde meiner Zeit rauben. Warum also tue ich es nicht einfach?

Die Antwort liegt auf der Hand: Weil es Bella unglücklich machen würde und ich will sie lächeln sehen. Ich gönne ihr diesen Film und wünsche ihr allen Erfolg dieser Welt. Das Problem bei der Sache: Ein Teil von mir will sie noch immer einsperren und vor dem Rest der Welt versteckt halten.

Der Typ rauscht in seinem Porsche an uns vorbei und will uns anscheinend mit seiner Spielzeugkarre beeindrucken. Lächerlich! Wenn ich wollte, hätte ich zehn von den Dingern, aber nicht geleast, sondern bezahlt. Doch im Gegensatz zu ihm habe ich es nicht nötig, mich über irgendwelchen materialistischen Scheiß zu definieren. Ich bin, wer ich bin und wer sich mir in den Weg stellt, stirbt. So einfach.

Der Regen prasselt immer stärker auf uns nieder, mir ist schmerzlich bewusst, dass Bella mir noch immer eine Antwort auf meine Frage schuldet. Etwas ist passiert und ich werde herausfinden was. Das Problem an der Sache ist nur, dass ich jetzt schon weiß, dass mir das, was ich in Erfahrung bringen werde, nicht gefallen wird.

Der Tag war anstrengend. Fucking anstrengend. In einem unserer Laufhäuser kommt es immer wieder zu brutalen Überfällen auf die Girls. Und das trotz der Security. Mittlerweile ist es so schlimm geworden, dass ein Teil der Frauen sich davor fürchten zu arbeiten, was keine Lösung ist. Denn das bedeutet ernsthafte Einnahmeverluste. Verluste, die ich nicht so einfach hinnehmen werde. Ganz von den Verletzungen, die die Girls davongetragen haben, einmal abgesehen. Wenn ich den Verantwortlichen für diese Überfälle finde, werde ich ihn bei lebendigem Leib kastrieren und ihm seinen Schwanz so tief in den Rachen stopfen, bis er an ihm erstickt.

Laut den Aufzeichnungen der Überwachungskameras handelt es sich bei den Tätern um eine Gruppe Männer. Sie alle sehen türkisch aus, was verfluchten Ärger bedeuten kann.

Fuck!

In der Vergangenheit hatten wir einigen Ärger mit den Türken. Angefangen hat alles mit einer lächerlichen Kneipenschlägerei, die etwas außer Kontrolle geraten ist. Das alles ist eine lange Geschichte. Zusammengefasst: Es gab jede Menge Leichen, Schießereien mit verfickten Maschinenpistolen und Blut. Natürlich nicht auf unserer Seite, wir *Scorpions* wissen uns durchaus zu verteidigen. Aber die Türken haben ordentliche Verluste gehabt. Schlussendlich hat Wyatt, unser Sergeant, sich dazu entschlossen, Ahmet vor seiner Villa auf Long Island kaltzumachen. Danach ist Ruhe eingetreten, es war fast schon friedlich. Zu friedlich, wenn man bedenkt, dass Ahmet niemand Geringerer war als der kleine Bruder von Berat, dem Oberhaupt der New Yorker Türken.

So wie ich das sehe, hat Berat die Wochen nach dem Tod seines kleinen Bruders genutzt, um zu trauern und seine Wunden zu lecken. Mason hatte schon gehofft, dass er endlich kapiert hat, dass er gegen den Club chancenlos ist. Aber daran habe ich von Anfang an gezweifelt.

Berat ist kurz davor seine Macht zu verlieren. Hier geht es um jede Menge Dollars. Millionen von Dollars, Respekt und Ansehen. Kein Mann, der auch nur annähernd bei Verstand ist, verzichtet auf die Rache, die ihm dem Gesetz der Straße nach zusteht.

Sollte sich also mein Verdacht bestätigen, sollten hinter diesen Angriffen tatsächlich die Türken stehen, dann wird das eine verdammt hässliche Angelegenheit. Ich sollte Mason und seinen Vize Hunter über meinen Verdacht informieren. Aber bevor ich das tue, werde ich mich um meine Old Lady kümmern, denn die steht zitternd und verwirrt vor mir und scheint ein Problem zu haben, in das sie mich nicht einweihen will.

Vielleicht sollte ich dem Porschewichser doch folgen, ihm erst mal nur eine Hand abhacken und so seine Zunge lockern. Denn ich bin mir zu 100 Prozent sicher, dass meine verwirrte Frau auf sein Konto geht.

Eine ungute Vorahnung macht sich in mir breit, doch ich erlaube mir nicht, sie in Betracht zu ziehen, und vertraue Bella einfach. Sie hat mir versprochen, keine Erotikszenen zu drehen, und ich bin mir sicher, dass sie sich an dieses Versprechen halten wird. Mein Frau und ich haben eine Vereinbarung, und Bella weiß nur zu gut, was ihr droht, wenn sie sich nicht an diese hält. Sollte sie mich hintergangen haben, wird das verdammt unschön werden.

Als würde sie meine aufsteigende Wut spüren, schmiegt sie sich noch etwas fester an mich, krallt sich an meiner Kutte fest und sieht unter verklebten Wimpern zu mir nach oben. Der Regen hat ihr Make-up zerstört und die Maske zur Hälfte von ihrem wunderschönen Gesicht gewaschen. Zum Vorschein kommt ein verletzliches Mädchen mit großen Träumen, zu viel Risikobereitschaft und einem guten Herzen.

Ich kann die Zerrissenheit in ihrem Blick erkennen und balle die Fäuste.

Fuck! Fuck! Fuck!

„Was ist los, Baby?"

Sie zögert und leckt sich die Lippen, mein Schwanz wird noch härter, er zuckt und fordert mich auf, endlich zu tun, was getan werden muss, um Bella daran zu erinnern, wem sie – verfluchte Hölle noch mal – gehört.

„Es war nur ein langer, anstrengender Tag. Sonst nichts."

Sie lügt mich an. Was äußerst dumm von ihr ist. Ich verbringe meine Tage mit verlogenen kleinen Schlampen. Mittlerweile habe ich eine Art Lügendetektor entwickelt. Ich erkenne sofort, wenn mir jemand nicht die Wahrheit sagt. Nett, wie ich bin, gebe ich ihr die Möglichkeit, ihren Fehler wiedergutzumachen und doch noch die Karten auf den Tisch zu legen.

„Sicher?"

Doch anstatt sie zu ergreifen, zieht sie diese Scheiße weiter durch und nickt.

Ich lasse zu, dass mein Zorn die Kontrolle übernimmt. Grob wirble ich Bella herum, drücke sie mit dem Gesicht an die Mauer und hole meinen Schwanz raus. Sie keucht, noch bevor sie auch nur ahnen kann, was ich jetzt mit ihr tun werde, habe ich auch schon ihr Kleid hochgehoben und ihr Höschen zerfetzt. Jetzt beginnt sie sich zu wehren, was mich nur noch geiler macht.

„Cole, was soll das?“

„Ich nehme mir, was mir gehört!“

„Aber dich nicht hier. Uns kann jeder sehen, die Tür kann jederzeit aufgehen und Leute können rauskommen.“

Richtig.

„Das hast du gut erkannt.“

„Cole?!“

Ich will, dass ihre Kollegen rauskommen, ich will, dass sie sehen, wie ich meine Frau ficke, damit sie endlich begreifen, dass Bella bereits einen Mann hat. Einen Mann, der vor nichts und niemandem zurückschreckt, um sein Eigentum zu beschützen!

„Beug dich vor, Baby.“

Sie zögert, ich verpasse ihrer Arschbacke einen warnenden Hieb.

„Sofort!“

Mit einem Wimmern gibt sie nach, meine Hoden pochen und ich bringe mich vor ihrer Pussy in Stellung.

„Sag es. Sag, dass du mich liebst!“

Ich muss es hören oder ich verliere jetzt und hier den Verstand.

„Ich liebe dich, Cole. Ich liebe dich so sehr!“

Zumindest das klingt aufrichtig.

Ihre Worte hallen in meinem Schädel wider, während ich mich mit einem harten Stoß bis zum Anschlag in sie hineinramme. Sie kreischt und stöhnt, ich packe sie fester, halte sie in Position und falle in einen gnadenlosen Rhythmus, der mir dabei hilft, mich wieder zu beruhigen.

Bella ist da, sie ist hier bei mir und niemand kann sie mir nehmen.

Ihre Pussy ist meine Pussy. Sie umschließt meinen Schwanz, sie drückt meine Härte und zieht sie gierig noch etwas weiter in sich hinein.

Ich kann spüren, wie ihr Inneres bebt, wie es sich meiner Länge anpasst und weich wird.

Eine Faust in ihren Haaren vergrabend ziehe ich Bellas Kopf nach hinten, beiße mich an ihrem Nacken fest, während ich sie immer tiefer ficke.

Sie erschaudert, ihr Körper kapituliert und auch ihr Verstand scheint sich endlich der Tatsache zu fügen, dass sie keine Chance gegen mich hat.

Bella ist meine Lady – ich bumse sie wann und wo und wie und so oft ich will!

Wut und Lust vermischen sich, in meiner Brust beginnt es zu ziehen und mein Herz rast. Diese Frau hat mich an den Eiern, und auch wenn ich es sie nicht spüren lasse, hat sie die Kontrolle über unser Leben.

Wenn ich sie verliere, wenn ich auch nur einen Tag ohne sie sein müsste, würde ich meine Waffe ziehen, sie in meinen Mund stecken und abdrücken. Bella ist nicht nur ein Teil meines Lebens, sie ist mein Leben, vielleicht sollte ich dafür sorgen, dass ihr das zukünftig noch etwas bewusster wird.

Ich ramme mich wieder und wieder in sie hinein, fülle sie aus und spüre, wie der Ballast meiner Existenz dabei von mir abfällt. Der Ärger zerbröckelt und alles, was ich noch wahrnehme, ist Bella und wie sie sich mit einem lauten Schrei in ihrer Lust verliert.

Anstatt langsamer zu werden, stoße ich schneller und kraftvoller zu, befehle ihr erneut zu kommen und fordere einen weiteren Orgasmus ein. Erst als sie kraftlos zusammenbricht und meinen Namen flüstert, lasse ich zu, dass mich die Erlösung ebenfalls packt. Schub für Schub fülle ich ihre Muschi mit meinem Sperma, lasse ihre Haare los und schlinge meine Finger um ihr zerbrechliches Genick.

Meinen Kopf in den Nacken fallen lassend, spüre ich, wie mir die Regentropfen den Schweiß von der Stirn waschen, und behalte diese Position bei.

Erst nach einer weiteren Minute ziehe ich mich aus ihr heraus, schließe meine Hose und zupfe ihr Kleid wieder nach unten. Sie stolpert nach hinten gegen meine Brust. Ich halte sie besitzergreifend fest, sie dreht sich zur Seite und sucht meinen Blick. Sofort tackere ich ihr einen hungrigen Kuss auf die Lippen.

Was auch immer sie vorhin so durcheinandergebracht hat, es ist verschwunden. Die Furcht hat sich aus ihrem Blick gelöst, ein befriedigtes Lächeln umspielt ihre Lippen.

„Das habe ich jetzt gebraucht. Danke."

„Jederzeit wieder, Darling."

„Kannst du mich jetzt heimbringen?"

„Kann und werde ich."

Noch ein Kuss, endlich werde auch ich wieder ruhiger.

Trotz des warmen Sommerregens ignoriere ich den schwarzen Audi Q7, den ich ihr kurz nach unserer Hochzeit geschenkt habe, und führe sie zu meinem Bike. Ich lasse es mir nicht nehmen, ihr den Helm aufzuziehen und den Verschluss einrasten zu lassen, ehe ich aufsteige und warte, bis sie hinter mir Platz nimmt.

Sobald ihre Arme auf meiner Hüfte ruhen, starte ich mit einem kraftvollen Fusskick den Motor und bringe meine Frau nachhause.

Zurück im Club erwartet mich Mason bereits. Die Mimik des Präsidenten lässt auf Ärger schließen. Bella kommt zu dem gleichen Schluss. Sie verabschiedet sich von mir mit einem schüchternen Lächeln und dem Versprechen, das sie oben in unserer Wohnung, die sich im vierten Stock des Clubhauses befindet, wartet.

„Was los, Präs?“

„Ich habe gerade von einem unserer Informanten erfahren, dass zwei unserer Nutten ohne Kopf aus dem Hudson gefischt wurden.“

Holy Fuck!

Fuck!

„Wenn sie keinen Kopf mehr hatten, woher weißt du dann, dass sie aus unserem Stall stammen?“

So als ob er auf diese Frage gewartet hätte, hebt er mir sein Handy vor die Nase. Irritiert nehme ich es ihm ab und sehe mir das auf dem Display angezeigte Foto an. Zwei entstellte, enthauptete Frauenleichen liegen am Rand des Hudsons. Sie sind splitternackt, ihre Körper sind mit schwarzen Hämatomen überzogen.

Mir wird schlecht. Und das passiert nicht so leicht. Dank der vielen Jahre, die ich nun schon dem *Death Scorpions Motorcycle Club* angehöre, bin ich ziemlich abgehärtet. Doch das, was ich jetzt sehe, ist krass. Es gehört zu den Dingen, die ich niemals Bella erzählen würde, weil sie ihr furchtbare Alpträume bereiten würden.

Nun zu der Antwort auf meine Frage, woher Mason weiß, dass die Huren zu uns gehört haben: Auf ihren Bäuchen wurden mit einem Messer oder Ähnlichem, die Initialen des MCs eingeritzt.

Mein gezischtes „Heilige Scheiße!“ bestätigt Mason mit einem Nicken.

Ich versuche zu erkennen, um welche Frauen es sich handeln könnte, aber das ist wegen der fehlenden Schädel ein Ding der Unmöglichkeit.

„Hast du eine Ahnung, wer das gewesen sein könnte?“

Habe ich. Leider.

Mit einem Nicken in seine Richtung gehe ich zur Bar, Mason folgt mir, Hunter schließt sich uns an.

Ich bestelle mir eine Flasche Wasser kippe mir die klare Flüssigkeit in den Rachen und ordere sofort eine neue. Der Prospect hinter der Theke stellt gleich zwei Flaschen direkt vor mich.

Guter Mann. Dafür, dass er erst seit vier Wochen bei uns ist, lernt er schnell.

Mason und seine rechte Hand starren mich ungeduldig an.

Ich zögere kurz, weil ich weiß, was meine Anschuldigungen ins Rollen bringen werden, aber was soll ich tun? Die Aufnahmen der Kameras sind aussagekräftig genug, um diese Vermutung zu rechtfertigen.

„Ich schätze, es waren die Türken."

Hunter zischt, Mason flucht und ich leere die nächste Flasche.

„Wie kommst du darauf?"

„Es gibt seit einigen Wochen Unruhen. Nichts, was ich nicht geregelt gekriegt hätte, aber sie waren konstant und wurden immer massiver. Ich wollte die kommende Woche mit euch darüber reden, hatte gehofft, bis dahin noch mehr Informationen zusammentragen zu können. Aber das war wohl nichts."

„Warum tippst du auf Berat? Wenn er Rache für den Mord an seinem Bruder will, warum killt er dann dumme Nutten und keinen Member? Warum nimmt er sich keine Old Lady vor oder meinen Sohn?"

Darauf habe ich keine Antwort.

„Das war die Unstimmigkeit in meinen Schlussfolgerungen, der ich erst nachgehen wollte, ehe ich mich an euch wende."

Der Vize nickt zustimmend, Mason tippt wütend auf seinem Handy rum, gibt dann den Versuch, eine Textnachricht zu tippen, auf und drückt sich das iPhone ans Ohr.

„Baby? Yeah ... Nein ... Hör zu. Du musst in den Club kommen. Pack ein paar Sachen ein, genug für eine Woche und dann fahr auf direktem Weg hierher."

Jennifer, seine Frau, scheint noch etwas zu sagen. Er bringt sie mit einem Fluch zum Schweigen und wiederholt seinen Befehl, dann legt er auf und rauft sich die schulterlangen schwarzen Haare.

„Dieses Weib treibt mich noch mal in den Wahnsinn."

Tja, das Gefühl kenne ich. Zumindest muss er sich keine Sorgen darüber machen, dass seine Lady so tut, als würde sie sich vor laufender Kamera von einem anderen Mann ficken lassen.

„Hör zu, hol deine Frau und deinen Sohn. Das Gespräch können wir auch später weiterführen."

Sein Zwiespalt ist ihm deutlich anzusehen. Hin und wieder kollidieren unsere Verpflichtungen dem Club gegenüber mit denen, die wir eingegangen sind, als wir uns dazu entschieden haben, uns eine Lady zu nehmen.

„Fahr. In der nächsten Stunde wird eh nichts passieren. Die Huren sind schon tot. Zweimal kann man ihnen den Kopf nicht abschlagen.“

Bei Hunters Worten schwingt ein gewisser Galgenhumor mit.

Mason brummt etwas und macht sich daran, seine Familie in Sicherheit zu bringen.

„Gut. Lass uns die Sicherheitsvorkehrungen für den Club erhöhen. Mehr Securitys für die Bordelle und die Laufhäuser, mehr Wachen auf dem Dach und mehr Munition in den Taschen von jedem von uns. Wer weiß, ob Berat uns mit den toten Huren nur eine Warnung zukommen lassen wollte.“

Der Vize nickt zustimmend.

„Ich kümmere mich um die Scheiße hier, du dich um die Hurenhäuser.“

Der Deal steht. Jeder von uns weiß, was zu tun ist. Es vergehen Stunden, bis alle Vorbereitungen getroffen wurden und ich mich endlich auf den Weg zu meiner Frau machen kann.

Diese Scheiße hätte ruhig erst in ein paar Wochen oder Monaten passieren können, bis dahin hätte ich Bella mehr im Blick behalten und die Kacke mit diesem verfickten Film genauer beobachten können.

Aber es kommt, wie es kommt.

Das Leben bietet uns allen nur selten eine Verschnaufpause ...

3. Kapitel

Die Schauspielerin

Die letzten zwei Wochen vergingen relativ ereignislos. Und wenn ich sage relativ, dann ist das ein dehnbarer Begriff, wenn ihr versteht, was ich meine.

Cole lässt mich kaum aus den Augen, er beobachtet mich wie ein Adler die Maus und schätzt meine Stimmungen genau ein. Mikel hingegen hält Abstand, also zumindest wenn wir nicht vor der Kamera stehen. Aber während der Szenen ist Abstand nun mal schwierig, wenn nicht sogar unmöglich, schließlich geht es in der Geschichte darum, dass wir uns ineinander verlieben – und das funktioniert eben nur, wenn der männliche Part ausblendet, dass der weibliche mit einem gefährlichen Killer verheiratet ist.

Himmel! Wer hätte gedacht, dass es so eine verflixt anstrengende Angelegenheit ist, als verheiratete Frau einen Film zu drehen?

Wie machen das andere, die bekannten Hollywoodberühmtheiten zum Beispiel? Ist dieses Eifersuchtsding der Grund, warum nur die wenigsten Ehen von Schauspielern halten? Oder eher die Tatsache, dass sie alle gut darin sind, ihre wahren Gefühle zu verbergen und dem Rest der Welt etwas vorzuspielen?

Vielleicht ist mein Fall auch einfach besonders verzwickt, weil ich keinem Nullachtfünfzehn-Typen das Ja-Wort gegeben habe, sondern einem Member des *Death Scorpions Motorcycle Clubs*?

Wenn wir uns mal eine Minute Zeit nehmen und die äußeren Einflüsse gedanklich mit in die Lovestory mit einfließen lassen würden, würde der Film bestimmt viel interessanter werden. Kutten und Waffen tragende Outlaws haben die Angewohnheit, den Dingen mehr Würze zu verleihen.

Da, wo sie sind, wird es nie langweilig. Egal ob Schießereien, ermordete Prostituierte, nach Rache dürstende Türken oder einfach nur das ganze Clubleben. Vielleicht sollte ich Stephen, unserem Regisseur, mal vorschlagen, eine Art Rockerfilm zu drehen. Vielleicht findet er die Idee ja gar nicht so schlecht?

An meiner Zigarette ziehend, schließe ich die Augen und lausche Jessys völlig konfusem Geplapper über Leichen, Knochen und alten Stromleitungen.

Jessy ist toll, sie ist meine Freundin und ich mag sie wirklich sehr, aber sie ist eben durch und durch eine Chaotin. Sie ist einfach immer auf der Suche nach etwas, meistens nach ihrem Schlüssel, sie ist völlig verballert und mehr als nur ein bisschen verrückt. Seit sie nach dem Tod ihres Vaters das Familienunternehmen übernommen hat, geht sie quasi in ihrem Chaos unter.

Rhett, der Vollstrecker unseres Clubs, hilft ihr, wo er kann, aber er hat eben auch seine eigenen Aufgaben, weswegen er nicht immer verhindern kann, dass gewisse Dinge schiefgehen. Erst letzte Woche hat sie aus Versehen die Urnen vertauscht und ist noch immer am Überlegen, ob sie den betroffenen Familien von ihrem Fauxpas berichten soll.

Ich habe ihr davon abgeraten, es würde nur ein schlechtes Licht auf ihr Unternehmen werfen und für die Hinterbliebenen spielt es doch nun wirklich keine Rolle, wessen Asche sich in der schweineteuren Urne befindet. Meiner Meinung nach zumindest. Aber damit kenne ich mich nicht aus, Leichen sind nicht so mein Metier. Um ehrlich zu sein, meide ich sie, wo ich nur kann, was in einem Motorcycle Club leider nicht immer möglich ist. Aber Rhetts Lady hat sich auch schon ein paarmal als wirklich gute Informantin erwiesen. Der Vollstrecker scheint vor seiner Chaosqueen bedeutend weniger Geheimnisse zu haben als Cole vor mir.

Das ärgert mich. Immerhin sind wir schon viel länger zusammen und sogar verheiratet. Als ich ihn gestern darauf angesprochen habe, meinte er, dass das alles nur zu meinem Schutz ist. Aber Scheißdreck! Ich bin kein kleines Kind, das sich vor dem Monster unter dem Bett fürchtet, ich bin durchaus in der Lage, mich mit den Schattenseiten des Clubs auseinanderzusetzen.

„Fuck! Was würdest du denn tun, Bella?“

Als ich meinen Namen höre, reißt mich das aus meinen konfusen Gedanken.

Nicht wissend worüber sie gerade geredet hat, sehe ich sie an.

„Na ja, mit der Urne.“

Ah, diese Geschichte schon wieder ...

„Tu, was du für richtig hältst. Hör auf dein Bauchgefühl. Du musst dich mit deiner Entscheidung wohlfühlen, Süße.“

Sie zieht einen Schmollmund. Ihre langen braunen Haare sind total verstrubbelt und sehen aus, als wäre sie gerade erst aufgestanden. Aber das ist nun mal ihr Look.

„Echt jetzt? Hast du dich jetzt in einen Glückskeks verwandelt oder was soll diese Scheiße? *Hör auf dein Bauchgefühl* ...“

Sie macht mich mit einer so komisch verstellten Stimme nach, dass ich zu lachen anfange.

„Okay, was willst du dann hören?“

Sie überlegt kurz.

„Dass ich einfach alles so lassen soll, wie es ist, weil es sowieso scheißegal ist, welche Asche in welcher verdammten Urne liegt."

Gut. Ich drücke die Kippe aus, drehe mich zu ihr um und nehme ihre Hand, dabei sehe ich ihr tief und ernst in die Augen.

„Lass die Toten tot sein und dich von dem ganzen Bullshit am Arsch lecken. Schreib eine Rechnung und hake die Sache einfach ab."

Ihre grünen Augen leuchten erleichtert.

„Siehst du das echt so?"

„Tue ich. Asche ist Asche."

Sie nickt.

„Ja, finde ich auch."

„Na also, Problem erledigt."

Nach einer Sekunde verschwindet ihre Ernsthaftigkeit und sie lächelt zufrieden.

„Immer wieder gut, dich als Freundin zu haben, Bella."

Erleichtert trinkt sie ihr Bier leer.

„Der Glückskeks ist dir gerne zu Diensten."

Ich sehe, wie unsere Männer in einer kleinen Gruppe, zusammen mit Hunter, Mason und dem neuen Prospect, über den Hof marschieren.

„Was ist da nur los?"

„Immer noch die Türken. Was ich lustig finde, als ich Rhett kennengelernt habe, waren es noch die Mexikaner."

Lustig? Entweder hat Jessy ein überdimensionales Gottvertrauen oder aber den Ernst der Lage nicht kapiert.

„Machst du dir keine Sorgen?"

„Nein. Gar nicht. Unsere Kerle kriegen das schon geregelt. Sobald dieser Berat in meinem Ofen gelandet ist, sage ich dir Bescheid."

Das klingt so makaber, eine Gänsehaut rieselt an meiner Wirbelsäule entlang.

„Jetzt zu dir. Was ist mit deinem Film? Kommt ihr gut voran?"

Tun wir.

„Jetzt geht es an die letzten Szenen."

„Prima. Verrätst du mir, wie der Film ausgeht?"

„Mikel stirbt, der Rocker hat blutige Hände und seine Lady verschwindet spurlos und wird nie wieder gesehen."

Auf Jessys Stirn bilden sich zwei tiefe Falten.

„In dem Film geht es um Rocker? Warum hast du mir das nicht erzählt? Ich dachte, das ist so eine megalangweilige Liebesschnulze."

Na toll.

„Ist es auch, ich habe nur einen Scherz gemacht."

„Es klag aber nicht wie ein Scherz.

Was wohl daran liegt, dass ich die Realität beschrieben habe, aber das muss Jessy nicht wissen. Sie hat schon genug Kopfschmerzen wegen ihren vertauschten Leichen.

Sie sieht mich nachdenklich an.

„Bist du sicher, dass es dir gut geht, Bella?“

Geht es mir gut?

Scheiße! Ich weiß es nicht. Echt nicht. Morgen drehen wir die letzten Szenen. Insgesamt hat der Film dann drei erotische, was die Sache für Cole sicher nicht leichter machen wird.

Wenigstens kann mein Mann Mikel nur einmal umbringen, ehe er seine Überreste in Jessys Krematorium in Flammen aufgehen lässt.

4. Kapitel

Der Rocker

„Wir haben den Wichser!"

Mason reibt sich voller Vorfreude die Hände, während Wyatt schon mal seinen Dolch zieht.

Rhett, der das Telefon auf Lautsprecher geschalten hat, bleckt die Zähne.

Caleb und Cash, ein weiterer Member und unser Kassenwart, haben sich vor dem Gebäude, in dem sich Berat angeblich verschanzt hat, auf die Lauer gelegt, während wir damit beschäftigt waren, die Hurenhäuser zu observieren und die Stadt nach dem Bastard abzusuchen.

Nachdem wir alle Videoaufnahmen gesichtet und alle Beweise zusammengesammelt haben, besteht kein Zweifel mehr daran, dass die mittlerweile fünf kopflosen Nutten auf das Konto des Türken gehen.

Im Hintergrund wird ein gepeinigtes Wimmern laut, es ist klar, von wem es stammt ...

„Bringt den Türken direkt ins Krematorium."

Eine eisige Kälte hat sich in Hunters Stimme geschlichen.

Cash zischt „Machen wir!" durch die Leitung, dann ist das Telefonat beendet.

„Rhett, wo ist deine Lady?"

„Im Club. Soll ich sie anrufen und ihr Bescheid sagen?"

Ich schüttle den Kopf.

„Nein, so eilig ist es nicht. Bei diesem Typen will ich mir Zeit lassen."

Der Präsident wirft mir einen verwunderten Seitenblick zu. Im Normalfall bin ich kein besonders blutrünstiger Mensch. Ich töte, wenn getötet werden muss, und hacke auch gern mal ein paar Hände ab. Aber Folter steht für gewöhnlich nicht auf meiner Tagesordnung. Da verbringe ich meine Zeit lieber mit Bella.

Doch in diesem speziellen Fall werde ich gerne eine Ausnahme machen. Dieser verfluchte Türke hat Frauen gequält und getötet, die unter meinem Schutz standen. Das ist also eine persönliche Sache, und wenn es persönlich wird, hat es auch immer die Angewohnheit besonders brutal zu werden.

Es dauert lange, bis bei mir die Sicherungen durchbrennen, aber wenn es dann so weit ist ... *Bullshit!* Dann gibt es nichts und niemanden, der mich noch stoppen kann.

Aus irgendeinem Grund muss in an Bella denken und an diesen Lutscher, mit dem sie vor der Kamera steht. Wann immer ich das Gespräch in den letzten Wochen auf den Film gelenkt habe, ist sie mir ausgewichen und hat schnell das Thema gewechselt. Was mehr als ungewöhnlich ist. Normalerweise kann sie stundenlang über das Set, die Maske, das Skript und den ganzen anderen Mist, der damit zu tun hat, reden. Das macht mich aufmerksam und zum Teil auch nervös.

Etwas stimmt nicht und ich ahne auch schon was.

Wenn sich meine Vermutung bestätigt, dann hat sie gegen unsere Abmachung verstoßen und das wiederum würde bedeuten, dass Berat, ganz egal, was ich gleich mit ihm machen werde, noch gut wegkommt. Denn dieser Mikel ... *Fuck!*

Allein darüber nachzudenken treibt mich fast in den Wahnsinn.

Denn dieser Mikel wird, wenn sich mein Verdacht bestätigt, an seinem eigenen Schwanz ersticken.

Wir gehen zu unseren Bikes, ich steige auf und warte, bis Mason losfährt, dann nehme ich meine Position in der Kolonne ein und gebe Gas.

Wir durchqueren die Bronx und kommen zwanzig Minuten später vor dem Krematorium an.

Von Cash und Caleb fehlt noch jede Spur, also müssen wir warten.

Ich steige ab, Wyatt ebenfalls.

„Alles klar bei dir, Bro?“

„Natürlich.“

Mein Kopfkino bringt mich nur fast zum Kotzen: Ich sehe Bella auf und unter einem anderen Typen.

„Sicher?“

„Ja, verdammt. Was willst du? Soll ich es dir schriftlich geben?“

Ich balle die Faust, bereit meinen eigenen Bruder zu schlagen. Ein weiterer Beweis dafür, wie wahnsinnig mich dieser ganze Mist macht.

Der Sergeant sieht zu meiner Rechten und zieht fragend eine Augenbraue in die Höhe.

„Schon gut, Alter. Lass deine Wut an jemand anderem aus.“

Genau das habe ich vor. Um meine Nerven zu beruhigen, zünde ich mir eine Kippe an und fülle meine Lunge mit dem warmen Rauch.

„Hat deine miese Laune etwas mit deiner Lady und dem Filmchen zu tun?“

Überrascht starre ich ihn an.

„Was weißt du über den Film?“

Ich knurre mehr, als dass ich spreche. Zur Hölle! Nicht mehr lange und es ist so weit, dass ich mir von irgendeinem Psychodoc bunte Pillen verschreiben lassen muss, nur um nicht Amok zu laufen.

„Nichts. Ehrlich, Water. Vergiss, dass ich davon angefangen habe."

Zu spät.

„Sag, was du weißt, oder ich schwöre dir, meine erste Kugel landet in deinem Schädel und nicht in dem des Türken."

Er zögert und schafft etwa Abstand zwischen uns.

„Ich weiß nur, dass Marie das Buch dazu gelesen hat."

Marie ist des Sergeants Lady.

„Was hat irgendein Buch mit dem Film zu tun?"

Jetzt ist er es, der mich überrascht anstarrt.

„Das Buch wird verfilmt. Checkst du das, Bro? Was in dem Roman passiert, passiert in dem Film."

Holy Shit!

Davon wusste ich nichts. Gar nichts. Bella hat kein Sterbenswort darüber verloren. Das ist ein schlechtes Zeichen. Ein ganz schlechtes.

Ich traue mich kaum zu fragen, tue es jedoch trotzdem.

„Worum geht es in dem verdammten Buch?"

Noch bevor meine Worte verklungen sind, weiß ich, dass mir die Antwort nicht gefallen wird.

„Angeblich um jede Menge Sex."

Wämm ... Bämm ... Ich sehe rot, hole aus und verpasse Wyatt einen so heftigen Punch, dass es ihn von den Füßen reißt und auf den Boden befördert.

Dort landet er auf seinem Arsch. Noch bevor er sich aufrichten kann, verpasse ich ihm eine schnelle Links-rechts-Kombination, die ihn Blut spucken lässt.

Holy Fuck!

Ich drehe durch und hätte ihn wahrscheinlich umgebracht, wenn Hunter und Mason nicht dazwischen gegangen wären.

Jeder packt sich einen meiner Arme, sie ziehen mich von Wyatt weg und zerren mich nach hinten in Richtung der Bikes.

Fuck! Fuck! Fuck!

„Seit wann killt man den Boten?"

Rhett sieht mich belustigt an.

Ich muss durchatmen, aber meine Lunge fühlt sich wie zerquetscht an. Sie weigert sich, Sauerstoff aufzunehmen. Wyatts Blut tropft warm von meinen Fingern.

Es vergehen ein paar Herzschläge, ehe ich mich so weit abgeregt habe, dass ich wieder sprechen kann.

„Weil er zur Verfügung steht.“

Hunter brummt etwas über Muschis und Pornos, sofort schnellt mein Puls wieder in die Höhe.

„Bella dreht keinen Porno!“

Ich brülle ihn regelrecht an.

„Sicher?“

Jetzt will ich nicht mehr dem Vollstrecker, sondern dem Vizepräsidenten die Fresse polieren.

„Ganz sicher.“

Hunter zuckt unbeeindruckt von meiner Wut die Schultern.

„Schade. Bella ist scharf, wäre interessant gewesen, sie in Aktion zu sehen.“

Das! Reicht!

„Dafür bringe ich dich um!“

Mason, der mich noch immer festhält, zischt seinem Stellvertreter zu, dass er gefälligst das Maul halten soll, wenn er überleben will. Ich kann ihm da nur beipflichten.

Fuck! Keine Ahnung, wann ich das letzte Mal so wütend auf jemanden gewesen bin wie in diesem Moment. Es muss eine verdammte Ewigkeit her sein, denn ich kann mich nicht mehr daran erinnern ...

„Noch ein Wort über meine Lady und ich schwöre euch ...“

Fuck the hell! Ja, was eigentlich?

Mir will nichts Passendes einfallen, also beiße ich mir auf die Zunge und zwinge mich selbst dazu, wieder runterzukommen. Weder Wyatt noch Hunter sind schuld an dieser Scheiße, sondern Bella und dieser verfluchte Film, von dem es anscheinend sogar ein Buch gibt.

Zu der Wut mischt sich bittere Enttäuschung, es will mir einfach nicht in den Schädel gehen, warum mich meine eigene Frau so hintergeht.

Gerade als ich mich so weit beruhigt habe, dass Mason mich loslässt, treffen Cash und Caleb ein. Cash auf seinem Bike, Caleb in dem schwarzen Van, den wir immer für gewisse Transporte verwenden. In diesem Fall jedoch, ist die Ladefläche nicht voller Leichen, dafür entdecke ich aber einen gefesselten und geknebelten Berat, der mich aus hasserfüllten Augen anstarrt.

Wenn Blicke töten könnten, würde ich auf der Stelle umfallen. Doch sie können es nicht, und darum werde ich diese Nacht überleben und er nicht. Was ein fucking Pech für ihn.

Genervt und in Gedanken bei Bella, packe ich mir einen Fuß des Türken und ziehe ihn so aus dem Van. Seine Stirn knallt gegen den Türrahmen, ehe er hart auf dem Boden aufschlägt.

Er stöhnt schmerzerfüllt auf – Musik in meinen Ohren.

Es beruhigt mich, dass es wenigstens einen Typen in dieser Stadt gibt, der eine noch beschissenere Nacht hat als ich.

Noch immer seinen Knöchel umfassend zerre ich ihn von dem Auto weg über den mit Kies bedeckten Vorplatz.

Cash sieht mich verwundert an.

„Was ist denn mit Water los?"

„Er hat schlechte Laune."

Unser Kassenwart verdreht genervt die Augen.

„Danke für die Info, aber das sehe ich selbst. Ich will wissen, was ihm so die Stimmung vermiest hat. "

Rhett lässt es sich natürlich nicht nehmen, ihn aufzuklären.

„Unser Puffdaddy ist sauer, weil er nicht intellektuell genug ist, um Bumsbücher zu lesen."

Es ist dem Kassenwart anzusehen, dass er mit dieser Info wenig bis gar nichts anfangen kann. Während ich mir sicher bin, dass manche Arschlöcher schon wegen weniger gestorben sind, als es Rhett gleich wird.

„Noch ein Wort über dieses verdammte Buch oder den Film und ich schwöre, ich bringe euch alle um!"

Mason lacht und Hunter zündet sich entspannt eine Kippe an. Wer solche Brüder hat, braucht eigentlich keine Feinde mehr.

„Reg dich ab, Alter. Wenn es hart auf hart kommt, stehe ich an deiner Seite und jage mit dir die komplette Filmfirma, oder wie man es nennt, in die Luft. So werden alle Aufnahmen zerstört und niemand sieht deine Lady beim Ficken."

Witzig. Aber diese Idee gefällt mir ausgenommen gut.

„Warum bin ich da nicht längst selbst drauf gekommen?"

Rhett zuckt mit den Schultern.

„Weil du zu nah an der Sache dran bist. Hier geht es um deine Pussy. Du kannst einfach nicht klar denken."

Klingt einleuchtend.

Wyatt wischt sich das Blut aus dem Gesicht und starrt mich zornig an. Ich blende ihn einfach aus und verpasse dem Türken vor mir einen kraftvollen Tritt in die Eier. Er brüllt, meine Stimmung verbessert sich merklich.

„Das ist dein Ritt, also, was hast du mit ihm vor, Bro?"

Mason sieht mich abwartend an. Ich mache mir nicht erst die Mühe, ihm zu antworten, sondern ziehe meine Knarre und verpasse dem Wichser, der es gewagt hat, seine Schläger auf unsere Nutten anzusetzen, in jedes Knie zwei Kugeln.

Warum zwei?

Wie sagte dieser luschige Mr. Grey schon in diesen Drecks-Möchtegern-Fickfilmen?

‚Weil ich es kann.‘ *Ha. Ha. Ha. Hahahahahahahaha.*

Der beste Satz ever. Echt jetzt! Das kommt gleich nach meiner Lieblingsszene, in der er seine Möchtegern-Sub mit dieser Spreizstange fesselt und dann wie einen verdammten Pfannkuchen wendet.

Shit!

Als ich das gesehen habe, habe ich mir fast in die Hose gepisst vor Lachen, was mir einen schmerzhaften Stoß von Bellas Ellenbogen eingebracht hat.

Aus irgendeinem Grund fand meine Süße die Filme toll, klasse und wie war das noch gleich? Ach ja ... sooooo romantisch.

Ein Typ mit Peitsche, Mutterkomplex und Kindheitstrauma ist also romantisch?

Bullshit! Was bin ich dann?

Was ist die verfluchte Steigerung von romantisch?

Es will mir nicht einfallen, aber egal.

Im Gegensatz zu diesem Grey brauche ich keine Analstöpsel und Federpuschel, um meine Frau zum Schreien zu bringen. Nur ein Psycho verprügelt seine Frau mit einem Gürtel oder einem Rohrstock, und das sage ich, der nur knapp an der Grenze zu psychopathisch vorbeikratzt.

Aber egal. Dieser Grey hat eine Sache geschafft: Seine Frau hat in keinem Bumsfilm die Hauptrolle gespielt. Er hat sie geheiratet, in sein Bett gefesselt, ihr ein Kind gemacht und auf seine Yacht gesperrt.

Vielleicht sollte ich Letzteres auch tun. Dumm nur, dass ich kein verfluchtes Boot habe.

Dafür hat aber der Club einen Keller mit einem schalldichten Bunker, in dessen Boden ein Metallstuhl einbetoniert ist, unter dem sich ein Abfluss befindet, der dazu dient, das Blut unserer zahllosen Opfer ablaufen zu lassen.

Ist das auch romantisch? Sind Äxte, Macheten und abgehackte Finger romantisch genug?

Ich nehme mir fest vor, meine Old Lady genau das zu fragen, sobald ich wieder zuhause bin. Doch bis dahin – bis dahin werde ich an dem Türken zumindest einen Teil meiner aufgestauten Wut auslassen. Er ist mein gottverdammter Punchingball im Spiel meines verschissenen Lebens ...

Emotionslos sehe ich dabei zu, wie er sich krümmt und versucht, den unerträglichen Schmerz auszuhalten. Berat schnappt nach Luft wie ein Fisch auf dem Trockenen im Bemühen, trotz des Knebels, den Caleb ihm verpasst hat, genug Sauerstoff zu kriegen.

„Tut beschissen weh, oder?"

Anstatt zustimmend zu nicken, reckt er seine gefesselten Hände in die Luft und präsentiert mir seinen Mittelfinger.

„Soll das ein Angebot sein?"

Er kann mir natürlich nicht deutlich antworten, also interpretiere ich seine unverständliche Antwort, wie es mir passt.

„Für mich klingt das so, als ob er wollte, dass ich ihm den verdammten Wichserfinger abschneide!"

Mason, der neben mir steht, grinst mich blöd an.

„What a Fuck ist denn bitte ein Wichserfinger?"

„Warte, ich schenk dir einen."

Entschlossen stecke ich meine Waffe weg, ziehe den Dolch aus der ledernen Scheide, die an meinem Gürtel hängt, und mache mich ans Werk. Berat wehrt sich, doch als ich mich dann auf seine zerschossene Kniescheibe stelle, stoppt sein Gezappel sofort, was bestimmt daran liegt, dass er darum kämpfen muss, bei Bewusstsein zu bleiben.

Hunter lacht, raucht seine Zigarette fertig, schnippt den glühenden Stummel durch die kühle Nachtluft und sieht dabei zu, wie ich dem Türken den Mittelfinger abschneide.

Blut spritzt, der Zorn in meinem Inneren lässt zum Glück etwas nach.

Den abgetrennten Finger werfe ich meinem Präsidenten zu, der ihn mühelos mit einer Hand auffängt.

„Voilà, das ist ein Wichserfinger."

„Für mich ist das einfach nur ein Fick-Dich-Finger."

„Jep, das klingt auch gut. Aber für mich ist das der Finger eines Wichsers, also ein Wichserfinger."

Selbst Wyatt, der mich noch immer böse anstarrt, muss lachen.

Kommen wir wieder zum Ernst der Angelegenheit. Die Klinge langsam drehend, baue ich mich direkt vor Berat auf, betrachte seine vor Pein verzerrte Mimik und gehe vor ihm in die Hocke.

„Was meinst du, Türke, wie sollen wir mit einem Typen umgehen, der wehrlose Frauen abgeschlachtet hat?"

Um eine Antwort möglich zu machen, zerre ich das Tuch aus seinem Mund.

Sofort saugt er so viel Luft wie nur möglich in seine Lungen. Dann brüllt er etwas in seiner Sprache, was natürlich keine Sau versteht.

Er sieht sich hektisch um, sucht ganz offensichtlich nach einer Fluchtmöglichkeit. Es gibt keine. Wie zur Hölle will er auch mit zwei völlig zertrümmerten Kniescheiben davonrennen? Selbst wenn ich seine Fesseln löse, würde ihm das nichts bringen.

„Du willst leben, richtig?"

Dazu sagt er nichts, das ist auch gar nicht nötig, ich erkenne den Kampfgeist in seinen braunen Augen.

Nett wie ich bin, setze ich erneut den Dolch an. Er wimmert, doch dieses Mal trenne ich ihm keine weiterer Gliedmaßen ab, sondern schneide die weißen Kabelbinder durch, mit denen seine Hände und Füße zusammengebunden sind.

„Weißt du Berat, ich bin ein fairer und gerechter Mann, und ich finde, du hast eine Chance verdient. Ich gebe dir drei Minuten Zeit, dich zu verpissen. Wenn du das schaffst, hast du Glück und ich werde dich heute Nacht nicht weiter verfolgen. Wenn nicht ... Tja ... Dann schneide ich dir die Kehle durch und sorge dafür, dass endlich wieder Ruhe in unserem Revier einkehrt."

Der Präsident schnalzt laut mit der Zunge und murmelt: „Das könnte witzig werden."

Wyatt bleckt die Zähne und Hunter stößt einen lauten Pfiff aus, während Rhett mich fassungslos anstarrt.

„Was los mit dir, Alter? Ich dachte, du stehst nicht auf Folter?"

Ich zucke mit den Schultern.

„Tue ich auch nicht. Darum gebe ich dem Arschloch ja auch eine Chance, sich selbst zu retten."

Mit einem demonstrativen Blick auf die Uhr an meinem Handgelenk gebe ich Berat zu verstehen, dass seine Zeit läuft. Er versucht auch wirklich sein Bestes, aber ohne funktionierende Beine und mit verfluchten Schmerzen kommt er nicht weit.

Wie ein Insekt versucht er über den Boden zu kriechen, zieht sich mit den Armen nach vorne und schafft es so wenige Zentimeter voran.

Drei Minuten ... *Bullshit!* Er würde es nicht mal in drei Stunden von hier wegschaffen. Die skurril abstehenden Knochensplitter drücken sich in den Kies und sorgen dafür, dass er stoppt. Schweißperlen rinnen ihm über die Stirn, in seinen Augen steht ein gehetzter Ausdruck, seine nur noch vierfingrige Hand ist blutüberströmt.

Entspannt lehne ich mich an den Van, gönne mir eine weitere Kippe und verbiete es mir konsequent, an Bella zu denken. Die Scheiße mit meiner Frau kläre ich später, jetzt genieße ich das süße Gefühl der Rache, das meine Adern flutet.

3 ... 2 ... 1 ... Die veranschlagten drei Minuten sind abgelaufen, zu meiner Verwunderung hat Berat tatsächlich knapp zwei Meter geschafft. Ich stelle mich direkt vor ihn, sodass meine Stiefel sein Blickfeld füllen, gehe vor ihm in die Hocke und drücke meine Kippe mittig auf seiner Stirn aus.

„Du hast deinen Männern befohlen, unsere Huren zu töten."

Er streitet es nicht ab, sein Gesicht ist vor Anstrengung und Furcht zu einer Fratze verzogen, während er tapfer meinem Blick standhält. Berat ist ein zäher Hund, das muss ich ihm lassen. Die meisten anderen hätten längst um Gnade gefleht. Nicht so der Anführer der Türken, was ihm ein winziges bisschen Respekt einbringt, das jedoch sofort wieder verpufft, wenn ich an die geköpften Nutten denke.

„Du weißt, was jetzt kommt?"

Der Mann vor mir akzeptiert seinen Tod, schließt die Augen und beginnt zu beten. Ich verstehe nichts außer *Allah* und warte bis er verstummt, dann ziehe ich die scharfe Klinge durch seine Haut. Warmes Blut spritzt aus seiner Kehle, bedeckt meine Hände und trieft von dem Dolch. Ein Zischen löst sich aus seiner durchtrennten Luftröhre. Berat verdreht die Augen und ist keine Minute später Geschichte.

„Holy Shit, Water. Erinnere mich daran, dass ich dich niemals zum Feind haben will."

Das kam vom Wyatt. Ich stehe auf, wische meine Klinge am Hemd des Toten ab und stecke sie dann wieder ein.

„Wenn du mich nicht zum Feind haben willst, Sergeant, dann hör auf dumme Witze über meine Lady, den verfickten Film und dieses Drecksbuch zu reißen, sonst passiert es schneller, als du denkst, dass du derjenige bist, dem ich freundlicherweise drei Minuten einräume, ehe ich ihm den Hals aufschneide."

Stille. Gut! Ich schätze, die Warnung ist angekommen.

„Ich bin fertig für heute!"

Nach diesem letzten Satz und einem warnenden Blick in Wyatts Richtung gehe ich zu meinem Bike und setze hinter diese Scheiße gedanklich einen fetten, grünen Haken. *Das wäre erledigt ...*

Mason sieht mir nach, sein „Stille Wasser sind tief!", lässt mich nur den Kopf schütteln.

Fuck! Einfach nur Fuck!

Es ist mir egal, wie sie Berat beseitigen, ob sie ihn irgendwo auf dem Gelände vergraben oder wie angekündigt Jessy rufen, damit sie die Leiche in den Ofen schiebt.

Es ist mir auch egal, was mit dem verdammten Finger passiert.

Alles, was mich jetzt noch interessiert, ist Bella, und ob sie sich an unsere verfluchte Abmachung gehalten hat.

Zurück im Club marschiere ich hoch in unsere Wohnung und spiele dabei doch tatsächlich mit dem Gedanken, mir einen Whisky zu gönnen. Ein weiterer Beweis dafür, wie genervt ich von dieser ganzen Scheiße mittlerweile bin.

Ein Film. Ein lächerlicher Film hat die Macht, mein ganzes Leben ins Chaos zu stürzen.

Das muss man sich mal auf der Zunge zergehen lassen ... Was ein Bullshit!

Ich verwerfe die Idee mit den Jack Daniels, für Bella ist es garantiert besser, wenn ich nüchtern bleibe. Oben angekommen mache ich mich sofort auf die Suche nach meiner Frau und finde sie im Schlafzimmer. Sie liegt im Bett und schläft. Kein Wunder, es ist mittlerweile kurz nach drei Uhr am Morgen.

Der Drang, sie zu schütteln und zu wecken, ist beinahe übermächtig. Ich kämpfe ihn nieder und betrachte meine blutverschmierte Kutte. Ganz egal, was sie auch angestellt hat, sie ist meine Old Lady und ich will nicht, dass sie sich vor mir fürchtet.

Mit einem geflüsterten Fluch nehme ich mir noch eine Minute und betrachte ihr wunderschönes Gesicht, ihr leicht geöffneten roten Lippen und den Schwung ihrer Wangen. So fucking perfekt, so faszinierend weich, dass es wehtut, sie einfach nur anzusehen und nicht anzufassen.

Bella ist alles, was ich jemals wollte – sie ist alles, was ich brauche und mir wird auf einen Schlag bewusst, dass, ganz egal, was sie angestellt hat, ich sie nicht verletzen werde.

Oh ja! Ich werde ihr den Arsch versohlen, hart und heftig, sodass sie ein Jahr lang nicht mehr sitzen kann, aber ich werde sie nicht schlagen – nicht im üblichen Sinne oder sie gar zum Teufel jagen. Diese Frau gehört mir, mit ihren Fehlern, mit ihren Geheimnissen, mit allem, was sie ausmacht.

Einfach nur für immer mir!

Je länger ich sie betrachte, umso ruhiger werde ich. So war es schon immer. Bella schenkt mir Frieden, und das ist auch gut so. Denn in dem Leben, was ich führe, gibt es nur Krieg und Tod.

Das Verlangen, sie zu schütteln, lässt nach, ich werde ruhiger und mache mich auf den Weg ins Badezimmer. Dort stelle ich mich unter eine kalte Dusche und beschließe, als sich meine Haut schon wie gefroren anfühlt, dass es auch ausreichen wird, Bella morgen zur Rede zu stellen. Sie braucht ihren Schlaf, davon abgesehen bezweifle ich, dass ich jetzt ruhig genug bleiben kann, um ein anständiges Gespräch mit ihr zu führen.

Fuck! Ich brauche doch Whisky. Nur mit einem Handtuch um die Hüften gehe ich runter in die Bar, schnappe mir eine Flasche und gönne mir verdammt viele verdammt große Schlucke. Meine Speiseröhre zieht sich bei dem ungewohnten Geschmack zusammen und mein Magen brennt. Die Wirkung macht sich beinahe sofort bemerkbar und sorgt dafür, dass ich erschöpft umfalle, die Augen schließe, während ich Bellas gleichmäßigen Atemzügen lausche, einschlafe und erst wieder aufwache, als das Bett neben mir leer ist.

Fuck!

Wie kann das sein?

Ich höre immer, wenn Bella wach ist, immer. Wenn ich in ihrer Nähe bin, dann bin ich so auf sie konzentriert, dass mir nichts, was mit ihr zu tun hat, entgeht. Nichts!

Also, wie konnte sie aufstehen und die Wohnung verlassen, ohne dass ich es mitgekriegt habe?

Scheiß Whisky! Alkohol ist einfach Teufelszeug! Mein Schädel fühlt sich so an, als würde er gleich platzen.

Ich kann nicht verstehen, wie Mason, Hunter und die anderen literweise davon in sich reinschütten können, und bereue, dass ich gestern zur Flasche gegriffen habe.

Nach einem Blick auf meinen Wecker weiß ich, dass es bereits zehn Uhr vormittags ist. Bellas Drehbeginn ist um acht, sie ist also schon seit über zwei Stunden weg.

Unser Gespräch wird wohl noch ein paar Stunden warten müssen.

Fuck! F.U.C.K.

Vielleicht sollte ich ihr einfach folgen, in den Dreh platzen und die Scheiße sofort stoppen!

Die Idee gefällt mir, doch noch bevor ich sie umsetzen kann, zerfetzt das unverkennbare Rattern einer Maschinenpistole die Luft.

Entsetzt springe ich aus dem Bett, ziehe in Rekordgeschwindigkeit meine Sachen an und schnappe mir meine Kutte. Dann eile ich runter, um zu sehen, was los ist, und bin plötzlich verflucht froh, dass Bella sich nicht mehr im Club aufhält.

Vor den verschlossenen Clubtoren stehen zwei schwarze SUVs, die getönten Scheiben sind zur Hälfte nach unten gelassen, die Mündungen der herausschauenden Gewehre speien tödliche Kugeln. Zwei der Prospects liegen reglos auf dem Asphalt. Die roten Pfützen, die sich unter ihnen gebildet haben, zeigen, dass für sie jede Rettung zu spät kommt.

Jessy ruft leise meinen Namen, ich entdecke sie hinter dem Mauervorsprung neben mir, wo sie sich versteckt hat. Eine Beretta in den Händen sieht sie mich aus weit aufgerissenen Augen an. Ihre Haare stehen in alle Richtungen ab, Tränen rinnen ihr über die Wangen.

„Versteck dich, Mädchen."

Sie flüstert mir ein Nein zu, als könne eine gesenkte Stimme dafür sorgen, dass keines der Geschosse sie entdeckt.

„Ich kann Rhett nicht finden."

Kein Wunder bei dem Durcheinander, das hier herrscht. Meine Brüder brüllen, es rattert und rattert und die Nutten kreischen, während sie sich die Ohren zuhalten.

„Ich suche nach ihm. Jetzt versteck dich. Wenn dir was passiert, wird er mich kaltmachen, weil ich nicht dafür gesorgt habe, dass du dich in Sicherheit bringst.

„Versprochen?"

Irritiert suche ich ihren Blick.

„Was versprochen?"

„Das du Rhett den Arsch rettest, wenn nötig."

Fuck, yeah!

„Darauf kannst du dich verlassen."

Das scheint sie zu beruhigen, endlich verzieht sie sich wieder tiefer in den Club hinein und somit aus der Schussbahn.

Mason stürmt an mir vorbei, eine Kalaschnikow in den Händen und ein Stangenmagazin vorne im Hosenbund stecken.

„Was läuft hier?"

„Die Türken. Diese verfluchten Wichser scheinen herausbekommen zu haben, dass wir Berat letzte Nacht ..."

Plötzlich explodiert ein stechender Schmerz in meinem Schädel. Zuerst denke ich an den Whisky, aber dann wird mir klar, dass das unmöglich der Alkohol gewesen sein kann.

An dem entsetzten Blick meines Präsidenten erkenne ich, dass ich in der Scheiße stecke. Etwas Warmes, Klebriges rinnt über mein Ohr, mein Sichtfeld engt sich ein und dann sacke ich zu Boden.

Wumm - Wumm - Wumm ... Mein Schädel pocht, der Schmerz flammt auf und ich verdrehe die Augen in der Hoffnung, so gegen die Dunkelheit anzukommen, die mich zu erdrücken droht.

Ich höre noch, wie Mason meinen Namen schreit, und spüre die eiskalten Finger des Todes, die sich an mir festkrallen, fest entschlossen, mich in die Tiefe der Hölle zu ziehen.

Fuck! Ich sterbe! *Fuck!* Und ich kann nichts dagegen tun.

Ich denke an Bella, an ihr Lächeln, an ihre Stimme und ihren Geruch. Dann ist da nichts mehr. Gar nichts. Nichts außer der schadenfrohen Stimme, die mir leise zuflüstert:

„Ohne Whisky wäre das nicht passiert."

Das bezweifle ich. Doch was spielt das jetzt noch für eine Rolle?

5. Kapitel

Die Schauspielerin

Erschöpft lausche ich dem stetigen Piepen der Geräte, die Cole am Leben halten. Sein sonst so ausdrucksvolles Gesicht ist grau und eingefallen, seine Finger liegen reglos vor mir.

Die Kugel, die ihn am Schädel gestreift hat, hätte ihn umbringen können. Hat sie zum Glück jedoch nicht.

Der Angriff der Türken ist jetzt zwei Wochen her, zwei Wochen, in denen ich an nichts anderes denken konnte als daran, dass ich meinen Mann zurückhaben will.

Er muss das überleben. Er muss. Alles andere ist einfach keine Option. Allein bei der Vorstellung, auch nur einen einzigen Tag ohne ihn sein zu müssen, läuft es mir eiskalt den Rücken runter.

Der Film und alles, was damit zusammenhängt, ist in den Hintergrund gerückt und hat an Wichtigkeit verloren. Es ist gut, dass wir bereits alle Szenen abgedreht haben, denn in meinem jetzigen Zustand wäre es mir unmöglich, vor der Kamera zu stehen.

Der Arzt hat mir versprochen, dass sie Cole heute aus dem künstlichen Koma aufwecken und ich weiß, dass es so mancher Patient nicht schafft, sich zurück ins Leben zu kämpfen. Was dann?

Ich verbiete mir den Gedanken. Ich verbiete mir jeden Zweifel.

Mein *Death Scorpion* hat Kraft und ist stark genug, um die Augen wieder zu öffnen.

Schluchzend kneife ich die Augen zusammen, lege die Stirn auf die Matratze und schicke das eintausendste Stoßgebet gen Himmel.

Ich hoffe wirklich, dass Gott Erbarmen hat und Cole eine zweite Chance gibt.

Ich weiß, dass mein Mann kein frommer Kirchengänger ist und dass ihm die zehn Gebote herzlich egal sind. Trotzdem. Trotzdem! Wenn es einen Gott gibt, dann muss er mir einfach helfen. Jessy und Jennifer waren heute ebenfalls schon da, sie wollten mir beistehen, doch ich habe sie weggeschickt. Gesellschaft ist das Letzte, wonach mir gerade der Sinn steht.

Marie, die Lady von Wyatt, ist gerade mit ihrer Band auf Tour. Sie hatte mir angeboten, sie abzusagen, doch das wollte ich nicht.

Das Leben muss weitergehen. Normalität ist das Zauberwort. Die Welt kann nicht stillstehen, auch wenn die meine das bereits tut.

Der Rocker vor mir ist meine Welt. Das wird mir erst jetzt, wo ich kurz davor bin, ihn zu verlieren, so richtig klar.

Scheiße! Der Film, unsere Streitereien deswegen und alles andere hat seine Bedeutung verloren. Es ist die Liebe, die ich für meinen Mann empfinde, auf die es ankommt.

Die Stunden vergehen, der Mittag weicht dem Abend, doch Cole ist immer noch nicht bei mir. Am liebsten würde ich ihn schütteln und ihn anbrüllen, dass er gefälligst zu mir zurückkommen soll – ich kann mich gerade noch davon abhalten.

Die Stelle, an der die Kugel ihn gestreift hat, ist kahl rasiert, sodass ich die Naht deutlich sehen kann. Keiner der Ärzte konnte mir sicher sagen, dass Cole wieder ganz der Alte sein wird, sobald er die Augen aufschlägt. Es ist genauso möglich, dass es Langzeitfolgen gibt, zum Beispiel Gedächtnisverlust. Ich sehe auf die Uhr, es ist bereits kurz nach neun und noch immer hat sich nichts getan.

„Bitte, lieber Gott. Bitte ...!"

Kaum dass mein Flehen verklungen ist, beginnen Coles Lider endlich zu flattern, er bewegt sich, öffnet den Mund und stöhnt. Dann plötzlich werden meine Gebete endlich erhört und er öffnet seine Augen. Er wirkt desorientiert und versucht sofort, sich die Schläuche aus der Nase zu ziehen, wovon ich ihn in letzter Sekunde abhalten kann.

„Beruhige dich, Schatz. Du bist im Krankenhaus. Du wurdest angeschossen, kannst du dich erinnern?"

Er beginnt, meine Worte zu verarbeiten, und ich hoffe wirklich, dass er sich erinnern kann, dass er sich an alles erinnern kann. An sich, an mich, daran, wer er eigentlich ist.

Zu meiner Erleichterung wird er ruhiger, dann murmelt er leise meinen Namen.

„Danke, Gott!"

Schnell drücke ich den Knopf für die Schwester, dann nehme ich meinen Mann vorsichtig in die Arme und breche endgültig in Tränen aus.

Der erste Schritt ist getan, er ist aufgewacht. Alles andere werden wir auch noch schaffen.

Und mit ein bisschen Glück wird Cole wieder ganz der Alte werden ...

6. Kapitel

Der Rocker

Vier Wochen. Vier verdammte Wochen haben mich die Ärzte und meine Lady in dieses verschissene Krankenhausbett gefesselt. All meine Versuche, früher hier rauszukommen, sind gescheitert. Zum einen, weil ich feststellen musste, dass ich noch immer nicht ganz fit war, und zum anderen, weil die höllischen Kopfschmerzen erst jetzt besser werden. Und die waren krass. So krass, dass sie mich beinahe dazu gebracht haben, die Krankenschwestern um stärkere Schmerzmittel anzubetteln.

Und Fuck! Das will was heißen!

Heute komme ich endlich hier raus und verdammt, das wird aber auch so was von Zeit.

Ich unterschreibe, was notwendig ist, packe meine Tasche und verlasse ohne einen Blick zurück das Zimmer. Von Bella fehlt jede Spur. Sie hatte versprochen mich abzuholen, doch bis jetzt ist sie nicht aufgetaucht. Ich beschließe, unten auf sie zu warten, und staune nicht schlecht, als ich sie sexy an mein Bike gelehnt vorfinde.

Sie trägt einen kurzen Jeansrock, ein enganliegendes Top und rote Turnschuhe. Ihre blonden Haare hängen in Locken über ihre Schultern, in den silbernen Unendlichkeitsschleifen, die in ihren Ohren baumeln, reflektiert sich die Sonne.

So fucking schön!

„Hallo *Scorpion*, Lust auf einen Ritt?"

Mir ist klar, dass sie die Fahrt auf dem Bike meint, aber Fuck! Das letzte Mal, dass ich meine Frau gebumst habe, ist ebenfalls schon viel zu lange her. Und diese Nahtoderfahrungen sind nicht gerade befriedigend.

Aber was soll's, ich bin am Leben und fühle mich gut. Wie ich im Nachhinein erfahren habe, stand es eine Zeit lang ziemlich beschissen um mich. Diese verfluchten Türken hätten es beinahe geschafft, mich auf direktem Weg in die Hölle zu befördern.

„Mir dir immer, Baby."

Sie lächelt mich an und in meinem Brustkorb beginnt es zu ziehen. Meine Frau hat nicht die geringste Ahnung, welche Wirkung sie auf mich hat.

Ich gehe auf sie zu, lasse meine Tasche fallen und packe mir meine Lady. Grob öffne ich mit meiner Zunge ihre Lippen, wühle mich durch die samtene Höhle ihres Mundes und spüre, wie sich mein Schwanz das erste Mal, seit ich niedergeschossen wurde, regt. Sehr beruhigend, dass er noch funktioniert.

Hungrig beiße ich mich an Bellas Unterlippe fest, werde dafür mit einem lustvollen Seufzen belohnt und verwebe meine Finger mit den ihren. Der Kuss dauert ewig und es interessiert mich einen Dreck, dass uns alle um uns herum zu beobachten scheinen.

Minuten später gebe ich ihre Lippen wieder frei, lecke ein letztes Mal über das weiche Fleisch und platziere meine Hände auf ihrem Arsch.

„Schön, dass du nicht gestorben ist."

Sie lächelt zu mir hoch.

„Aye, sehe ich auch so. Fühlt sich gut an, noch lebendig zu sein."

Um sie spüren zu lassen, wie ich es meine, drücke ich meine Erektion gegen ihren Bauch.

„Komm, lass uns von hier verschwinden!"

Wie aus dem Nichts taucht einer der Prospects auf, grüßt mich respektvoll und hebt meine Tasche auf. Er überquert ohne ein weiteres Wort die Straße und steigt dann in den Abschleppwagen ein, mit dem er anscheinend meine Harley und meine Lady hergebracht hat.

„Deine Idee?"

Bella nickt.

„Ich dachte, du freust dich."

„Tue ich. Fuck, das tue ich."

Sie stellt sich auf die Zehenspitzen, tupft mir einen leichten Kuss auf das Kinn und setzt sich dann breitbeinig auf meine Maschine. Dank dem kurzen Rock, den sie trägt, sehe ich ihren feuerroten Slip, der perfekt zu ihren Schuhen passt und meinen Schwanz nur noch härter werden lässt.

Die Scheiße mit dem Film liegt mir längst auf der Zunge, doch ich spreche meine Gedanken noch nicht aus, ich will unser Wiedersehen nicht wegen dem Bullshit versauen. Das vor uns liegende Gespräch wird nicht einfach werden, gar nicht einfach, aber es ist nötig. Nicht zu wissen, was jetzt tatsächlich vor der Kamera passiert ist, treibt mich beinahe in den Wahnsinn.

Zurück im Club, gibt es eine kleine Willkommensparty, die Spaß macht, aber auch an meinen eh schon angespannten Nerven zerrt.

Ich trinke Wasser, der Whisky kann mir gestohlen bleiben und freue mich wieder hier zu sein. Nach zwei Stunden beende ich die Sache, indem ich mir meine Frau schnappe und nach oben in unsere Wohnung bringe.

Kaum dass die Türe hinter uns ins Schloss fällt, ist Bellas Schonfrist vorbei. Ich führe sie ins Wohnzimmer und ziehe sie auf meinen Schoß. Sie nimmt nur allzu willig Platz, was meinen Schwanz erneut dazu bringt hart zu werden. Sie spürt es und leckt sich gierig die Lippen.

„Keine Chance, Baby. Ein Blowjob hat mir diese ganze Scheiße schließlich erst eingebrockt. Hättest du damals nicht an meinem Schwanz gelutscht, hätte ich niemals ja zu dieser Sache gesagt."

Zumindest hat sie genug Anstand verlegen den Blick zu senken. Sie weiß ganz genau, dass sie mich vor all den Monaten manipuliert hat und ich weiß, dass ich es zugelassen habe. Wir sind beide schuld an der Misere, jetzt müssen wir nur sehen, wie wir da wieder rauskommen, ohne dass Blut fließt.

Mikels Blut, um genau zu sein ...

„Ich habe von dem Buch gehört und weiß mittlerweile ziemlich genau, dass darin verdammt viel gefickt wird. Der Film basiert auf dem Buch, also sag mir einfach gleich, was für eine Scheiße hinter meinem Rücken gelaufen ist, damit ich das wieder geradebiegen und die Veröffentlichung verhindern kann."

Keine Ahnung, was sie gedacht hat, aber an ihrem entsetzten Gesichtsausdruck kann ich ablesen, dass sie damit ganz offensichtlich nicht gerechnet hat. Seltsam. Was hat sie sich denn gedacht? Dass ich es toll finde, dass sie gegen unsere Abmachung verstoßen hat?

Bullshit! Sie sollte mich besser kennen.

Bella beginnt sich die Finger zu kneten und wird immer nervöser. Fast schon schüchtern sieht sie mich an, mein Herz wird schwer. Auch wenn sie daran zweifelt, ist mir durchaus bewusst, wie wichtig ihr dieser Film ist. Ich will ihrer Karriere nicht im Weg stehen. Ehrlich. Trotzdem bin ich nicht bereit, die ganze Welt meiner Frau beim Bumsen zusehen zu lassen.

„Hör zu, Cole, du musst versuchen, mich zu verstehen. Die Geschichte ist toll, wirklich toll. So romantisch und gefühlvoll und ja, zum Teil auch erotisch, aber ganz anders wie in dem Buch. Das verspreche ich dir."

Bei dem Wort erotisch habe ich den Kiefer so fest zusammengebissen, dass es laut geknackt hat. Wenn ich ihn jetzt nicht lockerlasse, brechen mir noch die Zähne ab.

Zur Hölle!

„Du willst mir also gerade sagen, dass du unsere Vereinbarung gebrochen hast. Richtig?"

Sie nickt nach kurzem Zögern, das Blut in meinen Adern verwandelt sich in eine kochende, zähflüssige Masse.

„Aber nicht so, wie du denkst. Es ist kein Porno geworden, sondern eine Liebesgeschichte."

Das beruhigt mich nicht wirklich.

„Deine Liebe gehört mir! Genau wie dein Körper! Ich dachte, das wäre klar?"

Sie flucht und das amüsiert mich. Mit welchem Recht ist sie wütend, wenn ich doch derjenige bin, der hier verarscht wurde?

Apropos verarscht ...

„Sag mir, dass dein Hintern nicht nackt zu sehen ist. Sag mir, dass nichts von dir nackt zu sehen ist!"

Bella knabbert auf ihrer Unterlippe herum – schlechtes Zeichen – das ist ein ganz schlechtes Zeichen.

„Antworte mir!"

Sie weicht mir aus, ich packe sie grob am Kinn und zwinge sie, meinen Blick zu erwidern.

Hinter meinen Schläfen pocht es, der Drang, alles kurz und klein zu schlagen, und jemanden umzubringen, wird beinahe übermächtig.

Bella bemerkt es und beginnt zu weinen.

Fuck! Da ist sie, ihre Geheimwaffe. Mit Tränen kann ich nicht umgehen, zumindest nicht mit den Tränen meiner Frau. Jede einzelne, die sie vergießt, fühlt sich an wie ein Dolchstoß mitten in die Brust.

Ich versuche hart zu bleiben, aber das fällt mir schwer. Die Sache mit dem Kopfschuss ist auch an ihr nicht spurlos vorbeigegangen. Die Kugel hat zwar meinen Schädel gestreift, aber Bella hat genauso gelitten wie ich. Das darf ich nicht vergessen, auch nicht in diesem Moment, so schwer mir das auch fallen mag.

„Der Film ist gut geworden. Heute Abend findet die Vorpremiere statt und ich habe dich angemeldet. Du wirst also mit eigenen Augen sehen, wie gut die Geschichte ist und du wirst verstehen, dass es sich dabei um keinen Porno handelt ..."

Soll das ein Witz sein? Vorpremiere? Ich muss fast kotzen.

„Du hältst es also für eine gute Idee, wenn du mich mit dem Wichser, der dich vor laufender Kamera gebumst hast, in einen Raum sperrst?"

Sie schluckt, eine weitere Träne rinnt ihr aus dem Augenwinkel. Sie schnieft und wischt sich mit dem Handrücken über die Nase.

„Die Türen sind nicht abgeschlossen und Mikel ist kein Wichser."

Sie verteidigt ihn auch noch? Ernsthaft?

„Fuck off, Bella! So langsam glaube ich, die Kugel hat mehr an meinem Hirn kaputtgemacht, als ich bisher dachte. Anders kann ich mir den Bullshit, der hier gerade passiert, nicht erklären."

Ihr Schluchzen wird lauter, ich balle die Fäuste und schubse sie von mir runter. Ich brauche Abstand, sofort. Sonst tue ich noch etwas, was ich später bereuen werde.

„Verdammt, Cole. Hier geht es ausnahmsweise mal nicht um dich oder deinen verfluchten Club. Hier geht es ein Mal um mich. Nur um mich. Mein ganzes Leben dreht sich um dich, Harleys, Waffen, Schießereien und Blut. Es gibt Leichen, Kriege und jede Menge anderen Scheißdreck, mit dem ich klarkomme, weil ich dich mehr liebe als alles andere auf der Welt. Aber dieses Mal geht es einfach nur um *mich* und nicht um dich! Und es wäre schön, wenn du mir das Vertrauen schenken würdest, das ich dir seit Jahren entgegenbringe."

Ihre Worte folgen mir in den Flur. Ich bleibe stehen und lasse sie sacken. Klar weiß ich, dass sie recht hat. Mir ist schmerzlich bewusst, dass ihr Leben an meiner Seite mit Einschränkungen verbunden und nicht immer leicht ist.

Trotzdem! Fucking trotzdem fällt es mir nicht leicht, mit mir selbst in Einklang zu bringen, was da gerade passiert.

Bella kommt mir nach, bleibt neben mir stehen und legt ihre winzige Hand auf meinen Oberarm.

„Tu mir einen Gefallen, bevor du ausflippst. Schau dir den Film doch erst mal an und bilde dir eine eigene Meinung, bevor du dich da in was reinsteigerst!"

Waaassss? Das ist zu viel! Mit einem wütenden Knurren wirble ich zu ihr herum, presse sie mit meinem Körper an die Wand und sperre sie so zwischen der Mauer und mir ein. Jetzt habe ich sie gefangen genommen – jetzt gibt es kein Entkommen mehr für sie.

„Reinsteigern? Echt jetzt? Wir hatten eine Vereinbarung und du hast sie gebrochen. Also komm mir nicht mit reinsteigern. Verfluchte Scheiße!"

Ich boxe mit der Faust gegen die Wand, der darauf folgende Schmerz, der an meinen Nervenbahnen nach oben zuckt, hilft mir, mich etwas zu beruhigen.

„Die Vereinbarung war von vornherein scheiße! Und das weißt du selbst."

Ich stemme mich von der Mauer ab und stürme aus der Wohnung. Sie ruft mir nach, wann und wo diese verfickte Vorpremiere stattfindet, dann bin ich raus aus dem Clubhaus und sitze bereits wieder auf meinem Bike.

Ich brauche Fahrtwind. Jede Menge kalten, guten Fahrtwind und Abstand. Ich muss meinen Schädel frei bekommen und mir überlegen, was ich tun soll.

Tief in meinem Inneren ist mir mehr als bewusst, dass Bella recht hat. In einer Ehe muss jeder mal zurückstecken und dem anderen seine Freiheit lassen, anders funktioniert es nicht. Zumindest nicht ein Leben lang.

Bullshit! Buullssshiiiittt!

Allein der Gedanke, dass ein anderer Mann sie angefasst, sie berührt und geküsst hat, macht mich irre. Noch bevor ich den Motor starten kann, höre ich Bellas Stimme über den Hof schallen.

„Du verbringst deine Tage in Bordellen, umgeben von lauter dummen Nutten. Und du zweifelst an meiner Treue? Fick dich, Cole. Fick dich sooooooooo viel."

Überrascht drehe ich mich um und sehe sie oben am geöffneten Wohnzimmerfenster stehen. Nett wie sie ist und um mir freundlicherweise zu verdeutlichen, wie viel ich mich ficken soll, reißt sie die Arme so weit sie kann auseinander.

Holy Shit!

Mason, der am Tor steht, lacht und brüllt mir ein „Willkommen zuhause, Bruder!" zu.

Ich ignoriere meine hysterische Lady und den Präsidenten, starte nun endlich das Bike und rase vom Hof.

Es wäre so viel leichter gewesen, wenn diese dumme Kugel meinen Schädel einfach einen Zentimeter weiter in der Mitte getroffen hätte ...

7. Kapitel

Die Schauspielerin

Ich trage ein weinrotes bodenlanges Kleid mit einem tiefen Schlitz am Bein. Es ist elegant und doch sexy und passt perfekt zu dem heutigen Anlass.

Meine erste Vorpremiere – Hilfe, bin ich nervös.

Das ist mein Abend, das ist meine Nacht. Doch anstatt glücklich und stolz zu sein, sehe ich traurig dabei zu, wie Jessy winkend davonfährt. Sie hat mich hergebracht, als mir klar wurde, dass Cole nicht mehr kommen wird. Irgendwie habe ich schon damit gerechnet, dass er zu stolz ist, um sich den Film wenigstens einmal anzusehen, anstatt voreilig Schlüsse zu ziehen. Doch er ist zu stur und zu dumm, um mit mir zusammen glücklich zu sein. Ich bin zu spät, und das nur, weil ich, in der Hoffnung, dass er seine Meinung ändert, ewig im Club auf ihn gewartet habe.

Erst als Jessy mich gefragt hat, ob sie mich fahren soll, habe ich die Hoffnung aufgegeben. So ein Idiot! So ein dummer, sturer, eingebildeter und arschiger Idiot. Er hat keine Ahnung, wie sehr es mich verletzt, dass er sich so benimmt.

Schießende Türken, fliegende Kugeln – das alles ertrage ich für ihn, und was tut er für mich. Nichts! Verdammt noch mal nichts!

Was sagt ihr dazu? *Ach Scheiße!* Ihr könnt nichts sagen, ihr seid ja nur stille Mitleser. Aber ich gehe jetzt einfach mal davon aus, dass ihr versteht, wie ich mich fühle. Oder? Ihr müsst es einfach verstehen, denn mir ist gerade so was von zum Heulen.

Wegen seiner Kopfverletzung bin ich im Gegensatz zu meinen Kollegen nicht dabei gewesen, als die einzelnen Szenen zusammengeschnitten wurden und der Film entstanden ist. Ich sehe ihn also jetzt das erste Mal und bin dementsprechend aufgeregt.

Gegen die Tränen ankämpfend, gehe ich alleine über den roten Teppich, lächle wenig überzeugend ins Blitzlichtgewitter und verschwinde dann im Kino. Bis auf ein paar wenige zuvor ausgewählte Journalisten ist niemand außer die Filmcrew dabei und natürlich deren Begleiter, den ich nicht vorweisen kann.

Aber vielleicht ist es besser so, vielleicht ist es besser, dass Cole nicht aufgetaucht ist. So kann ich mir zumindest sicher sein, dass Mikel diese Nacht überlebt ...

Es gibt Champagner, wir reden und lachen und alle sind guter Dinge. Dann wird es ernst, jeder setzt sich auf seinen Platz, nur der neben mir bleibt frei.

Mein Herz wird schwer, erneut steigen mir die Tränen in die Augen. Zweifel werden wach. Habe ich einen Fehler gemacht? War es falsch, was ich getan habe?

Nein. *Verdammt!* Das war es nicht. Eine Liebesgeschichte nur mit Händchenhalten gibt es nun mal nicht ...

Eine verräterische Träne rinnt mir über die Wange, ich wische sie mir schnell weg und dann öffnet sich auch schon der schwere rote Samtvorhang. Stephen steht auf der Bühne, als unser Regisseur sagt er ein paar Worte, bedankt sich dann bei uns für die tolle Zusammenarbeit und springt gut gelaunt von der Bühne.

Es geht los und ich sitze hier heulend allein ...

Ach Scheiße!

So hatte ich mir den Beginn meiner Karriere nicht vorgestellt.

Der Vorspann endet, die erste Szene beginnt und neben mir bewegt sich etwas. Überrascht zucke ich zusammen und sehe, dass Cole sich in den freien Sessel fallen lässt.

„Du bist hier?“

Er zuckt mit den massiven Schultern.

„Wo sollte ich sonst sein?“

Blöde Frage.

„In irgendeinem stinkenden Puff vielleicht?“

Wortlos nimmt er meine Hand, drückt sie warnend und lässt sie nicht mehr los.

Er ist wie üblich mit schweren Stiefeln, seiner Kutte und einer ausgewaschenen Jeans bekleidet. Aber sein Hemd ist sauber und riecht frisch. Also ist er extra zum Club gefahren und hat sich für mich umgezogen, was mir ein Lächeln entlockt.

„Dass du hier bist, bedeutet mir viel.“

Cole sieht mich an, küsst mich kurz und grob und starrt dann mit finsterer Miene auf die Leinwand.

An dem Druck, den er auf meine Hand ausübt, erkenne ich, wie angespannt er ist. Bei dem ersten Kuss mit Mikel beginnt die Crew zu klatschen und mein Rocker stößt ein warnendes Brummen aus. Als dann die erste Sexszene kommt, kann ich vor Anspannung kaum mehr atmen. Es ist komisch, mich dabei zu sehen, und es ist natürlich ein ungewohntes Gefühl, dass es so viele andere ebenfalls tun. Aber verflucht, das Merkwürdigste dabei ist Coles Reglosigkeit. Er bewegt sich nicht, er sagt nichts, ich glaube, er atmet nicht mal. Er sitzt einfach nur wie zu Stein erstarrt da und schaut dabei zu, wie Mikel mich auf die Tischplatte drückt.

Mein Puls schnellt in die Höhe, ich rechne mit dem Schlimmsten – aber es passiert nichts.

Die Szene geht vorbei, mein Rocker lässt meine Hand los und verschränkt in einer abwehrenden Geste die Arme vor der Brust.

Die Geschichte geht weiter, die nächste erotische Stelle kommt, Cole sieht mich an und ich kneife die Augen zusammen, weil ich es nicht schaffe, seinem vorwurfsvollen Blick standzuhalten.

Ein Zittern durchläuft mich, mir wird heiß und kalt, während mein Stöhnen aus den Boxen dringt und den Saal erfüllt.

Peng! Plötzlich ertönt ein Schuss, der Knall ist ohrenbetäubend – Panik bricht aus. Ich reiße die Augen wieder auf und sehe die Waffe in Coles rechter Hand. Das Licht flammt auf, die Leinwand ist weiß, offensichtlich hat der Filmvorführer den Film gestoppt.

Während alle um uns herum aufgesprungen sind und kreischend um ihr Leben rennen, bleibe ich einfach ruhig sitzen und starre den Outlaw neben mir wütend an.

„Musste das sein?“

Das Kino ist mittlerweile leer, ich bin mir sicher, dass längst jemand die Polizei gerufen hat.

„Was?“

Cole sieht mich mit Unschuldsmiene an.

„Wäre es dir lieber, wenn ich dem echten Mikel in seinen Scheißschädel geballert hätte?“

Mir wird klar, was ich da gerade gehört habe.

„Du hast auf sein Film-Ich geschossen?“

Cole nickt.

„Jep. Und zwar in genau dem Moment, in dem du ihn so angesehen hast, wie du es immer bei mir tust, wenn ich dich hart gefickt habe.“

Halleluja!

„Was daran liegen könnte, dass ich mir vorgestellt habe, dass du derjenige bist ...“

„So, hast du das?“

Er klingt spöttisch. Während er auf meine Antwort wartet, zündet er sich eine Kippe an. Ich mache mir gar nicht erst die Mühe, ihn darauf hinzuweisen, dass hier ein strenges Rauchverbot gilt. Wer wie Rambo auf die Leinwand schießt, interessiert sich sicherlich nicht für solche Nebensächlichkeiten.

„Ich will, dass du endlich lernst, dass du nicht der Einzige bist, der Träume hat und diese auch verwirklichen will. Ich akzeptiere dein

Leben im Club und die Dinge, die es mit sich bringt. Kannst du das denn nicht ebenfalls tun? Für mich? Für uns?“

Stille. Er steckt die Waffe weg, mein Puls normalisiert sich wieder etwas.

„Bittest du mich gerade darum, den Wichser, dem du nun schon den zweiten Orgasmus vorgespielt hast, am Leben zu lassen?“

„Tue ich.“

„Er hat dich angefasst!“

„Hat er. Aber nicht, weil ich ihm gehöre. Das war alles nur gespielt, kapierst du das denn nicht?“

Er brummt und bläht die Nasenflügel.

„Aber er hat dich angefasst. Er hat berührt, was mir gehört.“

Himmel ...

„Wie kann man nur so stur und eifersüchtig sein?“

Er flucht und steht auf.

„Du gehörst mir, Bella. Mir! Mir ganz allein. Wie oft muss ich das denn noch wiederholen?“

„Eine Million Mal!“

Zu meiner Überraschung stößt er ein bellendes Lachen aus.

Nun stehe ich ebenfalls auf.

„Dieser Film ist gut geworden, es hat Spaß gemacht, ihn zu drehen, und ich bin mir sicher, dass er mein Durchbruch sein kann. Also bitte, lass zu, dass er seine richtige Premiere feiert. Überwinde deinen Stolz! Lass Mikel am Leben und freu dich für mich.“

Nur um sicher zu gehen, schicke ich noch ein „Bitte, bitte ...“ hinterher.

Es dauert eine gefühlte Ewigkeit, dann packt er mich, reißt mich zu sich und küsst mich so grob und hart, dass es mir den Atem verschlägt und meine Knie weich werden.

Plötzlich irgendwie schüchtern, erwidere ich seinen besitzergreifenden Kuss. Es fühlt sich seltsam an, fast so, als hätte unsere Beziehung ein neues Level erreicht. Ein Level der Akzeptanz und der Rücksichtnahme ...

Zumindest fühlt es sich genau so an, bis plötzlich ein halbes Dutzend Polizisten mit gezogener Waffe in den Saal stürmt und uns auffordern, die Hände hinter den Kopf zu halten und uns auf den Boden zu legen.

Ein wildes Kichern steigt in mir auf, perlt mir über die Lippen und wird immer lauter und unkontrollierbarer.

Es verwandelt sich in ein echtes Lachen, als ich sehe, wie die Cops erst nach ihrer geschrienen Aufforderung erkennen, mit wem sie es genau zu tun haben, und ihre Knarren sofort runternehmen.

Der Oberbulle, der das Kommando über den Einsatz hat, weicht respektvoll oder verängstigt, je nachdem wie man es nennen soll, einen Schritt zurück und entschuldigt sich bei Water für die Unannehmlichkeiten.

Immer wieder komisch, wenn mein Mann so genannt wird. Daran werde ich mich wohl nie gewöhnen. Die Polizisten ziehen sich, so schnell sie können, zurück, man könnte auch sagen, dass sie die Flucht vor dem *Death Scorpion* ergreifen, und lassen uns wieder allein.

Irritiert schüttle ich den Kopf. Die Macht des *Motorcycle Clubs* ...

In diesem Moment fühlt sich mein reales Leben viel spannender und aufregender an, als es jeder Film sein könnte ...

8. Kapitel

Der Rocker

Die Bullen sind weg.

Hätte ich den Film noch sechzig Sekunden länger anschauen müssen, wäre ich Amok gelaufen und hätte mich nicht einfach nur damit zufriedengegeben, den Typen auf der Leinwand abzuknallen.

Sein Glück, dass er nicht neben mir gesessen hat, sonst hätte ich der Versuchung wahrscheinlich nachgegeben und mit ihm das gleiche Spiel gespielt wie mit Berat, dem Türken. Vier Kugeln in die Knie, ein Finger weniger und drei Minuten Vorsprung, ehe ich ihm die Kehle aufgeschnitten und seinem letzten Atemzug gelauscht hätte.

Das Kino ist leer, wir sind allein und meine Lady schaut in ihrem roten Kleid so geil aus, dass mein Schwanz sich zuckend bemerkbar macht. Vielleicht wird diese Premiere doch noch besser als erwartet ...

Meine Faust in ihren goldenen Locken vergrabend, reiße ich ihr den weichen Stoff von den schmalen Schultern, streife in an ihren Brüsten hinab und stelle zufrieden fest, dass sie keinen BH darunter trägt.

So. Fucking. Wunderschön!

Bella sieht sich hektisch um.

„Was machst du da, Cole?“

„Ich ficke meine Frau. Genau wie der Bastard es gerade in dem Film getan hat.“

Sie wird rot und will etwas sagen, ich halte ihr den Mund zu, beuge sie entschlossen über die Lehne des Sessels und entblöße ihren prallen Hintern.

Bella keucht, ich gebe ihre Lippen wieder frei und lasse meine Handfläche mit Schwung auf ihren Arsch knallen. Es klatscht, sie schreit und versucht dem nächsten Hieb auszuweichen, es gelingt ihr nicht. Natürlich nicht. Als ob ich sie jemals entkommen lassen würde. Unerbittlich setze ich das Spanking fort.

Klatsch – Klatsch – Klatsch ...

Ich mache mir längst nicht mehr die Mühe, ihr den Mund zuzuhalten, sondern genieße die lauten Schreie, die Pein und Lust verraten. Ihr Wimmern ist Musik in meinen Ohren. Sie stöhnt meinen Namen, ich bearbeite ihre Pussy, ehe ich ihr drei weitere Schläge verpasse.

Ich denke, wir sind alleine, falls wir aber doch Zuschauer haben sollten, ist es mir recht. Diese Frau gehört mir und die ganze verdammte Welt soll es wissen ...

Feuchtigkeit rinnt aus ihr heraus, der moschusartige Geruch ihrer Erregung steigt mir in die Nase.

„Holy Fuck!"

Sie hört mich fluchen und lacht, und das, obwohl ihr Arsch in den verschiedensten Rottönen leuchtet und ihr dicke Tränen über die Wangen laufen.

„Noch sechs Schläge. Du zählst laut und deutlich mit."

Batsch. Batsch. Batsch.

Bella wimmert die Zahlen und ist kaum zu verstehen. Gut so! Die letzten drei Male lasse ich meine Hand besonders kraftvoll auf ihren Arsch klatschen. Meine Handfläche brennt, mein Schwanz zuckt und meine Lady fleht mich heulend an, sie endlich zu ficken.

Ich tue ihr den Gefallen, hole meinen harten Schwanz raus und ramme mich mit einem kraftvollen Ruck bis zum Anschlag in ihre zuckende Möse. Bella keucht und stöhnt, vor meinen Augen wird es schwarz, meine Hoden ziehen sich puckernd zusammen.

Ich bemerke im Augenwinkel, wie sich die Türe oben rechts öffnet, dieser Mikel taucht auf und entdeckt uns. Überraschung und Eifersucht spiegeln sich in seinem Blick.

Tja! Fuck! Diese Frau gehört mir, ich tue, was er nur vorspielen durfte. Mag sein, dass er mein Mädchen kurz gekostet hat, aber fressen tue es immer nur ich. Nur ich. Und daran wird sich niemals etwas ändern. Unsere Blicke begegnen sich, neben ihm taucht ein Typ mit einer Kamera auf, er schießt ein paar Fotos. Ich könnte ihn davon abhalten, tue es jedoch nicht.

Meine Süße will beim Sex gefilmt werden? Bitte schön. Dann soll sie es haben. Aber immer nur mit mir und nicht mit so einem Loser, der es nötig hat, sich an anderer Männer Eigentum vergreifen zu müssen. Ich kann an seinem Blick erkennen, dass er Bella für sich will und ich werde ihm schon bald unter vier Augen klarmachen, dass daraus garantiert niemals etwas werden wird.

Nur über meine Leiche. Und das sage ich, ohne zu zögern, und trotz der Tatsache, dass ich dem Tod gerade eben erst von der Schippe gesprungen bin.

Der Journalist verschwindet, dieser Mikel bleibt noch kurz stehen, ehe er sich ebenfalls verpisst. Was er nicht weiß, ist, dass wir uns schon bald wiedersehen werden. Nur er und ich und das Geräusch von brechenden Knochen ... das wird ein Fest!

Tief und hart stoße ich mich in Bellas Pussy, falle in einen harten Rhythmus und knete dabei ihre weichen Titten. Sie keucht meinen

Namen und es klingt besser als in dem verdammten Film – es klingt besser als jemals zuvor!

Sie presst sich mir entgegen, ich schiebe ihr meinen Finger in den Arsch und lasse sie so abgehen wie eine Rakete.

Der Orgasmus, der sie durchschüttelt, lässt mich ebenfalls kommen. Ich pumpe sie mit meinem Samen voll und fasse dabei einen Entschluss.

Dieser Film wird seine Premiere feiern, genau wie die Aufnahmen, die der Presseheini gerade gemacht hat. Beides wird veröffentlicht werden und niemand wird daran zweifeln, wem diese wunderschöne Frau wirklich gehört.

Mikel wird als der Verlierer dastehen und ich als Gewinner.

Bella soll ihre Schauspielkarriere machen, aber zukünftig werde ich das Skript lesen und genau wissen, was auf mich zukommt. Fickfilme sind ab jetzt verboten, sollen diese Rollen an eine andere Frau gehen. Meine ist viel zu talentiert, um sich für Arsch- und Busenaufnahmen herzugeben.

„Cole ...“

Sie klingt erschöpft und befriedigt. Das gefällt mir. Ich ziehe mich aus ihr heraus und verpasse ihrem Arsch einen letzten schmerzvollen Schlag, dann helfe ich ihr dabei, sich wieder anzuziehen, und küsse sie auf den Mund.

Dieses Mal ist das Spiel unserer Zungen leidenschaftlich und intim und nicht grob und bestrafend – es ist also genau so, wie es sein sollte zwischen einem Mann und seiner Frau.

„Komm, ich bringe dich nachhause, Baby.“

Sie nickt und wankt, ich stütze sie.

Als wir das Kino verlassen, beginnen die Paparazzi völlig durchzudrehen. Kein Wunder: eine Filmpremiere, ein *Death Scorpion*, ein Schuss, die Bullen und nun eine völlig durchgefickte Hauptdarstellerin ...

Eine bessere Presse kann der Film gar nicht kriegen!

9. Kapitel

Die Schauspielerin

Seit der Katastrophe im Kino sind zwei Monate vergangen und dennoch wütet immer noch ein regelrechter Sturm in den Medien.

Der Film wird jetzt schon in den sozialen Medien gehypt und die Karten sind auf Wochen im Voraus ausverkauft.

Doch der Mann, über den sich alle das Maul zerreißen, ist nicht der Porsche fahrende Schauspieler, sondern der harte, gefährliche Rocker, der ganz unmissverständlich in der Öffentlichkeit Anspruch auf seine Frau erhoben hat.

„Gott, wie romantisch."

Jennifer liest den neuesten Zeitungsartikel und seufzt neidisch.

„Das ist alles so cool, wie in einem echten Märchen!"

Ich verdrehe die Augen.

„Hätte in einem Märchen der Prinz dem anderen Prinzen beide Hände gebrochen?"

Und das hat Cole getan. Wahrscheinlich weil er eben kein langweiliger Prinz ist. Zwar ist es nicht offiziell, aber ich kenne die Wahrheit. Mikel ist nicht, wie er behauptet, unglücklich gestürzt, sondern ist einfach nur mit einem eifersüchtigen Outlaw aneinandergeraten.

Wahrscheinlich sollte ich jetzt wütend auf Cole sein, ich bin es aber nicht. Ihr fragt euch warum? Ganz einfach. Ich erkläre es euch. Weil Mikel noch am Leben ist und ich weiß, wie schwer es Cole gefallen sein muss, dem Mann, der es gewagt hat, mich anzufassen, nur die Hände und nicht das Genick zu brechen.

„Beschwer dich nicht, Süße. Ich finde, es hat alles ein äußerst perfektes Ende genommen."

Jennifer hat ja recht, und das wissen wir alle. Sie lehnt sich zufrieden zurück und streicht sich über den erneut anschwellenden Babybauch, während wir beide ihren Sohn Maddox beobachten, wie er mit einer Miniversion der Kutte seines Vaters über den Hof rennt und dabei mit einer kleinen Spielzeugpistole durch die Luft wedelt und laut „Peng! Peng!" ruft.

„Wird Zeit, dass ihr auch endlich ein Kind kriegt."

Sie sieht mich an und ich grinse, weil ich bis jetzt die Einzige bin, die von dem kleinen Wunder weiß, das in mir heranwächst.

Ich schätze, es ist in dem Kino passiert, in jener Nacht, in der Cole aller Welt beweisen wollte, dass ich sein Eigentum bin.

Ich werde es ihm erst in ein paar Tagen verraten, wenn ich mir absolut sicher bin, und bis dahin genieße ich das wahre Leben, das sich so viel besser anfühlt, als es der tollste Film jemals könnte ...

Der Rocker und die freche Praktikantin

Prolog

Der Rocker

Das Rattern der Tattoomaschine beruhigt meine blank liegenden Nerven.

Auf dem Stuhl zu sitzen und zu spüren, wie sich die feine Nadel wieder und wieder in meine Haut sticht, hilft mir dabei, meine Gedanken zu sortieren.

In meinem Schädel herrscht Chaos, und egal, wie sehr ich mich anstrenge, ich kriege es einfach nicht geregelt, mich auf das Wesentliche zu konzentrieren. Nutten, Whisky und viel zu wenig Schlaf ergeben eine fatale Kombination.

Der schwarze, etwa faustgroße Skorpion, der gerade für immer auf meinem Rücken verewigt wird, hat den Stachel erhoben und ist jederzeit bereit zuzustechen und sein tödliches Gift zu verteilen.

Ich bin wie dieser Skorpion. Immer wachsam und immer bereit zu töten und zu beschützen, was mir wichtig ist.

Eigentlich bin ich der Typ mit der Nadel und der Tinte, doch heute habe ich mal wieder die Rollen getauscht. Als Tätowierer und Member des *Death Scorpions Motorcycle Clubs* wird es mir nie langweilig. Und wenn ich sage *nie*, dann meine ich das auch so.

Fuck! In der letzten Zeit ist uns die Scheiße nur so um die Ohren geflogen. Die Türken haben uns ganz schön eingeheizt, ihnen ist es fast gelungen, Water, einen unserer ranghöchsten Brüder, kaltzumachen. Die Kugel, die ihn gestreift hat, hätte ihm fast den Schädel gespalten. Dass er überlebt hat, war nichts weiter als verdammtes Glück.

Vielleicht sollte ich mir eine Pause gönnen, mir ein Flugticket kaufen und mit den Schweinen auf den Bahamas schwimmen. Klingt gut, ist aber nichts für mich.

Ich brauche den Club, mein Bike und meine Knarre im Hosenbund, um mich gut zu fühlen.

In Shorts, mit einem bunten Cocktail in der Hand und Sand unter den Füßen würde ich wahrscheinlich durchdrehen. Ernsthaft! Urlaub ist nichts für mich. War es noch nie. Dafür bin ich viel zu unruhig.

Weniger Alkohol, weniger Nutten und etwas mehr Vitamine würden ausreichen.

Der Tätowierer macht gerade eine Pause. Um den Vorsatz zu feiern und auch gleich wieder zunichtezumachen, setze ich die eckige Flasche an und kippe eine große Ladung Whisky in meine Kehle.

„Vielleicht sollte ich es zukünftig etwas ruhiger angehen lassen."

Mason, der Präsident der *Scorpions,* der neben mir sitzt und auf seinem Handy rumtippt, sieht mich verwundert an. Was mir klarmacht, dass ich den Satz dummerweise laut ausgesprochen habe.

„Ruhiger? Bullshit! Was redest du da, Bruder?“

Gute Frage.

Ich lasse die Flasche sinken und sehe ihn an.

„Hast du schon mal dran gedacht, Lehrlinge oder so einzustellen?“

Zuerst sieht er mich an, als ob ich nicht mehr alle Latten am Zaun hätte, dann beginnt er laut zu lachen.

„Fuck, Jacob! Bist du auf Koks oder was?

„Zu meinem Leidwesen bin ich schmerzhaft nüchtern.“

„Seit wann trägst du dein Leder?“

Ich muss kurz nachdenken. *Scheißwhisky ... das Zeug vernebelt meinen Verstand.*

„Im Sommer sind es acht Jahre.“

Mason nickt und zieht an seiner Kippe.

„Und in den acht Jahren hast du noch immer nicht kapiert, was Prospects sind?“

Sehr witzig. Ich weiß sehr wohl, was Prospects sind ...

„Verflucht. Denk doch mal nach, Präs. Unsere Anwärter sind geil auf Nutten, scharf auf Waffen und wollen Blut sehen. Sie können es kaum erwarten, sich zu beweisen und dabei geht schon mal fast die Hälfte von ihnen drauf. Von den noch verbleibenden 50 % haben wiederum nur die Hälfte genug Eier, sich in der Welt des OMCs zu behaupten und kriegen ihr Backpatch verliehen, die anderen jagen wir zum Teufel. Das bedeuten im Klartext: Nur ein Viertel der Prospects bleibt. Das ist wenig. Davon abgesehen sind das alles Schwanzträger. Ich habe da eher an was anderes gedacht ...“

Masons Augenbrauen wandern in die Höhe.

„Du willst Frauen als Prospects?“

Er klingt so ungläubig, als hätte ich ihm gerade erzählt, dass ich jeden Morgen lebensfähige Einhörner scheiße.

„Fuck, nein. Natürlich nicht.“

Sein gebrummtes „Dann ist ja gut.“ bringt mich zum Lachen.

„Wir haben schon genug Ladys im Club, wir brauchen nicht auch noch Frauen auf dem Bike.“

Er tut so, als würde er erschaudern. „Das ist ein echt gruseliger Gedanke.“

Sehe ich auch so. Ganz davon abgesehen hat der Club in den letzten Jahren mehr als genug Old Ladys bekommen. Wir haben so viele

Frauen im Club wie noch nie. Was nicht nur Vorteile mit sich bringt, aber das ist ein anderes Thema.

„Ich habe eher an eine Praktikantin gedacht. Oder besser noch, mehrere Praktikantinnen, wenn du verstehst, was ich meine."

Mason zeigt ein dreckiges Grinsen und schüttelt den Kopf.

„Hast du Praktikantinnenfantasien oder irgendeinen bestimmten Fetisch, oder was soll das?"

„Ach, halt doch dein Maul, Präs!"

Samuel, der Typ, dem das Tattoostudio gehört, schnalzt mit der Zunge und mischt sich in unser Gespräch ein, während er wieder anfängt, mir die Tinte unter die Haut zu bringen.

„Ich finde, Jacob hat recht. Frauen sind überlegter und organisierter. Sie stehen auf Ordnung und haben ein Pflichtbewusstsein, das uns Männern fehlt. Davon abgesehen haben sie es nicht so mit Waffen und Leichen, sie meiden das Blutvergießen und konzentrieren sich mehr darauf am Leben zu bleiben als eure Prospects."

Stille, bis auf das leise Surren ist nichts zu hören. Mason scheint über Samuels Kommentar nachzudenken und gibt ein widerwilliges Brummen von sich.

„Ach verdammt! Vielleicht habt ihr recht."

Nicht nur vielleicht.

Mason tippt seine Textnachricht zu Ende.

„Gut. Wo kriegen wir so eine Praktikantin her?"

Gute Frage.

„Fuck! Keine Ahnung ... wir brauchen jemanden, der zuverlässig ist."

Samuel mischt sich erneut ein.

„So wie ich das sehe, wäre eine Verschwiegenheitserklärung auch nicht schlecht. Die Kleine wird bei euch im Club einiges zu sehen bekommen, was sie besser nicht nach außen trägt."

Eine Verschwiegenheitserklärung?

Das klingt nach kompliziertem Bullshit.

„Never. Auf Papierkram habe ich keinen Bock!"

Samuel legt die Maschine kurz ab: „Leichen, Drogengeschäfte und Waffenhandel - besorgt euch schon mal einen guten Anwalt."

Um zu verhindern, dass er Mason die Praktikantinnensache wieder ausredet, befehle ich ihm, sein Maul zu halten. Zu seinem Glück kapiert er, dass ich kurz davor bin, ihm eine zu verpassen.

Ich nutze die Pause und ziehe meine Glock aus dem Hosenbund.

„Das ist die einzige Verschwiegenheitserklärung, die es geben wird."

Der Präsident nickt, Samuel saugt zischend Luft ein, und ich stecke die Waffe wieder weg.

Dann ist es also beschlossen, der *Death Scorpions Motorcycle Club* ist auf der Suche nach einer Praktikantin.

Jetzt stellt sich mir nur die Frage, wo ich eine finden kann.

In einem unserer Bordelle wohl kaum. Nutten haben wir schon genug im Club. Ich brauche was mit Hirn und Verstand und nicht mit Blowjob-Qualitäten.

Sie sollte zuverlässig, schnell, loyal und vor allem gut organisiert sein und mir im geeigneten Moment zur Hand gehen.

Yeah, das *„zur Hand gehen"* klingt gut ...

Wenn sie dann noch einen geilen Arsch und pralle Titten hat, gibt das einen extra Bonus, und wenn sie sich dann noch von mir ficken lässt ... *Holy Shit!*

Dann war dieses Praktikantinnending die beste Idee seit langem ...

1. Kapitel

Die Praktikantin

„Holen Sie mir einen Kaffee. Natürlich entkoffeiniert, schwarz und mit einem halben, gut abgestrichenen Teelöffel braunem Biorohrzucker. Er soll nicht zu heiß sein, aber auch nicht zu kalt, wie beim letzten Mal. Verstanden?"

Ich zwinge mich zu einem freundlichen Lächeln, während ich mir große Mühe gebe, das „Fick dich!" herunterzuschlucken, das längst auf meiner Zunge liegt und nur darauf wartet, ausgesprochen zu werden, und hauche ihm ein nettes „selbstverständlich" entgegen.

„Und denken Sie an die Kopien. Ich brauche sie alle doppelt und natürlich geheftet."

Das nächste „selbstverständlich!" kommt mir noch etwas schwerer über die Lippen als das erste. *Scheiße!*

Gleich ersticke ich an meiner Freundlichkeit.

Was mache ich hier eigentlich?

Seit wann ist es meine Angewohnheit, zu Arschlöchern nett zu sein?

Und Ronald McDonald ist ein echtes Arschloch.

Er hat nicht nur einen beschissenen Namen, sondern auch einen noch beschisseneren Charakter. McDonald steht auf kurze Röcke, hohe Absätze und durchscheinende weiße Blusen. Woher ich das weiß? Na ganz einfach, er ist der Boss und er besteht auf diesen Dresscode im Büro.

Er ist ein widerliches Schwein und ich kann mir absolut nicht vorstellen, fest für ihn zu arbeiten. Niemals. Nicht mal für ein sechsstelliges Jahresgehalt und einen schicken Dienstwagen. Was ein Glück, dass diese beiden Sachen eh nicht zur Debatte stehen, denn das würde meinen Entschluss dann eventuell doch ein bisschen ins Wanken bringen.

Ich wollte schon immer Journalistin werden, am liebsten für die *Times* schreiben und ein gutes Leben führen. Das mit dem guten Leben ist immer noch möglich – klar. Aber dass ich Journalistin werde, wird mit jedem Tag unwahrscheinlicher.

Und dass nicht nur weil mein Boss ein sexistisches Schwein ist, sondern weil ich festgestellt habe, dass der Beruf langweiliger ist, als ich dachte.

Für die Uni hatte ich nie das Geld, also konnte ich nicht studieren. Diesen Praktikumsplatz hat mir meine beste Freundin besorgt, die es bereits geschafft hat, sich ohne Studium einen Platz in der Branche zu erkämpfen.

Gut. Sie schreibt nicht über die weltbewegendsten Themen dieses Planeten, sondern nur darüber, welcher Promi welchen Schlüpfer trägt, wer in der High Society wen vögelt und was unser verehrter Bürgermeister in seiner letzten Ansprache verkündet hat. Erst letzte Woche hat sie einen Artikel über den landesweit gefürchteten *Death Scorpions Motorcycle Club* geschrieben, der hier in New York das Sagen hat.

Was schon interessanter war, als diese Unterhöschenbeiträge ...

Der Bericht war gut, verdammt gut, aber auch echt unheimlich. Es ging um eine Schießerei, die sich die Rocker erst vor wenigen Monaten mit dem Oberhaupt der mächtigsten türkischen Familie der Ostküste geliefert hat. Die Biker haben dabei, ohne mit der Wimper zu zucken, eine Schneise der Verwüstung in der Stadt hinterlassen.

Maschinengewehre, Handgranaten, das ganze Expendables-Programm, nur eben ohne Sylvester Stallone und Jason Statham. Schade eigentlich ... Aber nun zurück zum Thema.

Die *Scorpions* sind dafür bekannt, sich einen Dreck für die Allgemeinheit zu interessieren. Wenn sie wütend sind, na ja, dann sind sie wütend und das ohne Rücksicht auf Verluste.

Genau deswegen traut sich niemand, der auch nur annähernd bei Verstand ist, sich mit dem Club anzulegen. Weder die Cops noch die Politiker sind verrückt genug, sich den *Scorpions* in den Weg zu stellen.

Meiner Meinung nach kann man da niemandem einen Vorwurf machen.

Genau wie die meisten New Yorker sauge ich jede Information, die ich über diesen MC kriegen kann, in mich auf. Bis jetzt bin ich zwar noch keinem dieser Kuttenträger begegnet, aber was noch nicht ist, kann ja noch werden ... Hoffe ich zumindest.

Klar will ich keinem dieser Typen im Dunkeln in einer einsamen Gasse über den Weg laufen, dafür ist ihr Ruf einfach zu blutbeschmiert, aber na ja, tagsüber wäre das schon mal eine geile Sache. Auf allen Bildern, die ich bis jetzt gesehen habe, waren diese Biker ausnahmslos groß, muskelbepackt und tätowiert, mit markanten Kiefern, faszinierenden Augen und großen Händen. Hach ja ... *seufz* ... Für einen notorischen Dauer-Single wie mich sind solche Kerle mit einer Schokosahnetorte nach einer sechswöchigen Fastenkur zu vergleichen.

Kommt schon Mädels, ihr müsst zugeben, das ist eine sexy Kombination, die so viel interessanter und erregender ist als das, was mir Ronald McDonald bieten kann. Mein Chef ist klein, untersetzt und hat einen dicken Bauch. Hier im Büro gibt er vor ernährungsbewusst zu sein, aber in Wirklichkeit scheinen Obst und Gemüse nicht allzu oft auf seinem Teller zu landen.

Mir soll es egal sein. Das Praktikum ziehe ich noch durch, so gut ich kann, das macht sich sicher super in meinen Bewerbungsunterlagen, aber danach will ich McDonald nie wiedersehen. Erst gestern ist seine Hand ganz aus Versehen auf meinem Arsch gelandet. Aus Versehen. Ist klar. Oder? Ich hätte ihm als Reaktion auch nur beinahe und aus Versehen eine geknallt.

Dafür, dass ich es nicht getan habe, habe ich eigentlich eine verdammte Medaille verdient. Aber na gut – das Schicksal hat es nicht so mit Medaillen ...

Genau genommen hat es das Schicksal nicht so mit mir.

Egal ob beim Thema Männer, Sex, Orgasmen, Bauchspeck oder Karriere ...

Tolle Männer lerne ich so gut wie nie kennen, und wenn mir dann einer begegnet und ich endlich mal Sex habe, komme ich nicht zum Orgasmus. Aber dafür habe ich genug Bauchspeck für vier Frauen. Und die Sache mit der Karriere, na gut, die muss ich euch wohl kaum genau erklären, schließlich bin ich die Praktikantin von Ronald McDonald und darf den ganzen Tag nur Kaffee holen, irgendwelche Unterlagen kopieren und andere Hilfsarbeiten erledigen.

Scheiße!

So hatte ich mir das alles nicht vorgestellt. In meiner Fantasie bin ich hierhergekommen und habe einen tollen Artikel nach dem anderen geschrieben. Die *Times* hätte mich entdeckt und ich hätte einen tollen Job bekommen, bei dem ich von heißen, männlichen Kollegen nur so umgeben gewesen wäre.

Doppelte Scheiße!

Denn in der Realität ist es so, dass die *Times* nicht mal weiß, dass es mich gibt. Und die Zeitung, bei der ich gerade mein Praktikum absolviere, schreibt nur über Quatsch ...

Selbst wenn McDonald mir nach Ablauf des Praktikums einen Arbeitsvertrag anbieten würde, würde ich hier niemals den verdammten Pulitzerpreis gewinnen.

Aber gut. Es ist, wie es ist ...

Daran kann ich jetzt auch nichts ändern.

Vielleicht wäre mein Leben leichter, wenn ich mich für die nicht vorhandenen Schlüpfer der Reichen und Berühmten interessieren würde.

Aber das tue ich nicht. Ganz und gar nicht.

„Ach, und Zara?"

Himmel, ich hasse es, wie er meinen Namen ausspricht.

„Können Sie bitte auch gleich noch mein Hemd aus der Reinigung abholen?"

Ich will nein sagen. Tue es jedoch nicht.

„Das ist doch kein Problem. Das kann ich auf dem Weg zu *Starbucks* gleich noch erledigen."

Mit den Wimpern klimpernd kämpfe ich gegen meinen wachsenden Brechreiz an.

Er fasst in die oberste Schublade seines Schreibtischs und holt den Abholzettel hervor.

Widerwillig gehe ich auf ihn zu. In dem Moment, wo ich ihm den grünen Schein abnehmen will, lässt er ihn los, sodass er direkt vor mir auf den Boden segelt.

Das war sicherlich wieder so ein *aus Versehen*, genau wie seine Hand auf meinem Arsch.

McDonald grinst mich schleimig an und wartet darauf, dass ich mich bücke. Aber diesen Gefallen tue ich ihm nicht, stattdessen gehe ich einfach in die Hocke, halte mir dabei die Akten, die ich kopieren soll, vor das Dekolleté und hebe den Zettel auf.

Sein selbstgefälliges Grinsen erlischt, dafür wird das meine umso breiter.

Tja, Arschloch. Nicht mit mir. Ich bücke mich nun mal nicht für jeden, auch nicht im Büro. Und ja, Ladys, die Zweideutigkeit war durchaus beabsichtigt ...

So schnell es die High Heels zulassen, eile ich aus dem Büro, lege den Ordner in den Kopierraum, und mache mich auf den Weg in die *Starbucks*-Filiale drei Straßen weiter.

Vielleicht sollte ich ihm keinen entkoffeinierten Kaffee bringen, sondern einen mit extra viel Koffein, damit er die ganze Nacht nicht schlafen kann.

Bin ich so böse?

Während des ganzen Wegs hatte ich es fest vor, nur um dann die Bestellung so aufzugeben, wie mein Chef es will.

Klasse! Wirklich ganz klasse, Zara!

Mein Unterbewusstsein ist nicht begeistert.

So wird das nie etwas mit meiner Rache ...

Ich war so auf das Koffein-Problem konzentriert, dass ich total vergessen habe, dass ich ja noch zur Reinigung muss.

Verfluchte Scheiße!

Im *Starbucks* ist die Hölle los, zu meinem Leidwesen dauert es ewig, bis ich endlich aufgerufen werde, um meine Bestellung abzuholen. Genervt schnappe ich mir den Kaffee, kümmere mich um den Zucker und hetzte los Richtung Gold Street, in der sich die Reinigung befindet. Der Kaffee ist so heiß, dass er mir durch den dünnen Pappbecher hindurch die Finger verbrennt. Der blöde grüne Zettel droht mir runterzufallen und in meiner Tasche beginnt es zu vibrieren und zu piepen.

Verdammt noch mal!

Die Absätze der High Heels sind viel zu hoch für mich, sodass jeder Schritt meine volle Aufmerksamkeit erfordert. Auf der Straße liegt eine weggewehte Zeitung, über die ich stolpere, woraufhin mich ein Fahrradkurier beinahe über den Haufen fährt.

Sein hektisches Klingeln wird von einem wütendem „Mach doch die Augen auf, blöde Kuh!" übertönt.

Erschrocken springe ich zur Seite, balanciere den Pappbecher aus und schaffe es tatsächlich über die verkehrsreiche Straße, ohne überfahren zu werden.

Ganz klar mein bisheriges Tageshighlight.

Erleichtert erreiche ich endlich die Reinigung.

Mein Handy tönt immer noch lautstark aus meiner Handtasche und raubt mir den letzten Nerv. Ich muss gar nicht erst nachsehen, um zu wissen, dass es sich dabei um Liam, meine letzte Tinder-Bekanntschaft handelt. Liam wirkte zuerst echt vielversprechend. Er ist attraktiv, nicht auf die düstere Art, wie diese Rocker es sind und die mein Herz zum Pochen bringt, eher auf die nette Weise. Das Dumme ist nur, dass mich genau dieses Nette langsam zu nerven beginnt.

Liam ist so zuvorkommend und höflich, dass ich mir nicht vorstellen kann, dass er mich beim Sex an den Haaren zieht, mich an die nächste Wand pinnt und hart fickt, während er mir einen Finger in den Po steckt und mich so zum Explodieren bringt.

So wie ich ihn einschätze, ist Liam eher so der verständnisvolle Missionarsstellungsvögler, der am liebsten ohne Zunge küsst und das am besten noch im Dunkeln.

Für irgendein Mädchen hier in New York ist er sicher der perfekte Mann, aber für mich ist das nichts. Ich will Abenteuer und Spannung, multiple Orgasmen und jede Menge raue Bartstoppeln, die über meine Haut kratzen. Noch ein Punkt, der gegen Liam spricht, denn er ist einfach immer frisch rasiert. Keine Ahnung, wie er das anstellt, aber das langweilt mich. Nichts ist maskuliner als ein Dreitagebart.

Ganz am Anfang, als wir uns kennengelernt haben, habe ich es mal mit Sexting bei ihm versucht. Ihr wisst schon, das ist diese Art von Nachricht, die man sich schickt, ohne dabei ein Wort zu tippen, sondern nur diese lustigen Zeichen und Bildchen verwendet.

Meine Nachricht lautete: Aubergine + Donut + drei Regentropfen = Feuerwerkskörper.

In meinen Augen unmissverständlich, oder?

Mit der Aubergine war natürlich sein Schwanz gemeint, mit dem Donut meine Muschi, die Regentropfen erklären sich ja wohl von selbst, und der Feuerwerkskörper – ihr wisst schon.

Was hätte ich sonst als Orgasmussymbol verwenden sollen?

Gut, die Dynamitstange wäre auch gegangen, aber die war mir dann doch zu heftig, ich wollte ja keinen Druck aufbauen, sondern nur für Vorfreude sorgen.

Na ja – Liam kam zu unserem ersten Date mit einer Bio-Aubergine, einem mit Zucker glasierten Donut und einem Tischfeuerwerk, aus dem Konfetti rausgeflogen ist.

Das alles hätte witzig sein können, wenn er den tatsächlichen Sinn meiner Nachricht verstanden hätte, doch er dachte leider, dass ich ihn gebeten hätte, das alles einzukaufen, weil ich gedacht habe, dass es gleich zu regnen anfangen würde.

Ja genau ... Scheiße, oder?

Dieses Ding mit dem Sexting ist anscheinend nicht für jedermann gedacht.

Aber gut. Ab da habe ich ihm nur getippte und nicht zweideutige Nachrichten geschrieben, genauer gesagt war es nur eine und in der habe ich ihm mitgeteilt, dass ich nicht denke, dass wir uns wiedersehen sollten.

Und seitdem betreibt er diesen Telefonterror.

Dafür, dass ich ihn ignoriere, wird er mich sicher hassen, aber irgendwann wird er kapieren, dass wir nicht sonderlich gut kompatibel sind, und mir dankbar sein.

Hoffe ich zumindest.

Aber zurück ins Hier und Jetzt ...

Wenn ich dieses Praktikum überstanden habe, sollte ich vielleicht einen Artikel darüber schreiben, wie beschissen es ist, in dieser grandiosen Stadt Single zu sein. Dazu eine Prise Witz und Humor, ein paar Auberginen und zack – ergibt das natürlich wieder keinen

Pulitzerpreis – aber vielleicht bringe ich mit dieser Odyssee zumindest jemanden zum Lachen.

Für einen guten und gelungenen Artikel bräuchte es schon noch etwas Aufregendes, einen *Aufhänger,* wie man das in der Branche nennt.

Gedankenverloren hole ich das Hemd ab, zahle die zwölf Dollar und hetzte erneut über die Straße. Jetzt gilt es schnell zu sein, damit der Kaffee zumindest noch einigermaßen warm ist, wenn ich zurück im Büro bin.

Es bimmelt wieder, ich renne einfach weiter, taste in meiner Tasche umher, um das iPhone auf lautlos zu schalten, und kämpfe bei jedem weiteren Schritt mit meinem Gleichgewicht – verdammte Schuhe. Das alles gelingt mir auch ganz gut. Ehrlich. Zumindest so lange, bis der Absatz meines Heels irgendwo hängenbleibt, ich ins Straucheln gerate und gegen etwas warmes Festes knalle.

Ich kreische entsetzt. Der verfluchte Deckel des Pappbechers löst sich, die heiße Flüssigkeit schwappt über und landet an der harten Mauer, die plötzlich mein komplettes Sichtfeld ausfüllt.

Wie aus dem Nichts tauchen zwei Arme auf. Tätowierte. Braungebrannte und verdammt muskulöse Arme, wenn ich das noch schnell anmerken darf. Dann werde ich gepackt und umhergewirbelt. Das Alles geht so schnell, dass sich vor meinen Augen alles zu drehen beginnt. Ich stoße ein überraschtes Quietschen aus und zucke erschrocken zusammen, als plötzlich ein lauter Fluch wie ein Donnerhall meine Welt zum Beben bringt.

Es dauert etwas, dann wird mir klar, wo der entkoffeinierte und mit braunem Biorohrzucker gesüßte Kaffee gelandet ist. Auf einer schwarzen, mit Patches übersäten ledernen Kutte, die mit dem unverwechselbaren Skull gekennzeichnet ist, der für den *Death Scorpions Motorcycle Club* steht. *Oh. Mein. Gott!*

Dreimal gedrehte Zebrakacke! Ich bin am Arsch!

Ein weiterer derber Fluch ertönt, mein Puls schnellt in die Höhe und meine zitternden Finger werden schwitzig.

Hilfe! Was jetzt?

Angeblich gibt es doch irgendwo im All diese schwarzen Löcher, die sich auftun und alles auf Nimmerwiedersehen verschlucken? Habt ihr schon mal von denen gehört?

Gibt es die wirklich? Also wenn ja, wo kann ich da eins bestellen? Amazon vielleicht? Ich bräuchte es gerade wirklich dringend! Sehr. Dringend! Und das sofort!

„Fuck, Mädchen. Was soll der Scheiß?“

Noch habe ich mein Gegenüber nicht angesehen, dafür hat mir bis jetzt der Mut gefehlt, aber diese Stimme. *Auweia!* Diese Stimme ist dunkel und vielversprechend und kraftvoll und so maskulin, dass sich meine Vagina instinktiv zusammenzieht.

Sie will Sex. Ich kann ihr das nicht verübeln. Aber doch nicht jetzt? Nicht jetzt, wo ich einem der gefährlichsten Männer dieses Landes Ronald McDonalds Kaffee drübergeschüttet habe und nicht mal feststeht, ob ich die nächsten Minuten überhaupt überlebe.

„Ähm... öh... ja... also..."

Gott! Ich stottere.

„Sorry. Es tut mir leid. Ehrlich! So sehr leid."

Langsam und mehr als neugierig lasse ich meinen Blick nach oben gleiten: eine breite Brust. Leder. Patches. Harte Muskeln. Schwarze Tinte. Ein markanter Kiefer, dunkle Bartstoppeln, überraschend sinnliche Lippen, hohe Wangenknochen und eine gerade, aristokratisch wirkende Nase, dazu unfassbar blaue Augen.

Uffff ... Heißer als die Hölle. So verdammt heiß, dass meine Östrogene Tango tanzen, und meine innere Schlampe vor Aufregung einen Salto schlägt. Was mich echt wundert, weil ich mir sicher war, dass sie nach der Sexting-Pleite vor Frust in einen Dornröschenschlaf gefallen ist, aus dem sie nur ein Prinz retten kann.

Aber das wäre ja nie passiert, denn Prinzen sind nett und nette Männer sind wie Liam und Liam ... Na ja ... Ihr wisst Bescheid, stimmt's?

Sprachlos und mit offen stehendem Mund starre ich den Rocker vor mir an.

Ich fühle mich, als hätte mir jemand das Hirn aus dem Schädel gesaugt und durch rosa Glitzer ersetzte, denn mir will absolut nichts Sinnvolles einfallen, was ich zu meiner Verteidigung sagen könnte.

Nichts. Und das obwohl es hier im wahrsten Sinne des Wortes um mein Leben geht.

Die großen, warmen Hände brennen sich durch den durchscheinenden Stoff der Bluse und haben eine verstörend erregende Wirkung auf mich. Die ich mir auf gar keinen Fall anmerken lassen darf. Mein gewispertes „Holy Shit!" lässt den echt grimmig dreinblickenden Outlaw schmunzeln. Was mich zu meiner nächsten Frage bringt.

Schmunzeln Killer, bevor sie sich ans Werk machen und Genicke brechen?

Keine Ahnung, meinem verräterischen Körper ist das auch völlig egal, denn meine Nippel haben natürlich nichts Besseres zu tun, als sich zusammenzuziehen und sich so gut sichtbar unter meiner Bluse abzuzeichnen.

Schön, sie und meine Muschi sind sich einig.

Dem Rocker vor mir scheint das zu meinem Leidwesen nicht zu entgehen. Seine kobaltblauen Augen rutschen an mir herab und legen sich auf mein Dekolleté.

Seltsam. Wenn McDonald mich so angestarrt hat, wollte ich mich am liebsten verstecken und Nonne werden. Bei dem Rocker ist das anders, den will ich am liebsten anspringen und ihm ins Ohr flüstern, dass er mir seinen dicken pulsierenden Schwanz in die Pussy schieben soll.

Ich tue es natürlich nicht. Denn ganz ehrlich, im Dirty Talk bin ich schlecht. Sexting ist kein Ding für mich, da ist mein Gesprächspartner ja auch nicht in meiner Nähe, aber beim Schmutzige-Sachen-Sagen ist das ja leider anders.

Tief in meinem Inneren bin ich echt versaut, mein Problem ist nur, dass ich das nicht so zeigen kann.

Der Biker brummt etwas, dann leckt er sich die Lippen und sieht mir wieder in die Augen. Wobei ich in den seinen erkennen kann, dass er genau wie ich gerade an Sex denkt. Guten Sex. Bösen Sex. Sex mit vielen Feuerwerkskörpern, wenn ihr versteht, was ich meine.

„Du bist süß, dein Glück."

Was? Wassss?

Hat er gerade echt gesagt, dass ich süß bin?

Bevor ich nachfragen kann, redet er auch schon weiter.

„In den letzten Tagen wurde auf mich geschossen, irgend so ein Wichser wollte mich abstechen und einer hat sogar tatsächlich versucht, mich mit einer Granate in die Luft zu jagen."

Er sagt das so beiläufig, als wäre es für ihn ganz normal, dass man versucht, ihn auf all diese Arten umzubringen. Was mich irgendwie verstört.

„Aber mit Kaffee? Fuck, Mädchen. Mit heißem Kaffee hat es noch keiner versucht."

Seltsamerweise bringt mich das zum Grinsen.

„Tja? Vielleicht sollte ich deinen vielen Feinden mal mitteilen, dass du anfällig für Heißgetränke bist."

Der Rocker bleckt die Zähne.

„Du willst mich tot sehen?"

Oh nein, so ein Prachtexemplar von Mann sollte am besten unsterblich sein!

Nicht sicher, was ich antworten soll, sehe ich mich nervös um. Dass seine Hände noch immer auf meinen Armen liegen, ist mir mehr als deutlich bewusst.

„Das tut mir leid. Ich wollte das nicht. Ehrlich."

Er nickt, lässt mich leider los und streift mit schnellen Bewegungen den Kaffee von seiner Kutte.

Das Handy in meiner Tasche klingelt erneut, genervt verdrehe ich die Augen, ziehe es heraus und drücke Liam weg.

Der Biker beobachtet mich und zieht fragend eine Augenbraue in die Höhe.

„Das ist aber nicht die feine Art."

„Glaube mir, es ist besser für ihn."

„Ihn?"

„Jep, ihn. Ein Tinder-Reinfall."

Seiner Kutte scheint der Kaffee nicht viel ausgemacht zu haben, aber das weiße Shirt darunter ist ruiniert.

„Wenn du es ausziehst und mir deine Nummer gibst, lasse ich es reinigen und rufe dich an, wenn es fertig ist."

Oh ja. Gedanklich klopfe ich mir selbst auf die Schulter.

Das war eine mega Idee.

So kann ich meinen Fehler gutmachen und den Rocker dazu bringen, sich obenrum für mich auszuziehen. Meine innere Schlampe reckt die Daumen nach oben und leckt sich erwartungsvoll die Lippen.

„Ist das deine Masche, Püppchen?"

„Masche?"

Ich weiß, worauf er anspielt, stelle mich jedoch mit Absicht dumm.

„Vergiss den Kaffee. Ich bin es gewohnt, dass meine Shirts im Arsch sind."

„Wieso? Bekommst du öfter mal eine Ladung entkoffeinierten Kaffee mit braunem Biorohrzucker ab?"

„Für gewöhnlich nur das Blut meiner Opfer."

Ups. Hilfe!

Hat er das gerade wirklich gesagt? Er fängt meinen Blick ein, mein Herz vergisst zu klopfen und ich zu atmen. Die Härchen in meinem Nacken stellen sich auf, ich erschaudere. *Zur Hölle ...*

Mit seinen langen, rabenschwarzen Haaren und den vielen Tattoos sieht dieser *Death Scorpion* aber auch aus wie der Teufel höchstpersönlich.

Mit viel Kraft schaffe ich es, unseren Blickkontakt zu unterbrechen und betrachte seine mit Tinte verzierten Arme.

Es gibt kein freies Fleckchen Haut mehr, überall sind Tattoos.

Ich erkenne viele verschiedene Motive, sie alle sind einzigartig und ergeben dennoch ein faszinierendes Gesamtbild, das mir das Wasser im Mund zusammenlaufen lässt.

Überkreuzte Revolver, ein zersprungener Kompass, eine verwelkte Rose, Stacheldraht und ein Kreuz, das an einer Gliederkette hängt, die sich wiederum um ein paar Knochen windet.

Ich sehe mir das alles genauer an und entdecke inmitten der Waffen und Skulls einen lachenden Smiley, der so gar nicht zu den anderen Tätowierungen passt.

Der Biker bewegt sich, hängt lässig die Daumen in die vorderen Taschen seiner Jeans und schnalzt mit der Zunge.

„Willst du nur gucken oder auch anfassen?“

Soll das ein Angebot sein?

Wie die Aubergine dieses Rockers wohl aussieht, ob er sich da auch hat tätowieren lassen? Meine Neugierde bringt mich fast um, also zumindest, falls es der Rocker nicht tut.

Wobei … bis jetzt scheint er die Sache locker zu nehmen, lockerer, als ich dachte.

„Wie geht es jetzt weiter? Ziehst du deine Waffe und jagst mir eine Kugel zwischen die Augen oder darf ich dein Shirt in die Reinigung bringen?“

Verwunderung blitzt in seinen Iriden auf, dann gibt er ein bellendes Lachen von sich.

„Scheiße, Puppe, du gefällst mir. Frech und süß ...“

Mein Herz macht einen Satz.

„Du denkst also wirklich, dass ich dich wegen eines Kaffees abknalle?“

Hmmm ... Vielleicht ...

„Keine Ahnung. Über euch Rocker sind heftige Geschichten in Umlauf.“

Er nickt ernst und beugt sich zu mir vor. Und er muss sich weit beugen, denn trotz der hohen Absätze reiche ich ihm nicht mal bis zur Schulter.

„Und sie sind alle wahr.“

Seine geknurrten Worte lassen mich erzittern. Entsetzt atme ich tief ein, inhaliere so den herben Geruch von Mann, Leder und Seife, der mir mehr als gut gefällt. Und da ist noch etwas, etwas Würziges, das ich nicht genau einordnen kann, das aber durchaus Schießpulver oder so etwas sein könnte.

Ich schlucke, in meiner Tasche bimmelt es erneut. Dieses Mal ist es ein anderer Klingelton, der mir verrät, dass er sich dabei nicht um den netten Liam, sondern um den widerlichen McDonald handelt.

Scheiße! Scheiße! Scheiße!

Das Arschloch habe ich in all dem Chaos total vergessen.

Schnell krame ich mein Telefon raus und starre es an, ohne ranzugehen.

Was jetzt?

Der Rocker beobachtet mich genau, in seinen Augen funkelt es amüsiert.

„Noch eine Tinder-Bekanntschaft?"

Ich schüttle den Kopf.

„Nein, das ist mein Boss. Und da sein Kaffee auf dir gelandet ist, bedeutet das, dass ich mein Praktikum vergessen kann."

Scheiße! Die Reinigung – wo ist das Hemd? Daran habe ich dank dem Rockerschock gar nicht mehr gedacht. Ich sehe mich um und entdecke es auf dem Boden liegend, ebenfalls voller Kaffee.

„Ich bin am Arsch!"

Von dem Biker vor mir kommt keine Reaktion.

Ich bücke mich nach dem eigentlich frisch gereinigten Hemd und stoße einen Schwall Flüche aus. Das Handy in meiner Hand bimmelt noch immer – mir wird schlecht.

„Du bist Praktikantin?"

„Jep. Zumindest war ich das. Bis jetzt. Jetzt bin ich wahrscheinlich gefeuert."

„Sehr gut."

Mit dieser Reaktion habe ich nicht gerechnet.

Bevor ich kapiere, was los ist, reißt mir der *Scorpion* das iPhone aus der Hand, nimmt das Gespräch an und bellt mir dunkler Stimme in die Leitung, dass ich kündige. Dann legt er wieder auf, steckt *mein* Handy in *seine* Tasche, nimmt mir McDonalds Hemd ab und wirft es zurück auf den Boden.

„Hey, spinnst du? Was soll das?"

Er sagt nichts, packt mich einfach an der Taille, wirbelt mich durch die Luft und presst mich an seinen massiven Oberkörper.

Dann marschiert er mit mir davon, als ob ich ein verdammtes Möbelstück wäre.

„Was hast du vor? Bist du verrückt geworden?"

Angstschweiß rinnt mir über den Rücken, er wirft mich über seine Schulter, jetzt hänge ich mit dem Kopf nach unten über der Schulter des Rockers.

Mir rutscht die Handtasche über den Arm und droht zu Boden zu fallen, er fängt sie blitzschnell auf und setzt unbeirrt seinen Weg fort.

Selbst als ich einen Schuh verliere, bleibt er nicht stehen, sondern schleppt mich einfach quer über die Straße, über die viel befahrene Straße, scheinbar ohne einen Blick nach links oder rechts zu riskieren. Dieser Biker ist sich zu 100 % sicher, dass der Verkehr für ihn stoppt. Und er tut es. Zum Glück. Die Wagen halten alle an, und zwar ohne das für New York so typische Gehupe.

Die Leute sehen die Kutte und akzeptieren einfach alles. Die Menschen haben viel zu viel Schiss, sich mit einem der gefährlichen *Death Scorpions* anzulegen. Sie wollen keinen Streit mit dem Rocker, der mich einfach so wie einen Sack Kartoffeln über seine Schulter geworfen hat.

Bittere Furcht breitet sich in mir aus. Wütend trommle ich auf seinen breiten Rücken, während mir heiße Tränen in die Augen steigen.

„Lass mich runter. Lass mich sofort runter!"

Was passiert hier gerade?

Hat er es sich anders überlegt?

Hat er beschlossen, mich doch wegen des Kaffeemalheurs umzubringen?

Entsetzen flutet meine Venen.

Ich will nicht sterben. Nicht jetzt! Ich meine, *Scheiße*! Ich bin gerade mal dreiundzwanzig Jahre alt, ich habe mein ganzes Leben noch vor mir.

Entschlossen, nicht so einfach aufzugeben, strample ich so wild ich kann mit den Beinen, was mir einen Schlag auf den Arsch einbringt.

„Fuck! Mach nicht so ein Theater, Püppchen."

Soll das ein Witz sein?

„Bist du bescheuert, Rocker? Du willst mich kaltmachen und ich soll mich nicht wehren?"

Er stoppt so abrupt, als ob die Welt aufgehört hätte sich zu drehen. Mit einem Ruck zieht er mich von seiner Schulter und stellt mich auf den Boden.

Da ich nur noch einen Schuh anhabe, fällt es mir schwer, mein Gleichgewicht zu finden.

„Du denkst, dass ich dich töten will?"

Er klingt so verwundert, dass ich jetzt gar nichts mehr verstehe.

„Warum solltest du mich sonst verschleppen und meinem Boss sagen, dass ich kündige? Wohl nur damit er keine Vermisstenanzeige aufgibt und du mehr Zeit hast, meine Überreste zu vergraben."

Seine himmelblauen Augen wirken plötzlich umwölkt.

„Wir vergraben nicht mehr. Hunter hat entschieden, dass wir unsere Opfer verbrennen. Soll angeblich rückenfreundlicher sein."

Sehr beruhigend!

Offensichtlich weiß er selbst auch nicht so recht, was er davon halten soll, denn er zuckt nichtssagend mit der Schulter, über der ich gerade eben noch kopfüber gehangen habe, und auf der ich nicht noch mal landen will.

„Danke für die Information."

Sein „Gern geschehen" lässt mich nur verwundert den Kopf schütteln.

„Wo schleppst du mich hin? Und wieso? Was soll das alles?"

Er sagt nichts, mustert mich prüfend und lässt dann seinen Nacken so laut knacksen, dass allein das Geräusch ausreicht, um den meinen schmerzen zu lassen.

„Bist du zuverlässig? Ehrlich? Loyal? Kannst du hart zupacken und bist du verschwiegen?"

Bitte was? Ich runzle die Stirn.

Der Biker schnaubt genervt.

„Ich muss das wissen, Püppchen."

„Ja, ja, ich denke schon. Warum?"

Scheiße, was läuft hier?

„Bist du gut organisiert?"

„Wie bitte?"

„Na, kannst du Dinge erledigen, ohne im Chaos zu versinken?"

„Ja, kann ich."

„Gut. Dann passt du perfekt!"

Perfekt wofür?

„Wovon redest du überhaupt?"

Anstatt mir endlich zu erklären, was hier gerade abgeht, will er mich erneut packen und über seine Schulter werfen.

Es gelingt mir gerade so in letzter Sekunde, ihm auszuweichen und das zu verhindern.

„Verflucht! Was passiert hier gerade?"

„Das war ein Einstellungsgespräch. Glückwunsch! Du hast einen neuen Praktikumsplatz."

Jetzt kapiere ich gar nichts mehr.

„Wovon redest du da überhaupt?"

„Du bist jetzt *meine* Praktikantin."

Waaaasssssss?

Ich meine – was? Wie? Was er sagt, ergibt keinen Sinn und wie er das *meine* ausspricht, macht mir Angst und lässt meine Vagina feucht werden.

Gott! Das ist zu krass.

„Das, was du da redest, ergibt keinen Sinn!“

„Doch, tut es. Der Club braucht eine Praktikantin, ich habe dich gefunden, du bist Praktikantin, also nehme ich dich jetzt mit. Was gibt es da nicht zu verstehen?“

Alles. Einfach alles. Verdammt noch mal!

„Du kannst mich doch nicht einfach mitnehmen.“

Verwundert legt er die Stirn in Falten.

„Ach nein? Kann ich nicht?“

Ich schüttle vehement den Kopf.

„Nein.“

„Aber du siehst doch, dass ich es kann.“

Heilige Scheiße!

„Aber das ist falsch!“

„Wieso?“

„Weil ich gerne meine eigenen Entscheidungen treffe.“

Sein „Aha, diese Sache“ klingt fast so, als ob er verstanden hätte, was ich meine. Ein winziger Funke Hoffnung glimmt in mir auf, doch der wird von seinem nächsten Satz zunichtegemacht.

„Ja, die Ladys reden auch immer so einen Bullshit von wegen eigener Wille und so. Aber na ja, schlussendlich sind sie auch ohne diesen glücklich. Du wirst es verstehen und lernen. Keine Sorge.“

Lernen?

„Wovon zur Hölle redest du da eigentlich?“

Der Rocker verschränkt seine muskelbepackten Arme vor der Brust, wobei sich seine Bizepse auf eindrucksvolle Weise anspannen und seine Tattoos gut zur Geltung kommen. Mein Mund wird trocken.

Jetzt nicht ablenken lassen, Zara.

Das ist wichtig!

Mein Unterbewusstsein klingt mahnend, meine innere Schlampe sieht das anders, sie ist begeistert von so viel Testosteron und Machogehabe.

Dieser *Scorpion* hätte sicherlich sofort gewusst, was ich mit der Aubergine, dem Donut, den Wassertropfen und dem Feuerwerkskörper gemeint hatte. Wetten?

Der Blick, mit dem er mich mustert, ist streng – mir wird heiß und kalt.

„Hast du schon mal was von ‚*Wer es gefunden hat, darf es behalten*‘ gehört?“

Echt jetzt?
„Das kann nicht dein Ernst sein?! Oder?"
„Doch, ist es."
Er klingt so selbstsicher und arrogant, dass mir sofort klar wird, dass er nicht einmal auf die Idee kommt, dass er sich vielleicht gerade falsch verhält.
„Das ist genauso bescheuert, wie dieses ‚*Ich habe es angeleckt – jetzt gehört es mir!*'"
Seine Mundwinkel zucken. Er beugt sich langsam zu mir herab, kommt mir dabei vor wie ein Löwe auf der Jagd. Dumm nur, dass ich die Beute bin.
Seine Augen bohren sich noch tiefer in die meinen.
„Du willst, dass ich dich lecke?"
„Ja. Öhm ... Nein."
Mir wird klar, dass er mich mit Absicht durcheinanderbringt.
„Du weißt genau, was ich meine. Verdammt!"
„Püppchen, ich lecke dich so oft und so viel, wie du willst. Aber jetzt hör auf zu zicken und lass dich von mir in den Club bringen. Ich habe heute noch 'nen Arsch voller Arbeit und keine Zeit für dieses Theater!"
Er will mich lecken. L.E.C.K.E.N.
Dieser große, mächtige und böse Biker will *mich* lecken ...
Das ist zu viel. Meine Muschi beginnt zu tropfen und mein Hirn hat Probleme, das alles zu verstehen.
„Seit wann leckt man seine Praktikantinnen?"
Ein bellendes Lachen von sich gebend wirft er den Kopf in den Nacken und stemmt die Hände in die Hüften.
„Du bist meine erste Praktikantin. Ich weiß nicht wirklich, wie das läuft, ich stelle gerade erst die Regeln auf. Und du siehst lecker aus. Ich wette mit dir, deine süße kleine Muschi schmeckt nach Sonnenschein und ist gut zu vögeln. Also halt die Klappe und mach mir das Leben nicht noch schwerer, als es sowieso schon ist. Ich schwöre dir, ich werde mich gut um dich kümmern."
Heilige Scheiße!
Man kümmert sich um Katzen, Kanarienvögel, Goldfische und Hamster, ja sogar um Topfpflanzen, aber garantiert nicht um Praktikantinnen, zumindest nicht so wie das *Kümmern* geklungen hat.
Liam war mir zu nett. Ja. Er war zu nett! Aber dieser *Death Scorpion* ... An dem ist wirklich gar nichts nett. Dafür ist aber alles echt heiß und hart. Echt verdammt heiß und garantiert auch extrem hart.
Doch das ändert nichts an der Tatsache, dass ich nicht so gerne entführt werde.

„Ich will nicht mitkommen."

Will ich das wirklich nicht? *Hmmmm ...*

Ein Teil von mir will es doch, nämlich der Teil, der von meiner Vagina kontrolliert wird. Mein Hirn sieht das zum Glück anders, aber das ist dummerweise gerade offline.

„Hör zu, ..."

Mir wird klar, dass ich nicht mal weiß, wie er eigentlich heißt. Er merkt, dass er versäumt hat, sich mir vorzustellen, und sagt: „Jacob."

Also gut.

„Hör zu, Jacob. Ich bin kein Ding, sondern eine Frau, und ich will nicht entführt werden. Kapiert?"

Er nickt, seine Mundwinkel ziehen sich nach unten.

„Kapiert. Aber ich entführe dich ja gar nicht. Ich kassiere dich einfach ein."

Entschlossen verschränke ich nun ebenfalls die Arme vor der Brust.

Was er kann, kann ich auch.

„Und wo ist da der Unterschied?"

Dem Rocker vor mir scheint unsere Konversation Spaß zu machen.

„Meine Entführungsopfer bluten meistens und ich bearbeite sie nur zu gerne mit meinen Fäusten. Im Normalfall verlieren sie Gliedmaßen und ich fessle sie mit Tape und Kabelbindern. Sie landen im Club in einem unterirdischen Bunker, wo sie zu 99 % sterben, ehe ich sie ins Krematorium schaffe und dort ihre Überreste verschwinden lasse."

Er macht eine dramaturgische Pause.

Ich schlucke und kämpfe gegen die brutalen Bilder an, die seine so ehrlichen Worte wie Pop-ups in meinem Kopf aufploppen lassen.

Jacob kommt mir noch näher, erneut steigt mir sein männlicher Geruch in die Nase.

*Yummi ... *sabber**

Er spricht weiter: „Dich, Püppchen, dich will ich auch fesseln. Aber anders. Und anstatt dich mit den Fäusten zu bearbeiten, will ich dich fingern, ehe ich dich ficke. Ich mag deinen Arsch, und deine Lippen sehen so aus, als würden sie perfekt um meinen Schwanz passen."

Erneut macht er eine Pause. Jetzt bin ich verwirrter als jemals zuvor. Verwirrt und erregt und verängstigt – keine gute Kombination.

„Also, Püppchen, verwechsle besser niemals wieder entführt und einkassiert, denn da gibt es gewaltige Unterschiede!"

Offensichtlich! Ganz gravierende Unterschiede sogar.

Jacob bewegt sich, seine Kutte klafft auf und ich erhasche einen Blick auf die Waffe, die sich darunter verbirgt.

Meine Füße werden kalt – eiskalt – und noch bevor mir klar wird, was ich da eigentlich tue, trete ich die Flucht an und laufe davon.

Ja, die Sache mit dem Lecken hat mir gut gefallen, aber der Rest ...

Scheiße!

Also, die Stelle mit den abgetrennten Gliedmaßen und die Erwähnung des Krematoriums waren echt zu viel!

Ich weiß ja nicht, wie es euch geht, aber ich bin nicht bereit für einen Ausflug in die Hölle.

Mein Problem ist jedoch, dass ich nur einen Schuh anhabe, den ich loswerden muss, damit ich schneller werde und dem durchgeknallten Outlaw, der mich aus unerfindlichen Gründen in seinen Club verschleppen will, entkommen kann. Dieser Cinderellaeffekt bremst mich und das ist Mist, denn es hilft dem Biker mit den ewig langen Beinen, mich wieder einzufangen.

Während ich längst außer Atem bin, hat er mich wenige Meter später ganz lässig und erschreckend mühelos wieder einkassiert – wie er es nennen würde. Und auch wenn ihr denkt, dass ich extra langsam geflüchtet bin, nur um von dem Rocker geleckt zu werden, muss ich euch sagen, dass ihr euch täuscht. *Doppel schwör.*

Ich wollte wirklich flüchten, aber ich habe mich dabei einfach zu dämlich angestellt. Was an dem Mangel an Erfahrungen liegen kann, die ich in Sachen Entführung und Rennen in High Heels habe. Stöckelschühchen sind nicht so mein Ding. Ich steh auf gemütliche Schuhe, mit denen man vor gefährlichen Rockern davonrennen kann.

Sein harter Arm schlingt sich wie eine Anakonda, die bereit ist, ihr Opfer zu zerquetschen und dann mit einem Happs zu verschlingen, um meine Mitte. Ich zapple und kreische, was den *Death Scorpion* sehr zu erheitern scheint. Klasse.

Er muss sich nicht mal anstrengen, um mich festzuhalten.

„Fuck, Puppe. Was soll das? Warum stellst du dich so an?“

Ehrlich? Meine Gegenwehr kurz einstellend, sehe ich zornig zu ihm nach oben.

„Ist die Frage ernst gemeint?“

„Ist sie.“

„Ich stelle mich so an, weil du verrückt, völlig durchgeknallt und bewaffnet bist!“

Jacob denkt kurz über meine Argumentation nach und bleckt dann die Zähne.

„Du hast recht und ich bin wild entschlossen, dich mitzunehmen. Also mach es mir nicht so schwer oder ich knocke dich einfach aus und wenn du das nächste Mal deine schönen Augen öffnest, liegst du mit meinem Schwanz in deinem Arsch in meinem Bett.“

Öhm ... Meine Vagina versteht darin eher ein Versprechen, mein Hirn jedoch erkennt zum Glück die Drohung.

„Wer sagt, dass ich auf Analsex stehe?“

„Wer sagt, dass du es nicht tust?“

Nun ja ...

„Kommen wir zurück zum Problem.“

„Welches Problem?“

„Das, in dem es darum geht, dass ich nicht mit dir mitkommen will.“

Sein lang gezogenes „Ahhhhhh!“ beschert mit eine Gänsehaut.

„Das ist kein Problem, nur eine kleine Meinungsverschiedenheit zwischen einer Praktikantin und ihrem Boss.“

Scheiße! Scheiße! Scheiße!

„Hat dir schon mal jemand gesagt, dass du verdammt nervenaufreibend, anmaßend, arrogant und anstrengend bist?“

Jacob schüttelt den Kopf.

„Nope. Für gewöhnlich reden meine Entführungsopfer nicht viel mit mir, bevor sie ins Gras beißen.“

Ups ... Ja ... Was soll ich darauf antworten?

Habt ihr vielleicht eine Idee?

Es passiert nicht oft, aber ich bin tatsächlich sprachlos.

„Was, wenn ich laut um Hilfe schreie?“

Der Rocker zuckt gelangweilt mit den Schultern.

„Was sollte dann sein?“

„Vielleicht eilt mir jemand zur Hilfe oder ruft die Cops.“

Sein gemurmeltes „sehr unwahrscheinlich“, klingt erschreckend sorglos.

„Probiere es aus. Aber mach schnell, wie gesagt, ich hab noch ’nen Arsch voll Arbeit und muss dich vorher im Clubhaus absetzen, ehe ich mich um die Sachen kümmern kann.“

Ich soll es ausprobieren?

„Wirklich?“

„Klar.“

„Du bist aber sehr von dir eingenommen.“

Der Vorwurf, der in meiner Stimme mitschwingt, perlt einfach von ihm ab.

„Püppchen, er tippt sich mit seinem langen Zeigefinger auf die Kutte. Ich bin ein *Death Scorpion*.“

Mehr sagt er nicht. Warum sollte er auch. Er hat recht.

Keine Sau wird mir helfen. Weil keiner so dämlich ist, es sich mit einem der Biker zu verscherzen.

Gedanklich gehe ich meine Optionen durch, riskiere einen Blick hinab zu meinen nackten Füßen und muss mir leider eingestehen, dass der Rocker gewonnen hat.

Barfuß und alleine mitten in New York sind keine guten Voraussetzungen, um einem Killer zu entkommen. Wobei ich wahrscheinlich auch mitten in einem Polizeirevier stehen könnte und es würde nichts an meiner Situation ändern.

„Gut. Sagen wir, ich erkläre mich bereit, deine Praktikantin zu werden. Was ist mit meinem Gehalt?"

Jacob reibt sich über die Stirn.

„Seit wann bekommen Praktikantinnen Geld?"

Gute Frage.

„Seit jetzt!"

Wir liefern uns ein heftiges Blickduell, das ich zu meiner Überraschung gewinne.

„Tausend Dollar."

Da er keine Zeitangabe macht, übernehme ich das.

„Pro Woche!"

Jetzt reißt er erstaunt die Augen auf.

„Spinnst du, Mädchen. Womit soll das gerechtfertigt sein?"

Die Antwort liegt mir glücklicherweise schon auf der Zunge. Ich gehe auf ihn zu, seine Pupillen weiten sich erwartungsvoll. Keine Ahnung, womit er gerechnet hat, aber gewiss nicht damit, dass ich frech auf seine Kutte schnipse.

„Das ist eine Gefahrenzulage. Immerhin bist du ein *Scorpion*. Schon vergessen?"

Seine Mundwinkel ziehen sich nach oben, er grinst und nickt.

„Kluges kleines Ding. Gefällt mir, dass du schlau und mutig genug bist, mit mir zu verhandeln. Du wirst eine gute Praktikantin sein."

Mit diesen Worten packt er mich, wirft mich über seine Schulter und trägt mich auf direktem Weg zu seinem Bike. Dieses Mal wehre ich mich nicht. Was würde das auch für einen Sinn machen. Jacob hat seinen Willen durchgesetzt und dafür bekomme ich pro Woche tausend Dollar. Ein fairer Deal, würde ich sagen.

Wir stoppen vor einer wunderschönen schwarzen Harley, deren Tank mit einem kunstvollen Flammenairbrush verziert wurde. Mitten in den goldenen Flammen sitzt ein ebenfalls schwarzer Skorpion.

Gefährlich, giftig, schnell und unbesiegbar. Die Message ist angekommen: Leg dich niemals mit einem *Scorpion* an.

Mein Handy bimmelt erneut. Ich erkenne am Klingelton, dass es sich wieder um Liam handelt.

Der Rocker platziert mich auf seinem Motorrad und zieht mein Handy aus seiner Tasche. Genau wie beim letzten Anruf geht er wie selbstverständlich mit einem dunklen Brummen ran.

„Bist du der Tinder-Typ?“

Stille. Dann folgt: „Ja. Genau. Nein. Sie gehört jetzt mir. Hmm... Ruf nicht mehr an oder ich finde dich und breche dir sämtliche Knochen.“

Damit legt er auf, wirft mir das iPhone und meine Tasche zu und wirkt sehr zufrieden mit sich und seiner Welt.

„Gibt es noch irgendwelche Wichser, die ich loswerden muss oder war’s das jetzt endlich?“

Ich sollte wütend sein, dass er einfach so meine Anrufe annimmt, doch stattdessen bin ich seltsamerweise einfach nur amüsiert.

„Fürs Erste war’s das, glaube ich.“

Er nickt und brummt vergnügt, schnappt den schwarzen Helm, der am Lenker baumelt und stülpt ihn mir über den Kopf.

Geschickt stellt er die Riemen ein und nickt erneut.

„Aber jetzt hast du keinen Helm mehr.“

„Dein Kopf ist wichtiger als meiner.“

Wämmm – hat er das gerade wirklich gesagt?

„Wieso?“

„Weil ich böse bin, ich habe es verdient zu sterben. Du bist gut. Du musst leben!“

Doppel Wämm!

Perplex klappt mein Mund auf, er tippt mit zwei seiner langen Finger unter mein Kinn und schließt ihn wieder.

„Keine Sorge, Püppchen. Du bist bei mir sicher.“

Als ob damit alles geklärt wäre, steigt er auf und befiehlt mir mit dunkler Stimme, dass ich mich an ihm festhalten soll.

An. Ihm. *Hilfe* ...

Unsicher, wie das funktionieren soll, lege ich zögerlich meine Hände auf seine breiten Schultern, was ihm einen Fluch entlockt.

Jacob dreht sich zu mir um.

„Bist du eine verdammte Jungfrau oder was?“

Nicht sicher, was Sex mit dem Motorradfahren zu tun hat, sehe ich ihn fragend an.

„Nicht dass es dich etwas angeht ... Aber nein, bin ich nicht. Wieso?“

„Weil du dich anstellst, als hättest du noch nie einen Kerl zwischen den Schenkeln gehabt.“

Grob packt er mich an den Kniekehlen und zerrt mich fester an sich ran. Mein Rock ist dank der Sitzposition weit nach oben gerutscht und entblößt viel zu viel von meinen Beinen. Er bietet mir also keinen Schutz vor dem rauen Jeansstoff, der plötzlich über die empfindlichen Innenseiten meiner Schenkel reibt.

Uhhh ....

Das sollte sich nicht so gut anfühlen.

Meine Mitte drückt sich gegen seinen Rücken, meine Pussy zieht sich erregt zusammen.

„Arme um meine Taille, halt dich an mir fest, als wäre der verdammte Teufel hinter dir her.“

Interessante Wortwahl.

„Wie kann der hinter mir her sein, wenn er doch längst vor mir sitzt?“

Sein gebrummtes „Gutes Argument“, ist das Letzte, was er sagt, dann startet er mit einem kraftvollen Tritt den Motor. Das laute Bollern hallt von den Hauswänden wider, während das Vibrieren zwischen meinen Schenkeln eine tiefe Sehnsucht in mir auslöst. Eine Sehnsucht nach Sex, Intimität und einem wilden Abenteuer.

Was ein Glück, dass ich bereits mitten in einem drinzustecken scheine.

2. Kapitel

Der Rocker

Die Fahrt mit dem Mädchen hinter mir auf dem Bike dauert zu lange und ist dennoch viel zu schnell vorbei.

Fuck! Ich meine, fuck!

Der Vormittag war krass. Eine Messerstecherei, drei Tote und ein verschwundenes Päckchen reines Heroin. Ich habe heute noch mit Vielem gerechnet, aber garantiert nicht damit, dass mir einfach so eine Praktikantin über den Weg läuft. Wobei sie vielmehr in mich reingestolpert ist.

Die Kleine ist süß und mutig und verdammt willensstark. Das gefällt mir. Genau wie ihr runder Arsch und ihr praller Busen. Das Püppchen ist sicherlich gut zu ficken. Die Art, wie es sich an mir festhält, beschert mir einen Harten.

Ich ignoriere jedoch meinen anschwellenden Schwanz und konzentriere mich auf das Wesentliche: das verschwundene Heroin. Bevor ich herausfinden kann, ob die Pussy der Kleinen tatsächlich nach Sonnenschein schmeckt, muss ich diese Scheiße klären.

Für gewöhnlich ist es nicht mein Job, den Kurier zu spielen und die Dealer zu checken. Ich bin für Hunter, unseren Vizepräsidenten, eingesprungen und das habe ich nun davon. Klar, die 500 Gramm Schnee würden uns nicht sonderlich wehtun, obwohl das Päckchen einen Straßenwert von knapp 22000 Dollar hat. Hier geht es ums Prinzip.

Bloody Hell! Niemand bestiehlt den Club und kommt ungestraft davon. Niemand. Schon gar nicht, wenn es unter meiner Aufsicht passiert. Ich habe keinen Bock, mir nachsagen zu lassen, dass ich nicht in der Lage bin, drei Kilo Heroin von A nach fucking B zu transportieren. Das ist ein Witz! Ein gottverdammter Prospect-Job.

Entschlossen, die Angelegenheit endlich zu klären, drehe ich am Gas, drücke das Bike tief in die nächste Kurve und spüre, wie die Puppe hinter mir dabei noch etwas fester an meinen Rücken gepresst wird.

Das. Fühlt. Sich. Fucking. Gut. An.

Sie ist eine Praktikantin. Nur eine hilfreiche kleine Praktikantin und keine willige Bitch, die ich nach meinem Belieben in alle fickbaren Löcher bumsen kann. Das sollte ich besser im Hinterkopf behalten, bevor die Scheiße eskaliert und auf einen Schlag zu einer komplizierten Angelegenheit wird.

Nach knapp einer Viertelstunde kommen wir endlich am Club an. Die Geschwindigkeit verringernd, rolle ich an der meterhohen Mauer entlang, die das Gelände von der Außenwelt abschirmt, und stoppe direkt vor dem vierundzwanzig Stunden am Tag bewachten Tor.

Riley und Jorge, unsere neuen Prospects, stehen nebeneinander. Sie unterhalten sich und lachen, jeder von ihnen ist mit einer AK ausgestattet.

Sicher ist sicher.

Sie sehen mich und lassen mich passieren.

Als sie das Mädchen hinter mir auf der Maschine entdecken, tauschen sie einen neugierigen Blick. Kein Wunder! Bis jetzt hatte ich nie eine Frau auf meinem Bike. Nie.

In der Welt, in der ich lebe, bedeutet das etwas. Es bedeutet, dass mir das Mädchen, das auf meinem Sozius sitzt, nicht egal ist und dass ich für es einstehe. Und in diesem speziellen Fall trifft das ganz besonders zu. Immerhin war dieses Praktikantinnending meine Idee, ich habe die Kleine gefunden und einkassiert. Sie steht also unter meiner Obhut und ich gewähre ihr meinen Schutz.

Ob das so eine besonders gute Idee ist? *Bullshit!* Keine Ahnung.

Aber die nächsten Tage und Wochen werden es mit Sicherheit zeigen.

Ich stoppe direkt vor dem Eingang des Clubhauses, mache die Maschine aus und atme tief durch, während ich darauf warte, dass die Kleine hinter mir absteigt.

Doch sie macht keine Anstalten, sondern bleibt einfach nur sitzen und sieht sich aus weit aufgerissenen Augen um.

„Du musst absteigen, Püppchen."

Ihre Arme bleiben auf mir liegen, ihre winzigen Hände sind an meinem Bauch verschränkt.

„Du musst mich nicht immer Püppchen nennen, mein Name ist Zara."

„Zara? Nicht Sarah?"

„Nein Zara wie das Zebra nur ohne das eb aber dafür mit a."

Was für eine komplizierte Erklärung.

„Gut. Wenn du willst, dass ich dich Zebra nenne – gerne."

Jetzt löst sie ihre Hände von mir und verpasst mir einen überraschend kraftvollen Hieb von hinten gegen die Schulter.

„Wenn du willst, dass ich dich Arschloch nenne – gerne."

Arschloch? Interessant!

Wäre sie ein Mann, würde ich sie für diese Unverschämtheit ihre Zähne schlucken lassen. So aber gebe ich mich einfach nur damit zufrieden abzusteigen, meine Faust in ihren langen braunen Haaren zu vergraben und sie hart zu küssen.

Ich pinne meinen Mund so grob auf den ihren, dass ich Blut schmecke. Blut und den göttlichen Geschmack einer schönen Frau.

Sie keucht überrascht auf, ich nutze den Moment, um meine Zunge tief in ihren Hals zu schieben. Was sie dazu bringt, sich gegen mich zu stemmen. Ihr Versuch, mich wegzuschubsen, amüsiert mich. Ganz das Arschloch, als das sie mich betitelt hat, lasse ich sie spüren, dass sie absolut keine Chance gegen mich hat, reiße sie von der Harley und schubse sie gegen die Mauer rechts von uns.

Furcht spiegelt sich in ihren weit aufgerissenen, kaffeebraunen Augen – Furcht und Lust. Letzteres überrascht mich. Ich hätte nicht gedacht, dass sie darauf steht, hart angepackt zu werden.

Barfuß steht sie vor mir, ihre Bluse ist verrutscht und ihr Rock hängt schief. Meine Lippen haben das Rot, mit dem sie die ihren angemalt hat, verwischt, ich bemerke bei genauerem Hinschauen, dass ihre Unterlippe aufgeplatzt ist.

Fuck! Ich war zu grob.

Doppel Fuck! Denn ich will noch viel grober werden.

Mein Schwanz ist hart und das Blut in meinen Venen pulst zähflüssig zu meinem Herzen, durch mein Hirn zurück zu meinem Schwanz.

Anstatt ein *Sorry* zu murmeln oder mich sonst irgendwie bei ihr zu entschuldigen, tackere ich meinen Mund erneut auf den ihren, beiße mich an ihrer Unterlippe fest und werde mit einem leisen Wimmern belohnt.

Bei allen Scorpions!

Allein das Gefühl ihres winzigen Körpers an dem meinen reicht aus, um mich beinahe kommen zu lassen.

Das ist nicht gut. *Fuck!* Ein Schnellschuss passt so gar nicht zu mir.

Sonst habe ich kein Problem damit, die ganze Nacht lang durchzuficken, aber bei Zara ... Da ist es anders, ganz anders und das irritiert mich.

Seit wann stehe ich auf Küsse?

Seit wann gehöre ich zu den Typen, die sich an Lippen festbeißen anstatt sich in feuchte Muschis zu rammen?

Ich ignoriere die Warnungen, die mein Hirn abfeuert, umfasse die weichen Titten meiner netten, süßen und verflucht heißen Praktikantin und beginne sie zu kneten, während ich mein Knie zwischen ihre Schenkel schiebe und an ihrer Mitte reibe.

Sie stöhnt, versucht jedoch trotzdem, mich von sich wegzudrücken. Es kommt mir fast so vor, als würde sie selbst nicht wissen, was sie eigentlich will. Als würde sie erst noch herausfinden müssen, ob sie von mir gebumst oder in Ruhe gelassen werden will.

Ersteres kann sie gerne haben, Letzteres hingegen wird schwer. Fast schon unmöglich, wenn ich ehrlich sein soll. Sie schafft es, ihren Kopf zur Seite zu drehen und schnappt japsend nach Luft. Mein Penis zuckt, er will unbedingt in diesen Mund. Sofort. Aber das ist nicht möglich. Denn selbst wenn Zara bereit wäre, vor mir auf die Knie zu sinken und an meinem Schwanz zu lutschen, fehlt mir dafür die Zeit.

Erst die Arbeit, dann das Vergnügen.

„Jacob, bitte."

Noch immer atemlos flüstert sie meinen Namen.

Ich sehe sie an, sie weicht meinem Blick aus. Das stört mich. Also packe ich sie grob am Kinn und zwinge sie so, mich anzusehen.

„Was, *bitte*?"

Das Mädchen leckt sich die Lippen, meine Hoden ziehen sich pochend zusammen. Werden dick und schwer und verwandeln sich in zwei Granaten, die kurz davor sind zu explodieren. Mein Atem kommt rau, ihrer stoßweise. Ich inhaliere ihren Duft und bin kurz davor, die Kontrolle zu verlieren. Für tausend Dollar die Woche sollte ein schneller Fick im Hof durchaus drin sein. Das Problem? Zara hat etwas Besseres verdient, als von mir wie eine Nutte behandelt zu werden.

„Bitte, lass mich los."

Ihre Worte haben auf mich dieselbe Wirkung wie ein Eimer voll eiskaltem Wasser, der mir ohne Vorwarnung über den Kopf geschüttet wird. Während ich gedanklich längst bis zum Anschlag in ihrem Arsch stecke, fleht sie mich an, sie loszulassen.

Buuulllssshhhiiiiiitttt!

Als ob ich mich an ihr verbrannt hätte, lasse ich sie los und trete einen Schritt zurück. Das erleichterte Seufzen, das sie nun von sich gibt, sorgt dafür, dass ich mich wie ein Wichser fühle.

„Wenn du mich hierhergebracht hast, um mich zu ficken, muss ich dich enttäuschen. Ich bin keine Hure, nicht mal für tausend Dollar die Woche."

Mason, der sich uns von hinten genähert haben muss, beginnt laut zu grölen. Ich habe ihn nicht bemerkt – ein weiterer Beweis dafür, welch fatale Wirkung diese Frau auf mich hat.

„Holy Shit, Jacob. Dein neues Spielzeug scheint keinen Bock auf dich zu haben!"

Spielzeug?

Zara reagiert sofort. Reckt den Kopf hoch und drückt die Schultern durch.
„Ich bin kein Spielzeug, Arschloch!“
Und da ist es wieder das A-Wort. Gespannt, wie der Präsident reagiert, sehe ich zwischen den beiden hin und her, bereit, mich schützend vor Zara zu stellen, falls das nötig werden sollte.
Mason nimmt es locker, was mich überrascht. Aber gut. Sie ist kein Kerl, was ihr ein paar Joker einräumt. Hätte sie einen Schwanz, würde Zara in wenigen Minuten blutend auf dem Boden liegen und ihn um Gnade anflehen.
Die Sache ist nur die, Gnade ist etwas, von der wir *Death Scorpions* nichts halten. Wir praktizieren so einen Scheiß nicht. Wenn wir etwas anfangen, ziehen wir es durch – bis zum Tod. Immer.
Mason mustert sie kurz, sieht dann zu mir und würdigt sie keines Blickes mehr.
„Wo hast du die denn so schnell gefunden?“
Ich zucke nichtssagend mit den Schultern und zünde mir eine Kippe an.
„Ist quasi in mich reingerannt.“
„Na, dann viel Spaß. Bin gespannt, ob du mit deiner Theorie recht hast, Bro.“
Oh ja. Ich auch.
„Könnte anstrengender werden als gedacht.“
„Das ist es doch immer, wenn eine Pussy involviert ist.“
Da spricht er ganz klar aus Erfahrung. Seit er die Primaballerina in Las Vegas gebumst und sofort geschwängert hat, ist sein Leben auch nicht mehr so, wie es einmal war.
Mason und Jennifer sind glücklich, sie haben einen tollen Sohn und führen ein normales Familienleben. So normal es in einem OMC eben geht.
Den warmen Rauch tief in meine Lunge ziehend, halte ich ihn dort kurz gefangen, ehe ich ihn langsam entweichen lasse.
„Was ist mit deinem Shirt? Kaffee?“ Er zieht die Augenbrauen in die Höhe.
„Kaffee statt Blut. Mal was anderes.“
„Jep, dachte ich auch gerade.“
Kurze Pause.
„Was ist mit dem Transport? Alles glatt gelaufen?“
Ach Fuck! Dass ein Päckchen gestohlen wurde, behalte ich für mich. Es gibt keinen Grund Mason einzuweihen, schließlich werde ich das

Scheißheroin wiederfinden und die Angelegenheit klären. Koste es, was es wolle.

„Es gibt noch eine Sache zu erledigen, dann ist der Transport abgehakt."

Mason zieht die Mundwinkel nach unten und verschwindet ohne einen letzten Blick auf Zara im Club.

„Was war denn das für ein Idiot?"

Ihre Frage lässt mich nur den Kopf schütteln.

„Das, Püppchen, war der Präsident. Und du hast verdammtes Glück, dass er dir für deine Respektlosigkeit nicht das Genick gebrochen hat. Wenn du dieses Praktikum überleben willst, solltest du anfangen, die Schnauze zu halten und die Patches zu lesen."

Sie runzelt die Stirn.

„Ich sage, was ich will. Immer."

Ach ja?

„Hast du das bei deinem letzten Boss auch getan?"

Sie senkt verlegen den Blick. Erwischt!

„Hör mir gut zu, Püppchen. Der Club ist eine eigene Welt. Mit eigenen Gesetzen und eigenen Regeln. Und wenn du nicht aufpasst, landest du schneller als Jane Doe im Hudson, als du bis drei zählen kannst. Ich habe dich einkassiert, also passe ich auf dich auf. Aber ich kann nicht immer hinter dir stehen und deinen Arsch retten. Verstanden?"

„Wenn es hier so gefährlich für mich ist, warum hast du mich dann hierhergebracht?"

Gute Frage. Ich beschließe, sie ehrlich zu beantworten.

„Ganz einfach. Weil ich dich ficken will und weil ich eine Praktikantin gebraucht habe. Du bist eine Praktikantin. Also ... na ja ... zwei Fliegen mit einer Klappe ..."

Sie stößt sich von der Mauer ab und nimmt mir frech die Kippe ab.

Ich beobachte, wie sie den Filter zwischen ihre von dem Kuss aufgeplatzten und mit roter Farbe verschmierten Lippen steckt.

Mein Schwanz zuckt. Er will unbedingt in diesen Mund. Bis zum Anschlag. Wieder und wieder.

„Pass auf, was du dir wünschst, Rocker. Kann sein, dass du dem nicht gewachsen bist."

Heilige Scheiße!

„Soll das eine Herausforderung sein?"

Zara schüttelt verneinend den Kopf.

„Nein, wohl eher eine Warnung."

Sie warnt mich? Ich kann es nicht fassen!

„Ich muss jetzt arbeiten. Während ich weg bin, hältst du am besten die Klappe und versuchst, dich nicht in Schwierigkeiten zu bringen."

„Du lässt mich allein?"

Furcht schwingt in ihrer Stimme mit.

„Tue ich."

Was wahrscheinlich keine gute Idee ist. Ich stecke mir zwei Finger in den Mund und lasse einen lauten Pfiff los. Die zwei Anwärter am Tor sehen zu mir, ich winke einen zu mir. Riley macht sich auf den Weg.

„Was ist, Boss?"

„Pass auf meine Praktikantin auf. Erklär ihr, wie das hier läuft und was die Patches zu bedeuten haben. Das kann ihr dabei helfen, am Leben zu bleiben."

Er sieht zu Zara, ich erkenne das Interesse in seinen Augen. Er will sie ficken, was dafür sorgt, dass ich ihn kastrieren will.

Ach Fuck!

Warum müssen schöne Frauen alles verkomplizieren?

„Wenn du sie anrührst, töte ich dich. Kapiert?"

Riley nimmt mir die Drohung nicht übel.

„Alles klar, Jacob. Verlass dich auf mich. Deinem Mädchen wird nichts passieren."

Meinem Mädchen? *Bullshit!*

„Sie ist nicht mein Mädchen."

Mit diesem letzten Satz setze ich mich wieder auf mein Bike, ziehe mir den Helm an und stelle die Riemen auf meine Länge ein, dann starte ich mit einem Kick den Motor und rase vom Hof.

Shit! Mein Mädchen? Von wegen ... Never. Niemals!

Keine Chance!

Zara ist nur eine Praktikantin, die ich ficken will. Nicht mehr und nicht weniger.

Ich war auf der Suche nach einer Frau, die mein Leben erleichtert, und nicht nach einer, die es noch schwerer macht. Dummerweise spüre ich schon jetzt, dass dieser Plan nicht aufgehen wird.

Ich spüre es in meinen pochenden Eiern und in meinem harten Schwanz.

Es wäre geil gewesen, sie zu ficken.

Sehr geil, um genau zu sein.

Doch bevor ich mir dieses Vergnügen gönnen kann, muss ich das verdammte Heroin finden, ehe ich noch zum Gespött des gesamten Clubs werde.

Bloody Hell!

Ein halbes Kilo kann sich nicht einfach so in Luft auflösen ...

Ich beschließe, dem Weg der Drogen zu folgen. Einen Weg, bei dem das Päckchen durch viele Hände gegangen ist. Hände, die gierig werden können – Hände, die abgehackt werden können, wenn es verdammt noch mal nötig werden sollte ...

3. Kapitel

Die Praktikantin

Verdammt! Verdammt! Verdammt!

Wie geht es weiter?

Heute Morgen war ich noch Praktikantin bei einer kleinen Zeitung und habe mir den Kopf darüber zerbrochen, ob ich bereit bin, meine Karriere auf Schlüpferartikeln aufzubauen, und jetzt? Himmel und Halleluja! Jetzt sitze ich mitten im *Death Scorpions Motorcycle Club* und habe keine Ahnung, was die nächsten Stunden oder Tage auf mich zukommt. Irgendwie aufregend. Findet ihr nicht?

Ich werde von einem Prospect bewacht, der echt verflucht süß sein könnte, wenn da nicht dieses riesengroße Maschinengewehr wäre, das locker über seiner Schulter baumelt. Seine Kutte ist im Vergleich zu Jacobs ziemlich nackt, dennoch passt sie gut an seinen muskulösen Rücken. Er hat graue Augen, kurze blonde Haare und sieht nett aus. Also auf eine düstere, gefährliche nette Art und Weise, wenn ihr versteht, was ich meine?!

An seinem Oberschenkel befindet sich ein Dolch und sein Portemonnaie hat er mit einer silbernen Gliederkette an seiner tief hängenden Jeans befestigt.

Er ist jünger als Jacob, den ich auf Mitte dreißig schätze. Aber wie alt der Biker ist, der als mein Babysitter abkommandiert wurde, kann ich dank der vielen Tattoos in seinem Gesicht nicht sagen. Die Tinte macht es schwer, das einzuschätzen. Sehr schwer sogar. Stacheldraht windet sich über seine Stirn. Ein roter Skorpion mit schwarzem Stachel krabbelt über seine Schläfe, dazu kommen Sterne, Kreuze, Dolche und, ja, ihr lest richtig, ein verdammter geflügelter Pegasus.

Wahrscheinlich ist der Prospect Anfang zwanzig, so wie ich. Und das ist dann sicher auch die einzige Gemeinsamkeit. Dieser Rocker könnte ein verfluchter Alien sein, so weit ist er von allem, was ich bisher als *normal* eingestuft habe, entfernt. Wenn ich ihn bitten würde, mir ein Taxi zu rufen, sodass ich so schnell wie möglich von hier wegkomme, würde er es dann tun?

Hmmmm ... Wahrscheinlich nicht.

Aber will ich das nach dem Kuss überhaupt noch?

Und kann man das, was Jacob mit mir gemacht hat, überhaupt einen ganz normalen Kuss nennen? *Halleluja!* Wohl kaum ... ich meine, Scheiße!

Seine Zunge ist höllisch und sein Geruch einfach nur süchtig machend.

Dieser Rocker, der mich einfach so einkassiert hat – wie er es nennt – ist der attraktivste, gefährlichste und heißeste Typ, der mir je begegnet ist, und ich müsste schon völlig bescheuert sein, wenn ich einfach so verschwinde, ohne herausgefunden zu haben, wie es ist, mit einem der legendären *Scorpions* zu bumsen.

Oder wie seht ihr das, ihr lieben Leser?

Würdet ihr euch diese einmalige Chance entgehen lassen?

Mein Hirn und meine Vagina spielen Schnick-Schnack-Schnuck.

Meine Vagina gewinnt, also vergesse ich die Idee mit dem Taxi und gehe das Risiko ein, von diesem ultrascharfen Outlaw erneut gebissen zu werden. So ein bisschen fühle ich mich wie das verdammte Rotkäppchen, nur dass ich es kaum erwarten kann, von dem großen bösen Wolf aufgefressen zu werden.

Seufzend sehe ich mir meine Umgebung genauer an, dann drehe ich mich zu dem Prospect um und frage ihn, was es genau mit den Patches auf sich hat, und wie um alles in der Welt ich sie lesen soll.

Ich meine, echt jetzt!

Ich habe bereits den Präsidenten dieses Clubs ein Arschloch genannt. Noch so ein Fauxpas sollte mir besser nicht passieren, zumindest nicht, wenn ich mich auf das Praktikum in diesem Motorradclub tatsächlich einlassen und wenn ich am Leben bleiben will.

Der Prospect, der sich mir als Riley vorgestellt hat, führt mich ins Clubhaus und verdammt, mir fallen fast die Augen aus dem Kopf.

Keine Ahnung, womit ich gerechnet habe, aber das, was ich sehe, erfüllt einfach alle Klischees, die man als *normaler* Mensch bei dem Gedanken an einen MC im Kopf hat.

Eine lange Bar voller Alkohol, gesprungene Spiegel, halb nackte Tussis, fluchende Kerle, Boxsäcke, Flipperautomaten, Billardtische, viel schwarzes Leder und dazu Poster von langbeinigen Blondinen, die mit fetten Harleys Sex haben.

Jaja – ich weiß, ihr wollt mir jetzt sagen, dass das gar nicht geht. Aber hey, ihr seid nicht hier – ich schon. Ihr seht diese Poster nicht, also könnt ihr das nicht beurteilen. Vertraut mir einfach. Diese Bilder in XXL-Größe sind definitive Harley-Davidson-Frauen-Pornografie.

Mein gezischtes „Heilige Scheiße!“ bringt Riley zum Lachen.

„Keine Sorge, du gewöhnst dich daran.“

Werde ich das? Will ich das? *Oh Himmel!* Ich will.

Ich bin noch keine halbe Stunde da und ich bin mir dennoch sicher, dass da eine verdammt geile und aufregende Zeit vor mir liegt.

Bye bye, Ronald McDonald – ich trauere dir und deiner ekeligen Hand auf meinem Hintern absolut nicht nach ...

Riley beginnt, mir die Patches der anwesenden Biker zu erklären, und nach und nach bekomme ich ganz langsam einen Eindruck davon, auf was genau ich mich da eigentlich eingelassen habe.

Die Kutten der Rocker mögen auf den ersten Blick ziemlich gleich wirken, doch es sind die Aufnäher, die sie so einzigartig machen. Jedes dieser Abzeichen müssen sich die Member in verschiedenen Aufgabengebieten oder mit bestimmten Taten verdienen. Sie sind wie Trophäen, die diese Männer mit Stolz tragen.

Nur einer dieser Aufnäher ist auf jeder Kutte an der gleichen Stelle festgenäht. Das *Expect-No-Mercy-Patch*, das dem Rest der Welt unmissverständlich klarmacht, dass er von den Männern des *Death Scorpions Motorcycle Clubs* keine Gnade erwarten kann.

Das sollte ich mir *definitiv* merken.

Die Stunden vergehen, von Jacob fehlt noch immer jede Spur.

Leider ...

Riley hat uns bei der Frau hinter dem Tresen eine Flasche Tequila bestellt, weißen Tequila, für den ich schon immer eine Schwäche hatte, dazu einen Salzstreuer und jede Menge Zitronenschnitze.

Ich sehe ihn fragend an.

„Was soll das werden?“

Er grinst frech. Ich glaube, ich mag ihn.

„Du siehst so aus, als könntest du ein paar Umdrehungen brauchen. Außerdem ist die Zitrusfrucht gut für deinen Vitaminhaushalt.“

Ja, von wegen. Hier geht es bestimmt nicht um Vitamin C.

„Hast du mir gerade durch die Blume gesagt, dass ich scheiße aussehe?“

Er zwinkert mir zu.

„Nope. Denn das tust du nicht, du siehst scharf aus. Ehrlich, Zara. Sei froh, dass Jacob dich vor mir entdeckt hat, sonst hätte ich längst versucht, dich flachzulegen.“

Sehr charmant.

„Ich mag deine Art, mir Komplimente zu machen.“

„Gut. Und jetzt lass uns etwas Spaß haben. Dich babyzusitten ist der erste Auftrag, den ich, seit ich hier bin, bekommen habe, der mir echt Spaß macht und der nichts mit Blut, Pisse und Leichen zu tun hat.“

Oh – ähm – wow – das ist heftig.

„Gut zu hören, dass du mich toten Menschen vorziehst.“

Lachend schenkt er uns zwei Tequila ein und streut mir dann etwas Salz auf den Handrücken. Dabei achtet er penibel darauf, mich nicht zu berühren. Das verwundert mich.

„Jacob hat nur gesagt, dass ich dich nicht anrühren soll, vom Nicht-Abfüllen war nie die Rede ..."

Ein Typ kommt auf uns zu. Groß, stark und, wie sollte es auch anders sein, mit extrem viel Autorität. Ich ‚lese' seine Patches und bin verdammt stolz auf mich, als ich auf den ersten Blick erkenne, dass es sich bei ihm um den Vizepräsidenten des Clubs handelt.

„Da ist sie also, die erste Praktikantin in der Geschichte der *Scorpions*."

Meine Anwesenheit muss sich ja schnell rumgesprochen haben.

Der Vize mustert mich interessiert und reibt sich über den eckigen Kiefer.

„Stimmt es, dass du den Präsidenten ein Arschloch genannt hast?"

Seine Mundwinkel zucken amüsiert.

„Öhm, ja. Das war nur ein Missverständnis."

Er nickt.

„Ach ja? Hm, schade. Und ich dachte schon, dass du Mumm und Feuer im Arsch hast. Enttäuschend, dass es nicht so ist."

Damit dreht er sich um und verschwindet dahin, wo er hergekommen ist.

„Scheiße! Was war das denn?"

Riley wirkt belustigt.

„Das war Hunter."

Ich schnappe mir das kleine Glas, kippe mir die klare Flüssigkeit in den Rachen und ignoriere das Salz und die Zitronen, als ich es sofort wieder auffülle.

„Du hast recht, Prospect. Mich zu betrinken ist eine wirklich gute Idee ..."

Die Flasche leert sich in Rekordgeschwindigkeit und je später der Abend wird, umso lauter wird die Musik, umso nackter werden die Mädchen und umso besser wird meine Stimmung.

Keine Ahnung, wie ich zu der merkwürdigen Überzeugung komme, aber inzwischen bin ich mir sicher, dass ich hier gut aufgehoben bin. Die Männer in diesem Club sind nicht nett wie Liam, sie sind wild und rau und kraftvoll und genau so, wie ich es mag.

Riley und ich trinken weiter und weiter ...

Irgendwann beginne ich zu tanzen und eine winzige Zeitspanne später finde ich mich mit dem Kopf nach unten hängend an der silbernen Stange wieder, die sich mitten in dem großen Hauptraum des

MCs befindet. Natürlich barfuß, denn meine Schuhe haben den Tag ja nicht überlebt, und zeige den Rockern, was ich so alles draufhabe.

Wusste ich doch, dass sich der Abendkurs im Poledance eines Tages bezahlt machen wird. Es macht Spaß, der Applaus geht in dem lauten Gegröle der Biker unter, jemand schiebt mir 100 Dollar zwischen die Titten und ich habe beste Laune – ehrlich – na ja – zumindest habe ich die so lange, bis ich durch Zufall Richtung Eingang sehe und dort einen finster dreinblickenden Jacob entdecke.

Seine Augen sind eiskalt, sein Kiefer ist angespannt und seine Hände – *Hilfe!* – sind mit irgendeiner roten Flüssigkeit überzogen. Es schüttelt mich: Auch ohne es genau zu wissen, bin ich mir verflucht sicher, dass es sich dabei nicht um getrockneten Kirschsaft handelt.

Wir starren uns an, die Musik hämmert weiter aus den Boxen und mein Puls beginnt zu rasen. Er kommt mit großen Schritten auf mich zu und mir wird instinktiv klar, dass ich in der Scheiße stecke.

Ich wirble herum, sodass ich mich wieder in der richtigen Position befinde: Kopf oben und Füße unten. Nach Luft schnappend sehe ich mich hektisch nach einer Fluchtmöglichkeit um und entdecke einen langen, im Dunkeln liegenden Gang. Den Gang, in dem vorhin der Vizepräsident verschwunden ist. Ich beschließe instinktiv, dass das im Finsteren liegende Ungewisse besser ist als der wütende und die Fäuste ballende Outlaw,.

Ohne lang darüber nachzudenken – das ist dank des vielen Tequilas eh nicht mehr möglich – laufe ich los und starte schon zum zweiten Mal an diesem Tag einen Fluchtversuch.

Rileys Lachen folgt mir, jemand feuert Jacob an, dass er mich packen und mir zeigen soll, wo's lang geht, ein anderer der Biker klatscht grölend in die Hände. Eine Bierflasche fliegt durch die Luft und zerschellt an der Wand, eine der nackten Tussis stöhnt laut, ich sehe im Augenwinkel, wie sie auf einem der Ledersofas gebumst wird.

Sex in der Öffentlichkeit scheint für diese Rocker kein Tabu zu sein.

Hilfe!

Warum turnt mich das so an? Sollte ich das nicht eigentlich abschreckend finden?

Was ist nur los mit mir? Bis jetzt habe ich ein sehr braves Leben geführt.

Ja, ich weiß, nach dem, was ihr gelesen habt, wird es euch schwerfallen, das zu glauben. Aber es ist wirklich so.

Mein Sexleben ist quasi eingefroren und das Wildeste, was ich in den letzten Monaten getan habe, ist, dieses Ding mit dem Sexting zu versuchen. Was, wie ihr ja schon bereits wisst, grandios gescheitert ist. Liam war zu nett und jemand anderen habe ich nicht kennengelernt.

Diese Rockerclubsache und diese Poledance-Nummer passen eigentlich nicht zu mir, eigentlich, denn, um ehrlich zu sein, muss ich zugeben, dass mir diese neu entdeckte wilde Seite in mir ganz gut gefällt. Meine innere Schlampe nickt zustimmend, während sich mein Unterbewusstsein schmollend in die Ecke stellt.

So schnell ich kann, renne ich den Flur entlang. Je weiter ich komme, umso klarer wird mir, dass das höchstwahrscheinlich eine Sackgasse ist.

Klasse! Meine Vagina zieht sich sehnsüchtig zusammen, sie kann es kaum erwarten, dass Jacob mich einholt und sie vielleicht endlich bekommt, was sie so dringend will: seinen harten, pulsierenden Schwanz.

Gott!

Ich renne weiter und weiter, riskiere einen Blick über meine Schulter und stelle fest, dass Jacob mir immer näher kommt. Während ich längst aus der Puste bin, scheint ihm diese Lauferei nichts auszumachen. Es kommt mir fast so vor, als wären Verfolgungsjagden nichts Außergewöhnliches für diesen Rocker. Ob sie vielleicht sogar auf der Tagesordnung stehen? Ein gruseliger Gedanke.

Plötzlich geht das Licht an. Die Leuchtstoffröhren über unseren Köpfen erwachen knisternd zum Leben und sorgen dafür, dass ich endlich mehr von meiner Umgebung erkenne. Am Ende des langen Gangs angekommen, entdecke ich rechts von mir eine nach unten führende Treppe.

Ich zögere, was Jacob genug Zeit gibt, mich einzuholen.

„Du erinnerst dich, was ich dir vor ein paar Stunden über das Entführen und den Bunker erzählt habe?“

Uhhhhh .... Wie sollte ich das vergessen?

„Die Treppe bringt dich dahin, wo niemand mehr lebend rauskommt.“

Ich schlucke hart und kämpfe darum, wieder zu Atem zu kommen. Sport war noch nie mein Ding, deswegen hatte ich mich ja auch in diesem Abendkurs angemeldet. Ich dachte, Poledance könnte ein spaßiges Training sein. Eine Art Ausgleich zu meiner Unsportlichkeit. Das war es auch und ich war überraschenderweise verdammt gut darin. Dass es mich aber mal so in Schwierigkeiten bringen könnte – *uiuiuiuiuiui* – damit habe ich nicht gerechnet.

„Dann will ich wohl lieber nicht da runter.“

All meinen Mut zusammenkratzend sehe ich den Rocker vor mir direkt an und erwidere mit flatterndem Puls seinen zornigen Blick.

„Nein, das willst du nicht!“

Was soll ich darauf antworten?

Ich versuche es mit einer Frage. Zu mehr ist mein in Tequila schwimmendes Hirn gerade nicht in der Lage.

„Warum bist du so wütend auf mich?“

An seinem Kiefer beginnt ein Muskel zu zucken.

Oh oh ...

„Das weiß du ganz genau, Püppchen.“

Echt? Tue ich das?“

„Nein, weiß ich nicht. Eine Erklärung wäre ganz nett!“

Der Boden unter meinen Füßen bewegt sich, ich komme mir vor wie auf einem untergehenden Schiff und der gefährliche Outlaw vor mir ist der bewaffnete Pirat, der mein Boot entern will. Mein angetrunkener Verstand spielt einen kurzen, jedoch witzigen Kurzfilm ab, in dem sich sein Penis in einen Enterhaken verwandelt, was mich zum Kichern bringt.

„Du willst eine Erklärung?“

Dass ich lache, scheint Jacob nur noch wütender zu machen.

„Ja, will ich.“

Er kommt noch einen Schritt auf mich zu, ich weiche zwei Schritte zurück. Nun stehe ich mit dem Rücken zur Wand und das wortwörtlich. Meine einzige Fluchtmöglichkeit ist diese Treppe, die hinab zu dem Bunker führt, aber na ja ... Ihr versteht sicherlich, warum ich die nicht in Betracht ziehe.

Das animalische Knurren, das in seiner Kehle hochsteigt, sorgt dafür, dass sich meine Nippel erregt zusammenziehen. Gott, ich kann mir nicht helfen, ich steh einfach auf groß und böse ...

„Seit du in mich reingelaufen bist und mir deinen verfickten Kaffee drübergeschüttet hast, will ich dich vögeln. Quasi seit der allerersten Sekunde, in der ich deinen göttlichen Körpergeruch eingeatmet und deine weichen Rundungen an den meinen gespürt habe.“

Er macht eine Pause und stößt ein lautes „Fuck!“ aus, das dafür sorgt, dass ich mich noch etwas fester an die harte Mauer hinter mir drücke.

Hilfe! Oder nicht Hilfe?

Mein Unterbewusstsein kapiert, dass ich in der Scheiße stecke, meine Muschi hingegen findet es toll. Dieses verräterische Miststück scheint Gefallen an der Tatsache gefunden zu haben, von so viel purem Luxustestosteron umgeben zu sein. Außerdem hat sie der Kurzfilm mit dem Penisenterhaken ziemlich begeistert. Verständlich, den fand sogar mein beschwipster Verstand nicht schlecht.

Aber nun wieder zurück zu dem vor Wut bebenden Rocker vor mir.

Wenn ihr, meine lieben Leser, nur sehen könntet, was ich gerade sehe, ihr würdet verstehen, warum mein Slip kurz davor ist in Flammen aufzugehen.

Jacobs Muskeln sind angespannt, auf seiner Stirn tritt eine Ader hervor und seine beeindruckenden Bizepse zucken.

Endlich spricht er weiter und ich fiebere jedem noch so zornigen Wort regelrecht entgegen. *Scheiße!* Mir ist einfach nicht mehr zu helfen ...

„Leugne es nicht, Zara. Du hast das auch gespürt. Du wolltest mich genauso wie ich dich. Ich konnte in deinen Augen ablesen, dass du nicht nein gesagt hättest, wenn ich dich an Ort und Stelle auf die Straße gelegt und hart gefickt hätte. Also, was soll dieser Bullshit! Warum tanzt du für meine Brüder, wenn du genau weißt, dass es mein Schwanz sein wird, der dich ausfüllen und zum Schreien bringen wird?“

Er hat recht. Leugnen ist zwecklos.

Trotzdem habe ich keine Antwort auf seine Frage. Vielleicht, weil es mir schwergefallen ist, mir einzugestehen, dass ich diesen Rocker zwischen meinen Schenkeln haben will, obwohl ich nichts über ihn weiß? Obwohl ich ihn nicht kenne.

Oh, das ist ein gutes Argument. Ich beschließe, es schnell laut auszusprechen.

„Wir sind uns fremd, Jacob. Ich weiß nichts über dich. Also kann ich auch keinen Sex mit dir haben.“

Unglauben und Wut huschen über seine Mimik.

„Willst du mich verarschen, Puppe?!“

„Öhm, nein.“

Er wirft in einer verzweifelten Geste die Hände in die Luft, dann rauft er sich die Haare und stößt ein genervtes Seufzen aus.

„Ich habe dich geküsst, deinen Mund mit meiner Zunge gefickt und du hast es genossen, und jetzt kommst du mir mit so einer Ausrede?“

Ich nicke.

Er packt mich, presst mich mit seinem Gewicht an die Wand und nutzt seine körperliche Überlegenheit, um mich einzuschüchtern. Und ich? Ich dumme Nuss genieße es – genieße die Wärme, die er ausstrahlt und den maskulinen Duft von Leder, Mann und Abenteuer, der mir in die Nase steigt.

Jacob ist nicht nett und das ist gut so.

Verdammt gut sogar!

„Du hast gehört, was ich zu dem Prospect gesagt habe, du hast gewusst, dass ich dich für mich will. Wir haben vielleicht nicht darüber geredet, aber die Sache zwischen uns war klar. Vom ersten Moment an klar. Und dann machst du so einen Bullshit!"

Seine Nasenflügel blähen sich. Zaghaft lege ich meine Hände auf seine Brust, schiebe das Leder seiner Kutte beiseite und lese seine Patches. Und die Geschichte, die sie mir erzählen, handelt von einem harten Leben, von Mord und Totschlag, Loyalität und Gnadenlosigkeit. Anstatt abgestoßen, fühle ich mich wie magisch zu ihm hingezogen.

In der Sekunde, in der ich ihn berühre und über die angespannten Muskeln streiche, die sich deutlich unter seinem Shirt abzeichnen, beginnt ein Feuer in seinen sonst so eisig blauen Iriden zu lodern.

„Was ist, wenn ich das alles einfach auf den Tequila schiebe? Lässt du mir das durchgehen?"

Er brummt zögernd. Es ist ein tiefes, primitives Brummen, das in meinem Unterleib widerhallt.

„Ein Mal. Ich erlaube dir diese Ausrede genau ein Mal. Kapiert?!"

„Ich denke, ein Mal reicht."

„Aye, das sollte es! Zumindest wenn du nicht willst, dass ich dem Bastard, der dir den Tequila besorgt hat, beide Hände breche."

Uiuiuiuiuiui ...

Diese übertriebene Gewaltbereitschaft sollte mich abschrecken. Richtig?

Aber sie tut es nicht. Um ganz ehrlich mit euch zu sein, ich finde diese raue Rockerromantik ziemlich erregend und wirklich hinreißend.

Dumm. Ich weiß. Aber was soll ich tun?

Es ist wie es ist!

So war es schon immer. Als kleines Mädchen habe ich das Märchen *‚Die Schöne und das Biest'* geliebt. Während meine Freundinnen immer auf den Moment hingefiebert haben, in dem sich das große, böse Biest in den netten, harmlosen Prinzen verwandelt hat, wollte ich immer, dass er das Biest bleibt. Dass er gefährlich und beschützend und genauso mächtig bleibt, wie er ist und nicht plötzlich in Strumpfhosen und diesem lächerlichen Schwert durch die Gegend rennt. Aber na ja – leider hat sich das Biest immer verwandelt und ich war immer traurig.

Aber dieser *Death Scorpion* macht auf mich nicht den Eindruck, als würde er sich überhaupt jemals in etwas Nettes verwandeln können. Er ist, wie er ist, Gott sei Dank! Das hier, dieses Praktikum in dem legendärsten Motorcycle Club des Landes könnte mein persönliches

Märchen werden. Ich bin die Prinzessin und Jacob ist mein Biest und ich würde mich verdammt noch mal sehr freuen, wenn er es für immer bleiben würde.

„Was, wenn ich will, dass du mich küsst?"

Er press sich fester an mich, ich spüre die harte Beule seiner Erektion an meinem Bauch.

„Dann werde ich dich küssen."

Vorfreude rauscht durch meiner Adern, nervös und ungeduldig zugleich lecke ich mir über die Unterlippe.

„Und wenn ich dich geküsst habe, werde ich dich ficken und dann ... Fuck, Püppchen! Dann wirst du meinen Namen schreien und unter meinem Schutz stehen und ich werde dich behalten."

Oh wow.

Die geballte Ladung Rockerromantik, die mir entgegenschlägt, macht mir das Denken schwer.

„Natürlich wirst du das, immerhin bin ich deine Praktikantin."

Er stößt ein raues Lachen aus.

„Oh Süße, wenn es zwischen uns so sein wird, wie ich vermute, wirst du noch viel mehr sein als das!"

Bevor ich nachfragen kann, was genau er damit meint, packt er mich an den Oberschenkeln, hebt diese hoch und tackert mich an die Mauer.

Ich reagiere instinktiv, schlinge ihm die Beine um die Hüften und schenke ihm meinen Mund. Grob, wild, schmerzhaft und zugleich bittersüß erobert er meine Lippen, domestiziert meine Zunge und packt mich am Arsch.

Der Kuss ist tief und langsam und so intensiv, dass es sich so anfühlt, als hätten wir längst Sex miteinander, obwohl wir immer noch angezogen sind. Ja, das mag jetzt verwirrend klingen, aber das beschreibt am besten, was seine Küsse in mir auslösen.

Jacob beißt sich an meiner Unterlippe fest – der böse Wolf und sein Rotkäppchen. Nicht mehr lange und er wird mich bei lebendigem Leib verschlingen und, verdammt noch mal, ich kann es kaum erwarten.

4. Kapitel

Der Rocker

Fuck!

Was tue ich hier? Was läuft hier?

Vor nicht mal einer Stunde war ich damit beschäftigt, Blut zu vergießen, und jetzt stehe ich hier und presse die Praktikantin an die Wand. Ich habe den Abend damit verbracht, den Weg des Heroins zu verfolgen und die Stelle zu finden, an der das verschwundene Päckchen abhandengekommen ist. Es hat gedauert, aber ich bin fündig geworden.

Der Wichser, der den Club bestohlen hat, arbeitet erst seit sechs Monaten für die Scorpions, und anscheinend waren wir zu freundlich zu ihm. Denn anders kann ich mir nicht erklären, dass er den Fehler begangen und sich an unserem Eigentum vergriffen hat.

Bullshit! Buuullsshiiiit!

Wie dumm muss man sein, wenn man denkt, dass es nicht auffällt, wenn plötzlich ein halbes Kilo Schnee fehlt? Das ist das Problem mit Junkies. Sie denken nicht, sie sind so darauf fixiert, sich den nächsten Schuss zu setzen, dass sie den Blick für das Wesentliche verlieren und bereit sind, jedes Risiko einzugehen.

Aber Fuck! Nicht mein Problem!

Als ich an seine Türe geklopft habe, war er nicht alleine. Fünf unserer Dealer und ein halbes Dutzend Nutten waren bei ihm, um eine nette kleine Party mit unserem Stoff zu feiern. Ich habe die Feier gesprengt und das im wahrsten Sinne des Wortes.

Zuerst habe ich ein paar Knochen gebrochen, dann die diebischen Hände abgehackt und schlussendlich die ganze Sauerei, inklusive der Beweise und der blöden Bastarde, die unser Vertrauen missbraucht haben, mit zwei Granaten in die Luft gejagt.

Eine saubere Sache – ein sauberes Ende eines beschissenen Tages.

Und während der ganzen Zeit, während der Suche nach dem Schuldigen und dem finalen Ende konnte ich an nichts anderes denken als an die Praktikantin, deren Geruch mir das Hirn vernebelt hat.

Zara ist mein. Für wie lange? Das wir die Zeit zeigen, aber im Augenblick kann ich mir nicht vorstellen, das Mädchen, das mir das Schicksal so unverhofft in den Weg gestellt hat, einfach so wieder laufen zu lassen.

Entschlossen, Zara spüren zu lassen, was ich von der Scheiße, die sie hier abgezogen hat, halte, beiße ich mich an ihren weichen Unterlippe fest, ziehe ihren Rock nach oben und schiebe meinen Hand in ihren Slip.

Und zur Hölle! Sie ist feucht, geradezu nass. Meine Finger baden in ihrer Lust und mein Schwanz fühlt sich so an, als würde er gleich platzen.

Holy Shit!

So hat es sich bis jetzt mit noch keiner Frau angefühlt.

Ob es so auch bei Mason, Hunter und meinen anderen Brüdern war, die ihre Freiheit an den Nagel gehängt und sich eine Old Lady genommen haben?

Wahrscheinlich. Ich gebe ihre Lippe frei, gleite mit zwei meiner Finger tief in sie hinein und genieße ihre Hitze.

„Jacob ...“

Sie flüstert meinen Namen, aus ihrem Mund hört er sich an wie ein Gebet.

„Was willst du, Puppe?“

Zara hätte tausend Möglichkeiten. Sie könnte sagen, was sie will, doch sie sagt das eine Wort, das mich ins Chaos stürzt und meinen Untergang bedeuten könnte.

Sie sagt: „Dich!“

Und ich spüre bis in die Zehenspitzen, dass ich gefickt bin. Gefickt auf eine gute Art und Weise – auf eine Weise, die mich für lange Zeit glücklich machen könnte.

Die Finger noch etwas tiefer in Zaras Pussy rammend beobachte ich, wie sie die Augen schließt und das, was ich mit ihr anstelle, genießt.

Ihr Stöhnen ist laut und ihre Kirschenlippen locken mich wieder und wieder, sie sind wie der gottverdammte Apfel aus dem verfluchten Paradies. Wenn ich sie fresse, wird das alles ändern.

Nur Zara ist nicht Eva und ich bin nicht Adam, sondern sie ist meine Praktikantin und ich bin der Outlaw, der durchaus bereit ist, ihre Schutzlosigkeit zu seinen Gunsten auszunutzen.

Sie ergreift die Initiative, vergräbt ihre Finger im Revers meiner Kutte und pinnt ihren Mund erneut auf den meinen, während sie damit anfängt, ihren Unterkörper kreisend auf meinen Fingern zu bewegen.

Hölle!

„Wenn ich dich jetzt ficke, bist du mehr als nur meine Praktikantin.“

Sie keucht und grinst.

„Solange die tausend Dollar pro Woche bleiben, ist mir das egal.“

Wenn sie wüsste ...

„Perfekt. Sag nicht, dass ich dich nicht gewarnt hätte.“

„Hast du mich denn gewarnt?“

„Yeah, gerade eben."
Zara zuckt mit den Schultern.
„Und ich dachte schon, das wäre ein Versprechen gewesen."
Dieses freche kleine Ding!
„Du kriegst gleich Versprechen ..."
Ich lasse meine Worte mit Absicht wie eine Drohung klingen, was das Mädchen in meinen Armen zusammenzucken lässt.
Gut so. Es ist besser, wenn Zara von vornherein kapiert, dass ich keiner von den netten Typen bin, die sie sonst auf Tinder klarmacht.
Ich bin ein Outlaw, und was das bedeutet, wird sie gleich merken ...
„Festhalten, Püppchen."
Ihre Beine schlingen sich noch fester um mich, ich trage sie den Flur entlang und hoch in das kleine Apartment, das sich mein Zuhause nennt und sich im dritten Stock des viereckigen Betonbaus befindet, der das Hauptquartier der *Scorpions* darstellt.
Mit einem Tritt öffne ich die nicht verschlossene Türe und trage meine sexy Praktikantin in das dunkle Wohnzimmer.
„Wo sind wir?"
„Willkommen in der Höhle des Löwen."
Mit dem Ellenbogen schalte ich das Licht ein.
„Ich dachte, du bist ein Skorpion?"
„Hast du schon mal was von Löwenskorpionen gehört?"
Zara grinst und schüttelt den Kopf.
„Bis jetzt nicht."
„Na, dann lass dich überraschen, Mädchen. Du wirst gleich sehen, was ich mit meinem Stachel so alles anfangen kann."
Ich trage sie mit großen Schritten direkt ins Schlafzimmer. Bevor ich sie ins Bett werfe, tackere ich meinen Mund erneut auf den ihren, koste die Mischung von Frau und Tequila und spüre, wie ich nach und nach die Kontrolle verliere.
Fuck! So war das nicht geplant.
Es war nie mein Ziel, dass ich die Praktikantin bumse, noch bevor sie überhaupt einen Handstrich für den Club gearbeitet hat.
Aber es war auch nicht absehbar, dass besagte Praktikantin so verflucht sexy ist. Zara ist perfekt. Wenn mir der Teufel sein Werkzeug in die Hand drücken und mir befehlen würde, dass ich mir meine perfekte Frau selber forme ... Holy Shit!
Sie würde wie Zara aussehen. Nicht zu schlank, sondern mit heißen Kurven an den richtigen Stellen. Einer schnellen, schlagfertigen Zunge, zarten Lippen, weichen Haaren, schönen Augen und langen Beinen, die jeden Priester in Versuchung führen würden.

Dieses Mädchen ist wie für mich geschaffen, und genau deswegen sind wir jetzt hier, in meinem Schlafzimmer und nicht unten im Büro, um uns über ihre Arbeit zu unterhalten.

Zara will eintausend Dollar die Woche.

Fuck! Die kann sie haben. Da die Sache nicht mit Mason abgesprochen war, habe ich keine Ahnung, ob Cash, unser Kassenwart, die Zahlung durchgehen lässt. Wenn nicht, bin ich durchaus bereit, sie aus eigener Tasche zu leisten.

Hauptsache Zara ist hier, bei mir, und der Rest wird sich zeigen.

5. Kapitel

Die Praktikantin

Raue Hände, eine geschickte Zunge und Muskeln. So verdammt viele Muskeln, dass ich mich so leicht wie eine Feder fühle, obwohl ich ganz genau weiß, dass ich das nicht bin.

Die meisten Männer bezeichnen mich als rundlich. Nicht als fett, aber eben doch so gut proportioniert, dass es bei mir ein paar Stellen gibt, bei denen Mann sich beim Sex gut festhalten kann, wenn ihr versteht, was ich meine.

Für Jacob scheinen meine überschüssigen Kilos kein Problem zu sein. Er hält mich mühelos fest, küsst mich ausgiebig und knetet dabei meinen Hintern.

Das ist sexy, so verdammt sexy. Das, meine lieben Leser, könnt ihr euch nicht mal vorstellen. Außer natürlich ihr habt das Glück und habt ebenfalls so einen rattenscharfen Outlaw zuhause.

Wenn das so ist, dann kann ich euch nur zu eurem guten Fang gratulieren. Und falls nicht: Seid nicht traurig, Mädels, das Schicksal hält für uns alle ein paar tolle Überraschungen bereit. Die Tatsache, dass ich in den Armen eines *Death Scorpions* liege, ist das beste Beispiel dafür, dass manchmal etwas Unvorhergesehenes passiert, etwas, das Spaß macht und aufregend ist und mir hoffentlich ein paar multiple Orgasmen beschert.

Jacob brummt etwas, das ich nicht genau verstehen kann, aber das nach einem „Gott, steh mir bei" klingt und mich mehr als verwundert. Ich hätte diesen Rocker nicht als sonderlich gottesfürchtigen Menschen eingeschätzt.

„Betest du etwa gerade?"

Sein Blick bohrt sich in den meinen.

„Fuck, nein. Aber ich hoffe für dich, dass du dem, was ich mit dir vorhabe, gewachsen bist."

Da haben wir was gemeinsam ...

„Warum, was hast du denn mit mir vor?"

Er bleckt die Zähne.

„Ich werde dich jetzt so lange ficken, bis du mich um Gnade anflehst. Und selbst dann werde ich einfach weitermachen. So lange, bis du bis in den hintersten Winkel spürst, dass du für die Dauer deines Praktikums mir gehörst. Mir ganz allein. Die Poledance-Stange ist tabu. Tanzen ist tabu. Meine Clubbrüder sind tabu. Dein Arsch steht unter meinem Schutz. Also, wenn ihn einer anfasst oder fickt, dann werde ich das sein. Verstanden?"

Uiuiuiuiuiui ...

Da ist sie wieder, diese finstere und raue Rockerromantik, die ich so geil finde, und von der ich schon jetzt nicht genug bekommen kann.

Groß, böse, stark und sooooo sexy!

Also genau mein Ding.

Jacob beißt mich in den Hals, saugt sich an meiner Kehle fest und versöhnt die gepeinigte Stelle einen Herzschlag später mit seiner rauen Zunge.

Es ist verrückt, denn obwohl er eigentlich eine gefühlte Meile von meiner Vagina entfernt ist, fühlt es sich so an, als würde er gerade meinen Kitzler bearbeiten.

Das muss an dem Tequila liegen oder daran, dass ich so dringend gevögelt werden will, dass sich meine Nervenbahnen verknotet haben.

Mit einem leisen *Plopp* löst er sich von mir, eine Sekunde später drückt er seinen Mund grob auf den meinen, öffnet ihn mit seiner Zunge und küsst mich so wild und hungrig, dass ich sämtliche Männer, die ich vor ihm geküsst habe, sofort vergesse.

Im Vergleich zu diesem Biker sind sie absolut nicht erwähnenswert. Keiner von ihnen. Eine echt traurige Bilanz, wenn ihr mich fragt.

Wimmernd schlinge ich meine Arme um seinen Nacken und winde meine Zunge um die seine. Wenige Minuten später bin ich atemlos und meine Mitte pocht.

Wahrscheinlich wäre es klüger zu flüchten und ihn von mir zu stoßen, doch stattdessen ziehe ich ihn noch etwas näher zu mir heran, streiche mit meinen Lippen über die seinen und wispere ihm ein „Nimm mich, Rocker", entgegen, das seine Muskeln zum Zucken bringt und meinen Untergang besiegelt.

Scheiß auf vernünftig!

Jacobs Nasenflügel blähen sich, in seinen Augen breitet sich ein gieriges Funkeln aus.

„Wenn ich dich jetzt ficke, wird das die Dinge zwischen uns verändern. Das ist dir klar, oder, Püppchen?"

Die Eindringlichkeit, mit der er spricht, lässt mich erschaudern.

Natürlich besteht die Möglichkeit, dass dieser *Scorpion* mein Untergang ist, aber was habe ich schon zu verlieren?

Wenn das hier schiefgeht, kehre ich einfach in mein langweiliges Leben zurück und ärgere mich mit den Losern auf Tinder herum.

„Fick mich endlich, Rocker. Oder soll ich mir lieber den Prospect vornehmen?"

Das war zwar nur ein Bluff – ich will keinen anderen *Scorpion* als den, in dessen Schlafzimmer ich gerade stehe – aber dieser Bluff erzielt die richtige Wirkung und nur darauf kommt es an.

Das animalische Geräusch, das sich auf meine Frage hin aus seiner Kehle löst, erschreckt mich, dennoch weiche ich nicht vor ihm zurück.

„Oh, Püppchen. Du hast keine Ahnung, worauf du dich da gerade einlässt."

Er hat recht und genau deswegen finde ich es ja so aufregend.

„Lass uns duschen, ich werde dich nicht ficken, solange ich mit dem Blut meiner Opfer besudelt bin."

Wämmm! Bämmm! Willkommen in der Realität eines Rockerclubs.

Er trägt mich ins angrenzende fensterlose Badezimmer und setzt mich auf dem Waschbecken ab. Dann lässt er mich los, sieht mich an und streicht sanft mit seiner Nase an meiner Schläfe entlang, ehe er einen Schritt zurücktritt und damit beginnt sich auszuziehen.

Zuerst weicht seine Kutte, dann legt er die Waffen ab, die sich darunter befunden haben. Und ja, ihr lest richtig. Waffen – Mehrzahl.

Dann öffnet er den Gürtel, was mich ins Schwitzen bringt.

Mein Herz beginnt zu rasen, es schlägt so kraftvoll gegen meine Rippen, als würde es fliehen wollen. Aber wohin? Ich meine, *Hilfe!*

Das Tor des MCs ist anscheinend immer bewacht. Es gibt kein Entkommen. Weder für mein Herz noch für mich.

Jacob spürt, was mit mir los ist, vergräbt grob seine Faust in meinen Haaren und reißt meinen Kopf nach hinten.

„Ich lasse dich nicht mehr entkommen."

Darauf habe ich gehofft.

Wäre er nett, wäre er ein Liam, würde er jetzt sensibel, wie er ist, auf meine Zweifel eingehen, uns einen Tee machen und sich mit mir auf die Couch setzen, damit wir über meine Zweifel in aller Ruhe reden können.

Nein, danke. Ich will keinen Tee, ich will Tequila und ich will nicht reden, ich will, dass sich dieser Rocker endlich auszieht, damit ich ihn von oben bis unten ablecken kann.

Genauso plötzlich wie er mich gepackt hat, lässt er mich nun wieder los und beginnt mich auszuziehen.

Mich. Versteht ihr. Mich. Was bedeutet, dass es jetzt ernst wird.

Er geht geschickt und selbstsicher vor, weswegen ich auch wenige Atemzüge später nur noch im Slip vor ihm sitze, was ihm ein „Oh yeah!" entlockt. Zu meiner Erleichterung scheint dem Rocker zu gefallen, was er sieht.

„Du bist so fucking schön, dass es fast schon wehtut, dich anzusehen."

Geradezu ehrfürchtig streichen seine schwieligen Finger über meine Hüften. Jacob beugt sich zu mir herab, knabbert an meinem Ohrläppchen und leckt an meinem Hals nach unten, weiter und weiter, so lange bis er meine Brüste erreicht und die vor Lust zusammengezogenen Nippel in seinen feuchten Mund saugen kann. Hungrig umschließt sie sein Mund, er knabbert an ihnen und entlockt mir so ein lautes Stöhnen.

„Du schmeckst nach Himmel."

Was für ein seltsames, jedoch schönes Kompliment.

„Woher willst du wissen, wie der Himmel schmeckt?"

Langsam lässt er meine Brustwarze aus seinem Mund gleiten.

„Weil ich ihn mir genauso vorstelle."

„In deiner Fantasie besteht der Himmel aus rosa Fleisch?"

Das schmutzige Grinsen, zu dem sich seine Lippen verziehen, verrät mir, dass ich genau die richtigen Worte gewählt habe.

„Ich stehe auf rosa Fleisch."

Er fasst mir zwischen die Schenkel und unterstreicht damit die Doppeldeutigkeit unseres Gesprächs.

Mit einem Kick tritt er sich die schweren Biker Boots von den Füßen und entledigt sich seiner Jeans. Dann zieht er sich das Shirt über den Kopf und mein Hirn geht mit einem Schlag offline. Wow. Ich meine – verdammt noch mal, *wow*!

So etwas habe ich noch nie gesehen.

Nie. Was muss ich doch bis jetzt für ein trauriges Leben geführt haben ...

Nein, Schmarrn. Aber jetzt mal ernsthaft, Ladys. Muskeln. Tattoos. Noch mehr Muskeln und noch mehr Tattoos.

Tinte und straffe Haut, dazu ein Sixpack und ein breiter Rücken, der sich zur Taille hin zu einem höllisch heißen Dreieck verjüngt. Ein dünner Streifen Haaren windet sich von seinem Brustkorb hinab zu dem Bund seiner BOSS-Boxershorts und ich weiß sofort, dass in diesem Fall der Markenname Programm ist. Und nein, das soll keine Schleichwerbung sein, sondern das ist eine verdammte Tatsache.

Jacob streift sich die Shorts ab und in der Sekunde, in der mir seine pralle Erektion entgegenspringt, läuft mir das Wasser im Mund zusammen. Es ist ein Wunder, das ich nicht sofort zu sabbern anfange.

Wenn ich diese Situation wie beim Sexting mit Emojis beschreiben müsste, würde ich einen Lutscher, eine Aubergine, den Sabber-Smiley und jede Menge Dynamit verwenden. *Halleluja!*

Dick und hart reckt sich sein Schwanz in meine Richtung, meine Vagina zieht sich erregt zusammen und meine Körpertemperatur steigt und steigt. Ich fühle mich fiebrig und high, obwohl ich des Rockers Riesenaubergine noch nicht mal angefasst, sondern bis jetzt nur angestarrt habe.

Jacobs muskulöse Oberschenkel spannen sich an, sein Penis zuckt und in meinem Bauch beginnt ein Schwarm Schmetterlinge Looping zu drehen.

Bläuliche schimmernde Adern winden sich um die beeindruckende Länge, die Krone ist rund und geschwollen und glänzt wie eine Christbaumkugel im Kerzenschein.

Ihr merkt es? Ich fühle mich wie ein Kind an Weihnachten, dem gerade das allertollste Geschenk gemacht wurde.

„Dein Schwanz ist der Hammer, aber es wird schwer werden, ihn in mir aufzunehmen, sogar mein Lieblingsdildo ist kleiner als dein Penis."

Jacob bleckt die Zähne und hebt mich vom Waschbecken.

„Keine Sorge, Püppchen, ich werde perfekt in dich reinpassen."

Skeptisch sehe ich ihn an.

„Sicher? Woher willst du das wissen?"

Seinen Gesichtsausdruck kann man nur als teuflisch bezeichnen.

„Ganz einfach, weil ich nichts anderes zulassen werde."

Die Muskelpakete in seinen Beinen spannen sich an und verdeutlichen mir, wie das gemeint ist. Jacob wird passen, weil er sich mit aller Kraft in mich stoßen wird.

Uhhh ... ich kann es kaum erwarten.

„Ich werde dich so hart ficken, ich werde mich so hart in dich rammen, dass dein Körper kapituliert und sich an den meinen anpasst."

Rockerromantik in Kombination mit Dirty Talk – läuft bei mir. Und das nicht nur im übertragenen Sinne. Ich bin so feucht, dass es tropft. Mühelos zerfetzt er meinen Slip, presst ihn sich kurz an die Nase und inhaliert den Duft meiner Muschi.

Dann trägt er mich in die Dusche und dreht das Wasser auf. Zuerst ist es eiskalt, was mich zum Quietschen bringt, dann wird es jedoch schnell warm und ich entspanne mich wieder.

Der Rocker sieht mich direkt an. Die winzigen roten Sprenkel in seinem Gesicht werden von dem Wasser abgewaschen, auch seine Hände werden sauber. Das Blut seiner Opfer verschwindet im Abfluss und ab jetzt werden hoffentlich andere Körperflüssigkeiten ausgetauscht.

„Ich will dich, Püppchen."

„Dann fick mich, Jacob.“

Unsere Lippen finden sich, verschmelzen überraschend zärtlich und unsere Zungen beginnen ein dekadentes Spiel aus Vorstoß und Rückzug.

Reine Lust baut sich in mir auf, meine Sinne sind voll und ganz auf den Biker konzentriert, der mich so mühelos trägt und an sich presst.

Als unser Kuss endet, stellt er mich langsam ab, seift mich ein und erkundet dabei jedes Fleckchen meines Körpers. Ich revanchiere mich, schäume seine stahlharten Bizepse ein, fahre über die wunderschönen Tattoos und habe fast ein bisschen Angst davor, dass ich ihm die Farbe von der Haut wasche.

Was ja Quatsch ist, trotzdem. Die Kunstwerke sind so schön, ich will, dass sie bleiben, damit ich sie ausgiebig betrachten kann.

Ich entdecke immer mehr Skorpione, jeder ist anders und dennoch sind sie alle gleich. Sie sind das Zeichen des Clubs und stehen für Gefahr und den Tod.

Jacobs Schwanz drückt sich hart und fordernd gegen meinen Bauch und gerade als ich ihn anfassen und erkunden will, werde ich gepackt und herumgewirbelt.

Jacob wirft mich über seine Schulter.

„Was tust du?“

Er lacht.

„Das Blut ist weg.“

Mit dieser Erklärung trägt er mich aus dem Bad und direkt zurück ins Schlafzimmer.

Er wirft mich auf sein Bett, ich kreische, einen Atemzug später liegt er groß und stark auf mir und drückt mich mit seinem Gewicht fest in die weiche Matratze.

„Jetzt gehörst du mir.“

Die Tatsache, dass ich eigentlich seine Praktikantin bin, verliert an Bedeutung.

Er ist ein Mann und ich bin eine Frau und wir wollen uns.

Der Rest ist unwichtig. Der Club, das Blut, das er sich vor dem Sex abwaschen musste: Einfach alles verliert an Bedeutung und zurück bleibt eine tiefe Sehnsucht nach Nähe und Intimität. Eine Sehnsucht, die so stark ist, dass sie mich mehr erschreckt als die Waffen, die Jacob vorhin ablegen musste.

6. Kapitel

Der Rocker

Bullshit!

Zu viel ist zu viel ...

Und verdammt noch mal, dieses Mädchen ist zu viel. Zara lässt mich Dinge spüren, die ich nicht einordnen kann.

Sie löst Gefühle in mir aus, die mir Angst machen und die mich mehr haben wollen. Mehr von dieser Frau, mehr von dem Gefühl, das ich habe, wenn sie in meiner Nähe ist.

Fluchend kneife ich die Augen zusammen, reiße sie einen Atemzug später wieder auf und lasse zu, dass Zara meine innere Zerrissenheit in meinem Blick erkennt.

Ich will diese Frau. Punkt. Mehr muss ich nicht wissen.

Ich bin ein *Death Scorpion*, ich kann tun und lassen, was ich will. Der einzige Mensch, vor dem ich mich bis zu einem gewissen Grad erklären muss, ist der Präsident, nur ihm bin ich Rechenschaft schuldig. Und *Fuck!* Wenn ich ihm sagen werde, dass ich die Praktikantin für mich beanspruche, wird er das akzeptieren. Und Zara wird das ebenfalls müssen. So ist das Gesetz, so sind die Regeln, nach denen wir leben.

Ich starre sie weiter an.

Sie leckt sich die Lippen und flüstert meinen Namen.

Ich umfasse ihr wunderschönes Gesicht, winde meine Finger um ihren zerbrechlichen Nacken und lege meine Stirn auf die ihre.

Geräuschvoll einatmend fülle ich meine Lunge mit ihrem Duft und erobere ihren Mund.

Jede Zelle meines Körpers feuert, dank meiner eisernen Zurückhaltung beginnen meine Muskeln zu ziehen und zu schmerzen. Doch das ist okay.

Das hier soll langsam passieren. So, dass ich es genießen und mir jeden Moment für immer in mein Hirn tackern kann.

Ich nehme mir ihre Zunge und mache sie zu meiner Geisel. Sie ergibt sich kampflos und überlässt sich meiner Kontrolle.

Meine Hände wandern über Zaras weiche Rundungen, ertasten jedes Fleckchen ihrer samtenen Haut, ehe sie sich besitzergreifend um ihre vollen Titten legen.

Mein Schwanz saugt sich noch etwas mehr mit Blut voll.

Fuck! Fuck! Fuck! Mehr ... ich brauche mehr.

Anstatt ängstlich zu sein, erwidert sie meinen Kuss mit derselben Wildheit, die auch in mir wütet. Wimmernd presst sie sich mir entgegen und reibt sich an meinem pochenden Schwanz. Schnell streifen ihre Finger über meinen Rücken, legen sich auf meinen Po und stürzen mich so ins Verderben.

Nie hätte ich es für möglich gehalten, dass ich eines Tages schon nach wenigen Stunden süchtig nach einer ganz bestimmten Frau sein werde.

Ich fühle mich wie auf Droge. *Verflucht!* Ich fühle mich, als hätte ich das halbe Kilo Heroin in meinem Blut.

Das Adrenalin, das sich dank der Scheiße, die ich in den letzten Stunden getan habe, in mir aufgebaut hat, sorgt dafür, dass meine Sinne geschärft sind.

„Kein Entkommen."

Mehr als diese zwei Wörter bringe ich nicht raus. Mein Hirn ist nicht mehr dazu imstande, einen anständigen Satz zu formulieren. Es will ficken, genau wie mein Schwanz.

Zara kapiert, was mit mir los ist, und lächelt mich an.

Ihre Lippen sind feucht und von meinen Küssen geschwollen.

Was. Ein. Geiler. Anblick.

Ihre vollen Titten kommen mir bei jedem ihrer Atemzüge entgegen.

Süchtig nach mehr reibe ich meine Härte an ihrer Weichheit ...

Der Himmel! Sage ich doch.

Wie gebannt beobachte ich, wie Zara leise stöhnend die Augen schließt und sich meiner Führung überlässt.

Fuck, das ist gut.

So gut, dass ich will, dass es niemals wieder endet.

7. Kapitel

Die Praktikantin

Mehr! Mehr! Mehr!

Mein Körper fordert mehr, mein Verstand fordert mehr – ich fordere mehr.

Mehr von diesem Rocker und der Lust, die durch meine Adern strömt.

Seine großen Hände liegen auf meinem Bauch, während sich seine Augen tief in die meinen bohren.

Sein dicker Schwanz gleitet über meine Schamlippen und ich weiß, dass es nicht mehr lange dauern wird, bis er sich in mich stoßen wird.

Seine Zähne knabbern an meiner Kehle, saugen an mir und beißen fest zu.

Der bittere Schmerz zuckt hinab in meinen Unterleib und vermischt sich mit der süßen Leidenschaft zu einer explosiven Mischung.

Ich fühle mich, als würde ich gleich in tausend Teile zerspringen.

Zitternd liege ich unter dem mächtigen Rocker, während ich es kaum erwarten kann, dass er mich fickt.

„Du bist der Wahnsinn, Püppchen!“

Überraschend zärtlich lässt er seine Fingerspitzen über meine Hüftknochen gleiten, nach unten, bis sie über meine Schamlippen streichen.

Ein erwartungsvoller Schauer lässt mich erbeben, während ich verzweifelt versuche, etwas Sauerstoff in meine Lunge zu quetschen.

In dem Moment, in dem er mit einem seine langen Finger meine feuchten Schamlippen teilt, bin ich hoffnungslos verloren. Winzige Schweißperlen bilden sich in meinem Nacken, während Jacob mich geschickt dehnt und fingert.

Stöhnend komme ich mich ihm entgegen und genieße dabei das Gefühl, das er in mir auslöst. Seine Zunge windet sich um meine Nippel, ehe er den linken hungrig in seinen Mund saugt. Er frisst mich, verschlingt mich und bringt mich dazu, mehr und immer mehr zu wollen.

Ich bin ungeduldig und brauche seinen Schwanz in mir. Ich brauche ihn, sofort!

„Komm schon, Rocker. Ich will dich, jetzt.“

Meine Stimme verwandelt sich in ein leises Krächzen, als er einen zweiten seiner Finger in mich drückt. *Oh Gott!*

Zitternd halte ich mich an ihm fest. Noch nie zuvor hat sich etwas so gut und richtig angefühlt wie genau das hier.

Was verrückt ist.

„Schau mich an, Püppchen.“

Ich tue, was er will, während er mich immer besitzergreifender berührt.

Mein Inneres zieht sich krampfend zusammen und meine Zehen rollen sich ein. Der Druck, der sich in meinem Bauch aufbaut, lässt mich erbeben.

Und dann passiert es, in genau der Sekunde, in der Jacob damit beginnt, mit seinem Daumen über meinen Kitzler zu reiben, werde ich von einem so heftigen Orgasmus hinfort gerissen, dass vor meinen Augen alles schwarz wird. Meine Beine zittern, ich schreie und verliere den Bezug zur Realität.

Es fühlt sich so an, als würde ich zu den Sternen fliegen und dabei in der Umlaufbahn verglühen.

Und das nur wegen seiner Finger.

Was wird dann erst sein riesiger Penis in mir auslösen, wenn mich seine Finger schon so kommen lassen? Noch immer nicht wieder ganz bei mir, spüre ich, wie er sich aus mir herauszieht, an mir nach unten rutscht und über meine pochenden Falten leckt.

Er brummt und stöhnt dabei, öffnet meine Vagina und saugt sich an meiner Klitoris fest. Rau kratzen seine Bartstoppeln über meine empfindliche Haut und es fehlt nicht mehr viel bis zum nächsten Orgasmus.

Hilfe. Das ist gut. So gut, dass ich nicht weiß, wie lange ich es noch aushalte ...

Dieser Rocker scheint keine Tabus zu kennen, sein Daumen landet auf meinem Po, übt leichten Druck aus und dringt leicht in mich ein.

„Irgendwann werde ich dich in deinen kleinen, engen Arsch ficken.“

Seine gebrummte Drohung hallt in meinem Unterleib wider und bringt mich erneut zum Zucken. Ich zerfließe und drücke meinen Po fester auf seinen Daumen, was ihm eine Art Fauchen entlockt.

„Oh, Mädchen, wie ich sehe, verstehen wir uns.“

Mit seiner Zunge in meiner Muschi und seinem Daumen, der nun vollständig in meinem Hintern steckt, komme ich erneut. Dieses Mal fühlt es sich jedoch anders an, dunkler und verbotener, was mit Sicherheit daran liegt, dass er bereits dabei ist, einen weiteren seiner langen Finger in meinen Hintereingang zu schieben. Der leichte Schmerz, der dabei durch meinen Unterleib rauscht, lässt mich wimmern.

Es ist ein guter Schmerz, einer, von dem ich durchaus noch etwas mehr vertragen kann.

„Wie schade, dass du keine zwei Schwänze hast."

Jacob grinst und sieht mich überrascht an.

„Du kleines Luder. Vor fünf Minuten hast du noch gezweifelt, ob ich mit einem in dich reinpasse und nun willst du schon zwei?"

Er richtet sich etwas auf, lässt seine Finger, wo sie sind, und bringt sich vor mir in Position. Dann rammt er sich mit einem harten Stoß bis zum Anschlag in mich hinein, füllt mich komplett aus und stößt mit seiner prallen Eichel gegen meine Gebärmutter.

Ich komme erneut. Sofort. Hart und lang und wieder und wieder, woran garantiert das ungewohnte Gefühl der doppelten Penetration schuld ist.

Tränen steigen mir in die Augen, ich bewege mich, drücke mich ihm entgegen und fordere Jacob so wortlos auf, mir noch mehr zu geben. Er tut es, füllt meinen Mund so mit seiner Zunge und stiehlt mir dabei geschickt den Atem ...

8. Kapitel

Der Rocker

Ich stecke bis zum Anschlag in meinem Mädchen, meine Finger in ihrem Arsch und meine Zunge fest um die ihre gewunden.

Ich spüre, wie Zara dank meiner gnadenlosen Stöße bebt, und weiß, dass sie noch mehr will. Perfekt. Dieses Mädchen sieht aus wie ein Engel und verwandelt sich im Bett in eine willige Hure. Besser geht es nicht. Ihre Augen funkeln, ihre Lippen sind weit geöffnet, während sie alles annimmt, was ich ihr schenke.

Entschlossen ficke ich sie immer härter und tiefer. Ich weiß, dass ich eigentlich langsamer vorgehen wollte, aber verdammt. Das hat Zara nicht zugelassen.

Ihr Inneres ist so eng, dass es sich so anfühlt, als würde es meinen Schwanz zerquetschen, ihr Schließmuskel spannt sich um meine Finger herum an und ich spüre, wie der nächste Orgasmus ihren winzigen Körper zum Zittern bringt.

Für einen Moment fühlt es sich so an, als würde mein Schwanz abreißen. Mein Brüllen vermischt sich mit ihrem Stöhnen.

Mir wird heiß und kalt und ich weiß, dass ich davon nie genug kriegen werde.

Ein Fick. Es braucht nur diesen einen Fick, um meine Einstellung in Sachen Old Lady für immer zu verändern.

Zara mag im Moment nur meine Praktikantin sein, aber das wird sich ändern. Ich lasse ihr ein paar Wochen, um sich an die Welt, in der ich lebe, zu gewöhnen, und dann lasse ich die Falle zuschnappen und mache sie endgültig zu meinem Eigentum.

Die letzten Stunden haben mein Leben auf den Kopf gestellt, das Schicksal hat mir einen rechten Haken verpasst und ich beschwere mich nicht.

Manchmal braucht es einen harten Schlag, einen, der einen umhaut, damit man danach gestärkt aufstehen kann.

Zara ist diese Stärkung, sie wird mein Leder tragen und mich Nacht für Nacht den Scheißdreck, den ich am Tag erlebt habe, vergessen lassen.

Ich glaube nicht an Liebe auf den ersten Blick, aber sehr wohl an Bestimmung bei dem ersten Fick! Zara gehört mir. Komme, was wolle, und nichts wird jemals wieder etwas daran ändern.

Ich nehme sie noch härter, hole tief Luft und bohre mich bis zum letzten Millimeter in sie hinein. Der Schrei, der sich nun aus ihr löst, zeugt von purer Lust und hallt von den Wänden wider.

Ihre Fingernägel landen in meiner Schulter, der Schmerz fühlt sich gut an, genauso gut wie ihr Duft, der mir in die Nase steigt.

„Bitte Jacob. Mehr."

Das ist es, das ist, was ich hören wollte.

Langsam ziehe ich meine Finger aus ihrem Po, stemme mich mit den Fäusten auf der Matratze ab und falle in einen schnellen, gnadenlosen Rhythmus, der uns beide nach fucking Walhalla befördert. Bei Odin. Bei allen gottverdammten Göttern ...

Diese Frau ist genau das, was ich brauche.

9. Kapitel

Die Praktikantin

Ich stehe mit einem Klemmbrett, einem Stift und meiner Liste in einem der vielen Lagerhäuser der *Death Scorpions* und kümmere mich um den genauen Bestand der Maschinenpistolen, Granaten, Handfeuerwaffen und der Munition, die sich hier kistenweise stapelt.

Mal ganz unter uns, mit dem Zeug hier könnte man ganz locker einen Krieg anfangen. Jeder Psychopath von hier bis nach Tadschikistan, oder wie man dieses Land auch immer nennen mag, würde bei dem Anblick einen verdammen Ständer bekommen.

Es ist unglaublich, was ich in den letzten beiden Wochen so alles mitbekommen habe. Ich wusste schon immer, dass es in New York eine Schattenwelt gibt, von der der normale Durchschnittsbürger im besten Fall nie etwas mitbekommt. Aber das, was ich jetzt erlebe, ist heftig. Spannend und aufregend und einfach nur unglaublich.

In dieser Stadt gibt es eine Art Parallelgesellschaft, in der es nur um Waffen, Drogen, Glücksspiel, Nutten und das ganz große Geld geht. Macht, Blut und Brutalität sind die Stützpfeiler dieser Gesellschaft, und die Rocker sind die Könige in diesem grausamen Spiel um Leben und Tod, das jeden Tag von neuem beginnt. Sie schaffen die Gesetze, sorgen für deren Einhaltung und sind die Richter, die Geschworenen und die Henker in einem.

Ich weiß nicht genau, womit Jacob, Mason, Hunter, Cash und all die anderen *Scorpions* ihre Zeit verbringen, aber sie sind in den letzten vierzehn Tagen mehr als einmal blutverschmiert nachhause gekommen.

Habe ich gerade ‚nachhause' gesagt?

Habe ich, oder? *Himmel!*

Jep – das bringt uns zum nächsten Thema, zu dem Thema, wie ich mich bei den Rockern eingelebt habe: gut, sehr gut sogar. Was an dem harten Sex, den unzähligen Orgasmen und dem neuen Dildo liegt, den Jacob mir erst vor zwei Tagen geschenkt hat.

Sex mit zwei Schwänzen ist ab jetzt kein Wunschtraum mehr.

Mein Biker ist nicht nett, er ist böse und seine Sexting-Nachrichten sind der Hammer. Ich muss sie nur lesen und schon werde ich feucht.

Ihr lieben Leserinnen, ihr dürft ruhig neidisch sein, denn auch wenn das komisch klingen mag, aber ich bin im Paradies gelandet.

Motorräder, Tattoos, Muskeln und Orgasmen – was will Frau mehr?

Die Ladys der anderen Outlaws sind super und ich bin mir sicher, dass wir schon bald Freundinnen werden.

Doch zurück zu meinem Job:

Ich mache quasi eine Art Inventur, falls man es so nennen kann, wenn man bei einem Outlaw Motorcycle Club, der illegal mit Waffen handelt, alles zählt, was so rumsteht. Das war der erste Auftrag, den Jacob mir gegeben hat, und mit dem ich nach zwei Wochen immer noch damit beschäftigt bin. Heftig, oder?

Ich muss an letzte Nacht denken, denn die war ebenfalls mehr als heftig.

Überhaupt habe ich, seit ich Jacob begegnet bin, mehr Sex, als ich es mir jemals hätte träumen lassen.

Tagsüber bin ich damit beschäftigt, in die aus Männern bestehende Welt des MCs ein wenig Ordnung und System reinzubringen, und nachts bringt mich mein Outlaw so richtig schön durcheinander.

Das Einzige, was ich unfair finde, ist, dass ich immer mit einem der Clubautos fahren muss, während die Männer ihre wunderschönen Harleys haben.

Ich denke, ich werde schon bald einen Motorradführerschein machen und mir ebenfalls eine Maschine kaufen. Eine etwas kleinere, die vom Budget her passt. Aber mit dem, was ich während meines Praktikums verdiene, sollte das in absehbarer Zeit möglich sein.

Wie ihr seht, habe ich Blut geleckt, und um ehrlich zu sein, kann ich mir nicht vorstellen, jemals wieder in die langweilige, normale Welt zurückzukehren.

Aber das muss ich wahrscheinlich auch gar nicht.

Das mit Jacob und mir läuft gut. Wir sind längst mehr als der Boss und seine Praktikantin. Eigentlich – wenn ich an unsere erste Nacht zurückdenke, dann waren wir nie der Chef und seine Angestellte. Außer vielleicht in den Rollenspielen, auf die mein Rocker so steht, und in denen ich mich über seinen Schreibtisch beuge, damit er es mir hart von hinten besorgen kann.

Das letzte Mal kam sogar ein Lineal zum Einsatz, mit dem er mir den Hintern versohlt hat. Ich muss wohl nicht extra erwähnen, dass ich danach einen ganzen Tag lang nicht mehr schmerzfrei sitzen konnte, was mein Rocker natürlich gleich ausgenutzt und mich zu einer langen Fahrt auf seinem Bike gezwungen hat.

Zur Belohnung gab es Sex. Guten Sex. Sex von hinten mit einem echten und einem unechten Schwanz. Klingt paradiesisch, oder?

Aber zurück zu den wichtigen Dingen, den unendlich vielen Waffen, die ich alle noch zählen und katalogisieren muss.

Die nächsten Stunden vergehen schnell, und als endlich ein Ende in Sicht ist, höre ich auch schon das kraftvolle Brummen einer sich nähernden Maschine.

Neugierig gehe ich raus und stehe prompt einem breit grinsenden Jacob gegenüber.

„Was ist los? Hast du gute Laune?“

Er nickt, steigt ab und sagt jedoch kein Wort, sondern küsst mich tief und innig, reißt mich von den Füßen und wirbelt mich durch die Luft. Ich quietsche, mein blaues Kleid bauscht sich auf, was ihn sofort dazu bringt, seine Hände auf meinen Po zu legen.

Noch bevor er mich wieder loslässt, höre ich erneut einen Motor, dieses Mal ist es jedoch kein Bike, sondern Riley, der in einem schwarzen Van um die Ecke gefahren kommt.

Jacob grinst noch breiter, sofort zieht sich mein Unterleib sehnsüchtig zusammen. So langsam glaube ich wirklich, dass ich zur Nymphomanin mutiere, die an nichts anderes als an Sex denken kann ...

An Sex mit meinem Rocker. Meinem über und über tätowierten Rocker ... *grrr ...*

„Komm mit, Puppe, ich habe eine Überraschung für dich.“

Gespannt lasse ich mich zum Van ziehen. Riley springt raus, grüßt mich mit einem Winken und öffnet die Schiebetüre.

Und dann sehe ich es, ein blau-türkises Fahrrad mit einem Körbchen am Lenker und jeder Menge bunter Luftballons am Sattel, die dank des Heliums lustig nach oben steigen.

Riley hebt es aus dem Van, beobachtet mich und zündet sich eine Kippe an, während ich mich zu Jacob umdrehe.

„Was ist das?“

Eine blöde Frage, ich weiß.

Aber ich muss sie trotzdem stellen.

„Dein Bike.“

Das bringt mich zum Lachen.

Jacob ist von meiner Idee, dass ich ein eigenes Motorrad haben will, nicht sonderlich begeistert, weswegen wir schon ein paarmal aneinandergeraten sind. Er macht sich Sorgen, was ich süß finde, aber das ändert nichts an meiner Entscheidung.

„Das ist kein Bike, sondern ein Fahrrad.“

Ein wirklich schönes Fahrrad, das muss ich zugeben, aber eben ein Fahr- und kein Motorrad.

„Es hat einen Lenker, zwei Reifen und einen Sattel. Es ist also ein Bike.“

Gespielt wütend boxe ich ihm gegen die Schulter, was er nicht mal zu spüren scheint. Jacob ist ein Fels in der Brandung – mein Fels, in den ich mich längst bis über beide Ohren verliebt habe.

Ich will zu meinem Geschenk, aber er hält mich fest, umfasst sanft mein Gesicht und sieht mir tief in die Augen.

„Hör zu, Püppchen. Ich weiß, das ist nicht ganz das, was du willst, aber bitte, gib mir noch etwas Zeit. Ich habe dich gerade erst gefunden, ich brauche dich. Ich will dich! Fuck! Allein der Gedanke, dich zu verlieren, jagt mir eine Heidenangst ein. Motorradfahren ist gefährlich, und wenn es um dich geht, akzeptiere ich keine Gefahren. Also bitte. Freu dich über das Fahrrad, auch wenn es nicht ganz das ist, was du willst. Wenn du auf einer Harley sitzen willst, dann kannst du das, so oft du willst, mit mir."

Wämm ... Wow. Wummss ...

Ich bin sprachlos.

Das kam schon fast einer Liebeserklärung gleich, oder wie seht ihr das?

Männer wie Jacob – Rocker im Allgemeinen – haben es nicht so mit Worten und Emotionen. Sie sind meistens wortkarg und rau, und darum weiß ich diese Geste richtig zu verstehen.

Jacob will mich glücklich machen und all meine Wünsche erfüllen, und das ist süß. Besonders wenn man bedenkt, wie brutal und gnadenlos er zu seinen Feinden sein kann.

Mein Rocker ist ein Killer. Da mache ich mir nichts vor. All diese Waffen, die ich seit zwei Wochen zähle, sind keine Dekoration.

Das mit uns beiden ist sehr schnell gegangen und kam für uns beide überraschend. Es ist also kein Wunder, dass er ein bisschen Zeit braucht, um sich an das *uns*, das da gerade entsteht, zu gewöhnen.

Jacob ist unfassbar besitzergreifend, eifersüchtig und beschützend und ich liebe diese drei Eigenschaften mehr, als er es sich vorstellen kann. Denn sie beweisen mir, dass ich ihm etwas bedeute und dass ich ihm wichtig bin.

Aber seine Besitzgier ist eben auch mit ein paar Nachteilen behaftet, zum Beispiel mit dem Nachteil, dass er mir ein Fahrrad schenkt, anstatt mit zu erlauben, ein eigenes Motorrad zu fahren.

Aber das ist ein kleiner, geradezu winziger Nachteil, mit dem ich durchaus leben kann. Wer mit bösen Buben spielen will, muss sich eben an deren Spielregeln halten ...

Glücklich darüber, dass das zwischen uns so gut läuft und – zugegeben – auch von dem Fahrrad begeistert, denn es ist wirklich schön, löse ich mich von meinem Rocker, steige auf, betätige die große silberne Klingel und fahre in einem großen Kreis um den Van und die beiden *Scorpion*s, die mich amüsiert beobachten.

Das Leben ist schön. So verdammt schön, dass es sich an Tagen wie diesem wie ein Traum anfühlt. Die vor Jacob und mir liegende Zukunft ist voller Möglichkeiten und eines Tages werde ich meinen *Scorpion* dazu bringen, mir das Motorradfahren beizubringen, und bis dahin ... drehe ich einfach breit grinsend meine Runden, zähle Waffen, lasse mich ficken und bin so happy, wie ich es noch nie zuvor gewesen bin.

Und wenn ich euch einen Tipp geben darf, nur einen kleinen, dann kommt nach New York, besorgt euch einen heißen, entkoffeinierten Kaffee, rennt völlig verplant durch die Straßen dieser grandiosen Stadt und seht was passiert ...

Mit ein bisschen Glück stolpert ihr in einen muskulösen, sexbesessenen, tätowierten und kuttentragenden Rocker, verliebt euch Hals über Kopf in seine raue Rockerromantik und wir lernen uns schon bald im *Death Scorpions Motorcycle Club* kennen.

Und bis dahin – nicht vergessen – immer schön unartig bleiben ...

Ende

Buchempfehlung

Kennt Ihr schon alle Rocker Romane von Bärbel Muschiol?

Die Rocker Serie besteht aus:

1. Rocker Dämon – Ace und Amy
2. Rocker Devil – Slide und Ellen
3. Rocker Bastard – Razzor und Nicki
4. Rocker Heart – Spider und Abigail
5. Rocker Ghost – Ghost und Angel

Ihr könnt die Rocker Romane als Taschenbücher und eBooks lesen!

„Rocker Dämon – Ace und Amy"

Klappentext:
Es ist ein Deal, um ihren Vater zu retten. Amy liefert sich Ace, dem dämonischen Präsidenten der Dead Riders aus. Doch schon bald genießt sie diese neue und gefährliche Welt des gefürchteten Rockerclubs. Das vollkommene Ausgeliefertsein, Aces Gier und der harte, bedingungslose Sex führen sie in immer neue Höhen. Aber die Schatten der Vergangenheit drohen das neue Glück zu zerstören. Gewalt bricht über die Familie der Riders herein und führt in ein tödliches Blutbad. Prickelnde Erotik, gnadenlose Härte und Dominanz und wahre Freundschaft zeichnen diese spannende Geschichte aus, die mehr als eine Lovestory ist: furchteinflößend, dabei sexy, verdammt heiß und voller Gefühl!

Taschenbuch ISBN: 978-3-95573-549-4
eBook ISBN: 978-3-95573-550-0

Klarant Verlag

Lernen Sie die Titel des Klarant Verlages kennen und besuchen Sie uns im Internet unter:

www.klarant.de

Sie können dort Näheres über unsere Autoren erfahren, viele weitere interessante Bücher und eBooks finden und Leseproben herunterladen.

Mit dem kostenlosen Newsletter unter

www.liebe-lesen.de

erhalten Sie aktuelle Informationen rund um das Verlagsprogramm, wie beispielsweise spannende Neuerscheinungen und Gewinnspiele.